Ullstein

DAS BUCH

Frankreich in den Jahren 1942–1944: Léa Delmas muß sich nach dem Tod ihrer Eltern allein um die Bewirtschaftung des Weinguts Montillac in der Nähe von Bordeaux kümmern. Ihre Schwester Françoise, die den deutschen Soldaten Otto liebt und ein Kind von ihm erwartet, ist ihr dabei keine große Hilfe. Als die Deutschen schließlich die »Zone libre« besetzen, flieht Léa nach Paris, wo sie den faszinierenden François Tavernier wiedertrifft. Aber auch dort wird sie von den Schrecken der Besatzung verfolgt: Die Gestapo verhaftet ihre jüdische Freundin Sarah, und auch die Familie ihrer Jungendliebe Laurent befindet sich in großer Gefahr. Um ihre Freunde und Montillac vor den Deutschen zu retten, schließt sich Léa dem Widerstand an ...

Wie in »Das blaue Fahrrad« hat sich Régine Deforges mit ihrem zweiten Roman über die moderne Scarlett-Figur Léa Delmas und ihr schweres Schicksal zur Zeit der Okkupation direkt in die Herzen ihrer Leserinnen geschrieben: allein 400000 verkaufte Exemplare in Frankreich.

DIE AUTORIN

Régine Deforges, die 1968 als erste Frau in Frankreich einen eigenen Verlag gründete, hat zahlreiche Romane und Kinderbücher veröffentlicht. Mit »Das blaue Fahrrad« (UB 24447) wurde sie weltweit zur Erfolgsautorin. In Deutschland eroberte sie zuletzt mit ihrem erotischen Roman »Das Unwetter« die Bestsellerlisten.

Régine Deforges

Die weiße Lilie

Roman

Aus dem Französischen übersetzt von
Hild Wollenhaupt

Ullstein

Ullstein Buchverlage GmbH & Co. KG,
Berlin
Taschenbuchnummer: 24569
Titel der Originalausgabe
101, avenue Henri-Martin

Deutsche Erstausgabe
Mai 1999

Umschlaggestaltung:
Vera Bauer
Bildagentur:
Archiv für Kunst und Geschichte, Berlin

Printed in Germany 1999
Gesamtherstellung:
Ebner Ulm
ISBN 3 548 24569 2

Gedruckt auf alterungsbeständigem
Papier mit chlorfrei
gebleichtem Zellstoff

Die Deutsche Bibliothek –
CIP-Einheitsaufnahme

Deforges, Régine:
Die weiße Lilie : Roman /
Régine Deforges. Aus dem Franz.
übers. von Hild Wollenhaupt.
– Dt. Erstausg. –
Berlin : Ullstein, 1999
(Ullstein-Buch ; 24569)
ISBN 3-548-24569-2

Für meine Tochter Camille

PROLOG

In der Nacht vom 20. auf den 21. September 1942 schlug das bis dahin sehr heiße Wetter um; es begann zu regnen, und ein für die Jahreszeit zu kalter Wind blies von der Girondemündung die Garonne hinauf. Den ganzen Sommer über hatten heftige Unwetter, die teils von Hagelschauern begleitet waren, die Winzer in Sorge versetzt. Es würde kein guter Jahrgang werden.

Von der Kathedrale St. André schlug es vier Uhr. Prosper Guillon und sein Sohn Jean wurden durch Schläge an die Tür ihrer Zelle im Fort du Hâ geweckt. Nacheinander erleichterten sie sich in der Dunkelheit, hockten sich dann wieder auf ihre Strohsäcke und warteten auf das Tageslicht und den Viertelliter gefärbten Wassers, den sie als Kaffee vorgesetzt bekamen. Jean dachte an seine Frau Yvette, die in der Boudet-Kaserne interniert war und von der er nichts mehr gehört hatte seit jenem Tag im Juli, als Gestapo und Polizei um fünf Uhr morgens in Les Violettes, seinen Hof in Thors, eingedrungen waren. Er sah die Verhaftung seiner Eltern wieder vor sich und die von Albert und Elisabeth Dupeyron, beide militante Kommunisten, die in Bordeaux Waffen für die Gruppe F. T. P. besorgen wollten.

Der Schreinergeselle Gabriel Fleureau fuhr schreiend aus dem Schlaf auf. Das ging so jede Nacht seit den Verhören, denen ihn die beiden Schweinehunde der Brigade des Kommissars Poinsot unterzogen hatten. Sie hatten ihm alle Finger der rechten Hand gebrochen, doch er hatte nichts ausgesagt. Er schöpfte Mut aus seiner Liebe zu Aurore, einem jungen Mädchen, das regelmäßig in das Möbelgeschäft von Monsieur Cadon am Quai de la Salinière kam und Flugblätter ablieferte, die Bergua und er dann verteilten. Daß auch seine Freundin verhaftet worden war, wußte er nicht. Vorsichtig bewegte er seine geschundenen Finger.

Auf dem Strohsack neben ihm richtete sich René Antoine stöhnend auf. Das Bild seines kleinen zehnjährigen Michel, der die Arme nach ihm ausstreckte und »Papa« rief, während er zusammen mit seiner Mutter Hélène weggeschafft und in der Boudet-Kaserne interniert wurde, verfolgte ihn. Sie mußten denunziert worden sein, sonst hätten die Deutschen den Waffenvorrat, der im hintersten Winkel seines Gartens in Bègles versteckt war, nicht gefunden.

Denunzierung vermutete auch René Castera. Sein Vater, seine Mutter und sein Bruder Gabriel waren am 8. Juli verhaftet worden, er selbst am 14. desselben Monats. Seit zwei Jahren versteckte seine Familie Juden und andere Verfolgte und leistete den Angehörigen von Inhaftierten Beistand. Wie René Antoine war auch er ohne jede Nachricht von seinen nächsten Verwandten.

In einer anderen Zelle im Erdgeschoß tröstete Albert Dupeyron den erst zwanzigjährigen Camille Perdriau. Das bewahrte ihn davor, ständig an seine junge Frau Elisabeth zu denken, die gleichzeitig mit ihm festgenommen worden war.

Alexandre Pateau ballte die Fäuste, während er an die Mißhandlungen dachte, die seiner Frau Yvonne in Gegenwart des vierjährigen Stéphane zugefügt worden waren. Sie gehörten beide dem Widerstand an. Man hatte sie in ihrem Haus in Saint-André-de-Cognac aufgespürt, zunächst nach Cognac gebracht, dann ins Fort du Hâ.

Raymond Bierge grübelte darüber nach, welcher Mistkerl ihn und seine Frau Félicienne denunziert haben mochte und dabei verraten hatte, daß sie Druckmaterial bei sich versteckten. Hoffentlich würde sich die Großmutter gut um den Kleinen kümmern!

Jean Vignaux aus Langon wunderte sich, daß er sich so deutlich an das junge Mädchen erinnerte, in das seine besten Freunde, Raoul und Jean Lefèvre, verliebt waren, an die bezaubernde Léa Delmas. Das letzte Mal, daß er sie gesehen hatte, war sie mit wehendem Haar auf ihrem Rad die Straße zum Gut Montillac entlanggefahren.

In den Zellen gingen die Glühlampen an, eine nach der anderen. Die Gefangenen blinzelten und erhoben sich langsam.

Seit dem gestrigen Abend wußten sie es.

Die ganze Nacht über hatte der Wind geweht, sich in Stößen durch die Türritzen und die schlecht zusammengefügten Bohlen der Baracken gedrängt und den Männern ein wenig Luft gebracht, die dort auf unbequemen, notdürftig mit schmutzigen Strohsäcken bedeckten Metallpritschen lagen. Es war fünf Uhr morgens. Die Gefangenen schliefen nicht.

Lucien Valina aus Cognac dachte an seine drei Kinder, besonders an den kleinen Serge, der gerade sieben Jahre alt geworden war und von seiner Frau Margot zu sehr verwöhnt wurde. Mit welcher Brutalität hatten die Deutschen sie auf einen Kleinlaster gestoßen! Wo mochten sie jetzt wohl sein?

Gabriel Castéra machte sich Gedanken um seinen Vater Albert, den er einige Stunden zuvor zum Abschied umarmt hatte. Dann wurde er abgeholt und in eine Baracke gebracht, die ein wenig abseits von den anderen stand. Die Erinnerung an die Tränen auf den Wangen des alten Mannes war ihm unerträglich. Glücklicherweise war sein älterer Bruder René noch da.

Jean Lapeyrade tat das Herz weh, wenn er René de Oliveria betrachtete oder auch jenen jungen Burschen, dessen Namen er nicht kannte und der die halbe Nacht Mundharmonika gespielt hatte, um seine Angst zu verbergen. Wie jung sie waren! »Berthe, wo bist du?«

»Erzieh den Kleinen nicht im Geiste der Vergeltung und des Hasses«, hatte Franc Sanson seiner Frau geschrieben.

Im Lager herrschte ein ungewohntes Hin und Her. Als die Tür plötzlich aufgestoßen wurde, erblickte Raymond Rabeaux Lastwagen der Wehrmacht, umgeben von Dutzenden Infanteristen. Die kalte, feuchte Luft überraschte ihn. Es war noch immer dunkel. Die Sturmlaternen ließen große Wasserpfützen aufglänzen. Gegenüber der Tür brachten die Deutschen ein Maschinengewehr in Stellung. Die Harmonika war verstummt.

Seit dem gestrigen Abend wußten sie es.

Ein Untergebener des Lagerleiters Rosseau, der mit einem deutschen Offizier sprach, trat in die Baracke.

»Also, ihr kommt raus, wie ihr aufgerufen werdet. Laßt die Männer nicht warten, beeilt euch. Espagnet, Jougourd, Castéra, Noutari, Portier, Valina, Chardin, Meiller, Voignet, Eloi ...«

Einer nach dem anderen traten die Gefangenen heraus, stellten sich unter den Stößen der Soldaten in einer Reihe auf, schlugen die Jackenkragen hoch und setzten sich ihre Basken- oder Schildmützen auf.

»Vorwärts, steigt auf die Lastwagen! Jonet, Brouillon, Meunier, Puech, Moulias ...«

Mit der Behendigkeit seiner zweiundzwanzig Jahre kletterte Franc Sanson als erster hinauf.

Durch das Lager ging es wie ein Lauffeuer. Hinter den Fenstern jeder Baracke drängten sich die auf geheimnisvolle Weise unterrichteten Gefangenen. Erst einer, dann zwei, zehn, hundert, tausend Männer stimmten die Internationale an. Wie ein mächtiges Dröhnen schwoll es an in jeder Brust und grüßte die Abfahrenden, half ihnen, Mut und Würde zu bewahren. Der Schlamm, der Regen, das Geschrei der Wachmänner, selbst die Angst waren wie ausgelöscht durch diese herrliche, hoffnungsvolle Melodie.

Es war sieben Uhr morgens. Die Lastwagen, die von der Boudet-Kaserne, vom Fort du Hâ und dem Lager Mérignac aufgebrochen waren, fuhren die Straße nach Souges entlang. Beim Anblick des vorbeifahrenden Konvois bekreuzigten sich die Frauen, und die Männer nahmen die Kopfbedeckung ab. Auf der Zufahrt zum Militärlager bremsten die Fahrer die Lastwagen ab. Die Gefangenen hingen unter den Planen ihren Gedanken nach und ließen sich von den vier Soldaten, die ihre Waffen auf sie gerichtet hielten, nicht beeindrucken. Das Gerüttel auf dem zerfurchten Weg warf sie gegeneinander.

Die Lastwagen hielten an. Die Soldaten schlugen die Plane zurück, ließen die Rückklappe herab und sprangen in den Sand.

»Schnell . . . schnell . . . Aussteigen!«

Die in einer Ecke zusammengetriebenen Gefangenen begannen unwillkürlich zu zählen: Siebzig. Sie waren siebzig. Siebzig Männer, die seit dem gestrigen Abend wußten, daß sie sterben würden.

Nach einem Attentat auf einen deutschen Offizier in Paris hatten Karl Oberg, Chef der SS und der Polizei, und Helmuth Knochen von der Vichy-Regierung einhundertundzwanzig Geiseln gefordert, alle namentlich aufgelistet. Sechsundvierzig Gefangene aus den Lagern von Compiègne und Romainville. Wilhelm Dohse von der Gestapo in Bordeaux hatte die Namensliste vervollständigt.

»Gabriel!«

»René!«

Die Brüder Castéra fielen sich in die Arme. Jeder hatte inständig gehofft, daß der andere verschont bliebe.

Ein dicklicher Offizier pflanzte sich vor den Geiseln auf und verlas ein Schriftstück: zweifellos das Urteil. Als ob ihnen das noch etwas bedeutete! Plötzlich übertönte eine junge Stimme die des Deutschen:

Allons enfants de la patrie
Le jour de gloire est arrivé.
Contre nous de la tyrannie
L'étendard sanglant est levé ...

Zunächst verhalten, dann kraftvoll schlägt der Gesang den Feinden entgegen. Diese verstehen zwar die drohenden Worte nicht, begreifen jedoch, daß sich der zitternde Haufen in eine Horde verwandelt hat, die Vergeltung schwört.

Entendez-vous dans nos campagnes,
Rugir ces féroces soldats ...

Alle fünf Meter erhebt sich ein Pfahl. Es sind insgesamt zehn, entlang einer sandigen Böschung, vor denen sich nun eine entsprechende Anzahl Männer aufstellt. Sie werden an die Pfähle gebunden, lassen es jedoch nicht zu, daß man ihnen die Augen verbindet. Ein alter zittriger Priester erteilt ihnen den Segen. Das Exekutionskommando nimmt die Plätze ein. Ein Befehl erschallt, die erste Salve wird abgeschossen. Beim Aufprall der Kugeln bäumen sich die Körper auf und sinken dann langsam zusammen.

Die Stimmen haben für den Bruchteil einer Sekunde innegehalten; dann, kräftiger als zuvor, erklingen sie durch den regnerischen Morgen:

Aux armes, citoyens . . .

Siebzigmal wird der Todesschuß abgefeuert. Die Leichen der Hingerichteten werden in einen breiten, hinter der Böschung ausgehobenen Graben geworfen. Der Regen hat aufgehört. Die bleiche Sonne scheint auf die Sandgrube. Ein Geruch nach Pilzen und Kiefern vermischt sich mit dem Pulverdampf. Am Fuß der Pfähle glänzt das mit dem Wasser der Pfützen vermischte Blut, ehe es vom Sand aufgesogen wird.

Nachdem sie ihre Mission erfüllt haben, ziehen die Soldaten ab. Es ist neun Uhr morgens in der Heide von Souges bei Bordeaux am 21. September 1942.

1.

Nach dem Tod von Pierre Delmas hatte sich seine Schwester Bernadette Bouchardeau bemüht, die Gutsverwaltung in die Hand zu nehmen. Dabei war ihr guter Wille ebenso offensichtlich wie ihre Unfähigkeit, ein Weingut wie Montillac zu leiten.

Sie saß hinter dem Schreibtisch ihres Bruders, hatte Unterlagen vor sich ausgebreitet und wandte sich seufzend an Camille d'Argilat, die angeboten hatte, ihr zu helfen.

»Mein Gott, wie soll das bloß weitergehen? Ich verstehe diesen Zahlenkram nicht. Ich muß Kellermeister Fayard fragen.«

»Gehen Sie ruhig schlafen, Madame, ich werde versuchen, mich durchzuarbeiten.«

»Danke, meine liebe Camille, das ist sehr freundlich von Ihnen«, sagte Bernadette während sie sich erhob. »Léa sollte sich mehr zusammennehmen«, fügte sie hinzu und nahm ihre Brille ab. »Ich habe auch meinen Kummer, aber ich lasse mich nicht so gehen.«

Camille verbarg ein Lächeln.

»Sie sind zweifellos stärker.«

»Zweifellos«, bestätigte Bernadette Bouchardeau.

Wie dumm diese Frau doch ist, dachte Camille.

»Gute Nacht, mein Kind. Gehen Sie nicht zu spät zu Bett.«

Die Tür schloß sich geräuschlos. Schwerfällige Schritte treppauf, das Knarren der zehnten Stufe, dann wieder die Stille des schlafenden Hauses, eine Stille, die hin und wieder von den Stößen des kalten Novemberwindes unterbrochen wurde, der die Wände erschauern und die Flammen im Kamin auflodern ließ.

Camille betrachtete das Feuer, ohne es wahrzunehmen. Plötzlich brach ein Scheit auseinander und ließ Funken und Glutstückchen auf den Teppich stieben. Die junge Frau fuhr zusammen und beeilte sich, die Stücke mit der Feuerzange einzusammeln. Dabei warf sie gleich noch etwas Rebenholz aufs Feuer, das alsbald fröhlich prasselte. Dann band sie die Kordel ihres Morgenrocks fester und setzte sich an den Schreibtisch von Pierre Delmas.

Camille arbeitete konzentriert einen Teil der Nacht hindurch und hob den Kopf nur, um sich den schmerzenden Nacken zu reiben. Die Standuhr schlug drei.

»Du schläfst ja noch nicht!« rief Léa, als sie hereinkam.

»Du offensichtlich auch nicht«, antwortete Camille mit freundlichem Lächeln.

»Ich wollte mir nur ein Buch holen, ich kann nicht schlafen.«

»Hast du das Pulver genommen, das dir Doktor Blanchard verschrieben hat?«

»Ach, das macht mich nur tagsüber ganz benommen.«

»Sag's ihm, er verschreibt dir dann etwas anderes. Du mußt doch schlafen.«

»Das möchte ich ja auch gerne, aber gleichzeitig fürchte ich mich davor. Sobald ich einschlafe, erscheint mir wieder der Mann aus Orléans mit seinem blutüberströmten Gesicht. Er kommt näher, versucht mich zu packen und fragt: ›Warum hast du mich umgebracht, du Miststück, du kleine Hure? Komm, meine Süße, komm, ich werde dir zeigen, wie schön es ist, sich mit einem Toten zu lieben. Das wird dir bestimmt gefallen. Na, los, du Miststück, Aas magst du doch . . .‹«

»Hör auf«, schrie Camille, packte Léa bei den Schultern und schüttelte sie. »Hör auf!«

Erschöpft fuhr sich Léa mit der Hand über die Stirn und ließ sich auf das alte Ledersofa fallen.

»Du kannst es dir gar nicht vorstellen. Es ist einfach schrecklich, besonders, wenn er zu mir sagt: ›Genug gespielt. Jetzt wollen wir uns mit deinem Vater treffen. Er erwartet uns schon bei seinen Freunden, den Würmern . . .‹«

»Sei still!«

»›. . . zusammen mit deiner geliebten Mama.‹ Dann folge ich ihm und rufe dabei laut nach meiner Mutter.«

Camille kniete sich vor Léa hin und nahm sie in die Arme, wiegte sie, wie sie es bei ihrem Sohn tat, dem kleinen Charles, wenn ein böser Traum ihn weinend in ihr Bett trieb.

»Komm, beruhige dich. Denk nicht mehr daran. Wir alle beide haben den Mann umgebracht. Erinnere dich doch: Ich habe als erste auf ihn geschossen. Ich dachte, er sei tot.«

»Das stimmt; aber ich war es, ich ganz allein, die ihn schließlich getötet hat.«

»Du hattest keine andere Wahl; entweder er oder wir. Dein Onkel Adrien hat dir doch versichert, daß er es an deiner Stelle genauso gemacht hätte.«

»Das hat er nur gesagt, um mich zu beruhigen. Oder kannst du dir das vorstellen: ein Dominikaner, der einen Menschen umbringt?«

»Ja, wenn es sein müßte.«

»Das haben mir Laurent und François Tavernier auch erklärt. Aber ich bin überzeugt, daß Adrien dazu nicht fähig ist.«

»Lassen wir das Thema. Ich habe Ordnung in die Bücher deines Vaters gebracht. Die Lage ist nicht gerade rosig. Ich verstehe Fayards Buchführung nicht. Aber wenn wir uns einschränken, müßten wir hinkommen.«

»Wie sollen wir uns denn noch mehr einschränken?« rief Léa aus und sprang auf. »Es gibt nur einmal wöchentlich Fleisch, und was für welches! Wenn wir ein paar Leute weniger wären, könnten wir es schaffen, aber so ...«

Camille senkte den Kopf.

»Ich weiß sehr wohl, daß wir dir eine große Last sind. Ich werde dir später einmal alles zurückzahlen, was du für uns ausgegeben hast.«

»Bist du verrückt? Das wollte ich doch damit nicht sagen.«

»Ich weiß«, antwortete Camille traurig.

»Also, nun mach bloß nicht so ein Gesicht. Man darf dir aber auch gar nichts sagen.«

»Verzeih mir.«

»Ich habe dir nichts zu verzeihen. Du machst deine Arbeit und momentan meine sogar auch noch.«

Léa zog die Vorhänge auf. Der Mond erhellte mit seinem kalten Licht den bekiesten Hof, während der Wind versuchte, der großen Linde die letzten Blätter zu entreißen.

»Glaubst du, daß der Krieg noch lange dauern wird?« fragte sie. »Alle scheinen es ganz normal zu finden, daß die Vichy-Regierung mit Deutschland kollaboriert.«

»Nein, Léa! Nicht alle. Du brauchst dich nur in unserer Umgebung umzuschauen. Da gibt es mindestens zehn Personen, die den Kampf fortführen.«

»Was sind schon zehn gegen die Hunderttausende, die tagtäglich ›Es lebe Pétain‹ schreien?«

»Wir werden bald Hunderte und Tausende sein, die sich widersetzen.«

»Ich glaube es nicht mehr. Alle denken doch nur noch daran, sich satt essen zu können und nicht mehr frieren zu müssen.«

»Wie kannst du so was sagen! Die Franzosen sind zwar noch wie betäubt von der Niederlage, aber ihr Vertrauen in Marschall Pétain bröckelt. Sogar Fayard meinte neulich: ›Finden Sie nicht auch, Madame Camille, daß er ein bißchen zu weit geht, der Alte?‹ Und das von Fayard!«

»Der wollte dich aufs Glatteis führen. Ich kenne ihn, das ist ein ganz Gerissener. Der versucht herauszukriegen, was du denkst, und spielt es dann gegen dich aus, wenn es ihm nützlich ist. Ihm bedeuten nur ARBEIT, FAMILIE, VATERLAND etwas.«

»Mir auch, aber nicht dasselbe.«

»Sei auf der Hut. Sein einziges Ziel ist, uns Montillac wegzunehmen. Dabei schreckt er vor nichts zurück. Außerdem ist er überzeugt, daß sein Sohn Mathias nur wegen mir fortgegangen ist.«

»So ist es doch wohl auch, oder?«

»Das ist nicht wahr«, schrie Léa wütend. »Ich habe im Gegenteil versucht, ihn zurückzuhalten. Es ist nicht meine Schuld, daß er nicht hören wollte und lieber nach Deutschland gegangen ist, um dort Geld zu verdienen, statt auf Montillac zu arbeiten.«

»Meine Liebe, du übertreibst. Du weißt sehr gut, warum er gegangen ist.«

»Nein!«

»Weil er dich liebt.«

»Na, großartig! Wenn er mich liebte, wie du behauptest, hätte er hierbleiben müssen, um mir zu helfen und um zu verhindern, daß sein Vater uns bestiehlt.«

»Er hätte sich auch General de Gaulle anschließen können. Jedenfalls habe ich Verständnis dafür, daß er gegangen ist.«

»Du bist zu nachsichtig.«

»Das darfst du nicht glauben. Ich verstehe sein Verhalten, weil er es aus Liebe getan hat. Ich weiß nicht, was ich gemacht hätte, wenn ich in der Situation von Mathias oder Françoise gewesen wäre. Ich hätte vielleicht genauso gehandelt wie sie.«

»Du redest dummes Zeug. Du hättest dich nie von einem Deutschen schwängern lassen, wie die unglückselige Françoise.«

»Sprich nicht so von deiner Schwester.«

»Sie ist nicht mehr meine Schwester. Papa ist nur wegen ihr gestorben.«

»Das ist nicht wahr. Doktor Blanchard hat gesagt, sein Herz sei schon seit Jahren angegriffen gewesen, doch er habe sich trotz der inständigen Bitten deiner Mutter stets geweigert, sich behandeln zu lassen.«

»Ich will das nicht hören! Wenn Françoise nicht gegangen wäre, würde er noch leben«, schrie Léa und verbarg ihr Gesicht schluchzend in den Händen. Ihre Schultern bebten.

Camille verspürte den Drang, Léa zu trösten, ließ dann aber doch davon ab. Wie konnte Léa die Gefühle anderer derart mißachten? Das ist ihre Stärke, behauptete Laurent. Sie will nur das Nächstliegende sehen. Sie prescht voran und stellt sich die Fragen erst hinterher. Nicht aus Mangel an Intelligenz, sondern aus einem Überschuß an Vitalität heraus.

Léa verkniff es sich, wie früher als Kind mit dem Fuß aufzustampfen, und wandte sich Camille zu.

»Hör auf, mich so anzuschauen. Geh schlafen! Du müßtest mal sehen, wie du aussiehst.«

»Du hast recht, ich bin müde. Aber du solltest dich auch hinlegen. Gute Nacht.«

Camille gab ihr einen Kuß, den Léa gleichgültig hinnahm, ohne ihn zu erwidern. Wortlos verließ Camille das Zimmer.

Wütend auf Camille und auf sich selbst, warf Léa noch etwas Rebenholz in das Kaminfeuer, entnahm einem der unteren Fächer des Bücherschranks die karierte Decke, in die sich ihr Vater so gern eingehüllt hatte, löschte die Lampe und streckte sich auf dem Sofa aus. Sie blickte jedoch nicht lange in die Flammen; das Flakkern ließ sie bald einschlafen.

Seit dem Tod ihres Vaters verbrachte Léa häufig die Nacht in diesem ihr liebgewordenen Raum, dem einzigen, in dem sie nicht von den Bildern der Vergangenheit bedrängt wurde.

Die Kälte weckte Léa auf. Ich muß daran denken, mein Federbett herunterzubringen, sagte sie sich. Sie öffnete die Vorhänge und hatte das seltsame Gefühl, in den Wolken zu sein, so dicht war der Nebel draußen. Dennoch ließ sich hinter diesem Schleier das Tageslicht erraten. Es wird schön werden, dachte sie. Mit sicheren Bewegungen zündete sie das Feuer wieder an und blieb einen Augenblick davor hocken, um sich zu wärmen. Mechanisch zählte sie das Schlagen der Standuhr. Elf. Elf! Es war schon elf Uhr. Warum hatte man sie nur so lange schlafen lassen.

Die Feuerstelle der Küche verdrängte mit hohen Flammen aus aufgeschichtetem Rebenholz die Dunkelheit, die der Nebel, der sich nicht heben wollte, über den großen Raum gebreitet hatte. Auf dem mit blauem Wachstuch bedeckten Tisch stand Léas Kaffeeschale, daneben lag ihre Serviette, in die ein Stück Brioche eingeschlagen war. Gierig schnupperte Léa an dem duftenden Gebäck. Die Brioche hat Sidonie gebacken, dachte sie. In einer Ecke des Herdes stand die alte blauemaillierte Kaffeekanne. Léa schenkte sich Kaffee ein, der mehr eine dünne braune Brühe war. Gut, daß die Milch den Geschmack überdeckte.

Während sie aß, überlegte sie: Welchen Tag haben wir denn heute, daß es Brioche gibt? Die Antwort erhielt sie beim Blick auf das Kalenderblatt. Der 11. November. Sidonie hatte auf ihre Weise das Ende des Krieges 1914/18 begehen wollen. Mit einem freudlosen Lächeln zuckte Léa die Achseln. Wann würde das Ende dieses Krieges kommen? Er dauerte nun schon über zwei Jahre. Heute, am 11. November 1942, war Frankreich noch immer zweigeteilt. Immer mehr junge Leute weigerten sich, in Deutschland zu arbeiten, und flüchteten in die Berge oder die Wälder, wo sie Banden bildeten, die nach einem Anführer suchten. Sie lebten von der Großzügigkeit der Bevölkerung, gelegentlich auch von Plünderungen. Laurent d'Argilat hatte den Auftrag, die Rebellen in seinem Bezirk zu gruppieren und sie den Widerstandsorganisationen einzugliedern, die sich gebildet hatten. Laurent ... Léa hatte ihn seit der Beerdigung ihres Vaters nicht wiedergesehen. Seine Frau Camille hatte sich einmal in Toulouse mit ihm getroffen, und Léa war ganz krank gewesen vor Eifersucht. Und Tavernier, was mochte der wohl machen? Er hätte sich zumindest mal nach ihrem Befinden erkundigen können. Wegen ihm hatte sie schließlich die größte Angst ihres Lebens ausgestanden: schwanger zu sein. Dieser falsche Alarm ließ sie die Ratlosigkeit ihrer Schwester Françoise besser verstehen, deren Baby nun bald zur Welt kommen würde. Françoise hatte ihr einen Brief geschrieben und sie inständig gebeten, ihr bei der Geburt ihres Kindes zur Seite zu stehen. Doch Léa hatte sich so in ihren Kummer und Haß eingekapselt, daß sie nicht geantwortet hatte.

»Camille, Ruth, Léa, Tante Bernadette«, schrie Laure, während sie in die Küche gestürzt kam.

»Was gibt's denn?« fragte Léa und erhob sich.

»Bist du das, Laure, die hier so schreit?« wollte Ruth beim Hereintreten wissen. Doch Léas jüngste Schwester konnte vor Atemlosigkeit nicht sprechen.

Durch die Tür, die auf den Gang führte, kam Fayard herein, gefolgt von seiner Frau.

»Haben Sie schon gehört?«

»Was gehört? So reden Sie doch«, bat Ruth.

»Die *Boches* ...«

»Was ist mit den *Boches*?« rief Léa.

»Sie sind in die freie Zone eingefallen«, sagte Laure schnell.

Léa ließ sich auf ihren Stuhl sinken. Camille drückte ihren Sohn fest an sich, der dachte, dies sei ein Spiel, und laut aufjuchzte.

»Wir haben es im Radio gehört«, erklärte Fayard.

»Radio Paris hat angekündigt, daß die Besetzungsentschädigung auf fünfhundert Millionen täglich festgelegt worden ist. Wie soll denn so viel Geld aufgebracht werden?« fügte seine Frau hinzu.

2.

Das Haus der Damen de Montpleynet hatte sich seit Léas letztem Parisbesuch sehr verändert. Die beiden im gleichen Stockwerk gelegenen und durch eine Tür miteinander verbundenen Wohnungen, in denen es einst so lebhaft zuging, waren jetzt der Kälte ausgeliefert. Die zwei Schwestern und ihre Haushälterin bewohnten nur vier Räume. Mehr zu beheizen war nicht möglich. Die drei Schlafzimmer am Ende des Korridors und Albertines gesamte Wohnung blieben unbenutzt, die Möbel durch Tücher geschützt, die Fensterläden geschlossen, die Kamine kalt. Die beiden Damen hatten sich mit dieser Einschränkung abgefunden. Sie hatten alle Räume, die sie nicht heizen konnten, »das kalte Logis« getauft und betraten sie nie.

»Du mußt uns verstehen; wir konnten sie doch nicht allein und krank in diesem Hotel lassen. Das hätte uns deine Mutter nie verziehen«, sagte Lisa de Montpleynet und betupfte sich die Augen mit einem Taschentuch.

»Darüber gibt es nichts mehr zu reden, wir haben unsere Pflicht getan, als Verwandte und als gute Christen«, fügte ihre Schwester Albertine barsch hinzu.

Léa, die in dem kleinen Pariser Wohnzimmer stand, hatte Mühe, ihren Zorn zurückzuhalten.

Ein alarmierender Brief von Albertine – der ihr gar nicht ähnlich sah – hatte Léa veranlaßt, den ersten Zug zu nehmen, der sie nach halbtägiger Wartezeit im Gedränge des Bahnhofs von Bordeaux nach Paris brachte. Bei ihrer Ankunft in der Rue de l'Université war sie von der in buntscheckige Schals gehüllten Estelle, Haushälterin und Mädchen für alles der Damen de Montpleynet, mit offenkundiger Erleichterung an die Brust gedrückt worden. Dabei wiederholte diese ständig, als müsse sie sich selbst überzeugen:

»Da sind Sie ja endlich, Mademoiselle Léa, da sind Sie ja endlich!«

»Was ist denn los, Estelle, wo sind meine Tanten? Sind sie krank?«

»Ach, Mademoiselle Léa, wenn Sie wüßten ...«

»Léa, da bist du ja«, hatte Lisa ausgerufen, die einen Pelzmantel über ihrem Morgenrock trug.

Kurz darauf war Albertine erschienen, gefolgt von einem Mann, der eine Arzttasche trug. Ihre Tante hatte ihn zur Tür begleitet und gesagt:

»Auf Wiedersehen, Doktor, bis morgen.«

Léa hatte die drei Frauen erstaunt angesehen.

»Wollt ihr mir nicht endlich sagen, wer hier krank ist?«

»Deine Schwester Françoise«, hatte Albertine erwidert.

Diese Antwort hatte Léa die Sprache verschlagen. Dann war auf die Überraschung der Zornausbruch gefolgt. Ihre unbarmherzigen Äußerungen hatten die sensible Lisa in Tränen ausbrechen lassen.

»Léa, Léa, bist du es?« rief eine schwache Stimme hinter einer sich langsam öffnenden Tür hervor. Dann kam Françoise zum Vorschein, den gewölbten Bauch nur halb von einer Wolldecke verhüllt.

Albertine eilte zu ihr. »Was machst du denn da? Der Arzt hat dir doch verboten aufzustehen.«

Ohne ihre Tante zu beachten, ging Françoise auf ihre Schwester zu und streckte ihr die Arme entgegen. Die Decke glitt von ihren Schultern und zeigte ihren riesigen Leib, der noch durch ein zu enges Nachthemd und die Magerkeit ihres Gesichts hervorgehoben wurde.

Sie fielen sich in die Arme.

»O Léa! Danke, daß du gekommen bist.«

Léa brachte sie in ihr Zimmer zurück, das kaum wärmer war als der kleine Wohnraum.

Nachdem sie sich hingelegt hatte, ergriff Françoise die Hand ihrer Schwester, führte sie an die Lippen und murmelte: »Du bist gekommen ...«

»Beruhige dich doch, mein Schatz, Aufregung schadet dir nur«, sagte Albertine und schüttelte die Kissen auf.

»Nein, Tante Albertine, das Glücklichsein kann einem nicht schaden. Léa, du mußt mir alles erzählen. Alles, was sich in Montillac getan hat.«

Zwei Stunden später schwatzten die Schwestern noch immer.

Léa konnte sich nicht entschließen, das warme weiche Bett zu verlassen, in dem sie sich seit dem Erwachen aalte. Die Vorstellung, in dieser Kälte aufstehen und sich anziehen zu müssen, war ihr unerträglich. Ah, im Bett bleiben zu können, schön im Warmen, bist zum Ende des Winters ... Bis zum Ende des Krieges ...

Sie erinnerte sich staunend, welches Vergnügen es ihr gestern abend bereitet hatte, mit Françoise zusammen die glücklichen Augenblicke ihrer Kindheit heraufzubeschwören. Innerhalb weniger Minuten hatte sich eine Vertrautheit zwischen ihnen entwickelt, die sie zuvor nie gekannt hatten. Sie hatten sich gute Nacht gesagt mit dem Gefühl, sich wiedergefunden zu haben, doch sie hatten sorgsam vermieden, das Problem anzusprechen, das sie beide beschäftigte: die Geburt des Kindes und die Zukunft von Françoise.

Es klopfte an der Tür. Estelle kam mit dem Frühstückstablett herein.

»Na so was: Tee und richtiger Zucker!« rief Léa aus, während sie sich aufsetzte: »Wie macht ihr das denn?«

»Das erste Mal seit drei Monaten. Zu deinen Ehren! Ein Freund von Madame Mulstein, ein Schriftsteller, glaube ich, hat uns dazu verholfen.«

»Raphael Malh?«

»Ja, so heißt er. Ein wirklich ziemlich übler Herr. Ich habe ihn neulich auf der Terrasse des *Deux Magots* gesehen, mit einem jungen deutschen Offizier, dem er den Arm um die Taille gelegt hatte, während er ihm ins Ohr flüsterte. Die anderen Gäste hatten sich geniert abgewandt.«

Léa hatte Mühe, ihr Lächeln zu verbergen, das die alte Bedienstete nicht verstanden hätte.

»Ich habe meinen Damen die Szene beschrieben und ihnen gesagt, daß sie diesen Herrn nicht mehr empfangen dürfen«, fuhr Estelle fort. »Mademoiselle Lisa hat mir geantwortet, daß ich überall nur Böses sähe, daß Monsieur Malh ein vollkommener Gentleman sei und wir es ihm zu verdanken hätten, daß wir noch nicht ganz und gar verhungert seien. Und Mademoiselle Albertine meinte, man dürfe nicht nach dem äußeren Schein urteilen. Was sagen Sie denn dazu, Mademoiselle?«

»Ich kenne Monsieur Malh kaum, Estelle. Ich werde aber meine Tanten bitten, im Umgang mit ihm vorsichtig zu sein.«

»Ich habe eine Kanne heißes Wasser ins Badezimmer gestellt und den elektrischen Heizofen angemacht. Er wärmt zwar nicht viel, aber er macht die Atmosphäre etwas angenehmer.«

»Danke, Estelle; ich hätte ja gern ein Bad genommen.«

»Ein Bad! Die Wanne ist schon seit Monaten nicht mehr benutzt worden. Meine Damen gehen jede Woche einmal in die öffentliche Badeanstalt.«

»Ah, das möchte ich sehen! Sie werden sich kaum trauen, sich auszuziehen, bevor sie ins Wasser steigen.«

»Es ist nicht nett von Ihnen, sich über sie lustig zu machen, Mademoiselle Léa. Das Leben hier ist schwierig. Wir frieren, wir hungern. Und wir haben Angst.«

»Wovor? Für euch besteht doch keine Gefahr.«

»Wer weiß das schon, Mademoiselle. Erinnern Sie sich an die Dame im ersten Stock, die Ihre Tanten ab und zu zum Tee besucht haben?«

»Madame Lévy?«

»Ja. Die Deutschen haben sie verhaftet. Sie war krank, doch sie haben sie aus dem Bett gezerrt und im Nachthemd mitgenommen. Mademoiselle Albertine hat Monsieur Tavernier Bescheid gegeben ...«

»Tavernier?«

»... und ihn gebeten, nachzuforschen.«

»Und?«

»Als er ein paar Tage später zu uns kam, war er ganz blaß und wirkte irgendwie zum Fürchten.«

»Was hatte er denn zu berichten?«

»Daß Madame Lévy nach Drancy gebracht worden sei und von dort aus in ein Lager in Deutschland, zusammen mit tausend anderen, fast alles Frauen und Kinder. Seitdem haust in ihrer Wohnung eine Schauspielerin, die auf großem Fuß lebt und häufig Besuch von deutschen Offizieren bekommt. Sie machen einen Höllenlärm, doch keiner wagt es, sich zu beschweren, aus Angst vor Repressalien.«

»Wann war Monsieur Tavernier zuletzt hier?«

»Vor ungefähr drei Wochen. Er hat Ihre Tanten dazu gebracht, Françoise bei sich aufzunehmen.«

Léa spürte, wie ihr Herz schneller schlug. Françoise kümmerte sich um ihre Tanten und ihre Schwester...

»Ich muß jetzt gehen, Mademoiselle. In der Rue de Buci soll es heute Fisch geben. Da darf ich nicht zu spät kommen, sonst kriege ich nur noch die Gräten.«

Léa machte schnell Katzenwäsche, streifte über ihr blaues Wollkleid noch einen schwarzen Pullover und eine Jacke, zog dicke Socken an und trat so eingemummelt ins Zimmer ihrer Schwester.

Im Bett sitzend, eingehüllt in Bettjäckchen und rosa Schals, die ihrem Teint Farbe verliehen, frisiert und ausgeruht, sah Françoise Léa lächelnd entgegen.

»Guten Morgen; hast du gut geschlafen?« fragte sie. »Ich habe seit Monaten nicht mehr so gut geschlafen. Das verdanke ich dir.«

Léa küßte sie, ohne zu antworten.

»Gut, daß du da bist. Jetzt werde ich schnell wieder auf den Beinen sein. Ich möchte die Premiere des Stücks von Henry de Montherlant *Die tote Königin* nicht verpassen.«

»Wann findet sie denn statt?«

»Am 8. Dezember in der Comédie Française.«

»Am 8. Dezember! Das ist ja übermorgen.«

»Na und? Das Baby kommt erst in über einem Monat, und es geht mir eigentlich sehr gut. Eine Schwangerschaft ist ja keine Krankheit. Das wirst du merken, wenn du an der Reihe bist.«

»Hoffentlich nie!«

»Warum nicht? Es ist einfach wundervoll, ein Kind von einem Mann zu erwarten, den man liebt.«

Beim Anblick von Léas verschlossenem Gesicht erkannte Françoise, daß sie zu weit gegangen war. Sie wurde rot und senkte den Kopf. Dann nahm sie ihren ganzen Mut zusammen, hob die Augen und sagte mit unsicherer Stimme:

»Ich weiß, was du denkst. Ich habe versucht, mich davon zu überzeugen, daß es unrecht von mir war, Otto zu lieben. Es ist mir nicht gelungen. Alles an ihm gefällt mir: seine Güte, seine Liebe zur Musik, sein Talent, sein Mut, sogar, daß er Deutscher ist. Das einzige, was ich mir wünsche, ist, daß der Krieg enden möge. Du verstehst das doch, nicht wahr? Versuch es zu verstehen!«

Léa gelang es nicht, über diese Situation ruhig und mit kühlem Kopf nachzudenken. Tief in ihrem Inneren revoltierte etwas gegen diese Liebe, die sie schockierte. Gleichzeitig verstand sie sehr wohl, was Otto und Françoise miteinander verband. Wäre Otto kein Deutscher, würde er einen ganz reizenden Schwager abgeben.

»Was willst du denn tun?« fragte Léa.

»Ihn heiraten, sobald er aus Berlin zurück ist und die Erlaubnis seiner Vorgesetzten erhalten hat. Versprich mir, daß du Trauzeugin sein wirst. Bitte versprich es mir!«

»Das hängt vom Datum ab. Wenn eure Trauung während der Weinlese oder im Frühjahr stattfindet, kann ich nicht.«

»Du wirst es schon einrichten können«, meinte Françoise lächelnd und glücklich darüber, keine deutliche Absage erhalten zu haben.

»Otto ist wundervoll. Er schreibt mir jeden Tag und macht sich solche Sorgen um mich und das Baby. Er hat mir Friedrich Hanke als Beschützer zur Seite gestellt. Du erinnerst dich doch an ihn, er hat dir damals bei Camilles Niederkunft beigestanden.«

»Na prima; notfalls könnte er immerhin für die Hebamme einspringen.«

Bei soviel boshafter Ironie konnte Françoise die Tränen nicht zurückhalten. Léa schämte sich für ihre Grobheit und hätte sich bei ihrer Schwester entschuldigt, wenn Tante Albertine nicht gerade in dem Moment eingetreten wäre.

»Léa, du wirst am Telefon verlangt. Aber Françoise! Was hast du denn?«

»Nichts, Tantchen. Ich bin nur ein bißchen erschöpft.«

»Hallo? Mit wem spreche ich?«

»Sind Sie Léa Delmas?«

»Ja, das bin ich. Wer sind Sie?«

»Sie erkennen mich nicht? Sie haben aber kein feines Gehör.«

»Nein. Sagen Sie mir, wer Sie sind, oder ich lege auf.«

»Energisch wie eh und je. Kommen Sie, schöne Freundin, strengen Sie sich ein bißchen an.«

»Ich habe keine Lust, mich anzustrengen, und finde diese Art Scherze albern.«

»Legen Sie nicht auf. Erinnern Sie sich an *Le Chapon fin*, die Kirschen von Mandel, *La Petite Gironde*, die Sankt-Eulalia-Kirche, die Rue Saint-Genès ...«

»Raphael!«

»Das hat aber lange gedauert!«

»Entschuldigen Sie bitte, aber mir sind telefonische Rätselspiele ein Greuel. Woher wissen Sie, daß ich in Paris bin?«

»Ich bin über alles, was meine Freunde betrifft, immer gut informiert. Wann sehen wir uns?«

»Das kann ich noch nicht sagen, ich bin ja gerade erst angekommen.«

»Ich schaue um fünf zum Tee vorbei. Sie brauchen sich um nichts zu kümmern, ich bringe alles Notwendige mit. Nur Wasser müssen Sie aufsetzen.«

»Aber ...«

»Wie geht es Ihrer reizenden Schwester und Ihren Tanten? Übermitteln Sie ihnen bitte meine Verehrung. Bis gleich, meine Liebe, ich freue mich, Sie wiederzusehen.«

Raphael Malh legte auf und ließ Léa verblüfft am anderen Ende zurück. Woher wußte er es? Ein Schauder überlief sie, und sie hatte ein ungutes Gefühl.

»Halte dich nicht in diesem eisigen Flur auf, mein Liebes, du wirst dich erkälten.« Lisas Stimme schreckte sie auf.

»Wie lange ist es her, daß ihr Raphael Malh zuletzt gesehen habt?«

»Ich weiß nicht ... Vierzehn Tage vielleicht.«

»Hat er dabei auch Françoise gesehen?«

»Nein, sie ist einen Tag nach seinem Besuch hier angekommen, und seither hat sie das Haus nicht verlassen. Aber was sollen alle diese Fragen?«

»Das war eben Raphael Malh, der mich angerufen hat, und ich frage mich, woher er weiß, daß ich in Paris bin.«

»Durch Zufall.«

»Bei jemandem wie ihm glaube ich nicht an Zufall.«

Lisa hob die Schultern in einer Geste der Ratlosigkeit.

»Ach, fast hätte ich es vergessen: Er kommt zum Tee.«

»Aber wir haben doch nichts im Hause!«

»Er hat gesagt, außer dem heißen Wasser bringe er alles mit.«

Die Standuhr im Wohnzimmer hatte gerade fünfmal geschlagen, als die Klingel der Wohnungstür ertönte. Estelle, die über ihren üblichen Kittel eine blütenweiße gerüschte Schürze gebunden hatte, öffnete die Tür. Halb verdeckt von einem Berg verschnürter Päckchen, trat Raphael Malh ein.

»Schnell, meine gute Estelle; helfen Sie mir, sonst fallen alle diese Köstlichkeiten noch auf den Teppich.«

Brummend nahm ihm die Haushälterin die Sachen ab.

»Raphael, Sie sind einfach großartig!«

»Léa!«

Sie betrachteten sich lange, ehe sie aufeinander zugingen, so als wollten ihre Augen in einem einzigen Moment möglichst viele Einzelheiten aufnehmen.

Sie waren so gegensätzlich – in ihren Vorstellungen vom Leben, von der Freundschaft, von der Liebe –, doch ein vertrautes Gefühl, das sie nicht bekämpften, zog sie zueinander. Es war jedoch Raphael, der sich die meisten Fragen stellte über das, was er »den Teil des Selbst, der noch nicht von Fäulnis befallen war«, nannte. Er, der Schwindler, der Lügner, der Dieb, der Polizeispitzel, der Gestapo-Kollaborateur, der Jude, der Gelegenheitsberichterstatter von *Je suis partout, Gringoire, Pilori* und *Nouveau Temps*. Sein Antisemitismus schockte sogar die unübertrefflichen Herausgeber und Redakteure dieser Publikationen, die immerhin vorgaben, »Judenfresser« zu sein. Er fühlte sich Léa gegenüber wie ein großer Bruder, der seine kleine Schwester vor dem Schmutz des Lebens bewahren möchte.

»Schöne Freundin, wie machen Sie es nur, mir jedesmal, wenn ich Sie sehe, Augen und Seele zu verzaubern?«

Sie lachte ihr ein wenig rauchiges Lachen, das die Männer erregte und die Frauen ärgerte, und küßte ihn auf beide Wangen.

»Ich sollte es zwar nicht, aber ich freue mich, Sie wiederzusehen.«

»Etwas Angenehmes und etwas Unangenehmes in einem einzigen Satz. Aber ich mache gute Miene und halte mich an das Angenehme. Als ich hereinkam, haben Sie gesagt, Sie fänden mich großartig. Ich bin schick, nicht wahr? Besonders stolz bin ich auf meine Schuhe. Wie gefallen sie Ihnen? Sie haben mich ein Vermögen gekostet. Maßarbeit von Hermès.«

»Und wie haben Sie soviel Geld aufgetrieben? Haben Sie eine alte Dame beraubt, Ihren Körper an einen fetten, rosigen deutschen Hauptmann verkauft oder einen zarthäutigen Knaben der Prostitution zugeführt?«

»Sie liegen gar nicht so falsch. Was wollen Sie, liebste Freundin, jeder Mensch zimmert sich sein Glück nach seinen Ansprüchen, und meist ist das Geld Maß aller Dinge. Da mich ohne Geld auch das armselige bißchen Glück, das mir vergönnt sein dürfte, verlassen wird, habe ich beschlossen, mir welches zu beschaffen. Gegenwärtig ist nichts leichter als das. Alles ist verkäuflich: der Körper wie das Gewissen. Je nach den Umständen verkaufe ich mal das eine, mal das andere: Oder auch beide, wenn der Käufer besonders großzügig ist.«

»Sie sind abscheulich!«

»Das Gute ist so unvollkommen, daß es mich nicht interessiert. Es ist ein großer Irrtum, bezaubernde Freundin, den Menschen für ein vernünftiges Wesen zu halten. Die Fähigkeit zu denken führt nicht zu Vernunft. Ich war schon immer überzeugt, daß eine Vorliebe für vernünftige Dinge das Prinzip der Mittelmäßigkeit ist. Ich muß unbedingt irgendwann ein ›Lob der Mittelmäßigkeit‹ schreiben. Das würde in dieser Republik der Schreiberlinge Aufsehen erregen. Doch vor der Ausarbeitung dieses Meisterwerks erlauben Sie mir bitte, daß ich Ihren Frau Tanten und Ihrer Frau Schwester meine Aufwartung mache.«

Im Zimmer von Françoise war auf einem runden Tisch mit besticktem Tischtuch das gute Teeservice gedeckt.

»Sie haben wohl sämtliche Konditoreien und Konfiserien von Paris geplündert!« rief Léa aus, angesichts der mit Pralinen, Petits fours, Törtchen und glasierten Früchten überhäuften Platten.

»Sie können sich gar nicht vorstellen, wie recht Sie haben. Ich hatte die größte Mühe, das alles zu beschaffen: Die Petits fours mit Couvertüre sind von Lamoureux in der Rue Saint-Sulpice, die mit Creme von Guerbois in der Rue de Sèvres, die Schokoladentorte kommt selbstverständlich von Bourdaloue, die Kekse stammen von Galpin in der Rue du Bac, und den Rest habe ich bei Debauve & Gallais in der Rue des Saints-Pères bekommen, ehemals Hoflieferanten der Könige von Frankreich!«

»Vor dem Krieg haben wir dort auch gekauft«, seufzte Lisa mit einem begehrlichen Blick auf all die Leckereien.

»Und den Tee«, fuhr Raphael fort, während er eine Dose aus der Tasche zog, »hat mir ein Freund aus Rußland mitgebracht. Er ist stark, aromatisch, köstlich. Er wird Ihnen schmecken.«

»Monsieur Malh, Sie verwöhnen uns. Das ist sehr liebenswürdig von Ihnen. Wie können wir Ihnen nur jemals danken für all die guten Dinge.«

»Indem Sie zugreifen, meine Damen.«

Für einige Minuten waren nur Eßgeräusche zu vernehmen. Als erste erklärte Françoise, keinen weiteren Bissen mehr herunterzubringen, gefolgt von Albertine und Raphael. Nur Lisa und Léa fuhren fort, die Leckereien gierig zu verschlingen. Ihre Hände bewegten sich mit erstaunlicher Geschwindigkeit vom Tisch zum Mund. Tante und Nichte waren wie zwei schlecht erzogene Gören, deren beschmierte Finger und Münder von großer Gefräßigkeit zeugten. Raphael Malhs dröhnendes Lachen ließ sie zusammenfahren. Mißtrauisch blickten sie um sich, als fürchteten sie, das verbliebene Gebäck würde ihnen weggenommen.

»Schämst du dich denn gar nicht, Lisa?« tadelte Albertine in gespielt strengem Ton.

Errötend senkte Lisa den Kopf.

»Wenn man dich gewähren ließe, würdest du nicht einmal an die arme Estelle denken«, fuhr ihre Schwester erbarmungslos fort.

»Ich hatte solchen Hunger. Bitte verzeiht mir. Aber du hast recht, ich werde Estelle etwas bringen«, sagte sie mit so viel Zerknirschung, daß alle in Lachen ausbrachen, sogar Albertine.

Die Nacht war schon lange hereingebrochen, als sich Raphael Malh verabschiedete. Léa begleitete ihn zur Tür.

»Ich muß Sie allein sprechen. Können wir morgen zusammen Mittag essen?«

»Ich weiß nicht; Sie machen mir angst. Es gelingt mir nicht zu glauben, daß Sie so schlecht sind, wie Sie sich darstellen, und dennoch sagt mir ein innerer Widerstand, daß ich mich vor Ihnen in acht nehmen sollte.«

»Oh, wie recht Sie haben, meine Liebe. Sie können sich gar nicht genug vor mir in acht nehmen. Sie wissen doch, daß man die größte Gefahr läuft, die zu verraten, die man liebt. Da ich ein begeisterter Leser der Heiligen Schrift bin, wird es Sie nicht verwundern, wenn ich Ihnen sage, daß Judas meine Lieblingsgestalt ist, mein Bruder, mein Freund, mein Doppelgänger. Durch ihn sollte das Böse kommen, denn es mußte geschehen, was geschrieben stand. Er, der intelligente, der Intellektuelle der ganzen Bande, mußte ausgerechnet den Menschen verraten, den er am meisten liebte. Und durch diese Tat, die ihn für alle Ewigkeit gezeichnet hat, ist Judas der Jünger, Judas der Verräter, verdammt bis zum Ende aller Zeiten. Das ist doch ungerecht, finden Sie nicht?«

»Das weiß ich nicht, ich habe mich nie besonders für Judas interessiert.«

»Das sollten Sie aber; er ist der einzig wirklich interessante der zwölf Apostel, abgesehen von dem sanften Johannes mit seiner Engelsvisage, Jesu Lieblingsjünger und sein Geliebter«, erklärte er auf Léas fragenden Blick. »Denn wie Sie wissen, waren sie allesamt homosexuell.«

»Sie sind ja verrückt!«

»Und homosexuell.«

»Wenn meine Tanten Sie so lästern hörten, würden sie Ihnen das Haus verbieten.«

»Dann schweige ich wohl besser, denn ich liebe die Gesellschaft alter Damen. Von der ganzen weiblichen Spezies sind sie die einzig erträglichen Exemplare. Sie ausgenommen natürlich, und meine schöne Freundin Sarah Mulstein. Ach, übrigens: Haben Sie etwas von ihr gehört? Ich bin schon seit Tagen ohne jede Nachricht von ihr.«

Darauf wollte er also hinaus. Léa erschauerte und hatte plötzlich einen ekelerregenden Geschmack im Mund. Kurz und knapp antwortete sie: »Ich habe auch nichts von ihr gehört.«

»Oh, Sie frieren! Ich bin ein Rohling, daß ich Sie in diesem eisigen Flur aufhalte. Wärmen Sie sich schnell bei Ihrer charmanten Schwester auf. Kennen Sie ihren zukünftigen Ehemann? Ein hochgebildeter Mensch, dem eine große Zukunft prophezeit wird. In den gegenwärtigen Zeiten ist eine solche Verbindung äußerst nützlich. Wird Ihr Dominikaner-Onkel das Paar trauen?«

Eine jämmerliche Furcht ergriff Léa.

»Ihre Zähne klappern ja, mein Herz, und Sie sind ganz

blaß. Das ist meine Schuld, wegen mir werden Sie sich noch erkälten. Haben Sie Fieber?«

Besorgt ergriff Raphael ihr Handgelenk.

»Rühren Sie mich nicht an, es geht mir sehr gut«, rief Léa und entriß diesem Schwätzer heftig ihre Hand.

»Bis morgen, schöne Freundin. Ich werde Sie am späten Vormittag anrufen. Ruhen Sie sich inzwischen aus, Sie haben es nötig, wenn Sie Ihre Nerven behalten wollen.«

3.

Am nächsten Vormittag verließ Léa schon sehr früh die Wohnung in der Rue de l'Université, um Raphael Malhs Anruf zu entgehen. Sie hatte eine sehr schlechte Nacht verbracht, denn sie mußte ständig an Raphaels Worte denken, die sie als Drohung gegen ihre Familie und ihre Freunde verstand. Sie mußte unbedingt Sarah Mulstein und ihren Onkel Adrien Delmas warnen. Daß sie nicht wußte, wo sich die beiden aufhielten und wie sie vorgehen sollte, versetzte sie in wahnsinnige Angst. Wer konnte wissen, wo sich Sarah und der Dominikaner verbargen? François! Natürlich: François Tavernier.

Am Tag der Beerdigung ihres Vaters hatte er darauf bestanden, daß Léa sich eine Adresse einprägte, wo sie ihn im Notfall antreffen oder eine Nachricht für ihn hinterlassen konnte. Damals hatte sie gedacht, da könne er aber lange warten, bis sie ihn in Paris wiedersehen wolle, und hatte die Adresse schleunigst vergessen. Was hatte er nur gesagt? In der Nähe des Etoile? Avenue . . . Avenue . . . Herrgott, es lag ihr auf der Zunge. Der Name eines napoleonischen Generals oder Marschalls: Hoche? Marceau? Kléber? Kléber, das war es: Avenue Kléber 32. Sie war aufgestanden, um sich die Adresse zu notieren, weil sie fürchtete, sie wieder zu vergessen, und war dann mit dem Gedanken eingeschlafen: Morgen früh muß ich diese Adresse verbrennen.

Das Wetter war schön, aber kalt. Vom Boulevard Raspail aus ging Léa mit schnellen Schritten zur Kreuzung Sèvres-Babylone, warm eingepackt in einen prächtigen Nerzmantel, den ihr Françoise geliehen hatte. Ihr Haar war unter einer dazu passenden Pelzkappe verborgen, ihre Füße steckten in gefütterten Stiefeln, die ihr ein wenig zu groß waren.

Die wenigen, meist schäbig gekleideten Fußgänger drehten sich nach der eleganten jungen Frau um, die der Kälte und allen Einschränkungen zu trotzen schien. Es machte Léa ein solches Vergnügen, ihr Gesicht in den seidigen Pelz zu schmiegen, daß sie die feindseligen oder verächtlichen Blicke gar nicht bemerkte. An der Buchhandlung Gallimard verlangsamte sie ihren Schritt. Der junge dunkelhaarige Verkäufer, der die Romane von Marcel Aymé so liebte, dekorierte Bücher im Schaufenster. Als sich ihre Blicke kreuzten, erkannte er sie sofort.

Lächelnd zeigte er ihr das Buch, das er gerade in der Hand hielt: Es war von Raphael Malh. GIDE stand in Großbuchstaben auf dem Umschlag. Dieses »Zusammentreffen« erweckte erneut alle ihre Ängste. Sie ging schneller. Als sie an der Wohnung von Camille und Laurent vorbeikam, die sie im Juni 1940 in Panik verlassen hatten, schenkte sie dem Haus nur einen gleichgültigen Blick.

Fahnen mit den Nazi-Emblemen flatterten an der Fassade des Hotels *Lutétia*, ein Schmuck, der an diesem schönen sonnigen Morgen besonders beleidigend wirkte. Auf den Eingangsstufen diskutierten mehrere Personen mit zwei deutschen Offizieren. Unter ihnen –

nein, das konnte doch nicht möglich sein! Um sich zu vergewissern, überquerte Léa die Straße und zwang sich, langsam an der Gruppe vorbeizugehen. Sie hatte sich nicht getäuscht. Es war tatsächlich François Tavernier, der sich mit den beiden Deutschen bestens zu verstehen schien. Léa zitterten die Knie, so elend fühlte sie sich. Die Tränen liefen ihr unaufhaltsam über die Wangen. Das war die schlimmste Demütigung: vor diesem Mistkerl und seinen düsteren Genossen zu weinen!

»Schau, schau, eine hübsche Dame, die offenbar großen Kummer hat«, sagte einer der Offiziere beim Anblick des jungen Mädchens.

François Tavernier folgte seinem Blick. Das gab es doch nicht! Aber sie war es: die einzige Frau, die auch in Tränen noch hübsch aussah.

»Entschuldigen Sie mich, meine Herren, das ist meine jüngere Schwester. Ihr Pudel wird entlaufen sein; sie ist so sensibel.«

»Verdammter Schwerenöter«, rief einer der Zivilisten und klopfte ihm auf die Schulter. »Wieder eine Ihrer Eroberungen. Gratuliere, mein Lieber, Sie haben einen ausgezeichneten Geschmack. Frisch wie der junge Morgen. Sie sollten sich schämen, so viel Schönheit für sich allein zu behalten. Bringen Sie sie doch mal zu einem unserer Abendessen mit.«

»Das werde ich. Meine Herren, bitte entschuldigen Sie mich jetzt. Bis bald.«

Er sprang die Stufen hinunter, nahm Léa beim Arm und zog sie mit sich fort.

»Gib dich bitte ganz natürlich, wir werden beobachtet.«

Einige Minuten gingen sie, ohne zu sprechen, überquerten die Rue du Cherche-Midi und liefen dann die Rue d'Assas hinauf.

»Laß mich los, ich kann allein gehen.«

Er gehorchte.

»Noch immer die gleiche liebenswürdige Art. Ich freue mich zu sehen, daß du dich nicht verändert hast, und stelle mit Vergnügen fest, daß sich deine materielle Situation offensichtlich gebessert hat. Dieser prächtige Pelz steht dir großartig.«

Als Antwort zuckte Léa nur die Achseln.

»Für ein anständiges junges Mädchen ist er allerdings höchst unpassend. Nur Gattinnen und Mätressen von Schwarzhändlern, gewisse Schauspielerinnen und einige von Deutschen ausgehaltene Nutten wagen es, so etwas zu tragen.«

Léa errötete und fand nur eine armselige Antwort, über die sie sich sofort ärgerte: »Der Mantel gehört mir nicht. Ich habe ihn mir von meiner Schwester ausgeliehen.«

François lächelte flüchtig. »Was tust du in Paris? Und warum hast du geweint?«

»Das ist unwichtig.«

Er blieb stehen, ergriff ihren Arm und zwang sie, ihn anzusehen.

»Weißt du denn nicht, du Dummchen, daß mir alles, was dich berührt, wichtig ist?«

Wieso fühlte sie sich durch seine Worte getröstet? Sanft befreite sie ihren Arm und ging weiter. Sie kamen zum Eingangstor des Jardin du Luxembourg.

»Komm, gehen wir hinein, dort können wir in Ruhe reden«, schlug er vor.

Um das Bassin herum jagten sich kreischend einige Knirpse in Wollmützen und Schals unter Aufsicht ihrer Mütter, die vor Kälte mit den Füßen aufstampften und die Arme um sich schlugen.

»Und jetzt sag mir, wieso du in Paris bist.«

»Wegen Françoise. Es geht ihr nicht gut.«

»Das ist in ihrem Zustand normal.«

»Wahrscheinlich; aber meine Tanten waren so besorgt, daß ich den ersten Zug genommen habe. Doch ich werde wohl nicht lange bleiben. Sobald ich von Montillac weg bin, habe ich Angst, daß etwas passiert.«

»Hast du Nachricht von Laurent d'Argilat?«

»Nein, nichts seit der Geiselhinrichtung am 21. September in Souges.«

»Ich habe ihn kurz danach gesehen. Er konnte es sich nicht verzeihen, daß es ihm nicht gelungen war, die Männer zu retten«, sagte Tavernier und ergriff wieder Léas Arm.

»Was hätte er denn tun können?«

»Er kannte das Lager Mérignac, aus dem sich die Deutschen die Geiseln geholt haben, ganz genau.«

»Wieso kannte er es?«

»Kurz nach der Beerdigung deines Vaters wurde er bei einer Razzia in der Rue Sainte-Catherine in Bordeaux aufgegriffen. Seine falschen Papiere waren einwandfrei, trotzdem wurde er im Lager Mérignac interniert. Drei Tage später ist er geflohen und brachte einen genauen Plan des Lagers mit. Außerdem hatte er dort Kontakte geknüpft, die uns nützlich hätten sein können. Als er erfuhr, daß siebzig willkürlich festgenommene Männer erschossen werden sollten als Vergeltung für das in Paris verübte Attentat, hat er sich zusammen mit dem Abbé Lasserre und einigen Kameraden seiner Organisation bemüht, eine Rettungsaktion auf die Beine zu stellen. Sie wollten versuchen, die Lastwagen mit den Geiseln anzuhalten, dann die Wachen erschießen und die Gefangenen befreien. Im letzten Augenblick erhielten sie den Befehl, nichts zu unternehmen.«

»Wer hat diesen Befehl erteilt?«

»Das weiß ich nicht. Vielleicht London.«

»Das ist doch absurd!«

»In der Politik sind es häufig die scheinbar absurden Entscheidungen, die man akzeptieren muß wie ein Gesetz.«

Er blickte ihr in die Augen und sagte unvermittelt:

»Ich würde dich sehr gern küssen.«

»Ich möchte noch lieber wissen, wie du zu deinen ›Freunden‹ vom Hotel *Lutétia* stehst.«

»Darüber kann ich nicht mit dir sprechen. Das sind Dinge, von denen du – in deinem und unser aller Interesse – nichts wissen solltest.«

»Ich habe eben einen richtigen Schock bekommen, als ich dich mit denen zusammen gesehen habe. Ich war gerade auf der Suche nach der Adresse, die du mir damals genannt hattest.«

»Avenue Kléber 32?«

»Ja.«

»Bedanke dich bei meinen ›deutschen Freunden‹, wie du sie nennst, denn wenn ich mich nicht zufällig dort mit ihnen unterhalten und dich dadurch getroffen hätte, wärst du geradewegs in die Höhle des Löwen geraten. Und es ist keineswegs sicher, daß ich dich da hätte herausholen können, trotz meiner Beziehungen und der Freundschaft, die mir Otto Abetz entgegenbringt.«

»Der deutsche Botschafter?«

»Ja. Erinnerst du dich nicht mehr? Wir haben uns doch in seinem Hause getroffen und miteinander getanzt. Hast du unseren Tanz vergessen?«

Sie hatten sich mit den Ellbogen auf die Balustrade gestützt, die den Blick freigab auf die umgepflügten Rasenflächen und das Bassin. Hinter ihnen erhob sich der Musikpavillon. Im winterlichen Licht wirkte das Senatspalais wie ein schlafendes Schloß, von schwarzen Bäumen bewacht, deren kahle Äste sich halb flehend, halb drohend gen Himmel reckten. Ein Gärtner schob eine Schubkarre voller Karotten, Rüben und Porree vorbei. Als sie das Quietschen des Rades hörten, drehten sie sich um.

»Was macht er denn hier mit all dem Gemüse?« fragte Léa erstaunt.

»Weißt du denn nicht, daß der Jardin du Luxembourg in einen Gemüsegarten umgewandelt wurde?«

»Gar keine schlechte Idee«, meinte sie mit so ernsthafter Miene, daß François in Lachen ausbrach.

»Nein, keine schlechte Idee, wenngleich ich mich frage, wem dieses Grünzeug zugute kommt. Aber du hast mir noch immer nicht gesagt, warum du mich erreichen wolltest.«

»Es ist alles so verwirrend für mich. Wer bist du? Stehst du auf der Seite der Deutschen oder der Franzosen? Bist du ein Freund von Otto Abetz oder von Sarah Mulstein?«

»Es ist noch zu früh, um dir eine Antwort zu geben. Aber eines solltest du wissen: Nie wird dir durch mich ein Leid geschehen. Du kannst mir alles sagen.«

»Hast du Nachricht von Sarah?«

»Wenn du etwas weißt, dann verschweig es mir nicht. Sie ist in ständiger Gefahr«, sagte er und ergriff ihre Hand.

Léas Augen versuchten vergeblich, in François' undurchdringlichem Gesicht zu lesen. Trotz des Pelzes fröstelte sie.

Er zog sie an sich und bedeckte ihr kaltes Gesicht mit Küssen. Léa war, als habe sie auf diesen Augenblick gewartet, seit sie ihn auf der Treppe des Hotels *Lutétia* erblickt hatte. Als sich ihre Lippen berührten, wurde sie von einem warmen Glücksgefühl überwältigt, und ihr Körper preßte sich fest an ihn.

»Du hast dich nicht verändert. Wie haben wir es nur so lange ohne einander ausgehalten?«

Seine Hand, die sich unter ihren Pullover schob und ihre aufgerichteten Brustspitzen liebkoste, war kalt und heiß zugleich.

»Philippe! Marianne! Schaut da nicht hin. Das ist ja widerlich! Sogar vor den Kindern! Sie sollten sich schämen!« entrüstete sich eine Frau in Kindermädchentracht, die einen riesigen Kinderwagen schob und mit zwei Gören von vier oder fünf Jahren schimpfte.

»Die Dame hat recht, dies ist kein passender Ort. Komm, gehen wir Mittagessen bei meiner Freundin Marthe Andrieu, das ist hier ganz in der Nähe.«

»Marthe Andrieu?«

»Die Wirtin eines illegalen Restaurants in der Rue Saint-Jacques.«

Beim Verlassen des Gartens verlangten französische Polizisten in Zivil ihre Ausweise. Offenbar eine Routinekontrolle. Sie ließen sie passieren, ohne ihnen auch nur eine einzige Frage zu stellen.

»Wen suchen sie denn?« fragte Léa, während sie den Boulevard Saint-Michel überquerten.

»Terroristen, Juden, Kommunisten, Gaullisten ...«

»Wenn nun jemand geschnappt wird, was geschieht dann mit ihm?«

»Kommt drauf an, welche Polizei es ist, aber meistens versuchen sie, sich der Leute zu entledigen. Sie übergeben sie der Gestapo, die sie entweder foltert, deportiert oder umbringt, je nachdem.«

»Was würden sie mit Sarah machen?«

»Als ich sie das letzte Mal gesehen habe, gehörte sie zu

einer Widerstandsgruppe, die darauf spezialisiert ist, Juden in die freie Zone zu bringen.«

»Und heute?«

»Heute habe ich mehr Angst um sie als je zuvor. Wenn man ihre Aktivitäten für den Widerstand entdeckt, wird man sie foltern. Wie ich sie kenne, wird sie nichts sagen und wird deshalb sterben.«

Mit gesenktem Kopf und zusammengepreßten Lippen stürmte François Tavernier vorwärts. Léa klammerte sich an seinen Arm und mußte große Schritte machen, um mithalten zu können. Sie spürte die innere Anspannung ihres Gefährten und war beunruhigt. Vor ihnen ragte das Panthéon in den düsteren Himmel auf, und ein kalter Wind ließ den Staub der Rue Soufflot aufwirbeln.

Ein Grüppchen Studentinnen in kurzen, karierten Faltenröcken rempelten sie lachend an. Sie trugen Windjakken oder Regenmäntel, und an ihren Füßen, die in festen Schuhen steckten, leuchteten farbenfrohe Wollsocken.

»Wir müssen sie finden.«

»Wen?«

»Sarah. Ich habe auch Angst um sie. Gestern war Raphael Malh bei meinen Tanten zu Besuch. Er hat mich gefragt, ob ich von ihr gehört hätte.«

»Ich kann daran nichts Alarmierendes finden. Er und Sarah kennen sich seit langem, und du weißt, daß sie ihm gegenüber immer sehr nachsichtig war.«

»Ich sehe ihm auch vieles nach. Er amüsiert mich und bringt mich zum Lachen, auch gegen meinen Willen. Aber jetzt kommt er mir irgendwie enthemmt vor, so als habe er keine Kontrolle mehr über das Schlechte, das in ihm steckt. Das spüre ich, verstehst du, das habe ich im Gefühl. Anders kann ich es dir nicht erklären.«

»Hat er etwas gesagt, das dich beunruhigt hat?«

Léa senkte den Kopf. Wie sollte sie ihm ihre Befürchtungen mitteilen? Sie war sich sicher, daß durch Raphael Malh Sarah etwas Schreckliches geschehen würde . . .

»Er hat mich gefragt, ob mein Onkel Adrien die Trauung von Françoise und . . . und . . .«

Tavernier kam ihr zu Hilfe.

»Sturmbannführer Kramer. Unter anderen Umständen wäre er der perfekte Ehemann für deine Schwester gewesen. Es gibt wohl kaum etwas Harmonischeres als ein musikbegeistertes Paar! Leider ist Kommandant Kramer nicht nur Musiker, sondern auch SS-Offizier. Ich kann dir auch noch sagen, daß er von seinen Vorgesetzten sehr geschätzt wird, obgleich man ihn verdächtigt, sich nur seinem kranken Vater zuliebe als Freiwilliger gemeldet zu haben, der wiederum ein guter Freund von Heinrich Himmler, dem SS-Führer, ist. Er wird auch noch von einem weiteren Freund seines Vaters protegiert, dem berüchtigten Paul Haussner, Gründer der Offiziersschule der SS, dem er es zu verdanken hat, daß er jeden Tag einige Stunden der Musik widmen kann. Ich habe mich sehr gewundert, als ich hörte, daß er die Absicht hat, deine Schwester zu heiraten. Das wird der alte Kramer nie zulassen.«

»Aber was soll dann aus Françoise werden?«

Ihre Ankunft vor dem Gebäude in der Rue Saint-Jacques, in dem sich das illegale Restaurant von Marthe Andrieu befand, ließ ihn eine Antwort schuldig bleiben.

Der Empfang war sehr herzlich, doch die Augen der Wirtin waren gerötet.

»Was haben Sie denn, Marthe? Sind es die Zwiebeln, die Ihnen die Tränen in die Augen treiben?«

»Nein, Monsieur François«, antwortete sie und trocknete sich die nassen Wangen. »Es ist wegen René.«

»Und was ist mit ihm? Er sieht doch aus, als ginge es ihm bestens.«

»Er soll nach Deutschland geschickt werden.«

René trat zu ihnen.

»Beruhige dich, Mama. Die Gäste fragen sich sonst, was hier los ist.«

»Es ist mir egal, was die Gäste denken. Ich will nicht, daß du gehst.«

François Tavernier umfaßte ihre Schultern. »Gehen wir in die Küche, da können Sie mir ausführlich berichten. Entschuldige mich, Léa.«

»Folgen Sie mir, Mademoiselle, ich zeige Ihnen Ihren Tisch«, sagte René und zog sie mit sich.

Während sie an ihrem Glas Sauternes nippte, schaute sich Léa im Raum um und fragte sich, wer wohl diese Leute sein mochten, die sich den Luxus leisten konnten, in solchen Lokalen zu essen, denn seit ihrer Ankunft in Paris hatten die Preise schwindelerregende Höhen erreicht. Die Männer waren konservativ gekleidet, nicht mehr ganz jung, die Gesichter eher feist. Die Frauen trugen Hüte, in ihren Gesichtern war der unerträgliche Ausdruck befriedigter Eitelkeit. Über die Stuhllehnen hatten sie ihre Pelzmäntel drapiert. Léa, im Mantel ihrer Schwester, war sich bewußt, daß sie ihnen ähnelte. Das war ihr unangenehm, und sie wäre vielleicht gegangen, wenn François nicht in dem Moment gekommen wäre, mit einer sorgenvolle Miene.

»Stimmt etwas nicht?«

»Du hast doch gehört: René soll zur Zwangsarbeit nach Deutschland. Ich habe ihm geraten zu gehen.«

»Ist das dein Ernst?«

»Das ist mein Ernst. Wenn er sich nicht stellt, kommt die Polizei hierher, und dann kriegen die Eltern Ärger.«

»Kannst du nichts für ihn tun?«

»Ich werde es versuchen. Aber es wird immer schwieriger. Die Deutschen haben für das laufende Trimester zweihundertfünfzigtausend Mann angefordert und für das erste Trimester 1943 noch einmal so viele.«

François Tavernier warf einen schnellen Blick in die Runde und fuhr mit leiserer Stimme fort:

»Reden wir von etwas anderem. Wie geht es Camille?«

»Gut. Sie hilft mir sehr bei der Verwaltung von Montillac.«

»Und Fayard, euer Kellermeister, kommt er seinen Pflichten nach? Hat er immer noch ein Auge auf das Gut geworfen?«

»Er spricht nicht mehr davon, aber ich bin auf der Hut. Ich habe den Eindruck, daß er jede unserer Bewegungen beobachtet. Wenn ich ihn frage, ob er etwas von Mathias gehört hat, schaut er mich ganz merkwürdig an, dreht mir den Rücken zu und murmelt irgend etwas. Er verzeiht es mir nicht, daß sein Sohn nach Deutschland gegangen ist.«

Das Rührei mit Trüffeln, das Marthe ihnen brachte, war ein Hochgenuß.

Ein auffallendes Paar betrat den Raum. Er mittelgroß, in einem falsch zugeknöpften Mantel mit Pelzkragen, die schlaffen Züge belebt von harten, intelligenten Augen; sie sehr elegant, in einen prachtvollen Leopardenmantel gehüllt, das Haupt umschlossen von einem großen Turban aus schwarzem Samt.

Marcel und Marthe eilten auf die beiden zu und führten sie unter vielen Ehrenbezeugungen an ihren Tisch. Die Frau dankte mit einem übertriebenen vornehmen Kopfnicken und ließ ihren Pelz lässig über die Stuhllehne gleiten. Unter dem Mantel trug sie ein tadelloses schwarzes Kostüm und ein wundervolles mehrreihiges Perlenkollier. Léa konnte ihre Blicke kaum von dem fabelhaften Schmuck wenden.

»Léa! Léa!«

»Ja?« sagte sie und riß sich aus ihrer Versunkenheit.

»Starr diese Leute nicht so an. Marthe!«

Die Wirtin, die gerade an ihrem Tisch vorbeiging, hielt inne.

»Haben Sie noch Wünsche, Monsieur François?«

»Ja; die Rechnung bitte, und zwar schnell.«

»Aber wir sind doch noch gar nicht fertig!« rief Léa.

»Waren Sie nicht zufrieden, Monsieur François?«

»Doch, doch, meine Liebe, mir ist nur gerade eingefallen, daß ich noch einen wichtigen Termin habe ... der auch Ihrem Sohn nützlich sein könnte«, fügte er leise angesichts ihrer enttäuschten Miene hinzu.

»Ja, dann ...«, stammelte sie und verschwand in der Küche.

»Also, François, willst du mich nicht endlich aufklären?«

»Zu spät!«

Der Mann, der gerade hereingekommen war, hatte sich erhoben und eilte mit ausgestreckter Hand auf François zu.

»Monsieur Tavernier! Sie sind es tatsächlich. Hélène hatte recht. Wie ich sehe, kennen auch Sie die guten Adressen. Sie müssen noch eine weitere in Ihr Büchlein eintragen: meine. Ich will nicht prahlen, aber ich habe die beste Tafel von Paris. Ich bewirte jeden Tag etwa zwanzig Freunde und hoffe, daß auch Sie bald zu diesem Kreis gehören werden. Selbstverständlich ist auch Mademoiselle jederzeit willkommen.«

Er verneigte sich vor Léa, die ihm mit einer schlichten Kopfbewegung dankte.

Marthe legte die Rechnung auf den Tisch.

»Sie gehen schon, mein lieber Tavernier?«

»Ein wichtiger Termin«, erklärte François, während er seiner Brieftasche Geldscheine entnahm.

Der Mann suchte in der Innentasche seines Jacketts.

»Hier, bitte, meine Karte. Merken Sie sich meine Adresse gut: Rue de Presbourg 19. Jeder, der gegenwärtig in Paris etwas zu sagen hat, frequentiert mein Haus. Sie werden bei mir nur die Crème dieses Personenkreises antreffen. Aber ehe Sie gehen, müssen Sie meine Frau noch begrüßen, sie würde Ihnen sonst nie verzeihen, Sie wissen ja, wie nachtragend Hélène ist.«

»Wie können Sie nur einen Moment glauben, lieber Freund, daß ich der charmantesten Frau von Paris nicht augenblicklich meine Verehrung erweisen werde. Ich komme sofort zu Ihrem Tisch.«

François Tavernier legte seine Hand auf Léas Arm und sagte leise: »Warte auf mich, es dauert nur eine Minute.«

Verstimmt nahm Léa wieder Platz.

»Hier, essen Sie das, während Sie warten«, lächelte Marthe und stellte ein Stück Apfeltorte vor sie hin.

Inzwischen überhäufte Tavernier die elegante Dame mit Höflichkeitsbezeugungen. Geradezu lächerlich wirkte er mit seinem Grinsen und seinen Bücklingen! Léa konnte es kaum glauben: Ausgerechnet er, der sonst so distanziert war, so ironisch! Hier benahm er sich fast unterwürfig. Jetzt endlich geruhte er, sich von den beiden zu verabschieden und sich an ihre Existenz zu erinnern.

»Wie ich sehe, hast du deine Zeit nicht vergeudet«, bemerkte er und deutete auf die Kuchenkrümel.

»Marthe hat mir ...«

»Ich mache dir doch keinen Vorwurf.«

»Das fehlte auch noch. Du hättest dich nur mal sehen

müssen, wie du den Gockel gespielt hast vor der alten Henne . . .«

»Nicht so laut! Du bist sehr ungerecht der Dame gegenüber. Komm.«

Im Vorraum stießen sie auf Marthe und René, der versuchte, seine Mutter zu trösten.

»Kann ich Sie einen Augenblick sprechen, René?«

»Selbstverständlich, Monsieur François.«

Sie traten in einen Raum, in dem der kleine Sohn von René und Jeannette schlief, umgeben von Schinken, Würsten, Konserven und Gemüsekisten, die sich bis zur Decke stapelten.

»Würden Sie den Gästen in dem kleinen, für Freunde reservierten Speiseraum eine Nachricht überbringen?«

»Ich habe sie dort plaziert, weil sie auf Empfehlung von Ihnen gekommen sind.«

»Das war gut so. Fragen Sie nach Monsieur Jacques Martel. Ein dunkelhaariger Mann mit regelmäßigen Zügen wird sich melden. Sagen Sie ihm, daß die Aktien nicht gut stehen. Haben Sie die Tür zu dem Raum, der auf die Lieferantentreppe geht, reparieren lassen und das große chinesische Wandbild, das zu den beiden Paravents paßt, davor aufgehängt?«

»Ja. Ich habe alles selbst gemacht, um etwaige Fragen zu vermeiden.«

»Die Treppe selbst war versperrt. Haben Sie den Zugang zu den Weinkellern freigelegt?«

»Alles erledigt, sogar ohne den Staub und Dreck dort unten aufzuwirbeln. Keiner der Nachbarn hat auch nur das Geringste bemerkt.«

»Hervorragend. Danke, René. Diesen Ausgang werden wir jetzt erstmals benutzen. Es sind vier Personen, nicht wahr?«

»Ja.«

»Sie sollen jeweils im Abstand von zwei Minuten verschwinden. Gehen Sie jetzt, und achten Sie vor allem darauf, von keinem der anderen Gäste gesehen zu werden. Die Sicherheit aller hier steht auf dem Spiel. Noch etwas: Seien Sie bei Monsieur Michel und seinen Freunden besonders vorsichtig. Wir müssen verhindern, daß er auch nur den geringsten Verdacht schöpft in bezug auf das, was hier manchmal vorgeht.«

»Keine Sorge, nicht einmal meine Eltern wissen Bescheid. Nur Jeannette ahnt etwas.«

»Von ihr ist nichts zu befürchten. Dennoch sollten Sie vorsichtshalber den Kleinen lieber aufs Land schicken.«

»Daran habe ich auch schon gedacht. Sobald es geht, bringen wir ihn fort.«

»Schnell jetzt, René, und vergessen Sie nicht: Jacques Martel. Er soll als zweiter gehen.«

»Man könnte meinen, General de Gaulle persönlich hätte hier das Sagen.«

François erwiderte nichts, doch ein komplizenhaftes, amüsiertes Leuchten blitzte in seinen Augen auf.

René trat als erster aus der Vorratskammer. François streichelte den Kopf seines schlafenden Patenkindes, bevor auch er den Raum verließ.

Während sie in der Küche warteten, besserten Marthe und Léa ihre Stimmung auf mit Zuckerstückchen, die sie in Zwetschgenwasser tauchten, das die Familie in der Gegend von Limoges selbst herstellte. Ihren glänzenden Augen nach zu urteilen, mußten sie schon einige Zuckerstückchen verzehrt haben. Tavernier blieb auf der Schwelle stehen.

Léa entrüstete sich lautstark über die skandalösen Schmachtblicke, die diese Hélène François zugeworfen hätte. Er ging zu ihr und nahm sie beim Arm. Ohne ihren

Protest zu beachten, zog er sie in den kleinen Vorraum, dann auf den Treppenabsatz.

»Laß mich los, ich will diese Frau zur Rede stellen. Hast du denn nicht bemerkt, wie unverschämt sie dich angestarrt hat? Das war ja schon peinlich. Dabei hat sie sehr wohl gesehen, daß du in Begleitung warst. So eine Frechheit!«

Sie waren nicht ohne Schwierigkeiten in den Eingangsflur gelangt. François hatte Mühe, vor Léa eine ernste Miene zu bewahren, denn der Schwips machte ihr Gesicht unter der schiefsitzenden Pelzkappe einfach unwiderstehlich.

»Du machst mir ja wahrhaftig eine Szene! Du bist eifersüchtig!«

»Ich! Eifersüchtig! Wegen wem? Wegen was?«

»Wegen mir, habe ich den Eindruck.«

»Wegen dir! Du bist ja vollkommen verrückt. Wegen dir! Einfach lächerlich! Das würdest du dir wohl wünschen. Du verwechselst mich mit den Frauen, mit denen du gewöhnlich verkehrst. Eifersüchtig! Ich! Da kann ich nur lachen!«

Unvermittelt zog er sie an sich.

»Schweig, du redest nur dummes Zeug. Man sagt immer zuviel. Mir ist es egal, ob du eifersüchtig bist oder nicht. Es wäre mir sogar lieber, du wärst es nicht.«

Mit verstockter Miene wiegte sie sich hin und her, versuchte aber nicht mehr, sich von ihm zu befreien. Sie fuhr sich mit der Zunge über ihre trockenen Lippen. Diese kleine Bewegung wirkte auf François wie ein Signal; sein Glied wurde hart. Léa preßte sich an ihn.

Ihre Lippen trafen sich mit jener Gier, die nur eine große Liebe oder lange Abstinenz entstehen läßt. Für Léa traf letzteres zu. Seit dem Tag der Beerdigung ihres Vaters hatte kein Mann sie mehr berührt. Heftig atmend klammerte sie sich an François und stieß zwischen den Küssen kleine glucksende Laute aus. Wäre es dunkel gewesen, François Tavernier hätte sie auf der Stelle geliebt, gegen die schmutzige Wand des Hauseingangs gedrückt, dessen große Tür glücklicherweise geschlossen war. Doch es konnte jeden Augenblick jemand eintreten oder Gäste vom Restaurant oben herunterkommen.

Behutsam befreite sich François aus der Umklammerung des jungen Mädchens. »Komm, hier können wir nicht bleiben. Gehen wir zu mir.«

»Nein, jetzt gleich . . .«

Stimmen von der Treppe her brachten Léa zur Vernunft. Ohne weiteren Widerstand ließ sie sich mitziehen.

Léa erwachte, dehnte sich genießerisch und gähnte laut. Sie fühlte sich herrlich wohl, obwohl ihr Kopf schmerzte. Beim Aufrichten blickte sie sich um und zog dabei die Vicunja-Tagesdecke des großen Bettes, dessen Laken zerwühlt waren, um ihre nackten Schultern. Lächelnd betrachtete sie die herrschende Unordnung. Welch eine eigenwillige Wohnung. Ein Mittelding zwischen Dachboden, Grotte und Wüstenzelt. Bahnen aus schwerem, dunkelrotem Samt fielen von den Deckenbalken zu beiden Seiten des breitesten Bettes nieder, das Léa je gesehen hatte. Dieser sybaritischen Lagerstatt gegenüber brannte ein großes Feuer in einem riesigen Kamin mit einem Sims aus geschnitztem Holz. Davor lag ein kostbarer Teppich, auf dem Kissen und Kleidungsstücke verstreut waren. Die Flammen ließen Schattenspiele entstehen. Außerhalb dieser Lichtzone lag der Raum im Dunkel, die Wände verloren sich in völliger Schwärze.

»Mir ist, als schwebte ich zwischen Zeit und Raum«, sagte Léa laut. Ihre Stimme erschreckte sie in der Stille, in der nur das Prasseln des Feuers zu hören war, und brachte sie in die Wirklichkeit zurück. So muß Sünde sein, dachte sie und mußte lachen, denn seit ihrer Kindheit waren ihre Vorstellungen von Sünde großen Schwankungen unterworfen gewesen.

»Wie schön du so bist«, ließ sich eine Stimme aus dem Halbdunkel vernehmen.

»François, wo versteckst du dich? Ich sehe dich nirgends.«

Eine Tischlampe aus grünem Opalglas leuchtete auf und enthüllte François Tavernier, der hinter einem großen, mit Büchern und Papieren bedeckten Schreibtisch saß. Er erhob sich und näherte sich dem Bett. Er trug ein langes besticktes Gewand, das die Härte seiner Züge hervorhob und ihm das Aussehen eines mongolischen Barbaren verlieh.

»Was soll denn die Verkleidung?«

»Also Léa! Und ich dachte, ich könnte dich mit diesem exotischen Kaftan verführen. Na, das war wohl nichts.«

»Woher hast du das tolle Stück? Es ist schön.«

»Ich habe es vor ein paar Jahren von einer Reise nach Kabul mitgebracht. Ein afghanischer Fürst hat es mir geschenkt, ein Staatsgewand, wie es dort einst die höchsten Hofbeamten trugen. Es ist ein sehr warmes Kleidungsstück, das gegen ein rauhes Klima schützen sollte. Seit Kriegsbeginn trage ich es im Winter zu Hause.«

»Hast du die Samtbehänge auch nur wegen der Kälte um das Bett herum anbringen lassen?«

»Ja. Danach ist mir dann bewußt geworden, daß ich mir hier im Erwachsenenformat meine Kinderwelt rekonstruiert habe. Ich bin damals immer unter den mir riesig erscheinenden Eßzimmertisch meiner Großeltern gekrochen. Von der bis auf den Boden herabhängenden Tischdecke verborgen, träumte ich dann, ich sei ein Beduine, ein Hunne, ein Kriegsherr oder ein Sklavenhändler.«

Léa schaute ihn so ungläubig an, daß er in Lachen ausbrach.

»Ich war ein kleiner Junge wie jeder andere.«

»Ja, sicherlich«, antwortete sie ebenfalls lachend, »aber ich habe große Schwierigkeiten, mir dich als Kind vorzustellen.«

»Noch etwas, was uns voneinander unterscheidet; es fällt mir überhaupt nicht schwer, in dir das kleine Mädchen zu erkennen, das du vor nicht allzu langer Zeit noch warst und auch jetzt in vieler Hinsicht noch bist.«

Er setzte sich neben sie und sah sie mit einer Zärtlichkeit an, die sie berührte. Sofort kuschelte sie sich an ihn und rieb ihre Nase an seinem Hals. »Ich mag deinen Geruch.«

Er drückte sie liebevoll an sich und genoß ihr erstes freundliches Wort, das für ihn fast eine Liebeserklärung war. Aus diesem »Ich mag deinen Geruch« einer sinnlichen Frau hörte er das »Ich liebe dich« einer liebenden Frau heraus. So weit war es also schon mit ihm gekommen, dachte er nüchtern, doch er hatte nicht einmal Lust, sich über sich selbst zu mokieren. Dazu war er sich der Vergänglichkeit dieses Augenblicks und Léas Launenhaftigkeit zu sehr bewußt. So genoß er diesen Glücksmoment und schwieg, um den Zauber, der sie vereinte, nicht zu brechen.

Das Telefon läutete.

Léa fuhr zusammen und richtete sich auf. »Mein Gott, es ist ja schon dunkel. Meine Tanten werden sich Sorgen machen.«

»Nein, ich habe ihnen Bescheid gegeben, daß du mit mir zusammen bist.«

»O gut!« sagte sie und stieg aus dem Bett, ohne sich ihrer Nacktheit zu genieren. »Willst du nicht rangehen?«

»Nein, heute bin ich für niemand zu sprechen.«

»Aber es ist vielleicht etwas Wichtiges. Bitte geh ran!«

Die Angst in ihrer Stimme ließ ihn nachgeben, doch als er den Hörer abnahm, antwortete keiner.

»Du bist ja ganz blaß; du brauchst doch nicht so nervös zu sein.«

»Ja, du hast recht, ich benehme mich albern.«

»Ich lasse dir ein Bad einlaufen, das wird dir guttun.«

»Ein Bad?«

»Ja; es ist heutzutage selten, daß man seinen Freunden ein Bad anbieten kann. Denk nur nicht, daß das bei mir häufig vorkommt. Ich glaube, es ist gerade heißes Wasser im Boiler. Hier, nimm, sonst frierst du.«

Léa nahm den Kaschmirschal, den er ihr hinhielt.

»Setz dich ans Feuer; ich lasse das Wasser einlaufen und zünde die Gasheizung an.«

Als er zurückkam, saß Léa auf dem Boden und hatte die Arme um die Knie geschlungen. François ließ sich ihr gegenüber nieder und lehnte sich mit dem Rücken an eine Seitenstütze des Kamins.

»Du hast nicht zufällig eine Zigarette?«

Er suchte in einer Tasche seines Gewandes und zog ein sehr schönes Etui hervor. »Das sind englische; magst du die?«

Ohne zu antworten, nahm sich Léa eine Zigarette und entzündete sie an einem glühenden Span, den er ihr mit der Feuerzange hinhielt.

»Danke«, sagte sie und sog den Rauch mit geschlossenen Augen ein.

Er steckte sich ebenfalls eine Zigarette an, und einige Minuten lang rauchten sie schweigend.

»Wer war der Mann, der bei Marthe mit dir gesprochen hat?«

François ließ sich mit der Antwort Zeit.

»Das ist ein ganz gefährlicher Lump.«

»Du scheinst aber sehr gut mit ihm zu stehen.«

»Dem Anschein nach, ja. Es geht aber nicht anders. Ich muß den Umgang mit dieser Art von Leuten pflegen.«

»Das verstehe ich nicht.«

»Es ist auch besser, wenn du das nicht verstehst. Aber ich kann dir sagen, wer er ist. Er heißt Mendel Szkolnikoff oder Sekolnikow, ist russischen Ursprungs, staatenlos und entstammt einer Rigaer Familie von Tuchhändlern. Zunächst war er Lieferant der zaristischen, dann der bolschewistischen Armee, hat dann Rußland verlassen, ist nach Deutschland gegangen und später von dort mit seiner Familie nach Holland geflohen, um dem Schicksal zu entgehen, das die Nazis den Juden bestimmt haben. Er taucht in Brüssel wieder auf, wo er alsbald des betrügerischen Bankrotts angeklagt wird. Das Urteil fällt milde aus, und er erhält die Erlaubnis, sich in Frankreich niederzulassen. Inzwischen lebt er von seiner Frau getrennt und gründet 1934 – ich glaube, mit seinem Bruder – eine Firma für An- und Verkauf von Stoffen in der Rue d'Aboukir. Die Geschäfte gehen nicht sehr gut, außerdem wird er wegen Betrugs gerichtlich verfolgt. Bei Kriegsausbruch ist er im Milieu zweifelhafter Geschäftsleute unter dem Namen Michel bekannt. Als er 1940 zu der beunruhigenden Erkenntnis kommt, daß seine Lage als Jude und Staatenloser immer gefährlicher wird, nimmt er den Polizei-Inspektor, der ihn überwachen soll, als Partner in seine Firma auf und knüpft Verbindungen zu den deutschen Dienststellen, um mit ihnen ins Geschäft zu kommen. Diese Beziehungen wurden im November aufgenommen und entwickelten sich bald hervorragend. Seine neuen Kunden sind sehr zufrieden mit ihm.«

»Also, das ist ja ein regelrechter Bericht.«

»Wenn es dich langweilt, dann . . .«

»Nein, nein, mach weiter, ich lerne doch was dabei.«

»Dank seiner neuen Geschäftsbeziehungen entgeht er dem Amt für Preiskontrollen sowie der französischen Polizei, doch im Mai 1941 muß er einen schweren Schlag einstecken: Seine Firma wird als jüdisches Unternehmen registriert. Er zieht es vor, sie zu liquidieren, was ihn jedoch nicht daran hindert, weiterhin seine dubiosen Geschäfte zu betreiben . . . Doch jetzt komm, dein Bad müßte bereit sein.«

Léa erhob sich und folgte ihm zum Badezimmer. Sie legte den Schal ab und ließ sich in das heiße Wasser gleiten. »Ah, das tut gut!«

François setzte sich auf den Rand der Badewanne und fuhr mit seinem Bericht fort, ohne dabei die Augen von ihr zu lassen.

»In dieser Zeit trifft er einen weiteren Lieferanten der Deutschen. Es ist eine Frau, eine Deutsche namens Elfrieda, genannt Hélène, die mit einem jüdischen Kaufmann verheiratet ist. Aus dieser Begegnung erwächst ein fruchtbares Unternehmen der Betrügereien und des Schleichhandels aller Art. Sie kaufen alles auf, was es nur zu kaufen gibt: Kartoffeln, Stoffe, Medikamente, Parfüms, Bücher, Pelze; kurz: alles, was man ihnen anbietet. Das verkaufen sie dann an die Besatzer oder an alle diejenigen, die entsprechend bezahlen können. Auf diese Weise werden sie zu Hauptlieferanten der Kriegsmarine. Die Versetzung des Hauptsturmführers der SS Fritz Engelke von der zentralen Verwaltungsdienststelle der SS nach Paris ermöglicht es dem Paar, sich in großangelegte Geschäfte zu stürzen. Der Neuankömmling nimmt Quartier in der Rue du Général Appert, Ecke Avenue Marceau. Damit besitzt nun auch die SS eine Beschaffungsdienststelle und kann sich ebenfalls an der großen Plünderung französischer Güter beteiligen. Szkolnikoff bittet Otto – eine Persönlichkeit, von der ich dir vielleicht eines Tages erzählen werde –, ihn mit Engelke bekannt zu machen. Nach den ersten Geschäften und einigen guten Diners sind aus den beiden Männern dicke Freunde geworden, und ihre Frauen, beide Deutsche, sind geradezu unzertrennlich. Und so wird Szkolnikoff zum offiziellen Lieferanten der SS. Soviel also zur Person. Interessant, nicht wahr?«

Léa hielt die Augen geschlossen. François wurde nicht müde, sie zu betrachten. Er glaubte, sie sei eingeschlafen, und streckte die Hand aus, um ihr eine Haarsträhne aus der Stirn zu streichen. Sie öffnete die Augen.

»Schau mich nicht so an. Wasch mich lieber. Erinnerst du dich noch, wie du mich damals in Orléans während des Angriffs gewaschen hast?«

»Sei still davon.«

»Warum? Ich habe oft an dieses erste Mal gedacht. Anfangs war ich wütend ...«

»Und jetzt?«

»Das hängt von meiner Stimmung ab. Hast du Seife?«

»Ich werde dir mein letztes Stück Guerlain-Seife opfern.«

Er entnahm einer Schublade das kostbare Seifenstück und entfernte die Verpackung.

»Laß mich mal riechen. Hm ... riecht das gut! Was ist es? Nicht gerade ein sehr männlicher Duft«, sagte sie und hielt ihm die Seife hin.

»Stimmt. Es ist Shalimar.«

François rieb die Seife über einen großen Schwamm und begann, Léas schönen Rücken zu waschen.

»Bestimmt das Parfüm einer deiner hübschen Freundinnen«, bemerkte sie in ungewollt scharfem Ton.

»Mein Gott, bist du eifersüchtig. Der Mann, der dich mal heiratet, tut mir jetzt schon leid.«

»Dann kannst du ja froh sein, daß du das nicht sein wirst.«

»Das, meine Liebe, kannst du gar nicht wissen.«

»Das würde mich aber sehr wundern, denn dafür liebe ich dich einfach nicht genug.«

Wirklich idiotisch, daß ihm dieses kleine Weibsstück so verdammt weh tun konnte.

»Au! Paß doch auf, du rubbelst mir ja die Haut ab.«

»Pardon, ich war mit meinen Gedanken woanders.«

»Reizend! Ich begebe mich buchstäblich in deine Hände, und du bist mit den Gedanken woanders.« Schmollend wandte sie sich von ihm ab und tauchte in die Wanne hinein.

Ohne sich darum zu scheren, daß er naß wurde, packte er sie, zog sie aus dem Wasser, trug sie aus dem Badezimmer und setzte sie unsanft auf die Kissen vor dem Feuer nieder.

»Du bist wohl verrückt! Ich friere, gib mir ein Handtuch.«

Er würdigte sie keiner Antwort, sondern entledigte sich mit einer einzigen Bewegung des schweren Gewandes. Nackt, das Glied aufgerichtet, die gespreizten Beine zu beiden Seiten ihres Körpers fest auf den Boden gestemmt, stand er über ihr. Léa konnte einen wollüstigen Schauder nicht unterdrücken. Er sah jenem Briganten aus ihren Jugendträumen so ähnlich, von dem sie damals insgeheim gehofft hatte, er würde ihr eines Tages auf den Waldwegen der Landes begegnen.

Sie legte die Hand in die Mulde zwischen ihren Beinen. François sank in die Knie, nahm die kleine Hand behutsam fort und legte seinen Mund an ihre Stelle. Unter dem Spiel seiner Zunge, die in sie eindrang, bäumte sie sich ihm entgegen und bot sich ihm dar. Ein wildes Lustgefühl überflutete sie. Léa stöhnte und krallte sich in das Haar ihres Liebhabers. Langsam hob François den Kopf und betrachtete mit glücklicher Miene die überwältigende Wirkung seiner Liebkosungen. Dann sank er auf sie nieder und drang vorsichtig in sie ein.

Die Kälte weckte sie auf. Eiligst kuschelten sie sich unter die warme Vicunjadecke und schliefen bis zum nächsten Morgen.

4.

Léa war immer ganz glücklich, wenn sie Post erhielt. War ein Brief für sie gekommen, kuschelte sie sich im Schneidersitz mit einem warmen Schal um die Schultern in den großen Sessel in der Diele, öffnete den Umschlag mit unendlicher Vorfreude und vertiefte sich in die Lektüre:

Meine liebe Léa,
ich sitze im großen Wohnzimmer an dem Schreibtisch, den Du nur zu gut kennst. Wir haben ihn näher an den Kamin geschoben, um mehr von der Wärme abzubekommen. Die Weinstöcke draußen sind schwarz, der Himmel niedrig, und es sieht fast aus, als wollte es schneien. Seit einigen Wochen wirkt das Gut wie in Schlaf gesunken. Madame Bouchardeau und ich haben uns bemüht, die Bücher in Ordnung zu bringen, aber bei einigen Konten ist uns das nicht gelungen, weil Belege fehlten. Fayard will sich darum kümmern. Wir bedauern sehr, daß Du nicht hier bist.
Wir waren etwas beunruhigt, als wir durch Deinen letzten Brief von Françoises schlechtem Gesundheitszustand erfuhren. Wir hoffen, daß es ein hübsches Baby wird und daß es uns nicht mehr lange

warten läßt in dieser unheilvollen Welt. Es gibt kein schöneres Geschenk, keine schönere Hoffnung als ein neugeborenes Kind. Charles, der vor mir auf dem Teppich spielt, ist einfach wundervoll. Jeden Tag entzückt er uns durch seine Entdeckungen, seine Fortschritte. Ich erzähle ihm viel von seinem Vater und von Dir, damit er Euch nicht vergißt und sich ein besseres Bild von Euch machen kann. Weihnachten rückt näher. Abends, wenn Charles eingeschlafen ist, basteln Ruth und ich ihm Spielzeug aus Holzscheiten und Stoffresten. Zu schade, daß wir nicht alle zusammensein werden ... Es sind auch einige spärliche Nachrichten von L. zu uns gelangt. Zwar haben wir noch immer nicht die geringste Ahnung, an welchem Ort er sich aufhält, aber wir wissen, daß er mit der Aufgabe, die er übernommen hat, vorankommt und daß es täglich mehr werden, die mit ihm zusammenarbeiten wollen. Es geht ihm gut.

Laß uns baldigst wissen, wie es Françoise geht.

Charles und ich umarmen Dich zärtlich.

Camille

Léa fühlte sich stets ein wenig genervt von Camilles Sanftmut, von ihrer Hoffnung, die sie um jeden Preis aufrechterhalten wollte, von dieser Leidenschaft für ihren Sohn, die ihr unbegreiflich war. Laurent ging es gut. Sie mußte sich mit diesen dürftigen Auskünften zufriedengeben. Sie wußte, daß Laurent weiterhin Tagebuch führte und, wenn er konnte, Camille davon Auszüge zukommen ließ. Doch es war zu riskant, sie zirkulieren zu lassen. Sie begnügte sich also mit diesen mageren Informationen und durchkämmte zusätzlich alle Zeitungen aus dem Südwesten, die nach Paris gelangten. In jedem

»terroristischen« Anschlag erkannte sie Laurents Handschrift: Eine Brücke flog in die Luft – das war Laurent; eine Patrouille wurde beschossen – das war Laurent; Gefangene waren befreit worden – das war Laurent.

Léa faltete den Brief sorgfältig zusammen, sprang vom Sessel auf und ging leise vor sich hin singend zum Wohnzimmer hinüber.

Von morgens bis abends
Seh' ich nur die Fritzen
Ich hab' die Nase voll von ihnen,
Von ihrem Radio,
Ihren üblen Journalen.
Ich hab' die Nase voll von allem.

Sie schaltete das Radio ein und versuchte die BBC zu bekommen.

»Mademoiselle Léa, singen Sie bitte nicht dieses Lied. Wenn die Nachbarn Sie hören, könnten wir Ärger kriegen.«

»Seien Sie still, Estelle, wie soll ich denn sonst London finden.«

»Sie wissen doch, daß das verboten ist.«

»Heutzutage ist alles verboten, man erstickt fast in diesem Land. Ah, ich hab' sie. Schnell, sagen Sie meinen Tanten Bescheid.«

Brummend und sich in ihre diversen Umschlagtücher wickelnd ging Estelle hinaus, ganz die personifizierte Mißbilligung.

Heute ist der 857. Tag des französischen Widerstandes gegen die Unterdrückung. Ehre und Vaterland. Hier sprechen Franzosen zu Franzosen.

Aber wo bleiben denn Albertine und Lisa? Sie werden den Anfang verpassen. Achthundertsiebenundfünfzig

Tage dauert das also nun schon! Das Schreckliche daran ist, daß man sich mit der Zeit in diesem Zustand einrichtet. Man findet sich damit ab, zu frieren, stundenlang Schlange zu stehen für schlechtes Brot, sich nur einmal wöchentlich zu waschen, Butter und Fleisch auf dem Schwarzmarkt zu kaufen, auf Schritt und Tritt Deutschen zu begegnen und einfach alles für eine Extraration zu tun. Gewiß, ab und zu rebellieren die Leute, wie jene Frauen in der Rue de Buci, die das Schaufenster eines ECCO-Ladens mit Konservendosen demoliert haben. Estelle, die gerade dort war, hat die größte Angst ihres Lebens ausgestanden. »Sie hätten bloß sehen müssen, wie diese brutalen Polizisten auf die armen Frauen eingeprügelt haben. Dutzendweise sind sie in die grünen Minnas verladen worden, einige mitsamt ihren Kleinen, die sich an ihre Röcke klammerten. Ein wirklich trauriger Anblick. Glücklicherweise habe ich eine Freundin in der Rue de Seine, bei der bin ich untergeschlüpft. Angeblich ist eine Frau getötet worden, und eine andere wurde nach Deutschland deportiert. Mademoiselle Léa, hätten Sie so was je für möglich gehalten?« Was konnte sie darauf antworten?

Im Abschnitt Süd gewinnen die Sowjets weiterhin an Boden. Der Rückzug der VII. Armee Italiens, die für den strengen russischen Winter nicht gut genug ausgerüstet war, verwandelt sich in ein Debakel.

Na, wenn das keine gute Nachricht ist, dachte Léa. Aber wo bleiben sie bloß? Diese Sendung verpassen sie doch sonst nie.

»O mein Gott, mein Gott, es ist entsetzlich!« rief Lisa, während sie ins Wohnzimmer stürzte. Schwer atmend ließ sie sich in einen Sessel sinken, der unter ihrem Gewicht ächzte.

»Was hast du denn?«

Lisa deutete mit dem Zeigefinger zur Tür und stammelte mühsam: »Deine Schwester . . .«

»Was ist mit meiner Schwester?«

»Das Baby!«

»Da haben wir's! Ich bin also wieder mal die Glückliche! Erst Camille, jetzt Françoise. Und dann braucht noch lange nicht Schluß zu sein. Ich bin offenbar unversehens zu einem neuen Beruf gekommen: Hebamme . . .«

»Liebes, mach das Radio aus, ich habe Kopfschmerzen.«

»Habt ihr wenigstens den Arzt angerufen?«

»Er kommt. Bitte geh zu deiner Schwester, sie fragt nach dir.«

Arme Françoise! Seit dem Besuch von Hauptmann Friedrich Hanke, einem Freund von Otto Kramer, Françoises »Verlobtem«, wie Tante Lisa ihn sittsam nannte, war sie voller Unruhe und weinte ständig. Léa hatte von Friedrich Hanke den Grund für ihren Kummer erfahren: Die Vorgesetzten von Kommandant Kramer hatten ihm die Erlaubnis, eine Französin zu heiraten, verweigert und ihn, als er darauf bestehen wollte, an die Ostfront geschickt. Vor seiner Abreise dorthin hatte er Friedrich einen Brief an Françoise zukommen lassen können, in dem er ihr seine Liebe versicherte und sie bat, sich wie eine tapfere Soldatenfrau zu verhalten und nichts zu tun, was das Leben ihres Kindes in Gefahr bringen könnte. Außerdem hatte er seinen Vater dringend gebeten, sich für ihn bei seinem Freund Himmler zu verwenden. Friedrich Hanke hatte Léa nicht verhehlt, daß auch Ottos Vater vehement gegen diese Ehe war.

»Und was soll aus Françoise werden?« hatte sie gefragt.

»Sie wird keine materielle Not leiden. Ich habe Otto versprochen, dafür zu sorgen, daß es ihr und dem Kind an nichts fehlen wird.«

»Davon rede ich nicht, ich habe ihren Familienstand gemeint. Auf der Geburtsurkunde des Kindes wird also stehen: Vater unbekannt.«

»Ich weiß, aber daran ist nichts zu ändern.«

»Léa, beeil dich, deine Schwester braucht dich«, sagte Albertine im Hereinkommen.

Im Zimmer roch es nach Schweiß und Erbrochenem. Françoise lag mit verweinten Augen in ihrem zerwühlten Bett. Léa setzte sich zu ihr. Na gut, sie war nun einmal ihre Schwester. Ihre Schwester, mit der sie einst um die Wette gerannt war bis nach Belleville, mit der sie sich in den Kapellen des Kalvarienberges von Verdelais versteckt hatte. Sie hatten bei Langon in der Garonne gebadet, sich bei der Weinlese mit Trauben bombardiert, die auf ihren Kleidern Flecken hinterließen, und an Weihnachten mit schiefen Blicken ihre Geschenke verglichen und das Spielzeug der anderen stets viel schöner gefunden. Sie hatten zur gleichen Zeit ihre ersten »Erwachsenen«-Fahrräder bekommen, ihres war blau, das von Françoise rot. Und erst ihre Streitereien ...

Françoise schaute Léa mit traurigen Augen an, die Léa an ihren Vater erinnerten. Das war ihr so unerträglich, daß sie ihren Blick senkte.

»Otto ist nicht da. Wenn du wüßtest, wie ich mich fürchte ... Er hatte mir versprochen, bei mir zu sein. Warum hat er mich verlassen?« Sie richtete sich auf und klammerte sich aufgelöst an Léa. »Ist ihm sein Kind denn nicht wichtiger als sein Führer? Dabei ist er nicht einmal für Hitler, das hat er mir selbst gesagt. Warum ist er dann zur Geburt seines Kindes nicht hier?«

»Beruhige dich, es ist nicht seine Schuld. Das ist nun mal der Krieg, er muß gehorchen.«

»Er hatte mir gesagt ...«

»Denk nicht mehr daran.«

Der Schrei, den Françoise ausstieß, ließ Léa zusammenzucken.

»Ich soll nicht mehr daran denken! Wie, bitte, soll ich vergessen, daß mein Kind keinen Vater haben wird? Daß man in der Familie mit Fingern auf mich zeigen wird, auf die ledige Mutter, das Liebchen eines *Boche*, die Schlampe, die Hure ...«

»Schweig! Daran hättest du früher denken sollen. Ah, da sind Sie ja, Herr Doktor.«

»Na, liebe kleine Frau, ist der große Augenblick gekommen?«

Mit dem Arzt waren auch Albertine und Estelle hereingekommen. Das nutzte Léa aus, um sich feige zu verdrücken.

Das Telefon in der Diele läutete. Sie nahm ab.

»Hallo ... Léa?«

»Ja.«

»Hier ist Raphael Malh. Ich muß Sie unbedingt sofort sprechen.«

»Das ist unmöglich, meine Schwester steht kurz vor der Niederkunft.«

»Überlassen Sie das getrost der Natur. Ihre Schwester bringt auch ohne Sie ihr Kind zur Welt. Ich muß Sie einfach sprechen.«

»Ist es wichtig?«

»Sehr.«

»Also gut, dann kommen Sie her.«

»Das kann ich nicht.«

»Aber wieso denn nicht?«

»Zu gefährlich, Ihnen das am Telefon zu erklären. In

einer halben Stunde bin ich in der Rue Dauphine 16. Da ist ein Restaurant, das nach nichts aussieht, wo jedoch die drei Schwestern Raymond ein unvergleichliches *Salambo caramélisé* köcheln. Kommen Sie dorthin, ich flehe Sie an.«

»Ich komme.« Sie legte auf. Es war ihm gelungen, sie mit seiner Angst anzustecken.

»Wer war es denn?« fragte Lisa, die aus dem Wohnzimmer kam.

»Ein Freund von mir. Ich muß schnell mal weg.«

»Du mußt weg?«

»Ja. Laß mich vorbei, es ist wichtig.«

»Und deine Schwester?«

»Die braucht mich nicht, es sind genug Menschen da, die sich um sie kümmern. Falls François Tavernier anruft, sag ihm, ich sei mit Raphael Malh in einem Restaurant in der Rue Dauphine 16.«

»Raph . . .«

»Ja. Merk dir: Rue Dauphine 16. Mach dir keine Gedanken, ich werde versuchen, schnell wieder zurück zu sein.«

»Was wird bloß Albertine dazu sagen?«

»Du mußt es ihr erklären.«

Léa entnahm dem Wandschrank in der Diele ihre gefütterten Stiefel mit den Holzsohlen, die sie dank Raphaels Beziehungen hatte ergattern können.

»Zieh den Mantel von deiner Schwester an, damit du nicht so frierst.«

Seit François ihr erklärt hatte, daß nur gewisse Frauen es wagten, Pelzmäntel zu tragen, hatte Léa darauf verzichtet, sich Françoises Nerz auszuleihen. Da sie ihre Tante aber nicht noch mehr verärgern wollte, zog sie ihn wortlos über und setzte die dazu passende Pelzkappe auf.

»Komm schnell wieder zurück«, bat die alte Dame und umarmte sie.

Ein eisiger Wind fuhr durch die Rue de l'Université. Man mußte verrückt sein, um bei einer solchen Kälte das Haus zu verlassen. In der dunklen, verlassenen Straße hallte das Echo von Léas klappernden Holzsohlen wider.

Atemlos und erhitzt erreichte sie die Rue Dauphine, denn sie war gerannt, um irgendwelchen imaginären Verfolgern zu entkommen. Nicht der geringste Lichtschein deutete auf das Restaurant der Damen Raymond hin. Léa drückte eine Tür auf, doch keine Klingel ertönte. War sie hier wirklich richtig? Ein appetitmachender Suppenduft gab ihr die Antwort.

Der Speiseraum war klein und nur spärlich beleuchtet. Auf dem Tresen rechts vom Eingang schlief eine dicke getigerte Katze, eine zweite strich Léa um die Beine.

In den ersten Stock führte eine Wendeltreppe. Eine Frau vom Umfang und der Größe einer Tonne, mit olivfarbenem Teint und grauem, in einen Knoten zusammengefaßtem Haar, kam ihr entgegen. Die weiße Schürze, die sie trug, war ihr viel zu lang.

»Guten Tag, Mademoiselle. Suchen Sie jemand?«

»Ja, Monsieur Malh.«

»Monsieur Malh ist noch nicht da, doch sein Tisch ist bereit. Wollen Sie mir bitte folgen.«

Sie durchquerte, von Léa gefolgt, den Raum und führte sie zu einem kleinen, weißgedeckten Tisch nahe der Tür zur Küche. Eine zweite Frau, die der ersten ähnelte, trat heran und fragte:

»Möchten Sie etwas trinken während Sie warten?« Und da Léa unentschlossen wirkte, fügte sie stolz hinzu:

»Wir haben noch fast alle Aperitifs.«

»Dann bringen Sie mir einen Portwein.«

»Eine gute Wahl; er ist ausgezeichnet.«

Léa schaute sich um. Alle Tische waren besetzt von Gästen, die gutbürgerlich wirkten, gedämpft sprachen, sich gemessen bewegten, gut, aber dezent gekleidet waren und denen die Schwestern Raymond mit einer Vertraulichkeit begegneten, die Restaurantbesitzer gewöhnlich für ihre Stammgäste reservieren. Das schuf eine vertrauenerweckende, familiäre Atmosphäre.

»Bitte sehr, Mademoiselle, Ihr Portwein.«

»Danke.«

Léa trank langsam. Sie verspürte eine leichte Unruhe, wagte jedoch nicht, über den Grund von Raphaels Verspätung zu spekulieren.

Jedesmal, wenn sich die Tür zur Küche öffnete, ertönten Stimmübungen.

»Das ist einer der Söhne des Hauses, der ist Gesangseleve an der Oper«, sagte Raphael Malh, den Léa nicht hatte hereinkommen sehen. »Ein reizender Junge.«

»Warum kommen Sie so spät? Oh! Sie sind verletzt?«

Tatsächlich rann ein wenig Blut von Raphaels Stirn und aus seinem Mundwinkel.

»Es hat nichts zu bedeuten, eine kleine tätliche Auseinandersetzung«, erklärte er und wischte sich das Gesicht mit einem blutbefleckten Taschentuch ab.

Eine der Schwestern bemerkte es. »Oh! Monsieur Malh . . .«

»Seien Sie still, ich bitte Sie! Sie werden noch alle auf uns aufmerksam machen.«

Was die gute Frau jedoch nicht daran hinderte, eine Schüssel mit warmem Wasser und ein Handtuch zu holen.

»Das war doch nicht nötig.«

Unter den bittenden Blicken der Wirtin gab er jedoch nach, befeuchtete das Handtuch und rieb sich damit übers Gesicht. Léa beobachtete ihn dabei mit einer gewissen Gereiztheit.

Eine andere Schwester – oder war es doch dieselbe? – kam, um ihre Bestellung aufzunehmen. »Heute haben wir Eintopf mit Kohl nach Art der Auvergne, Kuttelwurst, Kalbsragout und Hasenpfeffer.«

»Was möchten Sie, Léa?«

»Den Eintopf.«

»Und Sie, Monsieur Malh?«

»Dasselbe. Haben Sie noch was von Ihrem Burgunder?«

»Aber gewiß.«

»Dann lassen Sie mir eine Flasche temperieren – Kellertemperatur, bitte.«

»Ich weiß, Monsieur. Ich kenne die Vorlieben meiner Gäste. Eine Aufschnittplatte als Vorspeise, wäre Ihnen das recht?«

»Sehr. Bringen Sie mir vorher noch einen *Suze.*«

»Sofort, Monsieur Malh.«

Bis der *Suze* kam, sprachen sie kein einziges Wort miteinander.

»Wollen Sie mir nicht endlich sagen, weshalb Sie mich hierherbestellt haben?«

Raphael antwortete nicht, sondern leerte sein Glas mit kleinen Schlucken. Sein Gesicht war fahl, die Züge angespannt. Dann sah er sie an, als würde er sich erst jetzt ihrer Gegenwart bewußt.

»Léa, ich bin ein dreckiger Schweinehund.«

»Das weiß ich schon.«

»Nein, das wissen Sie nicht, nicht wirklich. Noch einen *Suze*«, bat er eine der Schwestern, die gerade vorbeikam.

»Weshalb wollten Sie mich sprechen?«

»Die Gestapo wird Sarah Mulstein verhaften.«

Es dauerte eine Sekunde, bis Léa begriffen hatte. Dann nahm ihr Gesicht einen Ausdruck des Entsetzens an, während sich ihr Mund mit einem gallebitteren Geschmack füllte.

»Was haben Sie getan? Sie waren das doch hoffentlich nicht? Sagen Sie mir, daß Sie das nicht waren!«

Raphael drehte sein Glas zwischen den Händen und wirkte wie ein altes Kind, das etwas ausgefressen hat, erwischt wurde und nun nicht weiß, wie es sich reinwaschen soll. »Es ist nicht meine Schuld, ich konnte nicht anders handeln.«

Léas Entsetzen verwandelte sich in Abscheu. »Sie konnten nicht anders handeln! Das müssen Sie mir erklären!«

»Das wäre eine lange und komplizierte Geschichte. Kurz: Ich bin von der Gestapo beim Schwarzhandel mit Gold erwischt worden. Sie haben mir erklärt, sie würden ein Auge zudrücken, wenn ich mit ihnen zusammenarbeiten und ihnen ein paar Auskünfte über das Presse- und Verlagsmilieu geben würde.«

»Und wenn nicht?«

»Dann würden sie mich der französischen Polizei übergeben wegen ein paar anderer Vergehen oder mich zu meinen Rassegenossen in ein Konzentrationslager schicken.«

»Und da haben Sie es vorgezogen, Sarah zu schicken!«

»Ganz so einfach ist es nicht gelaufen. Zuerst habe ich ihnen erzählt, was in den Korridoren der Rundfunkanstalt und in den von Intellektuellen frequentierten Cafés geredet wird. Im Gegenzug haben sie über meinen kleinen Handel beide Augen zugedrückt. Wissen Sie, wenn man es schlau anfängt, kann man momentan eine Menge Geld verdienen ...«

»Und wenn man ein Schweinehund ist.«

»Urteilen Sie nicht zu voreilig.«

»Arbeiten Sie schon lange für die?«

»Seit gut einem Jahr, aber nur hin und wieder. Seit der Besetzung der Nono-Zone sind sie anspruchsvoller geworden. Vor einem Monat haben sie mich einbestellt und mir erklärt, ich müsse herausbekommen, wer die Leute sind, die Juden nach Spanien schleusen. ›Da Sie Jude sind, dürfte es Ihnen nicht schwerfallen, in eine dieser Organisationen aufgenommen zu werden. Stellen Sie fest, wer die Leute sind, und wir vergessen, wer Sie sind.‹ Das war deutlich. Was hätte ich da noch tun können?«

»Flüchten.«

»Flüchten? Wohin? Sie kennen die Deutschen nicht. Das ist ein ebenso erbarmungsloser wie bewundernswerter Menschenschlag, wie dafür geschaffen, die Welt zu beherrschen, während der Jude, wie Moses sagt, einer verdorbenen und verlogenen Rasse angehört.«

»Wofür Sie leider das perfekte Beispiel abgeben.«

»Das ist zweifellos meine Art, meiner Rasse treu zu sein. Nur sehr wenige Menschen haben den Mut, sich bis zur letzten Konsequenz dazu zu bekennen. Wir anderen haben keine Größe, während sie dem Wesen des Deutschen entspricht – er erkennt und bewundert sie instinktiv. Daraus erwächst ein Heldenvolk. Das gab es einst auch in Frankreich . . .«

»Mir ist es egal, ob die Deutschen Sinn für Größe haben. Für mich sind sie Feinde, die unser Land besetzt halten, und ich ersehne den Augenblick, wo sie aus Frankreich vertrieben werden. In Rußland steht es übrigens schlecht für Ihre Freunde. Sie sollten Ihr Mäntelchen allmählich nach einem anderen Wind ausrichten.«

»Sprechen Sie nicht so laut. Ich werde daran denken, wenn es soweit ist. Vorläufig sind sie die Sieger. Ohne sie wäre ich schon im Gefängnis.«

»Da gehören Sie auch hin. Aber jetzt wieder zu Sarah: Was haben Sie angerichtet? Ich dachte, Sie hätten ihre Adresse gar nicht?«

»Das stimmt, aber im Verlauf meiner Nachforschungen bin ich mit ihrer Gruppe in Kontakt gekommen. Das war gar nicht schwer, ich habe überall verbreitet, daß ich Frankreich möglichst bald verlassen müßte. Eines Tages, als ich in Belleville in einem jüdischen Restaurant sehr schlecht zu Mittag aß, kam ein kleiner Junge und sagte, ich solle ins *Select* auf den Champs-Élysées gehen und dort nach Boby fragen. Der Name kam mir irgendwie bekannt vor. Dieser Boby mußte einer der Kellner dort sein. Ich gehe ziemlich häufig ins *Select*, meist samstags gegen sieben Uhr abends. Welch ein Lärm, welch ein Trubel, welch ein Geschrei! Da sieht man verrückte Weiber jeglichen Alters, geschminkt bis zum Gehtnichtmehr, die mit dem Hintern wackeln, mit den Wimpern klimpern, schamlos mit hübschen Gigolos flirten und mit ihnen über den Preis ihrer Umarmungen feilschen. Das Lokal hat einen so schlechten Ruf, daß es für die Besatzungstruppen verboten ist. Es ist also ein idealer Ort, um Botschaften zu übermitteln. Der Junge hatte mir ein Erkennungswort genannt, und so bin ich ins *Select* gegangen und habe nach Boby gefragt. Es erscheint das entzückendste Geschöpf, das Sie sich vorstellen können: wohlgerundet, mit Grübchen, einer Kinderstimme . . .«

»Ersparen Sie mir diese Details.«

». . . und taufrisch. Ein Juwel! Nachdem ich ihm das Erkennungswort gegeben hatte, forderte er mich auf, ihm in den Keller zu folgen. Mir war nicht ganz wohl in meiner Haut, doch meine Antworten auf seine Fragen schienen ihn zufriedenzustellen. Er hat mir erklärt, daß er nur ein Glied in der Kette sei und die anderen nicht kenne, ich solle am nächsten Tag um zwölf in der Bar

Fouquet sein, mit einer roten Nelke im Knopfloch und einem Stadtplan von Paris in der Hand. Das habe ich getan. Dort hat mich dann ein sehr eleganter Herr angesprochen und mir eröffnet, daß uns eine Freundin zum Essen erwarte. Wir haben ein Fahrrad-Taxi genommen, sind in die Rue de la Tour gefahren und haben eine fabelhafte Wohnung betreten. Sarah war dort. Wir sind uns in die Arme gefallen. Ich war auf alles gefaßt, aber nicht darauf, sie zu treffen. Ich wußte, daß sie von der Gestapo gesucht wurde, deshalb hatte ich Sie ja auch gefragt, ob Sie wüßten, wo sie ist, so daß ich sie hätte warnen können.«

»Ich verstehe überhaupt nichts mehr.«

»So kompliziert ist das doch gar nicht. Ich konnte nichts dabei finden, den Deutschen ein bißchen bedeutungslosen Klatsch zu erzählen, aber ich hatte keine Lust, Leute zu denunzieren, zumindest nicht umsonst.«

»Das hätte mich auch gewundert! Sie sind widerlich!«

»So schlimm nun auch wieder nicht. Sarah konnte ich ja alles sagen, und so habe ich ihr gestanden, weshalb ich gekommen war. Sie schien nicht einmal erstaunt; sie ist wirklich eine außergewöhnliche Frau. Trotzdem war ich ein wenig überrascht, als sie mich umarmte und mir sagte: ›Mein lieber Raphael, du wirst dich nie ändern.‹ Wir sind dann übereingekommen, daß ich achtundvierzig Stunden warten würde, bevor ich der Gestapo von meiner Entdeckung Mitteilung mache.«

»Dann ist also alles in Ordnung, sie hatte Zeit, sich in Sicherheit zu bringen?«

»Eben nicht, das ist es ja! Die mißtrauischen Deutschen haben mich beobachten lassen. Sie haben vor dem Haus auf mich gewartet. Ah, meine Liebe, ich mußte meine ganze Kaltblütigkeit aufbieten, um nicht die Beine in die Hand zu nehmen.«

»Schmeckt es Ihnen nicht?«

Mit strafenden Blicken umstanden die drei Schwestern Raymond ihren Tisch.

»Verzeihen Sie uns, wir waren ganz in unser Gespräch vertieft.«

»Das haben wir bemerkt«, sagte eine der drei spitz.

»Kommen Sie, Léa, bedienen Sie sich.«

»Ich habe keinen Hunger.«

»Dann müssen Sie sich zwingen. Die drei wären beleidigt, wenn Sie nichts essen, und dann würde ich hier in Zukunft auch nichts mehr serviert kriegen. Es ist aber wichtig für mich, daß ich auch weiterhin hierherkommen kann.«

Raphael ging mit gutem Beispiel voran und stopfte sich zwei Wurstscheiben auf einmal in den Mund.

»Was wollten die Deutschen von Ihnen?«

»Sie haben mich gefragt, wen ich besucht hätte.«

»Haben Sie es ihnen gesagt?«

»Ich war in einer Zwickmühle ...«

»Sie armseliges Würstchen!«

»Beschimpfen Sie mich nur, das ist ja auch leicht. Was hätten Sie denn an meiner Stelle getan?«

»Haben sie Sarah verhaftet?«

»Nein, denn ich habe ihnen erklärt, daß sie mir in zwei Tagen eine Liste aller Personen übergeben würde, die demnächst nach Spanien geschleust werden sollen.«

»Und das haben sie Ihnen abgenommen?«

»Ich hatte den Eindruck. Ich mußte in ihren Wagen steigen, und dann haben sie mich zum Boulevard Flandrin gebracht. Dort habe ich mich sofort beruhigt, als ich Rudy de Mérode, einen Freund von mir, hinter dem Schreibtisch sitzen sah. Seit Kriegsbeginn haben wir beide zusammen einige gute Geschäfte gemacht. Er ist ein sehr wichtiger Mann.«

»Was hat er Ihnen gesagt?«

»Daß seine Chefs einen Treuebeweis von mir erwarten und darauf bestünden, daß ich ihnen innerhalb von achtundvierzig Stunden die Namen aller Gruppenmitglieder liefere.«

»Und haben Sie Sarah warnen können?«

»Nein. Seit gestern werde ich ständig beobachtet. Ich habe vergeblich versucht, sie abzuhängen. Diese Kerle waren es auch, die mir in der Metrostation Sèvres-Babylone das Gesicht poliert haben. Ich habe Sie angerufen und hierhergebeten, weil Sie Sarah unbedingt warnen müssen.«

»Aber wie denn? Es ist sehr weit bis zur Rue de la Tour.«

»Sie brauchen auch nicht zur Rue de la Tour zu gehen, sondern zur Rue Guénégaud 31.«

»Das verstehe ich nicht.«

»Sarah hat mir gestern erklärt, daß sie die Wohnung in der Rue de la Tour, die für ihre Kameraden zu gefährlich geworden sei, verlassen werde und für einige Zeit untertauchen wolle. Eine ihrer Freundinnen, die in die Vereinigten Staaten emigriert ist, hat ihr die Schlüssel zu ihrer Wohnung dagelassen, und nun flüchtet sie sich jedesmal dorthin, wenn sie den Eindruck hat, auf dem Weg in die Rue de la Tour verfolgt worden zu sein.«

»Das alles hat sie Ihnen erzählt? Und wer sagt mir, daß Sie nicht auch die andere Adresse den Deutschen verraten haben?«

»Das hätte ich natürlich tun können. Ich weiß selbst nicht recht, warum ich es nicht gemacht habe. Ich mag Sarah sehr gern, oder vielmehr die Erinnerung an einige Sauftouren durch gewisse Bars am Montparnasse. Kennen Sie den Ausspruch von Jules Renard: ›Es gibt keine Freunde, es gibt nur Augenblicke der Freundschaft‹? Das trifft das Verhältnis zwischen Sarah und mir haargenau.«

»Bitte sehr, der Eintopf. Ich hoffe, er schmeckt Ihnen«, unterbrach sie eine der Damen Raymond und setzte eine dampfende Terrine auf den Tisch. Sie warteten, bis sie wieder in ihre Küche verschwunden war, und nahmen dann das Gespräch wieder auf.

»Drehen Sie sich nicht um ... Die zwei Männer, die mich verfolgt haben, sind gerade hereingekommen. Sie haben mich noch nicht gesehen. Léa, Sie stehen jetzt auf und gehen in die Küche. Dort gibt es eine Tür, die auf den Hof führt. Sie überqueren den Hof, gehen unter einem Torbogen hindurch und gelangen in einen zweiten Hof, der rechter Hand von einer verwitterten Tür begrenzt wird. Durch diese kommen Sie in einen Gang und zu einer weiteren Tür, die auf die kleine Rue de Nevers führt. Die gehen Sie nach rechts hinunter in Richtung der Quais, dann gleich wieder links, und Sie sind in der Rue Guénégaud. Achten Sie unterwegs auf alles Verdächtige. Wenn Sie nichts bemerken, gehen Sie bis zur Nummer 31, steigen in den dritten Stock hinauf und klingeln dreimal, dann wird Ihnen Sarah öffnen. Sagen Sie ihr, sie soll sofort verschwinden. Viel Glück.«

Raphael Malh hielt Léas Augen stand, die deutlich fragten: »Kann ich Ihnen vertrauen?«

Dann erhob sie sich ungezwungen, nahm den Pelzmantel um die Schultern und trat an den Tresen, an dem, mit dem Rücken zum Raum, zwei Männer in Regenmänteln lehnten. Mit leiser Stimme fragte sie eine der Schwestern: »Wo sind die Toiletten, bitte?«

Léa wartete die Antwort nicht ab, sondern schritt gleich auf die Küche zu. Als sie dort an der Köchin und dem angehenden Opernsänger vorbeiging, legte sie den Finger auf die Lippen und trat dann in den Hof hinaus.

In dem kleinen Restaurant der Rue Dauphine war alles friedlich. Die beiden Männer hatten sich nicht gerührt; Raphael Malh widmete sich dem Eintopf.

In der Rue de Nevers war es sehr dunkel. Riesige Ratten nahmen vor Léa, die fast aufgeschrien hätte, Reißaus. Ein eiskalter Wind fegte über die Quais. Kein Laut war zu hören, alles schien verlassen. Während sie versuchte, das Klappern ihrer Holzsohlen zu dämpfen, strebte sie der Rue Guénégaud zu, die zu Fäusten geballten Hände in den Manteltaschen, die Ohren gespitzt und die Angst im Nacken.

Plötzlich tauchte vom Pont Neuf her ein Wagen mit abgeblendeten Scheinwerfern auf, der in schneller Fahrt in die Rue Dauphine einbog. Dann das laute Kreischen der Bremsen. Léa dachte nicht mehr an Raphaels Anweisungen und begann zu laufen. Der Wagen wendete, kam nun die Rue Guénégaud entlang, überholte das fliehende junge Mädchen und hielt einige Meter vor ihr an. Ein Mann stieg aus und verstellte ihr den Weg. Léa schrie.

Eine Hand senkte sich auf ihre Schulter. »Hab keine Angst, ich bin's. Steig in den Wagen.«

Wie mechanisch folgte sie François Tavernier. Sie fuhren die Rue de Seine hinunter auf die Quais zu und hielten vor einer Gemäldegalerie, die sich in einem Eckhaus befand.

»Warum bist du denn so gerannt?«

»Als ich das Auto hörte, habe ich es mit der Angst gekriegt.«

»Wieso hast du dich mit Malh getroffen?«

»Er weiß, wo Sarah ist. Die Gestapo ist hinter ihr her; ich wollte sie warnen.«

»Warum tut er das nicht selbst?«

»Er wird von zwei Männern beobachtet. Ich habe das Restaurant durch den Hinterausgang verlassen.«

»Irgendwie habe ich das Gefühl, daß an der Geschichte was faul ist. Und dir muß es auch so gehen, sonst hättest du mir wohl keine Nachricht hinterlassen.«

»Mag sein; aber jetzt laß uns versuchen, Sarah zu warnen.«

»Wo steckt sie denn?«

»In der Rue Guénégaud 31.«

»Hat Malh dir diese Adresse genannt?«

»Ja.«

»Also dann – in Gottes Namen. Du bleibst hier. Wenn du jemanden kommen siehst, läßt du den Wagen an. Falls ich in zwanzig Minuten nicht zurück bin, verschwindest du.«

»Nein, ich komme mit.«

»Kommt gar nicht in Fra. . .«

»Sei still, wir verlieren nur Zeit.«

François zog sie an sich. »Ich habe Angst«, murmelte sie. Dann machte sie sich los und wandte sich der Rue Mazarine zu.

»Nein, nicht da entlang. Nehmen wir lieber die Rue de Seine und dann die Rue Jacques-Callot. Von der aus kann man in die Rue Guénégaud hineinsehen.« François zog einen Revolver aus seiner Manteltasche und ließ die Trommel rotieren. Léa fühlte sich ein wenig sicherer.

Eilig gingen sie durch die stille Winternacht. In ihrer Laut- und Lichtlosigkeit lag etwas Unwirkliches, ähnlich jener Stille, die einem Sturm vorausgeht. Sie blieben vor dem Eingang der alten Passage du Pont-Neuf stehen; die Straße und die Kreuzung vor ihnen waren leer. Sie liefen weiter . . . Dann ging alles ganz schnell: Drei Autos fuhren vom Quai aus in die Rue Guénégaud. François drückte Léa in einen Torweg. Männer in Zivil mit gezogenen Pistolen drückten die Tür der Nummer 31 auf, weitere Männer mit Maschinengewehren postierten sich an der Straßenmündung.

Ein Schrei. Rufe. Eine Frauengestalt stürzt auf die Straße, stolpert, fängt sich, rennt los. Kommandos. Sie läuft in ihre Richtung. Ein Schuß fällt. Die Wucht des Aufpralls läßt die Frau taumeln, dann sinkt sie langsam zu Boden.

François kann Léa nur mit Mühe zurückhalten.

Die Männer kommen angerannt. Die Frau richtet sich auf; die Nacht verbirgt ihr Blut, das auf das Pflaster strömt. Ein Kolbenhieb . . . Dann noch einer. Eine Hand – so weiß, so zart – hebt sich in einer hilflosen Geste der Abwehr. François erstickt Léas Stöhnen.

Noch ein Hieb. Die Hand fällt herab. Die Männer heben den geschundenen Körper auf, einer bei den Armen, der andere bei den Knöcheln. Das herunterhängende lange schwarze Haar schleift in Blut und Staub. Sie werfen sie hinten auf einen Kleinlaster. Die Glut einer Zigarette, die sich einer der Männer nach getaner Arbeit anzündet, leuchtet auf. Wagentüren schlagen zu. Das Geräusch der Motoren. Und Stille. Niemand hat sich gerührt. Niemand hat bemerkt, daß eine Frau fast umgebracht wurde.

5.

Das Weinen eines Neugeborenen drängte sich in Léas Traum, in dem sie mit Laurent, zärtlich umschlungen, auf der Terrasse von Montillac auf und ab ging. Nichts außer ihnen beiden existierte mehr, der Krieg hatte alle Hindernisse, die sich ihrer Liebe in den Weg stellten, hinweggefegt und sie ohne Erinnerung vor dieser weiten Landschaft, von der kein Geräusch zu ihnen aufstieg, zurückgelassen.

Léa erwachte; sie hatte wieder laut nach ihrer Mutter gerufen, und ihre Wangen waren tränennaß. Im Zimmer nebenan verstummte das Säuglingsgeschrei. Estelle kam mit dem Frühstückstablett herein.

»Guten Morgen, Mademoiselle Léa.«

»Guten Morgen, Estelle. Wie spät ist es?«

»Gleich zehn. Vergessen Sie nicht, daß wir heute abend eine Feier im Hause haben.«

»Eine Feier?«

»Wir haben den 31. Dezember, da wird doch der kleine Pierre getauft, und Sie sind die Patin.«

»Der kleine Pierre? Richtig, wir haben ja jetzt einen kleinen Pierre. Wie geht es Françoise heute morgen?«

»Viel besser. Gestern war sie sogar schon ein wenig auf. Aber ich muß gleich wieder gehen, ich muß meinen Kuchenteig machen.«

Léa stand auf und zog über den alten Pulli, den sie über ihrem Nachthemd trug, einen abgetragenen, aber warmen Morgenrock aus Pyrenäenwolle, der ihrem Vater gehört hatte. Über ihre Füße streifte sie dicke Wollsocken. Sie betrachtete sich im Spiegel ihres Kleiderschranks. In diesem Aufzug würde sie schwerlich einen Preis für Eleganz gewinnen, aber zumindest fror sie nicht zu sehr. Nachdem sie sich die Zähne geputzt und das Haar gebürstet hatte, machte sie sich über ihr Frühstück her.

Während Léa in das steinharte Stück Schwarzbrot biß, dachte sie wieder an ihren Traum, der jedoch bald von den schrecklichen Szenen jener Nacht verdrängt wurde, in der Sarah Mulstein verhaftet worden war.

Es hatte François Tavernier keine besondere Mühe gekostet, von Helmut Knochen selbst Informationen über Sarahs Schicksal zu bekommen. Sie war zum Verhör in die Rue des Saussaies gebracht worden. Dort hatte man ihre Wunden versorgt, die offenbar nicht gefährlich waren. Sie wurde in Einzelhaft gehalten, niemand durfte sie besuchen. Knochen hatte ihm versichert, sie würde gut behandelt. François mußte wohl nicht sehr überzeugt ausgesehen haben, denn der deutsche Offizier hatte hinzugefügt:

»Seit Danneker abgelöst wurde, Eichmanns Mann fürs Grobe, werden die Verhöre jüdischer Terroristen nicht mehr so brutal durchgeführt.«

Helmut Knochen hatte die Leitung des »Sonderkommandos« sofort nach seiner Ankunft in Paris am 14. Juni 1940 übernommen. Er war ein Intellektueller von zweiunddreißig Jahren, Lehrerssohn, Doktor der Philosophie und hatte von einer Laufbahn als Literaturdozent geträumt, bevor er als Redakteur in die offizielle deutsche Presseagentur eintrat, wo er mit der Auswertung der französischen, holländischen und belgischen Zeitungen beschäftigt war. 1933 war er Mitglied der SA geworden. Er war ein ziemlich großer Mann, schlank, mit hoher Stirn und kastanienbraunem Haar, der selten lächelte. In kaum einem Jahr war es ihm gelungen, sich Zugang zur guten Pariser Gesellschaft zu verschaffen, und dank seines Witzes und seiner Bildung war er bald der Liebling der Salons. In einem dieser Salons hatte ihn auch François Tavernier kennengelernt. Die beiden Männer hatten sich schon sehr bald wiedergesehen, allerdings aus höchst unterschiedlichen Motiven heraus. Helmut Knochen hatte ihn unumwunden aufgefordert, in diesem gesellschaftlichen Milieu Agenten zu rekrutieren, die ihm Informationen über Politiker des Vichy-Regimes, über Industrielle und selbstverständlich über die Résistance und ihre Anführer beschaffen könnten. Scheinbar interessiert, hatte sich Tavernier mehrfach mit ihm getroffen und von ihm bis ins Detail erfahren, wie die gewaltige Organisation der Gestapo auf französischem Territorium arbeitete. Erstaunlicherweise hatte er Knochens Vertrauen gewonnen, wohl wegen der Animosität, die zwischen der Gestapo und der deutschen Botschaft herrschte. Tavernier, der häufig bei Otto Abetz, dem deutschen Botschafter, eingeladen war, berichtete ihm alles – ob wahr oder nicht –, was er in den Gängen und den Salons der Botschaft hörte. Knochen nahm diesen Klatsch mit unbewegter Miene zur Kenntnis; lediglich sein linker Mundwinkel zog sich ein wenig herab.

Von diesem Mann also, der innerhalb weniger Monate eine Organisation auf die Beine gestellt hatte, die sogar von der deutschen Wehrmacht gefürchtet wurde, hing Sarah Mulsteins Geschick ab.

»Seien Sie unbesorgt, diese Angelegenheit wird von mir persönlich überwacht.«

François war sehr besorgt, hatte jedoch darauf verzichtet, weiter über diese »Angelegenheit« zu reden, um ihr nicht eine Bedeutung zu verleihen, die Helmut Knochen auffallen mußte.

Seit zehn Tagen befand sich Sarah nun schon in der Rue des Saussaies.

Es klopfte an Léas Tür.

»Herein.«

Es war Françoise, ausgeruht, strahlend, mit ihrem Neugeborenen.

»Dein Patensohn wollte unbedingt zu dir«, sagte sie und hielt Léa den Säugling hin.

Ungeschickt nahm ihn Léa auf den Arm, gab ihn jedoch sehr schnell seiner Mutter wieder zurück.

»Er ist wirklich süß, aber ich habe Angst, daß ich ihn fallen lasse. Er ist so winzig.«

»So winzig ist er gar nicht. Er hat 3200 Gramm bei seiner Geburt gewogen. Er ist das schönste aller Babys. Findest du nicht, daß er seinem Vater ähnlich sieht?«

Diese Frage ärgerte Léa.

»Den habe ich mir nie genau angesehen, weißt du.«

Françoise zog die Schultern zusammen und senkte den Kopf. Mit dem Kleinen im Arm wirkte sie ausgesprochen rührend.

»Entschuldige«, sagte Léa. »Ich wollte dich nicht kränken. Aber ich muß mich jetzt anziehen, wenn ich bis zur Taufe fertig sein will. Wann ist sie noch gleich?«

»Um drei Uhr.«

Léa lehnte sich einen Augenblick gegen die Tür, die sich hinter Françoise geschlossen hatte. Dann zuckte sie die Achseln, warf ihren Morgenrock aufs Bett, streifte die Socken ab, befestigte unter ihrem Nachthemd einen Strumpfhaltergürtel und daran ein Paar Wollstrümpfe, zog ihren Schlüpfer an und legte schließlich fröstelnd Pullover und Nachthemd ab. Nie würde sie sich an diese Kälte gewöhnen!

Was hätte ihre Mutter wohl von dieser Geschichte gehalten? Wie hätte die kluge Isabelle Delmas unter solchen Umständen gehandelt? Hätte sie es akzeptiert, zusammen mit einem deutschen Soldaten ein Kind über die Taufe zu halten? Denn als bester Freund des Vaters sollte Friedrich Hanke Pate sein ...

Léa hatte noch zu sehr unter dem Schock von Sarahs Festnahme gestanden, um überlegt zu reagieren, als Françoise sie bat, die Patenschaft für ihren kleinen Sohn zu übernehmen. Und nun diese Schande, gemeinsam mit einem deutschen Offizier an das Taufbecken der Kirche Saint-Thomas d'Aquin treten zu müssen. Sie hatte François gestanden, daß sie am liebsten einen Rückzieher machen würde, doch er hatte ihr abgeraten.

Seit jener schrecklichen Nacht hatten sie sich fast jeden Tag gesehen. Diese Nacht hatte er bei ihr in der Rue de l'Université im »kalten Logis« verbracht, unbemerkt von den Damen de Montpleynet, die völlig in Anspruch genommen waren von der Aufregung um Françoises Entbindung, die glücklicherweise bereits vorbei war, als sie nach Hause kamen.

François hatte sich als der liebevollste, geduldigste und zärtlichste aller Freunde erwiesen, so daß Léa fast geneigt war, die dunklen Punkte in seinem Leben zu vergessen. Jeden Tag sagte sie sich: Ich muß unbedingt über gewisse Dinge mit ihm reden, doch jeden Tag beschränkte sie sich wieder darauf, ihn in ihr Zimmer zu ziehen und sich in seine Arme zu schmiegen. Ohne daß sie es ihm sagen mußte, begriff er, daß dies kein sexuelles Verlangen ausdrückte; sie wollte nur ganz dicht bei ihm sein. Sie hätte Stunden in seinen Armen zubringen können, seine Wärme und seinen Geruch in sich aufnehmen, seinem regelmäßigen Herzschlag lauschen und den beruhigenden Worten, die er ihr ins Ohr flüsterte. Es war so wohltuend, endlich einmal ohne Angst zu sein, daß sie dieses zerbrechliche Glück nicht durch Fragen gefährden wollte, die er doch nicht beantworten würde.

Zwei Tage nach dem nächtlichen Drama hatten sie über Raphael Malh gesprochen, vor dem ihr jetzt graute.

»Was diesen Fall betrifft, tust du ihm unrecht. Er hat mit Sarahs Festnahme nichts zu tun«, erklärte ihr François.

Léa hatte sich geweigert, es zu glauben. Seit dem Abendessen in der Rue Dauphine hatte sie nichts mehr von ihm gehört.

In »ihren« Sessel in der Diele gekuschelt, las Léa ihren Tanten, die sich vor ihr aufgebaut hatten, einen Brief von Camille vor:

Meine liebe Léa,

Du kannst Dir sicher denken, wie sehr wir alle hier bedauern, nicht an der Taufe von Françoises Baby teilnehmen zu können. Wir waren ein wenig enttäuscht, daß Du uns keine weiteren Einzelheiten über sie in Deinem letzten Brief mitgeteilt hast. Sag Françoise, daß wir alle sehr lieb an sie denken. Ich werde ihr morgen schreiben.

Charles war ganz verrückt vor Freude über seine Geschenke. Den Pullover, den ihm die Damen de Montpleynet gestrickt haben, möchte er am liebsten gar nicht mehr ausziehen. Bitte sei so nett und sag ihnen das.

Der Schreiner hat das Tor der Scheune erneuert, das auseinanderzubrechen drohte. Sobald wir wieder

etwas Geld haben, müßte unbedingt das Dach repariert werden, denn an einigen Stellen kommt Wasser durch.
Es regnet, und ich habe schon zehn Tage lang nichts mehr von L. gehört.
Ich drücke Dich ganz fest.

Camille

Die Taufe war sehr viel besser verlaufen, als man befürchtet hatte. Die Damen in der Rue de l'Université waren angenehm überrascht, als der Pate Friedrich Hanke in Zivil erschien, beladen mit Geschenken, die er an alle verteilte, und sie in ein kleines Restaurant in der Rue de Verneuil zum Essen einlud. Die Stimmung während des Mahls war angenehm, ja fast fröhlich gewesen dank der großen Liebenswürdigkeit ihres Gastgebers. Er hatte in den höchsten Tönen von Camille d'Argilat gesprochen und von der tiefen Bewegung, die er verspürt hatte, als er half, ihr Kind zur Welt zu bringen. Er hatte auch gesagt, wie sehr ihm Montillac und die ganze Region gefallen hätten und daß er nach dem Krieg gern dort leben würde. Lag es am Fehlen der Uniform, daß Léa es so vorkam, als sähe sie ihn heute zum ersten Mal? Sie ertappte sich bei dem Gedanken, daß sie ihn, wäre er kein Deutscher, gern zu ihren Verehrern gezählt hätte. Bei dieser Vorstellung hatte sie lächeln müssen. Um halb drei waren sie aufgebrochen, um Estelle und den kleinen Pierre abzuholen. Um drei Uhr verkündete der Priester in der Kirche Saint-Thomas d'Aquin, während er Wasser über die Stirn des Täuflings rinnen ließ:

»Ich taufe dich auf die Namen Pierre, Otto, Friedrich, im Namen des Vaters, des Sohnes und des Heiligen Geistes.«

François Tavernier kam gegen sechs Uhr abends in die Rue de l'Université. Die ganze Familie war um die Wiege versammelt und trank Champagner. Er mußte mit allen auf das Wohl des Neugeborenen anstoßen, lehnte es jedoch ab, an dem »Fest« teilzunehmen, mit dem das Jahresende und die Taufe des Kindes gefeiert werden sollten.

Tavernier und Hanke kannten sich nicht, Françoise stellte sie einander vor. Sie reichten sich die Hände und tauschten einige banale Floskeln aus. Dann zog François Léa in ihr Zimmer.

»Kannst du mir den Hausschlüssel und den Schlüssel zu der anderen Wohnung, dem ›kalten Logis‹, geben?«

»Wozu?«

»Möglicherweise muß ich heute nacht ganz schnell hierher zurückkommen.«

»Warum gehst du nicht zu dir?«

»Ich habe heute abend in dieser Gegend etwas zu erledigen und brauche eine Unterschlupfmöglichkeit in der Nähe.«

»Und du willst mir nicht sagen, worum es geht?«

»Nein.«

»Es ist wirklich schrecklich mit dir, ich darf aber auch gar nichts wissen. Lieber läßt du es zu, daß ich dir das Allerschlimmste zutraue. Woher weiß ich, daß nicht du es warst, der Sarah Mulstein denunziert hat?«

Das kam so unerwartet, daß François keine unmittelbare Reaktion zeigte. Dann jedoch verzog sich sein Gesicht, wurde blaß, und ein schrecklicher Zorn entstellte seine Züge. Angesichts dieser Verwandlung schreckte Léa zurück, doch nicht schnell genug, um der heftigsten Ohrfeige auszuweichen, die sie je erhalten hatte. Unter der Wucht des Schlags taumelte sie, schlug mit dem Kopf gegen den Bettpfosten und bekam sofort Nasenbluten.

Mit einem Satz war er neben ihr und packte sie so fest beim Arm, daß sie aufschrie.

»Sag so was nie wieder, Léa.«

Über sie gebeugt, wirkte er so bedrohlich, daß sie ihren freien Arm in einer schützenden Geste vor ihr Gesicht hob. Auf diese kindliche Bewegung hin entspannte sich François etwas.

»Ich tue alles, was ich kann, um Sarah aus den Händen der Gestapo zu befreien. Ich werde sogar versuchen, ihr zur Flucht zu verhelfen.«

»Wann?« rief Léa aus.

Tavernier betrachtete sie zweifelnd. »Du bist wirklich seltsam. Erst machst du mir klar, daß du keinerlei Vertrauen zu mir hast, aber dann glaubst du mir sofort, wenn ich sage, ich würde Sarah zur Flucht verhelfen.«

»Weil ich weiß, daß du dazu in der Lage bist. Schließlich müssen deine guten Verbindungen zu den Besatzern doch zu etwas nütze sein.«

»In dieser Sache möchte ich die eigentlich nicht in Anspruch nehmen, sondern mich lieber an die Mitglieder von Sarahs Organisation wenden.«

»Kennst du die denn?«

»Einige. Wir werden uns übrigens hier treffen. Dann mußt du deine Tanten dazu bringen, daß sie in ihren Zimmern bleiben und keine Fragen stellen.«

»Warum ausgerechnet hier?«

»In eurer Wohnung leben die ›Verlobte‹ und das Kind eines Offiziers des Deutschen Reichs, und im ersten Stock wohnt die Geliebte des Generals von Rippen. Dieses Gebäude gilt also bei der Besatzungsmacht als von deutschfreundlichen Franzosen bewohnt und wird daher nicht so intensiv beobachtet.«

»Ich verstehe. Mit meinen Tanten werde ich schon fertig, aber mit Françoise ...?«

»Sie darf nichts ahnen; es geht um unser aller Leben. Bist du noch immer entschlossen, Sarah zu helfen?«

»Mehr denn je.«

»Sehr gut. Dann wirst du hiermit beauftragt, morgen vier Personen ausfindig zu machen und ihnen eine Nachricht zu überbringen. Ich erkläre dir gleich, was du zu tun und zu sagen hast.«

Eine Stunde lang mußte sich Léa die Nachrichten einprägen, die Decknamen, die Treffpunkte und die Erkennungszeichen.

»Du darfst nichts vergessen. Morgen abend treffen wir uns hier zur Berichterstattung. Hast du ein Fahrrad?«

»Nicht hier.«

»Ich werde versuchen, dir eines zu klauen, das ist dann mein verspätetes Weihnachtsgeschenk. Hast du eine bestimmte Wunschfarbe?«

»Ist mir egal. Meins daheim ist blau.«

»Also ein blaues. Eine hervorragende Farbe, um Unheil zu bannen. Auf deinem blauen Fahrrad wirst du eine Botschafterin der Hoffnung sein.«

»Merkwürdig, mein Onkel Adrien hat mir genau dasselbe gesagt.«

»Du siehst, dein Onkel und ich haben sehr viel gemeinsam.«

François nahm sie in die Arme und schob sie zum Bett. »Und nun hoffe ich, einen Anlaß zu bekommen, dir dein Mißtrauen zu verzeihen.«

»Laß mich. Seit neulich abend ist mir, als wäre ich tot.«

Er beachtete sie nicht. Seine Lippen, seine Finger versuchten sie zu erregen. Léa wehrte sich nicht, doch als er sie küßte, trafen seine Lippen auf Tränen.

»Nicht bevor du Sarah gerettet hast.«

Er erhob sich und brachte seine Kleidung in Ordnung.

»Gibst du mir die Schlüssel?«

»Ich hole sie.«

»Mach heute nacht bloß nicht zuviel Lärm«, sagte sie, als sie ihm die Schlüssel aushändigte.

»Ich bin nicht sicher, ob ich diese Nacht hierherkomme. Das Fahrrad und einen Passierschein findest du morgen früh in der Diele. Und vergiß nicht: ›Trinité ruft die Kameraden Vautrin, Homais, La Rochelle und Bataille für den 3. Januar, um zehn Uhr abends, in der Rue de l'Université 29, dritter Stock, zusammen, wegen eines wichtigen Beschlusses Simone Mingot betreffend.‹ Jedem der vier übergibst du die Hälfte eines Metrotickets der ersten Klasse, und sie müssen dir die andere Hälfte zeigen. Sei vorsichtig, Kleines, beim geringsten Alarmzeichen, dem kleinsten Verdacht, haust du ab. Und jetzt geh wieder zu eurem Fest. Morgen haben wir ein neues Jahr. Ich hoffe sehr, es mit dir zusammen zu verbringen.« Er küßte sie mit großer Zärtlichkeit.

Léa gesellte sich wieder zu ihrer Familie, doch sie war traurig, daß François gegangen war. Draußen hatte es zu schneien begonnen.

Am nächsten Morgen entdeckte Léa in der Diele ein herrliches blaues Fahrrad mit glänzenden Satteltaschen aus Kunstleder. Ihren Tanten gegenüber, die sich wunderten, wieso sie das Klingeln des Überbringers nicht gehört hatten, behauptete Léa schlicht, dies sei ein Geschenk vom Weihnachtsmann, der sogar so aufmerksam gewesen sei, auch Pralinen und Milch mitzubringen.

Der Schnee war nicht liegengeblieben. Es war schön und kalt draußen. Léa kündete an, daß sie ihr neues Fahrrad ausprobieren wolle. Sie werde nicht zum Mittagessen zurückkommen, sondern lieber das schöne

Wetter ausnutzen, erklärte sie. Sie zog sich warm an: lange Hosen und zwei dicke Pullover. Dann schlüpfte sie in ihre gefütterten Stiefel, umwand ihr Haar turbanartig mit einem Wollschal und zog den kuscheligen Mantel über, den François ihr geschenkt hatte. Die kaninchenfellgefütterten Handschuhe machten den Kälteschutz perfekt.

Ihre Schwester und ihre Tanten wünschten ihr eine angenehme Radtour.

6.

Nie zuvor war Paris Léa so schön erschienen wie an diesem Morgen. Die Luft war klar und kalt und von einer Durchsichtigkeit, die den alten, von zögernden Sonnenstrahlen liebkosten Steinen der Häuser des Quais Voltaire eine zerbrechliche Heiterkeit verlieh.

Das junge Mädchen hielt auf dem Pont Royal an und schaute auf die Seine, deren Grau durch glitzernde goldene Reflexe aufgehellt wurde, während sie gemächlich dem Pont d'Alma zuströmte und dabei die großen schwarzen Lastkähne auf ihrem Rücken schaukelte. Angesichts dieses Panoramas, das bereits unzählige Liebespaare bewundert hatten, verspürte sie an diesem Spätvormittag des 1. Januar 1943 ein Gefühl des Friedens, das ihr Herz einhüllte und ein vergessenes Kindheitsgebet auf ihre Lippen brachte:

»Lieber Gott, ich schenke dir meinen Tag. Mag er glücklich oder unglücklich verlaufen, er gehört dir, du kannst aus ihm machen, was du willst. Und wenn ich mich dereinst der Ewigkeit nähere, dann gib, daß ich mich auch dir nähere.«

Voller Zuversicht stieg sie wieder auf ihr Fahrrad. Um sie war alles öd und leer, so daß sie das Gefühl hatte, sich in einer verlassenen Stadt zu befinden. Kein menschlicher Laut widerlegte diesen Eindruck. Léa genoß die

Stille, die ihr half, ihre Gedanken zu ordnen und sich auf die Mission vorzubereiten, mit der François Tavernier sie betraut hatte. Obwohl ihr vieles im Verhalten dieses Mannes unverständlich war, vertraute sie ihm. Sie war überzeugt, daß er der einzige war, der Sarah befreien konnte, wenn es auch nur die geringste Chance gab.

An der Place Sainte-Opportune kettete Léa ihr Fahrrad an das Gitter des Metroeingangs und ging auf die Rue de la Ferronnerie zu.

Sie öffnete die Tür eines armseligen Cafés, dessen Fensterscheiben mit blauer Verdunklungsfarbe bestrichen waren. Ein kalter, ekelerregender Gestank nach feuchtem Sägemehl, saurem Wein, schlechtem Tabak und Kaffe-Ersatz schlug ihr entgegen. Ihr war, als betrete sie eine morastige Unterwasserwelt, in der sich Wesen mit grünlichen Gesichtern bewegten. Hinter der Theke thronte inmitten leerer, staubiger Flaschen ein großer, glänzender Radioapparat, der einen populärer Schlager dudelte. Der Wirt, ein dicker Mann mit aufgerollten Hemdsärmeln, wirrem, spärlichem Haar, triefenden Augen, einem kalten Zigarettenstummel zwischen den Lippen und unrasiert, rief ihr zu:

»Es gibt nichts zu trinken, heute ist ein alkoholfreier Tag.«

»Ich wollte auch nur etwas Warmes, einen Kaffee vielleicht«, antwortete sie und trat an die Theke.

»Kaffee! Habt ihr das gehört, Leute? Kaffee! Etwas mit Milch und womöglich noch ein paar Stückchen Zukker?«

Die vier, fünf Gäste grinsten pflichtschuldigst. Léa errötete. Das fing ja gut an!

»Aber da Sie mir so sympathisch sind, werde ich Ihnen einen Bouillonwürfel spendieren . . . Sie sind doch das junge Mädchen, das sich hier mit der zweiten Hälfte eines Metrotickets treffen soll?« flüsterte er schnell.

Überrascht fuhr Léa zurück.

»Da brauchen Sie doch nicht gleich die Flucht zu ergreifen, kleines Fräulein; Bouillonwürfel sind heutzutage auch nicht schlechter als irgend etwas anderes.«

Während er sprach, stellte er eine große, dampfende Tasse vor sie hin. Léa schnupperte daran.

»Sie können hier nicht bleiben«, fuhr der Wirt leise fort. »Einer von denen, die Sie suchen, ist bereits verhaftet worden ... Na, trinken Sie ruhig, trinken Sie ... Guter Gott, wir werden beobachtet!«

Léa nahm einen Schluck; die Brühe war verdammt heiß, aber gar nicht so schlecht, wie sie befürchtet hatte. Der Wirt lachte laut auf.

»Sehen Sie, das läßt sich trinken ... Gehen Sie zur Kirche Saint-Eustache; dort ist jetzt Messe, da achtet keiner auf Sie ... Na, Monsieur René, was darf ich Ihnen einschenken zur Feier des neuen Jahres?«

»Das Übliche: den Besten des Hauses. Prosit Neujahr, Mademoiselle, Sie stoßen doch mit mir an?«

»Aber ...«

»Kein Aber, sonst werde ich böse. Hübsche Damen haben dem großen René noch nie etwas abgeschlagen. Stimmt's, Juju?«

»Das können Sie glauben, Mademoiselle. Die, die ihm widerstehen könnte, muß erst noch geboren werden.«

»Das hast du schön gesagt, Juju, an dir ist ein Poet verlorengegangen. Funktioniert dein Telefon wieder?«

»Ja, seit zwei Tagen.«

»Du hältst mir die Kleine hier warm, ich muß mal eben telefonieren. Bis gleich, Süße.«

Léa wich seiner suchenden Hand aus. Der Schönling lachte und zuckte die Achseln.

»Schnell, gehen Sie; er arbeitet für sie. In der Kapelle der Heiligen Jungfrau von Saint-Eustache erwartet Sie ein Mann, der ein Exemplar von *La Petite Gironde* in der Hand hält. Er sagt Ihnen, was Sie tun müssen. Nein, Sie schulden mir nichts, das geht auf Rechnung des Hauses. Und ein gutes neues Jahr wünsche ich Ihnen – trotz allem.«

»Ihnen auch ein gutes neues Jahr«, antwortete sie und öffnete so ruhig sie es vermochte die Tür.

Wo hatte sie ihr Fahrrad abgestellt? Wie den Weg durch die schmalen Straßen des Hallenviertels gefunden, und wie war sie so schnell durch all die Leute ins Innere der Kirche gelangt? Léa hätte es nicht sagen können.

Das Kirchenschiff war voll besetzt mit Gläubigen, überwiegend Frauen, die mit Inbrunst sangen, wobei sich kleine Dampfwölkchen um ihre Münder bildeten. Vor dem Altar der Heiligen Jungfrau war noch ein freier Betstuhl. Mit klopfendem Herzen und unfähig, einen klaren Gedanken zu fassen, ließ sie sich darauf nieder.

Es war gerade Kommunion, die meisten Gottesdienstbesucher strebten dem Altar zu. Ein Mann kniete sich neben sie und senkte die Stirn auf seine Hände. Aus der Tasche seines schäbigen Mantels ragte eine Zeitung.

Blitzartig stand Léa jener Sommerabend in Bordeaux vor Augen, als sie von den Polizisten des Kommissars Poinsot verfolgt wurde und einen Zufluchtsort suchte. Da hatte sie beim Zeitungsverkäufer der Place du Grand-Théatre *La Petite Gironde* liegen sehen und plötzlich gewußt, wohin sie gehen konnte. Sie wandte sich dem Mann zu. Er war jung und trug einen Bart, der sein jugendliches Alter aber nicht verbergen konnte. Er hatte etwas Ähnlichkeit mit . . . Nein, das war doch nicht möglich, sie hatte Halluzinationen . . .

»Léa!«

Jemand hatte ihren Namen genannt. Sollte sie sich umdrehen? Nein, es war der junge Mann mit *La Petite Gironde!*

»Bleib ganz ruhig. Ich gehe als erster hinaus. Wir treffen uns bei dir in der Rue d l'Université.«

»Bei mir!«

»Es ist der einzige halbwegs sichere Ort.«

Nachdem er gegangen war, zählte sie bis zwanzig, dann verließ auch sie die Kirche.

In der Rue de l'Université wurde Jean Lefèvre, Léas einstiger Spielkamerad, von allen freudig begrüßt. Er und sein Bruder Raoul gehörten zu den glühendsten Verehrern Léas.

Sie fielen sich in die Arme.

Die Familie war noch bei Tisch. Eine Flasche Champagner wurde geöffnet, um auf das Wiedersehen anzustoßen, auf ein baldiges Ende des Krieges und auf das neue Jahr. Erst nach etwa zwanzig Minuten konnte sich Léa mit Jean in ihr Zimmer zurückziehen.

»Schnell, wir haben nicht viel Zeit. In diesem Fall wäre mir jemand anders als du lieber gewesen«, sagte Jean und drückte sie an sich.

»Mir nicht, ich bin froh darüber. Sonst hätte ich dich ja vielleicht nie wiedergesehen.«

»Das ist wahr, aber die Sache ist sehr gefährlich.«

»Ich weiß. Was soll ich denn jetzt tun? Soll ich zu den anderen Treffpunkten fahren?«

»Auf keinen Fall. Nach der Verhaftung von Simone Mingot ...«

»Simone Mingot?«

»Ja. Die meisten von uns kennen sie nur unter diesem Namen. Nach ihrer Festnahme haben sich die Mitglieder

der Gruppe wie abgesprochen zerstreut. Abwechselnd sollte sich hin und wieder einer von uns in der Nähe unseres alten Briefkastens herumtreiben. Dort habe ich dann auch Trinité getroffen . . .«

»François?«

»Er hat mir erklärt, daß er versuchen wolle, Simone zur Flucht zu verhelfen, und mich gefragt, ob ich dabei mitmachen würde. Ich habe sofort zugesagt. Dann sollte mir eine junge Frau am Morgen des 1. Januar weitere Anweisungen überbringen. Alles ging gut, aber schließlich wurde ein Kamerad verhaftet, der wußte, wo ich wohne. Ich konnte mich gerade noch anziehen und über die Dächer flüchten, die Männer von der Gestapo waren schon im Treppenhaus. Zum Glück lag kein Schnee. Ich hatte nur einen Gedanken: Trinité warnen. Er war nicht aufzufinden an den beiden Adressen, die er mir gegeben hatte. Da habe ich mich zu dem Treffpunkt in der Rue de la Ferronnerie aufgemacht. Auf dem Boulevard Sébastopol war plötzlich ein Fahrrad-Taxi neben mir. ›Vautrin!‹ hat mich der Fahrgast angerufen . . .«

»Also du bist Vautrin?«

Jean beachtete ihre Zwischenfrage nicht.

»Tritt weiter in die Pedale und tu so, als ob nichts wäre. Fahr wie geplant in die Rue de la Ferronnerie und frag den Wirt, wo die Trinité-Kirche ist. Er wird dir erklären, daß du dich im Stadtviertel geirrt hast, daß es hier in der Nähe nur die Kirchen Saint-Eustache, Saint-Leu und Saint-Merri gibt. Dann fragst du ihn, wie du zur Kirche Saint-Merri kommst, und er tritt mit dir vor die Tür, um dir die Richtung zu zeigen. Da sagst du ihm schnell, daß ein sehr hübsches junges Mädchen mit dunkelrotem Haar und violetten Augen zu ihm kommen wird. ›Könnte eine Freundin von mir sein‹, habe ich eingeworfen. ›Es ist deine Freundin‹, hat er geantwortet. Ich wäre fast vom Rad gefallen. Aber Trinité – denn er war es – hat ganz ruhig weitergeredet: ›Jetzt beruhige dich. Das Mädchen soll sich mit dir in der Kirche Saint-Eustache vor dem Altar der Heiligen Jungfrau treffen. Von dort aus fahrt ihr zu den Damen de Montpleynet. Hast du alles verstanden?‹ – ›Ja‹, habe ich gestottert, wie ein Idiot.«

Die Jugendfreunde verharrten einen langen Augenblick in Schweigen.

»Und was machen wir jetzt?« fragte Léa.

»Wir müssen warten, bis wir neue Anweisungen kriegen.«

»Dann laß uns wieder zu den anderen gehen. Es wird ihnen sowieso merkwürdig vorkommen, daß wir so lange wegbleiben.«

Während ihres Gesprächs unter vier Augen war Friedrich Hanke, der Pate des kleinen Pierre, gekommen, um Françoise eine große Schachtel Pralinen und einen Brief von Otto Kramer zu überbringen, in dem dieser ihr seinen baldigen Urlaub ankündigte. Diese freudige Nachricht ließ Françoises Gesicht strahlen.

Léa wurde blaß, als sie Friedrich Hanke erblickte, doch es gab kein Zurück mehr, sie mußte die Vorstellung übernehmen. Warnend kniff sie Jean in den Arm, dann trat sie lächelnd auf den Deutschen zu, der wieder in Zivil war, und streckte ihm die Hand entgegen:

»Frohes neues Jahr, Friedrich. Darf ich Sie mit einem Jugendfreund bekannt machen: Jean Lefèvre. Er ist auf Durchreise in Paris. Jean, ich möchte dir den Paten von Françoises Sohn vorstellen: Hauptmann Friedrich Hanke.«

Hätte Léa ihn nicht gekniffen, wäre Jean sicher in Ohnmacht gefallen. Bleich, unfähig, auch nur ein Wort zu sagen, reichte er dem Deutschen eine zitternde Hand. Friedrich schüttelte sie, scheinbar ohne etwas Ungewöhnliches zu bemerken.

»Guten Tag, Monsieur. Ich freue mich sehr, einen Freund von Françoise und Léa kennenzulernen. Ich wünsche Ihnen ein gutes neues Jahr, Monsieur. Dank für Ihre Wünsche, Léa. Ich hoffe, daß dieses Jahr angenehmer für Sie werden wird als das vergangene.«

»Danke, Friedrich. Jean, möchtest du einen richtigen Kaffee?«

»Ja«, stammelte Jean, der nicht wußte, wie er sich verhalten sollte. Hauptmann Hanke, der sich ganz ungezwungen gab, trat zu ihm.

»Sie sind ein Nachbar von Françoise und Léa Delmas?«

»Ja. Das Gut meiner Mutter liegt bei Cadillac.«

»Und Sie helfen ihr bei der Bewirtschaftung?«

»Ja.«

»Sie haben das Glück, in einer wunderschönen Gegend zu leben. Ich hoffe Sie dort wiederzusehen, wenn der Krieg vorbei ist und unsere beiden Völker zu einem einzigen vereint sein werden.«

Jean wollte etwas erwidern, doch Léa intervenierte schnell:

»Der Hauptmann hat sich in unsere Weinberge verliebt, als er bei uns auf Montillac einquartiert war.«

Endlich verabschiedete sich Friedrich Hanke:

»Entschuldigen Sie bitte, daß ich Sie beim Essen gestört habe, aber es war der einzig mögliche Zeitpunkt, um Ihnen meine Neujahrswünsche zu überbringen. Um fünfzehn Uhr beginnt mein Dienst. Françoise, falls Sie mich brauchen, wissen Sie ja, wo Sie mich erreichen können. Auf Wiedersehen, meine Damen, auf Wiedersehen, Léa, auf Wiedersehen, Monsieur.«

Alle waren sehr erleichtert, nachdem er gegangen war.

»Uff! Ich habe schon befürchtet, daß er nie mehr die Kurve kriegen würde«, rief Léa aus und ließ sich in einen Sessel fallen. »Warum hat uns keiner gesagt, daß er hier ist?«

»Ich habe nicht daran gedacht«, antwortete Françoise und ließ den Kopf hängen. »Ich war so glücklich über den Brief von Otto.«

»Es macht ja auch gar nichts, Kinder. Dieser junge Mann ist doch wirklich reizend! So wohlerzogen, absolut tadellos«, erklärte Léa mit gespielter Bewunderung. »Tadellos! Das hört man jetzt überall: ›Stellen Sie sich vor, Madame Dupont, dieser Offizier hat mir die Metrotür offengehalten. Ein tadelloser junger Mann. Nicht wie die jungen Franzosen von heute, die einen anrempeln, ohne sich auch nur zu entschuldigen. Alles Kommunisten, alles Strolche, Madame, und da wundert man sich, daß wir den Krieg verloren haben. Wenn es umgekehrt gewesen wäre, hätte man sich wundern müssen. Aber glauben Sie mir, Madame, wenn sich ein Volk von Gott abgewandt hat, dann ist es nur gerecht, wenn auch Gott sich von ihm abwendet und es bestraft. Wir sollten Buße tun und alle schlechten Franzosen anzeigen, die, die Radio London hören und Marschall Pétain den Gehorsam verweigern, diesem verehrungswürdigen Mann, der sich aufgeopfert hat, um Frankreich zu retten . . .‹«

»Hör auf, Léa!« schrie Françoise.

»›. . . Sie haben vollkommen recht, Madame Durand. Denken Sie nur, neulich habe ich eine ehemalige Nachbarin gesehen, eine Jüdin. Also, Sie werden es kaum für möglich halten, aber sie hat ihren gelben Stern nicht getragen. Na, ich habe es ihr natürlich ordentlich gegeben, und die Leute um uns herum waren mit mir einig. Schamrot hat sie sich schließlich verzogen . . .‹«

»Léa, es reicht jetzt!«

»Schon gut, schon gut, Tante Albertine. Entschuldige bitte, ich bin durchaus der gleichen Meinung wie ihr alle: Die Deutschen sind wirklich tadellos!«

»Ganz recht, wenn du nichts dagegen hast. Du scheinst zu vergessen, daß sie die Sieger sind und daß sie mit uns umgehen können, wie sie wollen. Doch trotz der Attentate verhalten sie sich anständig und nachsichtig.«

»Daß sie überall Geiseln erschießen, Frauen und Kinder Gott weiß wohin deportieren . . .«

»Das sind alles Terroristen.«

»Die Kinder auch?«

»Sei doch still! Und sprich nicht von Kindern«, rief Françoise und brach in Schluchzen aus.

Ein verlegenes Schweigen folgte diesen Ausbrüchen.

»Komm, Jean, gehen wir in mein Zimmer.«

»Aber das schickt sich doch nicht«, jammerte Lisa mit schriller Stimme, die sie – unter anderen Umständen – alle komisch gefunden hätten.

Léa zuckte die Achseln und verließ mit ihrem Freund den Raum. Sie hatten gerade die Schwelle überschritten, als es an der Wohnungstür schellte.

Mit klopfenden Herzen sahen sich die beiden jungen Leute an. Léa scheuchte Jean mit einer Handbewegung in ihr Zimmer und wartete, bis sich die Tür hinter ihm geschlossen hatte, bevor sie die zum Treppenhaus öffnete.

»Gott sei Dank, du bist hier!« rief François Tavernier und drückte sie an sich.

Die Erleichterung, die sie verspürte, als sich seine Arme um sie schlossen, kam einem Lustgefühl sehr nahe.

»Ich hatte solche Angst! Als ich erfuhr, daß uns einer von Sarahs Kameraden verraten hat, habe ich dich schon verhaftet gesehen. Das hätte ich mir nie verziehen. Ist Lefèvre bei dir?«

»Ja. Warum hast du mir nicht gesagt, daß er mit von der Partie ist?«

»Weil ich es erst im letzten Moment erfahren habe. Wo ist er?«

»In meinem Zimmer. Laß uns auch hineingehen, bevor womöglich Tante Lisa erscheint, um nachzusehen, wer da wohl geschellt haben könnte.«

»Ich folge dir auf dem Fuße, aber erst gib mir einen Kuß.«

Zum ersten Mal erfüllte Léa diesen Wunsch ohne jeden Vorbehalt.

In ihrem Zimmer saß Jean Lefèvre auf der Bettkante, hatte den Kopf in beide Hände gestützt und wartete. Als er aufblickte, sahen sie, daß seine Augen feucht waren.

François Tavernier betrachtete ihn eindringlich. »Léa, laß uns allein.«

Als sie gegangen war, fragte er: »Sie haben keinerlei Nachrichten von den anderen Mitgliedern der Gruppe?«

Der junge Mann schüttelte den Kopf.

»Sie müssen Paris verlassen. Hier sind Ihre neuen Papiere. Sie heißen jetzt Joël Lemaire, wurden am 10. Oktober 1920 in Tranche-sur-Mer in der Vendée geboren, als Sohn von Jean Lemaire, Landwirt, und Thérèse Peyon, Hausfrau. Sie haben keine Geschwister, Ihre Eltern sind vor zwei Jahren in Sables-d'Olonne ums Leben gekommen, als das Boot, auf dem sie sich befanden, in einem Sturm gekentert ist. Sie arbeiten in L'Auguillon als Fischer. Diese und weitere Lebensdaten sind hier aufgeführt. Lernen Sie sie auswendig, bevor Sie abreisen, und verbrennen Sie dann das Schriftstück. Heute abend nehmen Sie den Zug nach Poitiers, von dort haben Sie Anschluß nach La Rochelle. Seien Sie sehr vorsichtig, in dieser Zone wird häufig kontrolliert. In La Rochelle versuchen Sie einen Bus in Richtung Luchon zu finden. In L'Auguillon steigen Sie aus und gehen zur Bar *Au Rendez-vous des Marins-Pêcheurs* und fragen nach Jean-Marie von der *Vaillante*. Ihm sagen Sie, daß die Luft dort besser sei als in der Pariser Metro. Er wird Ihnen antworten: ›Das ist wohl wahr, vor allem besser als an der Station Trinité.‹ Dann befolgen Sie seine Anweisungen. Haben Sie alles verstanden?«

»Ja.«

»Sehr gut. Ich gebe Ihnen jetzt zehn Minuten, um sich all dies einzuprägen. Haben Sie Geld?«

»So gut wie nichts.«

»Dann nehmen Sie diese tausend Franc.«

Jean machte eine abwehrende Bewegung.

»Sie können es ruhig nehmen, es ist Geld aus London. Sie müssen nur diese Quittung unterschreiben, das ist Vorschrift.«

Jean unterzeichnete mit seinem Namen und steckte das Geld ein.

»Darf ich Sie um etwas bitten, Monsieur?«

»Ja sicher, worum geht's denn?«

»Ich mag nicht, daß Léa in diese Sache mit hineingezogen wird.«

Die Art, wie François Tavernier ihn fixierte, ließ den jungen Mann erröten.

»Ich auch nicht, aber es ist jetzt schon ein wenig zu spät, um auf die Bremse zu treten.«

»Das glaube ich nicht. Sagen Sie ihr, sie soll nach Hause zurückkehren.«

»Ich werde mein Möglichstes tun, doch sie will unbedingt unserer Freundin helfen.«

Die Tür öffnete sich, und Léa steckte den Kopf ins Zimmer.

»Ihr braucht aber lange. Seid ihr noch nicht fertig?

Darf ich hereinkommen? François, ich kapiere überhaupt nicht, was eigentlich los ist. Was können wir denn jetzt für Sarah tun?«

Tavernier sah ihr fest in die Augen, antwortete aber nicht. Nach einem langen Schweigen sagte er mit tonloser Stimme:

»Sarah ist gefoltert worden.«

Léa stürzte sich auf François und trommelte mit den Fäusten auf seine Brust.

»Du hast mich belogen! Du hast mich belogen!« schrie sie. »Du hast mir gesagt, daß sie gut versorgt würde, daß sie dank deiner guten Beziehungen zu den *Boches* gut behandelt würde. Und jetzt haben sie sie doch gefoltert. Es ist deine Schuld. Das werde ich dir nie verzeihen. Durch dich ist sie verhaftet worden. Du bist ein Schwein . . . Ein Schwein!«

»Sei still, das ist genug!« rief Jean und zog sie zu sich herüber. »Laß ihn doch erklären.«

»Da gibt es nichts zu erklären. Er arbeitet für sie. Ich hab' gesehen, wie er mit ihnen gelacht hat vor dem Hotel *Lutétia*«, schrie sie und riß sich los.

Bleich, mit verzerrtem Gesicht, betupfte François Tavernier eine tiefe Kratzspur auf seiner Wange.

»Man hat mich angelogen. Sarah war nicht in die Rue des Saussaies gebracht worden, sondern in die Avenue Henri-Martin. Ich habe es erst heute morgen erfahren – zu spät. Nach ihrer Festnahme haben sie noch zwei weitere Mitglieder ihrer Gruppe verhaftet. Einer der beiden hat geredet, und das erklärt, was in den vergangenen Stunden passiert ist.«

»Wer hat Sie über das, was Sarah passiert ist, informiert?« fragte Jean.

»Ein Freund von ihr: Raphael Malh.«

»Raphael! Na, da ist doch klar . . .«

»... daß er sie denunziert hat? Nein, ich bin mir sicher, daß er es nicht gewesen ist. Nicht, weil er dazu nicht fähig wäre, sondern weil er weiß, daß Sarah unter meinem Schutz steht und ich ihn binnen einer Stunde verhaften lassen könnte.«

»Und woher hat er dann erfahren, daß sie nicht in der Rue des Saussaies war, sondern in der Avenue Henri-Martin?«

»Von einem Schurken noch größeren Ausmaßes als er selbst, für den er gelegentlich arbeitet: Frédéric Martin alias Rudy Mérode oder Rudy de Mérode.«

»Und was hat er gesagt, dieser sogenannte Rudy?«

»Willst du das wirklich wissen?«

»Ja.«

»Mérode hat Malh lachend erzählt, wie er und einer seiner Kumpane eine schöne Jüdin gezwungen haben, ein Bad zu nehmen.«

»Ein Bad zu nehmen?«

»Ja. So nennen sie die Foltermethode mit der Badewanne. Angeblich hat ein Belgier diese neue Art der Folterung erfunden. Bei einem Mann begnügt man sich damit, ihn mit dem Kopf in ein Becken oder einen Waschzuber mit Eiswasser zu tauchen, bis er kurz vor dem Ersticken ist. Dann zieht man ihn kurz heraus und taucht ihn wieder ein, so lange, bis er redet oder bewußtlos wird.«

»Das ist ja entsetzlich!«

»Bei Frauen ...«

»Hören Sie auf!« rief Jean Lefèvre.

François Tavernier umschloß die beiden jungen Menschen mit einem Blick, der zugleich ironisch und voller Mitgefühl war.

»Ihr habt euch in ein Abenteuer gestürzt, bei dem ihr nur die romantische Seite gesehen habt. Aber es gibt auch noch die andere Seite, und da wird gefoltert, getötet, vergewaltigt, da werden Kinder zum Sterben in Vernichtungslager geschickt. Sie hätten *Mein Kampf* lesen sollen, mein Junge, darin hat der Reichskanzler Adolf Hitler seine Lösung der Judenfrage schon sehr früh dargelegt. Wenn Léa weiterhin die Heldin spielen will, dann muß sie wissen, was man Heldinnen manchmal antut, wenn sie geschnappt werden. Sarah wußte, was sie riskierte. Sie ist übrigens doch erst in die sogenannte Krankenstation der Rue des Saussaies gekommen, wo man sich um ihre Verletzungen gekümmert hat. Von dort wurde sie dann in die Avenue Henri-Martin gebracht. Dort wurde sie zunächst ganz korrekt verhört, aber natürlich ohne Erfolg. Als dann die Gestapo-Leute zum Abendessen gehen wollten, haben sie Sarah solange in ein Metallspind gesperrt, wie man sie in Büros und Fabriken als Garderobe für Mitarbeiter findet. Sie sind zu klein, um darin aufrecht stehen zu können, und zu schmal, um sich hinzusetzen. Als die Typen zurückgekommen sind – satt gefressen, angeheitert und bester Laune –, haben sie das Spind geöffnet. Sarah kam gar nicht mehr allein heraus, ihre Gelenke waren so steif, daß sie nicht mehr gehen konnte. Sie haben sie ins Badezimmer geschleppt. Sie war so schwach, daß sie ihr beim Ausziehen helfen mußten. Mérode, ein Glas Champagner in der Hand, hat ihren schönen Körper genießerisch von oben bis unten betrachtet.«

Léa mußte sich aufs Bett setzen. François Tavernier fuhr unerbittlich fort:

»Er hat Christian Masuy, der dort das Sagen hat, gebeten, ihn ein Weilchen mit ihr allein zu lassen. Masuy war einverstanden und ist grinsend mit seinen Leuten hinausgegangen. Sarah rührte sich nicht; durch ihren Verband ist ein wenig Blut gesickert. Rudy de Mérode hat ihre Brüste gestreichelt und ihr gesagt, wenn sie nett zu ihm sei, könnte er etwas tun für sie. Über diesen menschenfreundlichen Vorschlag hat Sarah verächtlich gelacht, was unser Don Juan sehr schlecht aufgenommen hat. Nach seinem eigenen Bekunden hat er sie wieder und wieder geohrfeigt, doch sie lachte weiter. Wütend hat er seine Kumpane hereingerufen. Die haben ihr die Hände mit Handschellen auf dem Rücken gefesselt und sie nacheinander vergewaltigt. Anschließend haben sie sich erst eine Zigarettenpause gegönnt, haben ihr dann auch die Fußgelenke zusammengebunden und sie sich, derart gefesselt, gegenseitig zugeworfen wie einen Ball. Dabei haben sie gebrüllt: ›Willst du wohl bald den Mund aufmachen, du Schlampe! Redest du jetzt endlich, ja oder nein?‹. Da sie immer noch nichts sagte, hatten sie auch von diesem Spiel bald genug, und Masuy ließ sie in die Badewanne werfen. Das eisige Wasser hat ihr zum ersten Mal einen Schrei entlockt. Aber nun wollte Masuy wohl nichts mehr von ihr hören, und so hat er ihr den Kopf unter Wasser gedrückt, das sich durch ihre erneut blutenden Wunden schnell rot gefärbt hat. Zwei Stunden lang haben sie sie bearbeitet. ›Die hat verdammt Schneid, diese Frau‹, hat Rudy de Mérode am nächsten Tag zu Raphael Malh gesagt, der mir das alles erzählt hat, mit einer Betroffenheit, die nicht gespielt war. Das also ist die Badewannenfolter. Jene reizenden Herren können es zudem nicht lassen, mit Genuß davon zu berichten.«

Er schwieg einen Augenblick und fuhr dann fort:

»Sieh mich an, Léa. Kannst du dir vorstellen, daß ich der Komplize solcher Leute sein könnte?«

Sie starrte ihn so angespannt und fassungslos an, daß sie mit ihren zitternden Lippen wie ein kleines Schulmädchen wirkte, das Zeugin einer Ungerechtigkeit oder

Bosheit wurde, die es nicht verstand. Und das kleine Mädchen wünschte sich nichts sehnlicher, als sich an diesen Mann zu schmiegen – wenngleich er sie zum Weinen brachte!

»Antworte mir, Léa. Auch wenn der Schein manchmal gegen mich spricht, traust du mir wirklich zu, auf der Seite solcher Schweinehunde zu sein?«

Sie warf sich an seine Brust.

Ach, sie in seinen Armen halten, den Duft ihres Haares, ihrer Haut einatmen, ihre salzig schmeckenden Lippen spüren! Glücklich schloß François die Augen.

Als er sie wieder öffnete, trafen sie auf Jeans kummervollen Blick. Der arme Kerl, auch er liebt diese unmögliche Göre, dachte er. Behutsam schob er Léa von sich.

»Morgen wird Sarah wieder in die Rue des Saussaies gebracht. Ich erfahre heute nacht die genaue Zeit des Transports. Wir wissen bereits, welchen Weg er nimmt, und drei Leute von uns sind schon an strategischen Punkten postiert.«

»Ich möchte auch gern mitmachen«, erklärte Jean.

»Nein, mein Junge, Sie sind enttarnt, Sie fahren heute abend ab. Verabschieden Sie sich von Léa. Ich lasse euch allein, ich möchte den Tanten ein gutes neues Jahr wünschen.

Die beiden Jugendfreunde spürten ein großes Unbehagen.

»Ich habe dich noch nicht einmal nach Raoul gefragt. Wie geht es ihm? Wo steckt er?«

»Über einen gemeinsamen Freund habe ich erfahren, daß er im vergangenen Sommer aus Deutschland geflohen ist. Seither haben wir kein Lebenszeichen von ihm bekommen.«

»Armer Raoul! Wir drei hatten soviel Spaß miteinander. Weißt du noch, wie wir in der Garonne gebadet haben? Und unsere Radtouren durch die Berge?«

»Damals liebtest du uns noch. Montillac hat sich sehr verändert, seit du fort bist. Es scheint, als hätte sich das Gut in sich selbst zurückgezogen. Die Läden sind immer geschlossen. Wenn Ruth und Camille mal aus dem Haus gehen, hat man den Eindruck, als gingen sie auf Zehenspitzen. Sie scheinen ihr Leben mit Warten zu verbringen. Seit Mathias nach Deutschland gegangen ist, spricht Fayard fast gar nicht mehr. Von Zeit zu Zeit sieht man ihn in den Weinbergen, wo er ein paar knappe Anweisungen gibt. Irgendwann ist er auf die Idee gekommen, nachts zu arbeiten, und macht mit einer Laterne in der Hand seine Runden. Seine Frau behandelt er wie einen Hund.«

»Und Laurent?«

»Ich habe ihn schon lange nicht mehr gesehen, aber seine Gruppe ist sehr aktiv, eine der aktivsten des Südwestens. Sie sind an allen großen Unternehmungen beteiligt. Er darf sich auf gar keinen Fall erwischen lassen, die Deutschen haben ihn nicht gerade ins Herz geschlossen. Angeblich besucht er manchmal Frau und Sohn am helllichten Tag und ohne jeden Schutz. Ich hätte gern mit ihm zusammengearbeitet, aber Trinité brauchte mich in Paris. Erinnerst du dich noch an unsere Waldspaziergänge?«

»Das scheint mir alles so weit zurückzuliegen. Ich fühle mich jetzt soviel älter. Und ich habe solche Angst. Wenn du wüßtest, wie sehr ich mich fürchte ...«

»Das merkt man dir nicht an«, sagte er und zog sie an sich. »Du hast dich gar nicht verändert, bist höchstens noch hübscher geworden. Nur deine Augen vielleicht ... Ja, dein Blick ist ein wenig härter, ein wenig trauriger. Du solltest all das hier seinlassen und nach Montillac zurückgehen, dich um deine Weinberge kümmern und in aller Ruhe das Kriegsende abwarten.«

»In Ruhe abwarten? In welchem Jahrhundert lebst du denn, mein Lieber? Abwarten, während die Deutschen weiterhin das Land ausplündern, unsere Freunde foltern, Laurent und Onkel Adrien verfolgen? Wenn wir nichts unternehmen, werden wir sie niemals los. Ich jedenfalls kann nicht warten, ich will leben, verstehst du: leben, und ich will sie hier nicht mehr sehen. Nachdem sie von Montillac abgezogen waren, habe ich mit Ruth und Sidonie ein Großreinemachen veranstaltet. Am liebsten wäre mir gewesen, wir hätten ihre Spuren durch ein alles verschluckendes Feuer beseitigen können. Françoise, die nichts begriffen hatte, meinte: ›Aber wir haben doch schon den großen Frühjahrsputz gehabt.‹ Zuerst habe ich mir auch eingeredet, daß ich mich eben an ihre Gegenwart gewöhnen muß. Das ist normal, schließlich haben wir ja den Krieg verloren. Pech für die Besiegten! So ungefähr habe ich gedacht. Aber wenn ich mit Camille gesprochen oder Radio London gehört hatte, und besonders, wenn ich gesehen habe, wie die meisten Verwandten und Nachbarn den Buckel krümmten, dann habe ich mich geschämt. Und jetzt, wenn ich daran denke, was sie Sarah antun, würde ich am liebsten ein Gewehr in die Hand nehmen und richtig gegen sie kämpfen.«

»Das ist nichts für Frauen.«

»Bist du aber rückständig. Es wäre nicht das erste Mal, daß Frauen aktiv an einem Krieg teilnehmen.«

»Ich möchte nicht, daß dir etwas passiert.«

Jemand klopfte an die Tür. Es war Françoise.

»Tante Albertine schickt mich; ich soll euch holen.«

Sie verließ das Zimmer wieder, ohne eine Antwort abzuwarten.

»Ich muß los. Grüß die Damen de Montpleynet von mir. Aber laß mich noch ein paar Minuten hierbleiben, ich muß die Anweisungen von Trinité noch auswendig lernen.«

»Küß mich zum Abschied. Und laß ab und zu von dir hören.«

Der Kuß ließ beide an den Sommer 1939 denken, als sie so oft auf der Terrasse von Montillac saßen und nur einen Gedanken hatten: »Was können wir heute Amüsantes unternehmen?« Ihren Erinnerungen und ihrer Umarmung hingegeben, bemerkten sie nicht, daß sich die Tür öffnete und François hereinschaute. Er lächelte beim Anblick des jungen, sich umschlungen haltenden Paares und zog sich geräuschlos wieder zurück.

»Ich liebe dich, Léa.«

»Du mußt mich auch sehr liebhaben; ich brauch' es.«

»Wie ich dich kenne, hast du bestimmt keinen Mangel an Verehrern, angefangen bei deinem Tavernier.«

»Du bist doch nicht etwa eifersüchtig? Das wäre jetzt wirklich nicht der richtige Augenblick dafür.«

»Du hast recht. Ich bin wie Raoul, ich ertrage es nicht, daß dir ein anderer Mann den Hof macht.«

»Du und dein Bruder, ihr wart schon immer etwas närrisch«, sagte sie zärtlich.

»Auf Wiedersehen, Léa. Sei vorsichtig.«

»Auf Wiedersehen, Jeannot, und sei auch du vorsichtig.«

Nach einem letzten Kuß ging Léa zu ihrer Familie hinüber. Zehn Minuten später verließ Jean Lefèvre die Rue de l'Université.

Albertine und Lisa saßen im kleinen Wohnzimmer, in dem die Familie jetzt auch ihre Mahlzeiten einnahm, um Brennstoff zu sparen. Während sie darauf warteten, daß die Zeit des Abendessens herankam, lauschten sie den persönlichen Botschaften, die von Radio London ausgestrahlt wurden:

»Die Krabbe möchte sich mit den Schlangen treffen. Ich wiederhole: Die Krabbe möchte sich mit den Schlangen treffen.

Träumerischen Schrittes bin ich einem einsamen Pfad gefolgt. Ich wiederhole: Träumerischen Schrittes bin ich einem einsamen Pfad gefolgt.

Maurice hat Weihnachten mit seinem Freund angenehm verbracht und denkt an die beiden Mimosen, die bald blühen werden.«

»Das ist ja sehr erfreulich für ihn«, bemerkte Léa lächelnd.

7.

Léa dachte, sie müßte wahnsinnig werden. Seit acht Tagen hatte sie nichts mehr von François Tavernier gehört. Wurde Sarah noch immer gefangengehalten? Hatte sich Jean in die Vendée durchschlagen können? Selbst das Schweigen von Raphael Malh beunruhigte sie. Als sie es gar nicht mehr aushielt, beschloß sie, sich in der Rue des Saussaies zu erkundigen.

Ihre Jugend, ihre Schönheit, ihre augenscheinliche Schüchternheit, die sie bewußt einsetzte, ließen Mißtrauen und Verwunderung bei dem deutschen Offizier, der sie dort empfing, schwinden. Sarah Mulstein? Ja, der Name sagte ihm was. Ach ja, das war doch diese verletzte Jüdin, die ihnen angeschleppt worden war. Nein, die war nicht mehr hier. Léa solle sich in der Avenue Henri-Martin 101 nach ihr erkundigen, dort könne man ihr vielleicht Näheres sagen. Wenn nicht, solle sie wiederkommen, er würde dann sehen, ob er noch etwas herausfinden könne. Einem so hübschen Fräulein sei man doch gern behilflich.

Léa dankte ihm.

Als sie wieder auf der Straße war, stieg sie auf ihr Fahrrad, fuhr die Avenue Marigny entlang und dann die Champs-Élysées hinauf. Am Rond-Point stand ein Polizist auf seinem Podest, umgeben von großen, deutschsprachigen Hinweisschildern, und regelte einen nicht vorhandenen Verkehr: Fahrräder, einige Fahrrad-Taxen, ein paar rar gewordene Autos, hastende Fußgänger, die sich fröstelnd in zu leichte Mäntel wickelten. Ein gefrierender Nieselregen machte die Straßen glatt. Am oberen Ende der Avenue erhob sich wie ein Hohn der Triumphbogen in den bleigrauen Himmel. Sein Anblick deprimierte Léa, und sie bog in die Avenue Montaigne ein. An der Place de l'Alma wurde der Regen stärker. Als sie vor dem Haus Avenue Henri-Martin 101 angekommen war, schloß sie ihr Fahrrad am Vorgartengitter des Gebäudes an. Unter dem Torbogen nahm sie ihre Baskenmütze ab, schüttelte ihr Haar aus und rieb sich mit dem Taschentuch Gesicht und Beine ab.

Erstaunt blickte sie sich um. Wie ruhig es hier war, wie gutbürgerlich; nichts deutete auf die Anwesenheit von Deutschen hin. Hier konnten sich doch unmöglich jene Horrorszenen abgespielt haben, die Tavernier geschildert hatte. An der Pförtnerloge vorbei gelangte sie durch eine breite Glastür ins Innere des Gebäudes. Unschlüssig blieb Léa in der marmornen Eingangshalle stehen. Zu ihrer Rechten führte eine sehr schöne Treppe aus dunklem Holz in die oberen Etagen. Sie wurde von einer Karyatide mit hochmütigem Gesicht und üppigen Brüsten getragen, deren glänzend polierte Oberfläche bewies, wie gern die Hände der Hausbewohner und ihrer Besucher auf ihnen geruht hatten. Das Licht, das durch das hohe gegenüberliegende Fenster einfiel, ließ das kunstvolle Schmiedeeisengitter des Aufzugs in seiner ganzen Schönheit erscheinen. Zwei breite Holzstufen mit gerundeten Kanten führten zu einer Flügeltür, an der ein kleines Messingschild befestigt war. Léa trat heran und las: *Französische Wirtschaftsdienststelle. Beschaffungsbüro.* Was bedeutete das? Wenn sie es richtig verstanden hatte, dann mußte Sarah in dieses Büro gebracht worden sein. Zwei Wörter auf dem Schild sagten ihr immerhin etwas. Hatte François nicht von einer Beschaffungsdienststelle gesprochen? Aber was hatte er darüber gesagt? Müde und erschöpft setzte sie sich auf eine Treppenstufe und lehnte ihren Kopf gegen die Karyatide.

Plötzlich öffnete sich ein Flügel der Tür, und von unsichtbaren Händen gestoßen, taumelte ein Mann hervor. Der Ärmste verlor das Gleichgewicht und stürzte auf die Fliesen der Eingangshalle. Trotz des herrschenden Halbdunkels bemerkte Léa, daß seine Hände auf dem Rücken gebunden waren und daß sein geschwollenes Gesicht von Blut überströmt war, das den weißen und goldfarbenen Marmor befleckte. Unmittelbar nach ihm kamen zwei Männer heraus. Sie lachten, während sie sich die Mäntel zuknöpften. Der jüngere gab dem ausgestreckten, zappelnden Körper einen Fußtritt.

»Los, steh auf, du Drecksack. Du hast uns ja jetzt alles erzählt, da brauchen wir dich nicht mehr. Wir bringen dich wieder nach Fresnes.«

»Sie hatten mir aber versprochen . . .«, stammelte der Gefangene und versuchte aufzustehen.

»Versprochen? Was?«

»Daß Sie meine Frau und meine Tochter in Ruhe lassen würden.«

»Versprechungen, Versprechungen, wir machen hier unentwegt Versprechungen. Der Chef hat uns schon Vorhaltungen deswegen gemacht.«

»Aber das können Sie doch nicht machen«, schrie der Mann, wobei eine Wunde an seinem Mund aufriß.

»Los, steh endlich auf. Der Chef ist nicht ganz überzeugt, daß du uns wirklich alles gesagt hast.«

Der arme Kerl schleppte sich kriechend bis vor die Füße seiner höhnenden Peiniger.

»Ich schwöre, ich habe Ihnen alles gesagt, alles angegeben, die Namen, die Codes, alles, alles«, schrie er schluchzend.

»Genug jetzt! Der Wagen wartet schon draußen. Hör auf zu flennen wie ein altes Weib, du fällst nur unangenehm auf. Tränen bei einem Mann, also, das widert mich an. Steh auf!«

»Hoch mit dir, du Mistkerl!« befahl der andere. »Du glaubst doch wohl nicht, daß wir einen Verräter auch noch tragen werden.«

Das Schluchzen brach ab. Léa, die hinter der Karyatide kauerte, beobachtete, wie dieser Mensch, der alle Würde verloren zu haben schien, sich aufrichtete: zunächst auf die Knie, dann auf ein Bein, danach auf das andere. Dann stand er auf den Füßen, schwankend zwar, doch aufrecht. Ein schrecklicher, erbarmungswürdiger Anblick: Die Augen waren fast zugeschwollen von den Schlägen, die aufgeplatzte Unterlippe hing herunter, der Hals wies Würgemale auf, und den Daumen an den noch immer gebundenen Händen fehlten die Nägel. Langsam ging er an seinen Folterern vorbei, verhielt vor dem älteren der beiden und spuckte ihm ruhig ins Gesicht.

Der zog sofort seine Waffe.

»Laß das, Bernhard. Das könnte ihm gerade so passen, daß du ihn abknallst.«

Mit Fußtritten und Fausthieben stießen sie den Mann aus dem Gebäude.

Das Geräusch des Aufzugs schreckte Léa aus ihrer Benommenheit. Sie erhob sich mit einem Ruck. Zwei elegante junge Frauen traten lachend aus der Kabine. Im gleichen Augenblick läuteten zwei ehrwürdige Herren an der Tür des Beschaffungsbüros. Keiner dieser Menschen bemerkte das Blut auf dem Fußboden.

Léa blieb wie gebannt gegenüber dieser Tür stehen. Ich muß hier verschwinden, sagte sie sich, war jedoch unfähig, sich zu rühren, so als warte sie auf eine Erklärung für den brutalen Vorfall. Sie spürte, daß sie nicht bleiben durfte. Niemand wußte von ihrer Anwesenheit hier. Sie mußte schleunigst die Flucht ergreifen, sonst würde man sie womöglich packen und der gleichen Behandlung unterziehen wie Sarah und den armen Kerl, der so nahe bei ihr zu Boden gestürzt war.

Sie stand noch immer unbeweglich und hörte nicht, wie sich die Glastür öffnete. Als sie sich endlich zum Gehen wandte, sah sie sich einem zu gut gekleideten Mann gegenüber, nicht sehr groß, mager, mit dunklem, sorgfältig frisiertem Haar, der nervös an einer dicken Zigarre zog und sie mit seinen graugrünen Augen eindringlich musterte.

»Sie suchen sicher jemanden, Mademoiselle, kann ich Ihnen behilflich sein?«

Trotz seines höflichen Tons war Léas Kehle wie zugeschnürt.

»Man könnte fast glauben, ich machte Ihnen angst. Sehe ich denn so furchterregend aus?«

Sie schüttelte den Kopf und versuchte ihre Gedanken zusammenzunehmen, um eine brauchbare Ausrede zu finden. Ihr Blick fiel auf das Messingschild *Beschaffungsbüro*. Sie erinnerte sich wieder an das, was François Tavernier ihr erzählt hatte.

»Ich habe gehört, daß hier Edelmetalle angekauft werden.«

»Das ist richtig. Sie möchten wohl Schmuck verkaufen?«

»Ja. Familienschmuck.«

»Ich verstehe, Mademoiselle. Es sind momentan schwere Zeiten, und da ist man manchmal gezwungen, sich von Dingen zu trennen, die einem lieb sind. Treten Sie ein, ich werde sehen, was ich für Sie tun kann.«

Er öffnete die Tür mit einem eigenen Schlüssel und trat zur Seite, um sie vorbeigehen zu lassen. Es waren viele Leute in dem großen Vorraum: Jene beiden ehrwürdigen Herren von vorhin, Männer, deren Jacketts auf einer Seite von ihrer Waffe ausgebeult waren, drei schwarzgekleidete Frauen, die weinend in einer Ecke saßen. Der Tür gegenüber lag ein junger Mann, der an Händen und Füßen gefesselt war und ein schmutziges Pflaster auf der Stirn kleben hatte, wie schlafend auf dem Boden ausgestreckt. Eine Frau im Pelzmantel lachte sehr laut mit einem Gigolo, der sich die Haare pomadisiert hatte. Ein junges Mädchen, mit tränenüberströmtem Gesicht und zerrissenen Kleidern, wurde, obwohl es sich heftig wehrte, von einem Raum in einen anderen gezerrt. Alle Anwesenden taten so, als bemerkten sie nichts.

Léa fuhr herum.

»Was ist denn hier los? Was sind das für Leute? Was machen die denn mit dem jungen Mädchen? Und wer sind Sie überhaupt?«

»Ja, richtig, entschuldigen Sie bitte, ich habe vergessen, mich vorzustellen: Christian Masuy, Direktor der Französischen Wirtschaftsdienststelle. Hier ist meine Karte. Was die hier anwesenden Leute betrifft, so haben sie etwas zu verkaufen, wie Sie auch. Wollen Sie mir bitte in mein Büro folgen, ich werde meinen Sekretär kommen lassen.«

Masuys Büro war ein großer heller Raum. Ein hohes Fenster blickte auf den Garten, der bis zur Avenue Henri-Martin ging. Die Holztäfelungen und der imposante Marmorkamin waren sehr schön. Ein langer, wuchtiger Schreibtisch, auf dem ein Foto von einer Frau mit zwei kleinen Mädchen stand, schwere Ledersessel und ein

Chesterfield-Sofa bildeten die Möblierung. Es herrschte eine angenehme Wärme.

»Bitte nehmen Sie Platz. Möchten Sie etwas trinken? Ein Schlückchen Champagner würde Ihnen guttun. Machen Sie es sich bequem, und legen Sie doch den feuchten Mantel ab, Sie holen sich sonst noch eine Erkältung. Es ist zwar auch nicht besonders warm hier, aber was wollen Sie, es ist nun mal Krieg! Ich werde ein kleines Feuer machen lassen.«

»Nein danke, bitte bemühen Sie sich nicht. Mir ist nicht kalt.«

»Na los, seien Sie vernünftig, und ziehen Sie das Ding aus.«

Der Ton hatte sich geändert. Léa gehorchte. In dem Augenblick kam ein schnurrbärtiger Mann herein. Er war in den Fünfzigern, hatte eine Stirnglatze und dichte Augenbrauen, die seine sehr hellen Augen beschatteten.

»Guten Tag, Monsieur. Sie haben mich rufen lassen?«

»Kommen Sie herein, Humbert. Ich möchte Ihnen Mademoiselle – wie war doch Ihr Name? – vorstellen.«

Überrumpelt stammelte Léa: »Delmas.«

»Mademoiselle Delmas, sehr gut. Mademoiselle Delmas möchte uns Schmuck anbieten. Wir werden das mit ihr besprechen. Aber machen Sie erst einmal ein Feuer im Kamin, man erfriert ja hier.«

»Die Heizkörper sind aber ganz heiß, Monsieur.«

»Widersprechen Sie mir nicht, tun Sie, was ich Ihnen sage.«

Während Humbert sich am Kamin zu schaffen machte, öffnete Masuy das Fenster, lehnte sich hinaus und holte eine Flasche Champagner herein.

»Es gibt zu dieser Jahreszeit keinen besseren Weinkühler«, erklärte er triumphierend. Er entnahm einem Fach seines Schreibtischs zwei hohe Champagnergläser.

»Nein danke, für mich bitte nicht«, wehrte Léa ab.

»Ich würde es als Affront betrachten, wenn Sie nicht mit mir anstoßen. Die besten Geschäfte werden am runden Tisch oder mit einem Glas in der Hand abgeschlossen.«

Resigniert schaute ihm Léa zu, wie er die Gläser mit der perlenden Flüssigkeit füllte. Doch ihre Hand zitterte nicht, als sie das Glas entgegennahm, das er ihr reichte.

»Auf Ihre Gesundheit; möge Ihnen das Jahr 1943 Glück bringen. Sie werden sehen, daß wir beide gute Geschäfte und viel Geld machen werden.«

»Auf Ihr Wohl, Monsieur. Ich habe nicht die Absicht, mich in irgendwelchen Geschäften zu versuchen, dazu fehlen mir die Kenntnisse. Ich möchte nur ein paar Schmuckstücke und etwas Tafelsilber verkaufen, um meiner Familie zu helfen.«

»Haben Sie die Sachen mitgebracht?«

»Nein, denn ich wußte überhaupt nicht, wie ich den Verkauf bewerkstelligen sollte, noch ob dies die richtige Adresse dafür wäre.«

»Ja richtig, die Adresse. Wer hat sie Ihnen gegeben?«

Autsch! Das war die Frage, die sie die ganze Zeit gefürchtet hatte. Sie trank einen Schluck Champagner, während sie versuchte, eine Antwort zu finden.

»Ich hatte gehört, wie eine meiner Freundinnen ein Büro in der Avenue Henri-Martin erwähnte, aber ich erinnere mich nicht mehr, aus welchem Anlaß.«

»Humbert? Brennt das Feuer endlich? Dann lassen Sie uns jetzt allein.«

»Jawohl, Monsieur.«

Als Humbert hinausgehen wollte, wurde er von jemand, der gleichzeitig hereinstürmte, heftig angerempelt. Noch bevor der Sekretär eine warnende Geste machen konnte, hatte Masuy schon reflexartig reagiert. Als der Eindringling vor seinem Schreibtisch stand, hatte er eine Pistole im Anschlag.

»He, was soll das, Christian! Erkennst du deine Freunde nicht mehr?«

»Meine Freunde fallen gewöhnlich nicht mit der Tür ins Haus. Du hast Glück, daß du nicht eine Kugel zwischen die Augen gekriegt hast. Ich bin ein guter Schütze, wie du weißt.«

»Entschuldige bitte ...«

»Außerdem bilde ich mir ein, dir gesagt zu haben, daß ich nicht mehr mit dir arbeiten will.«

»Ich bin nicht wegen mir gekommen, sondern wegen meiner Freundin hier.«

»Was erzählst du da? Diese junge Dame ist eine Freundin von dir?«

Léa konnte es nicht fassen. Vor ihr stand Raphael Malh. War er ihr etwa gefolgt?

»Ich war mit ihr verabredet.«

»Stimmt das, Mademoiselle Delmas?«

»Ja, aber wir haben uns verpaßt, und da wußte ich nicht, was ich tun sollte.«

Masuy schaute die beiden mit seinen grau-grünen Augen mißtrauisch an.

»Ich hatte Sie für ein anständiges junges Mädchen gehalten, dabei frequentierten Sie Leute wie Malh! Es ist nicht zu glauben!«

Trotz der gespannten Atmosphäre wäre Léa beinahe in Lachen ausgebrochen. Das war ja fast wortwörtlich das, was Richard Chapon ihr bezüglich Malhs gesagt hatte. Kein Zweifel: Ganz gleich, in welchem Milieu, ihr Freund Raphael hatte nirgends einen guten Ruf.

»Wir kennen uns schon seit einigen Jahren. Er berät mich in geschäftlichen Dingen.«

»Und da sind Sie noch immer mit ihm befreundet?«

Das Erstaunen des Mannes war so echt, daß Raphael und Léa lachen mußten. Das brachte Masuy in Wut und er schlug mit der Faust auf den Schreibtisch. Doch das hatte keineswegs das gewünschte Resultat, Léa erstickte buchstäblich vor Lachen.

»Armer Raphael! Selbst hier mißtraut man Ihnen. Es ist zu komisch!«

»Hier haben sie auch gute Gründe dafür! Hier kennt man mich, stimmt's, mein Lieber? Ich bin völlig erledigt, darf ich mich setzen?«

»Hör endlich auf, du bist grotesk!«

»Das weiß ich nur zu gut. Diese feine Gesellschaft hier widert mich ebenso an, wie ich mich selbst. Besser, man lacht darüber, nicht? Mach nicht so ein Gesicht! Vor einer Minute warst du noch ganz rot, und jetzt bist du ganz grün. Du solltest öfter lachen, das ist gut für den Teint. Du brauchst nur unsere schöne Freundin hier anzuschauen: Es ist ihre gute Laune, die ihr diese rosige Farbe verleiht. Aber Spaß beiseite, wir sind hier, um über Geschäfte zu reden. Du weißt, daß ich von der französischen Polizei und deinen Genossen von der Gestapo observiert werde, ich kann also meinem kleinen, aber einträglichen Handel nicht mehr nachgehen. Doch du kennst mich ja, meine Freunde sind mir heilig. Wenn ich ihnen einen Dienst erweisen kann, dann kenne ich kein Zögern. Als mich Mademoiselle Delmas also gebeten hat, einen Brillantschmuck für sie zu verkaufen, habe ich gleich an dich gedacht.«

Bei seiner Erwähnung von »Brillanten« schloß Léa die Augen.

»Brillantschmuck?« fragte Masuy und nahm wieder Platz. »Ich hatte angenommen, daß es sich um eher wertloses Zeug handeln würde. Ich hätte die Sachen selbstverständlich genommen, um einer so reizenden jungen

Dame gefällig zu sein. Aber Brillanten! Wann kann ich sie sehen?«

»Erst einmal muß ich meine Familie dazu bringen, sie mir anzuvertrauen.«

Masuy warf ihr einen komplizenhaften Blick zu. »Ich verstehe vollkommen, Mademoiselle. Kommen Sie mich bald wieder besuchen. Aber kommen Sie allein, ohne diesen Gauner.«

»Warum bist du nur so nachtragend, lieber Christian? Bist du mir immer noch böse wegen der paar kleinen Unterschlagungen?«

»Das, was du ein paar ›kleine Unterschlagungen‹ nennst, hat mich immerhin über eine Million Franc gekostet.«

»Ich habe Pech gehabt, ich bin selbst reingelegt worden. Aber wenn das Geschäft mit Mademoiselle Delmas klappt, wirst du mir bestimmt dankbar sein.«

Léa hatte sich zum Gehen erhoben. Galant half ihr Masuy in den Mantel.

»Auf Wiedersehen, Mademoiselle, ich erwarte also Ihren nächsten Besuch. Leb wohl, Malh. Und denk daran: Je weniger ich von dir zu sehen bekomme, desto besser für dich.«

»Ich werde völlig verkannt«, jammerte Malh mit dramatischem Tonfall, während er mit Léa das Zimmer verließ.

Der andere Raum hatte sich inzwischen so mit Menschen gefüllt, daß die meisten stehen mußten. Einige stürzten sich auf Masuy:

»Monsieur Masuy, wir waren doch verabredet!«

»Ich habe es mir überlegt, Monsieur Masuy, ich überlasse Ihnen die Sachen zum halben Preis.«

»Ich flehe Sie an, Monsieur, haben Sie etwas über meinen Mann erfahren?«

»Was soll ich nur tun, mein Sohn ist verhaftet worden!«

»Monsieur, Sie hatten mir doch gesagt, ich solle wiederkommen, falls ich etwas Verdächtiges bei meinen Nachbarn bemerkte. Ich habe gehört, daß bei ihnen englisch gesprochen wurde. Also, wenn das nicht verdächtig ist ...«

»Gedulden Sie sich bitte, Sie kommen alle an die Reihe.«

Léa spürte, wie ein Gefühl von Furcht und Ekel in ihr aufstieg.

Warum umklammerte Raphael ihre Hand so fest, er tat ihr weh. Léa wollte protestieren und wandte sich ihm zu. Wen starrte er denn dort drüben so an? Nein! Diese Frau mit dem langen schwarzen Haar und dem verschwollenen Gesicht ... Das war doch nicht ...

»Lenken Sie Masuy und seine Männer ab«, preßte Raphael zwischen den Zähnen hervor.

Léas Handtasche fiel polternd zu Boden und verstreute ihren Inhalt.

»Das macht doch nichts«, sagte Masuy, während er sich bückte.

»Wir helfen Ihnen, Ihren Krimskrams wieder einzusammeln.«

Nie hätte sie gedacht, daß ihre Handtasche so viele Dinge enthielt. Als sich die hilfsbereiten Herren wieder erhoben, waren die Gesichter ein wenig gerötet.

»Vielen Dank, Messieurs, danke.«

»Hier Léa, ich habe Ihren Lippenstift gefunden.«

»Aber ...«

»Reine Glücksache, er war hinter die Bank gerollt.«

Plötzlich begriff sie und steckte den Lippenstift, von dem sie wußte, daß er ihr nicht gehörte, in ihre Handtasche.

Der Regen hatte aufgehört. Léa schloß ihr Fahrrad vom Gitter, schwang sich in den Sattel und fuhr los, ohne sich um Raphael Malh zu kümmern.

»He, warten Sie auf mich.« Gebückt auf einem Rennrad hockend, hatte er sie bald eingeholt.

»Sie können sich doch nicht einfach so aus dem Staube machen; wir haben noch viel zu bereden.«

»Lassen Sie mich in Ruhe. Ich will nichts mit Ihnen zu tun haben.«

»Da täuschen Sie sich. Zuallererst schulden Sie mir Dank. Wenn ich nicht dazwischengekommen wäre, hätten Sie vielleicht Bekanntschaft mit den Methoden meines Freundes Masuy gemacht.«

»Ich bin sicher, daß Sie damit bestens vertraut sind. Sie werden ihm bestimmt gelegentlich zur Hand gehen.«

»Denken Sie von mir, was Sie wollen. Jedenfalls muß man schon total verrückt sein, um sich freiwillig in die Höhle des Löwen zu begeben. Was wollten Sie da eigentlich? Ist etwa diese Geschichte mit dem Schmuck wahr?«

»So wahr wie Ihre von den Brillanten. Wie sind Sie nur darauf gekommen, eine solches Märchen zu erfinden? Jetzt soll ich ihn noch einmal besuchen.«

»Ich kenne ihn gut. Brillanten sind seine Leidenschaft. Es war die einzige Möglichkeit, ihn davon abzuhalten, Ihnen zu präzise Fragen zu stellen. Léa, bitte nicht so schnell, ich bin schließlich nicht mehr zwanzig. Ich kann nicht mit Ihnen Schritt halten.«

»Ein bißchen Anstrengung wird Ihnen guttun. Sie essen zuviel. Sie sind so fett wie ein Vorkriegsschwein.«

»Sie sind grausam. Trotzdem muß ich in Ruhe mit Ihnen reden.«

»Auf dem Fahrrad und mitten auf der Avenue Henri-Martin – ist das nicht der ideale Ort, um vor indiskreten Ohren sicher zu sein?«

»Sie haben recht, aber ich bin völlig aus der Puste. Sagen Sie mir bloß eines noch, bevor wir anhalten: Was wollten Sie in dem Haus?«

»Das gleiche wie Sie, nehme ich an. Mich nach Sarah erkundigen.«

Einige Minuten fuhren sie schweigend nebeneinander, bis sie zum Place de Trocadéro kamen. Es hatte wieder zu regnen begonnen.

»Kommen Sie, suchen wir uns ein trockenes Plätzchen.«

Sie befestigten ihre Räder an einem Baum und rannten zum nächsten Café. Sie wählten einen Tisch im hinteren Teil des noch fast leeren Lokals.

»Ich habe Hunger«, sagte Léa.

»Haben Sie Lebensmittelmarken?«

»Ja, ein paar. Weshalb?«

»Weil es die einzige Möglichkeit ist, hier was Eßbares zu kriegen. Aber Sie brauchen sich nicht zu beklagen, das Essen hier ist zumindest genießbar. Herr Ober!«

Ein älterer Kellner mit einer langen weißen Schürze um den Bauch schlurfte herbei.

»Die Herrschaften wünschen?«

»Mademoiselle hat Hunger. Können Sie das Tagesgericht empfehlen?«

»Falls Sie ...«

»Wir haben Lebensmittelmarken.«

»Das will ich hoffen, denn ohne Marken gibt's hier gar nichts zu essen.«

»Sie meinen, wenn man noch eine Kleinigkeit drauflegt, bekommt man etwas Besseres?«

»Das haben Sie ganz richtig verstanden, Monsieur, und je größer die Kleinigkeit, desto größer auch die Portionen.«

»Aber das ist doch widerlich!« entrüstete sich Léa.

»Schweigen Sie, Sie verärgern ihn bloß«, zischelte Raphael mit gedämpfter Stimme. »Haben Sie Geld bei sich? Bei mir ist ziemlich Ebbe.«

Léa wühlte in ihrer Manteltasche und zog einige zerknitterte Scheine hervor, die sie ihm hinhielt.«

»Reicht das?«

»Mit dem, was ich noch habe, dürfte es reichen.«

Raphael schob dem Kellner einen Schein hin, den dieser schnell in seine Westentasche steckte. Er brachte ihre Lebensmittelmarken zur Kasse und rief in die Küche hinein: »Zwei Tagesgerichte für Kranke.«

Léa erhob sich und ging hinüber zu dem eisernen Ofen, der mitten im Raum thronte. Sie zog ihren feuchten Mantel aus und hängte ihn zum Trocknen über eine Stuhllehne. Einen Augenblick fürchtete sie, Raphael werde sich zu ihr gesellen, doch er blieb auf seinem Platz sitzen, rauchte und hing seinen Gedanken nach.

Léa überlegte: Wenn Raphael mit Sarahs Festnahme nichts zu tun hatte, wie François behauptet, was tat er dann dort? Als ich meine Sachen aufgesammelt habe, habe ich genau gesehen, wie er sich an sie rangeschoben und ihr was gesagt hat. Gleichzeitig hat sie ihm etwas zugesteckt. Bestimmt diesen Lippenstift. Offenbar ist ihr nie der Verdacht gekommen, er könnte sie denunziert haben.

»Ihr Essen, Mademoiselle.«

»Danke.«

Auf dem Tisch dampfte eine kleine Terrine, die zur Hälfte gefüllt war mit etwas, das an Hasenpfeffer erinnerte. Es roch sehr gut.

»Der Hase ist geschmuggelt«, flüsterte der Kellner, während er sie bediente.

Geschmuggelt oder nicht, das Essen war genießbar, ebenso wie der Hauswein.

»Ich wüßte vielleicht eine Möglichkeit, Sarah da rauszukriegen.«

»Wie denn?«

Raphael blickte sich um. Der Raum füllte sich allmählich mit Büroangestellten aus dem Viertel.

»Es ist zu voll hier. Beeilen Sie sich mit dem Essen, ich erkläre es Ihnen an einem ruhigeren Ort.«

Um sie herum drängten sich lachende und schwatzende Menschen. Vier junge Mädchen ließen sich in der Nähe ihres Tisches nieder. Sie trugen bunte Wollmützen, passend zu ihren Fausthandschuhen und Socken, was ihnen etwas fröhlich Koboldhaftes verlieh. Unter ihren schweren, regenfeuchten Mänteln kamen trotz der Stoff- und Geldknappheit hübsche Kleider zum Vorschein, die ihnen ausgezeichnet standen. Léa betrachtete sie neidvoll, denn ihr strenges graues Kostüm, das aus einem Jackenkleid ihrer Mutter für sie zurechtgeschneidert worden war, konnte einem Vergleich nicht standhalten.

Raphael entging dieser Blick nicht. »Sie wirken sehr elegant darin; wie eine kluge Maus, was dem Eindruck, den Sie sonst vermitteln, gar nicht entspricht. Bei Ihrem Haar würden Sie bunte Farben eher gewöhnlich aussehen lassen.«

»Ich würde lieber gewöhnlich aussehen, wie Sie es nennen, als wie eine Nonne in Zivil. Ich hätte meinen rosa Angorapullover anziehen sollen.«

»Was ich an euch Frauen so liebe, ist, daß ihr auch in den schlimmsten Augenblicken noch daran denkt, eure Kleidungsstücke farblich aufeinander abzustimmen und die passenden Schuhe und Handtaschen auszuwählen. Ihr seid wie Kinder: Erst beweint ihr das Los eines Freundes, gleich darauf redet ihr über Mode.«

Den Rest ihres Hasenpfeffers aßen sie in Schweigen.

Der Raum war inzwischen voll besetzt, der Lärm ohrenbetäubend. Raphael rief den Kellner und bezahlte die Rechnung.

Es regnete nicht mehr. Eine frierende Sonne bemühte sich, durch die Wolken zu dringen, und ließ die Tropfen, die von den Bäumen fielen, glitzern. Léa ging auf die Räder zu.

»Nein, lassen Sie sie stehen, wir brauchen sie jetzt nicht.«

»Wieso nicht?«

»Ich nehme Sie mit an einen Ort, wo wir in Ruhe reden können. Die Gegend hier wimmelt von Spionen sämtlicher Ressorts der deutschen und der französischen Polizei. Wir können nicht sicher sein, daß wir nicht verfolgt worden sind. Auf einem Friedhof kann man sich ganz schnell darüber vergewissern.«

»Auf einem Friedhof?«

»Ja. Sehen Sie die große Mauer auf der anderen Straßenseite? Sie gehört zum Friedhof von Passy. Um diese Zeit und bei diesem Wetter ist dort praktisch niemand. Kommen Sie, wir dürfen keine Zeit verlieren, es geht um Sarahs Leben.«

Seine Argumente überzeugten Léa, und sie folgte ihm.

Raphael ging in den Blumenladen am Eingang des Friedhofs und kaufte einen Strauß weißer Lilien.

»Das wirkt echter«, flüsterte er ihr zu.

»Dies ist das erste Mal, daß ich einen Pariser Friedhof betrete«, sagte Léa, während sie unter dem Torbogen durchgingen.

Sie schaute sich um: ein gepflasterter Vorhof, dahinter hochragende Grabmale und Mausoleen. Ein junger Wärter mit mädchenhaften Zügen kam aus dem Pförtnerhäuschen und musterte sie eingehend. Raphael nahm den Arm seiner Freundin.

»Keine Angst, das ist einer meiner jungen Liebhaber. Er ist einfach überrascht, mich mit einer Frau zu sehen.«

Sie gingen eine kleine Anhöhe hinauf. Staunend blickte Léa über den großen Friedhof.

»Diese Kapellen sind aber überladen. Schauen Sie sich mal die dort an: unglaublich! Wer liegt denn da?«

»Ein etwas seltsames junges Mädchen, Marie Baschkirtseff. Sie ist mit vierundzwanzig Jahren an Tuberkulose gestorben. Sie war Künstlerin, hat im Stil Manets gemalt. Nach ihrem Tod wurden ihr Tagebuch und ihre intimen Aufzeichnungen veröffentlicht. Sie sollten sie mal lesen.«

Unter sorgfältiger Umgehung aller Pfützen hatten sie das Ende des Friedhofs erreicht. Während er Léa auf einige ungewöhnliche Grabmale aufmerksam machte, hatte sich Raphael wiederholt umgedreht, um sich zu vergewissern, daß ihnen niemand folgte.

Er ließ sich auf eine steinerne Bank fallen, die an der Allee stand, und stieß einen Seufzer der Erleichterung aus. »Uff! Geben Sie mir bitte den Lippenstift. In der Hülse sind Informationen versteckt über den Ort, an dem Sarah nachts eingesperrt ist, und über die Person, die bestochen werden muß.«

»Bestochen?« fragte sie und wühlte in ihrer Handtasche.

»Selbstverständlich. Sie glauben doch wohl nicht, daß man sie ohne Komplizen aus Masuys Klauen befreien könnte.«

»Wie soll ich das wissen? Ich dachte, man könnte mit den Leuten ihrer Organisation das Büro stürmen.«

»Die sind alle verhaftet worden.«

»Alle?«

»Alle außer zwei. Interessieren Sie sich für sie? Haben Sie sie gekannt?«

»Nein, nein!«

»Das ist mir auch lieber. Sarah ist nicht von mir verpfiffen worden. Sie hat sich gewissermaßen selbst denunziert durch ihre Unvorsichtigkeiten. Die anderen Mitglieder ihrer Gruppe wurden allerdings dank meines Tips gefaßt.«

Auch wenn das, was Raphael sagte, für Léa nicht unvermutet kam, traf sie die Bestätigung seiner Denunziation wie ein Schock. Sie wurde so blaß, daß er fürchtete, sie würde ohnmächtig werden. Er streckte die Hand aus, um sie zu stützen. Sie wich zurück.

»Rühren Sie mich nicht an, oder ich schreie. Sie sind mir widerlich, Sie ...«

»Schnell! Tun Sie so, als würden Sie sich die Lippen nachziehen!«

»Aber ...«

»Machen Sie schon, Herrgott!«

Ein Paar in Trauerkleidung ging an ihnen vorbei und betrachtete sie eingehend.

»Entschuldigen Sie bitte, aber momentan mißtraue ich einfach jedem. Geben Sie mir den Lippenstift.«

»Wer sagt mir, daß Sie den Inhalt nicht gegen Sarah verwenden werden?«

»Ach, mein armes Kind! Nun geben Sie schon her. Und behalten Sie die Umgebung im Auge.«

Er wandte ihr den Rücken zu; dann entfernte er die rote Paste aus der Hülse und brachte mit Hilfe eines Streichholzes ein kleines Papierröllchen zum Vorschein, das er hastig entfaltete.

Mit der Nase im Blumenstrauß, hielt Léa Wache.

Als er fertig gelesen hatte, wirkte Raphael sehr nachdenklich.

»Und?«

»Was und? Wenn es klappt, gebe ich keinen Pfifferling

mehr für meine Haut. Wenn's danebengeht, übrigens auch nicht. Na, wenn schon! Spielen wir das Spiel bis zum Ende. Aber das Netz wird immer enger. Entweder die Franzosen oder die Deutschen, irgendwer wird mich schon kriegen.«

»Warum haben Sie die anderen dann noch denunziert?«

»Kommen Sie, gehen wir. Wir sollten hier nicht sitzen bleiben. Sie wissen doch wohl, meine bezaubernde Freundin, daß Menschen meiner Art und meiner Rasse als nicht sehr mutig gelten, schon gar nicht, wenn man ihnen bei einem Verhör all die glänzenden, sehr scharfen, sehr spitzen Instrumente eines Chirurgenbestecks zeigt. Der Anblick eines Skalpells ruft in mir stets eine sehr starke Gemütsbewegung hervor, besonders, wenn man mir dazu noch beschreibt, was man alles damit machen kann. Als man glaubte, mich noch immer nicht ganz überzeugt zu haben, wurde ich in einen Keller am Boulevard Lannes gebracht, wo ein armer Kerl lag, dem die Augenlider abgeschnitten worden waren. Als er danach noch immer nichts ausplaudern mochte, wollten sie ihm erst die Nase abschneiden, dann die Wangen. Seine Ohren hatten wohl schon dran glauben müssen.«

»Warum erzählen Sie mir solche Horrorgeschichten, die doch wohl nur der verdorbenen Phantasie eines kümmerlichen Schreiberlings entsprungen sein können?«

»Also, Sie können mich ja beschimpfen, wie Sie wollen, meine Liebe, mich eine alte Tunte nennen, einen dreckigen Juden, einen Kollaborateur, einen Denunzianten, einen Dieb; aber einen kümmerlichen Schreiberling – niemals! Mein Talent ist das einzig Gute an mir, das dürfen Sie nicht heruntermachen.«

»Ich pfeife auf Ihr Talent! Es gibt Ihnen nicht das Recht, mir diese angeblichen Folterungen der Deutschen aufzutischen.«

»Wer sagt denn, daß nur die Deutschen foltern?«

Vor lauter Bestürzung blieb Léa stehen und ließ den Lilienstrauß in den Matsch fallen. Raphael hob ihn auf, gab ihn ihr wieder zurück und murmelte:

»Armes Kind! Was stellen Sie sich denn eigentlich vor? Dieses Land ist seit über zwei Jahren besetzt. Pétain, Laval und Konsorten propagieren die Kollaboration. Einige kollaborieren auch ganz brav, wenn auch nicht unbedingt aus freien Stücken, das stimmt, aber gerade die sind oft am grausamsten.«

»Wieso?«

»Haben Sie vorhin, als wir aus dem Haus in der Avenue Henri-Martin gekommen sind, nicht den großen, hübschen jungen Mann bemerkt, der gerade hereinkam?«

»Nein, ich war nicht in der Stimmung, auf hübsche junge Männer zu achten.«

»Schade, es hätte Ihnen nützlich sein können. Erinnern Sie sich wirklich nicht? Er ist beiseite getreten, um Sie vorbeizulassen.«

»Ah ja! Doch! Ich erinnere mich. Er hatte Ähnlichkeit mit Mathias, einem Jugendfreund von mir.«

»Gut. Haben Sie sein Gesicht noch vor Augen? Sympathisch, nicht wahr? Schöne Augen, ein gutgeschnittener Mund ...«

»Worauf wollen Sie hinaus?«

»Dieser nette junge Mann war bei der Feuerwehr der Stadt Paris. Er war zwar kein Widerständler, aber doch ein Sympathisant, der in den Kneipen kein Hehl daraus machte, was er vom Krieg, von den Besetzern oder von London hielt. Eines Tages hat ein Mann an der Theke ein Gespräch mit ihm angefangen, und bald haben beide sehr antideutsche Kommentare von sich gegeben. Dieser Mann, der sich Lescalier nannte, hat ihm anvertraut, daß er einer belgischen Widerstandsorganisation angehöre, daß er versuche, an Waffen heranzukommen und bereit sei, sehr gut dafür zu bezahlen. Der hübsche junge Mann hat sich mit ihm für die nächste Woche verabredet. Pünktlich und am vereinbarten Ort hat er diesem Lescalier dann fünf Revolver übergeben, die zwar nicht mehr brandneu waren, aber noch tadellos funktionierten.«

»Wie konnte er sie besorgen?«

»Über einen Kameraden in der Feuerwehrkaserne von Saint-Ouen. Lescalier hat ihm zweihundert Franc dafür bezahlt, ihn gefragt, ob er noch mehr beschaffen könnte, und hat ihm seine Telefonnummer für weitere Lieferungen gegeben. Ein paar Tage später verabredet unser Feuerwehrmann ein Treffen mit ihm an der Place de la Bastille, zu dem auch zwei Freunde kommen sollten, die die Waffen besorgt hatten. Kaum waren die drei jungen Leute erschienen, wurden sie verhaftet und ins Hotel *Edouard VIII* gebracht, in dem sich ein Büro der Abwehr, des deutschen Nachrichtendienstes, befindet. Dort haben sie Lescalier, richtiger: Masuy, wiedergetroffen. Masuy ist seit 1940 ein Agent der Abwehr. Er besitzt eine hervorragende Eigenschaft: Er kann Menschen mit einem Blick beurteilen. Dem Feuerwehrmann hat er sofort die Pistole auf die Brust gesetzt: Entweder er arbeitet für den deutschen Nachrichtendienst oder er wird deportiert. Der Junge hat nicht lange überlegt, und am selben Abend noch war er wieder frei.«

»Hat er seine Vorgesetzten informiert?«

»Nein. Er ist in seine Kaserne zurückgekehrt und hat getan, als ob nichts gewesen wäre. Seine Vorgesetzten hatten jedoch Verdacht geschöpft und haben ihn befragt. Da hat er auch alles erzählt, nur nicht, wieso er wieder auf freien Fuß gesetzt wurde. Er hat einen Monat Gefängnis bekommen. Dort hat ihn Masuy besucht und ihm Zigaretten mitgebracht. Als wohlerzogener junger Mann hat er diesen Besuch gleich nach seiner Entlassung erwidert. Dann hat er seinen Dienst bei der Feuerwehr wiederaufgenommen, zugleich aber für Masuy gearbeitet, der ihm dafür monatlich zweitausend Franc gezahlt hat. Ein halbes Jahr lang ist das so gelaufen. Im Juli '42 ist er von der Feuerwehr desertiert, hat aber erst noch für die Festnahme eines Offiziers der französischen Spezialdienste, für den er ebenfalls ›gearbeitet‹ hatte, und von etwa zwanzig weiteren Personen gesorgt. Seitdem ist er Masuys Vertrauensmann, seine rechte Hand. Bei den Verhören assistiert er ihm auf sehr handgreifliche Weise. Merken Sie sich seinen Namen: Bernard Fallot.«

»Ist das der Mann mit dem Skalpell?«

»Das habe ich nicht gesagt. Sie fragen etwas zuviel. Sie wissen schon mehr, als gut für Sie ist. Jedenfalls hat Fallot sehr schnell und ohne große Drohungen dem Druck nachgegeben.«

»Wie ist denn so etwas möglich?«

»Ich glaube, daß er bei der Angst, die er ausgestanden hat, sein Gewissen sozusagen im Galopp verloren hat.«

»Schämen Sie sich nicht, über solche Dinge auch noch zu witzeln?«

»Was wollen Sie, meine Liebe, ich bin nicht der einzige, der lieber auf einen guten Freund verzichtet als auf eine originelle Formulierung.«

Léa wechselte das Thema.

»Sie haben mir noch immer nicht gesagt, was Sie unternehmen wollen, um Sarah zu retten.«

»Wollen Sie das wirklich wissen?«

»Ja.«

»Ich kann es Ihnen nicht sagen. Falls Sie verhaftet werden sollten, würden Sie reden.«

»Aber ...«

»Aber sicher würden Sie reden. Das wäre nur eine Frage der Zeit, der Mittel und der Dosierung. Alles, was ich Ihnen sagen kann, ist, was ich von Ihnen erwarte. Schauen Sie, wir sind an der Kapelle angekommen, für die ich die Blumen gekauft habe.«

»Wer liegt darin?«

»Pauline Tarn. Der Name sagt Ihnen natürlich nichts. Sie war eine lesbische Dichterin, die von Maurras ›Baudelaires kleine Schwester‹ genannt wurde und die von der großen Colette in einem ihrer Bücher sehr gelobt wurde. Sie ist jung gestorben, vom Alkohol und von Drogen zerstört. Ihre Gedichte hat sie, zumeist auf eigene Kosten, unter dem Namen Renée Vivien veröffentlicht. Einige sind so schön und anrührend wie die Dichterin selbst:

Gib mir deine Küsse, die bitter sind wie Tränen,
Des Abends, wenn die Vögel ihre Flügel streichen.
Unsere langen Umarmungen, so lieblos, haben den Reiz
Einer Beute, die starke Verlockung der Notzucht.

Wie für mich geschaffen! Diese Frau, die nur Frauen geliebt hat, spricht von ihnen wie ich von jungen Männern. Hören Sie sich diese Verse noch an:

In mir ist die Erregung des Plünderers vor einem seltenen Fund,
In der Nacht des Sinnenrausches, da dein Blick verblaßte ...
Die Seele des Eroberers, strahlend und wild,
Singt meinen Triumph, da ich dein Bett verlasse!

Nicht schlecht! Was halten Sie davon?«

Léa schüttelte den Kopf und sagte mit resigniertem Lächeln: »Ich bin mir sicher, daß Sie selbst auf dem Totenbett noch über Literatur reden werden.«

»Ihr Wort in Gottes Ohr; Literatur ist auch wirklich das einzige, wofür es sich zu leben lohnt.«

Er schob die weißen Lilien durch das schmiedeeiserne Gitter und lehnte dann seine Stirn dagegen.

»Bitte für mich, kleine vergessene Schwester.« Und ohne seine Haltung zu verändern, sagte er dann: »Hören Sie mir genau zu, Léa. Wenn alles gutgeht, ist Sarah in zwei Tagen frei. Sie ist aber gesundheitlich sehr angeschlagen. Seien Sie übermorgen um fünfzehn Uhr dreißig an dem Blumenladen beim Friedhofseingang. Ein Fahrrad-Taxi mit grau und gelbem Verdeck wird davor anhalten. Sie treten heran und helfen einer Frau in tiefer Trauer beim Aussteigen. Das ist Sarah. Sie bezahlen das Taxi, dann reichen Sie ihr den Arm und gehen in den Friedhof hinein. Der junge Wärter, den Sie vorhin gesehen haben, kommt und bietet seine Hilfe an. Gemeinsam helfen Sie dann Sarah die Treppe hinauf, die direkt zu Renée Viviens Grabkapelle führt.«

»Warum soll sie die Treppe hinaufsteigen?«

»Weil es kürzer ist, als durch die Allee zu gehen, und weil ich entdeckt habe, daß sich hinter dieser Kapelle eine zweite befindet, deren Tür unverschlossen ist. Nach meinen Erkundigungen ist dort schon seit Jahren niemand mehr gewesen, um der Toten zu gedenken. Der Wärter geleitet Sie beide dorthin und verläßt Sie dann. An der Kapelle steht: Familie Maubuisson. Sie öffnen die Tür; ich habe die Angeln geölt und einen Schlüssel machen lassen. Hier ist er. Sie geben ihn dann Sarah.«

Léa nahm den Schlüssel und steckte ihn in ihre Manteltasche.

»Unter dem kleinen Altar finden Sie etwas zu essen, Medikamente und eine Decke. Versuchen Sie, es Sarah so bequem wie möglich zu machen.«

»Ist das das Beste, was Sie gefunden haben? Gibt es denn kein anderes Versteck?«

Raphael Malh machte eine Geste der Hilflosigkeit.

»Ich hatte an ein Knabenbordell gedacht, das ich manchmal besuche, aber es ist nicht sicher, denn es wird insgeheim auch von Deutschen frequentiert. Etwas Besseres habe ich momentan nicht.«

Léa seufzte verbittert.

»Ist wenigstens Ihr Plan für die Flucht aus der Avenue Henri-Martin hieb- und stichfest?«

»Nicht ganz.«

»Wieso nicht ganz?«

»Der Name, den mir Sarah auf den Zettel gekritzelt hat, ist der eines unbedeutenden Handlangers. Ich weiß wirklich nicht, ob er uns nützlich sein kann.«

»Aber wozu dann diese ganze makabre Inszenierung, wenn nicht einmal sicher ist, daß sie etwas bringen wird?«

Raphael machte ein beleidigtes Gesicht. »Sie dürfen es mir nicht übelnehmen, aber ich habe überhaupt keinen Sinn fürs Praktische. Immerhin habe ich dieses Refugium hier gut vorbereitet, und ich verspreche Ihnen, daß ich Sarah dort rausholen werde. Ich habe noch eine andere Idee. Wie auch immer: Wenn Sie nichts Gegenteiliges von mir hören, wird sie in zwei Tagen in der Grabkapelle sein.«

»Tot!«

»Nein, lebendig. Sobald Sie sie dort untergebracht haben, geben Sie ihr den Schlüssel und sagen ihr, sie soll hinter Ihnen abschließen. Versichern Sie ihr, daß wir sie im Laufe der Nacht dort abholen werden. Um Mitternacht wird jemand an der Tür kratzen und sagen: ›Gib Ruh', o Schmerz, und sei nun endlich stille.‹ Und sie muß dann antworten: ›Die Toten, die armen Toten, sie haben gar seltsame Schmerzen.‹«

»Wieder die Literatur!«

»Poesie, Mademoiselle, Poesie. Darauf öffnet Sarah die Tür und geht mit der Person, die sie erwartet.«

»Aber sie wird sich zu Tode ängstigen, wenn sie die halbe Nacht dort eingesperrt ist.«

»Sarah ist keine Frau, die sich ängstigt, nicht in einer Grabkapelle und auch nicht vor Gespenstern.«

»Hören Sie auf! Allein schon die Vorstellung . . .«

»Wäre Ihnen etwa Masuy mit seiner Badewanne lieber?«

»Ich glaube, da würde ich doch die Geister der Familie Maubuisson vorziehen.«

»So vernünftig gefallen Sie mir!«

»Machen Sie sich nicht lustig über mich.«

»Haben Sie alles genau verstanden?«

»Ja. Aber eins sage ich Ihnen: Falls Sarah nicht dort herauskommen sollte oder gleich wieder verhaftet wird, mache ich Sie dafür verantwortlich und bringe Sie um. Wenn ich nicht zur Abwechslung einmal Sie denunziere.«

Raphael Malh betrachtete sie mit großer Zärtlichkeit. »Ich bezweifle nicht im geringsten, daß Ihre Rache furchtbar wäre.«

8.

Als Léa in die Rue de l'Université zurückkehrte, herrschte in der Wohnung eine ungewohnte Aufregung.

Noch bevor sie ihren Mantel ausziehen konnte, ergriff Françoise Léas Hände und begann lachend mit ihr herumzuwirbeln, einst ein Lieblingsspiel ihrer Kindheit. Léa versuchte zuerst, sich zu befreien, doch ihre Schwester hielt sie fest.

»Dreh dich, ach bitte, dreh dich doch!«

Also gab Léa nach. Die Arme gestreckt, die Füße dicht zusammen, wirbelten sie immer schneller herum und juchzten dabei wie damals als kleine Mädchen. Die Geschwindigkeit, mit der sie sich drehten, löschte alles um sie herum aus. Verschwunden die Wände der Diele, die Kälte des Pariser Winters, die Trostlosigkeit des Wetters. Unter ihren halbgeschlossenen Lidern sahen sie wieder die leuchtenden Farben ihres heimatlichen Sommers, sahen die Landschaft, die sich im Unendlichen verlor, und spürten die Wärme, die von der Terrasse aufstieg. Und sie hörten wieder die fröhliche Stimme ihrer Mutter, die ihnen zurief: »Françoise, Léa, hört auf! Es wird euch schwindlig werden und ihr werdet hinfallen!«

Ach ja! Wenn einem doch so richtig schwindlig würde, wenn man mit einem großen Schwung die Bilder und Ängste dieser letzten Tage verjagen könnte! Nie mehr auf Radio Vichy die schmalzige Stimme von Tino Rossi hören, der von morgens bis abends über Arbeit, Familie, Vaterland säuselte; nie mehr in der Metro, an den Bäumen, an den Türen der Rathäuser die dort angeschlagenen Namenslisten erschossener Geiseln lesen. Nie mehr Kindern und alten Menschen begegnen, die einen gelben Stern tragen. Nie mehr im Geist die Schreie der vergewaltigten und gefolterten Sarah hören. Sich nie mehr so ratlos fühlen und so allein, so allein . . . Laurent . . . Ach, wenn doch dieser Wirbel nie aufhören würde, sich die verschlungenen Finger nie lösten, der Kopf leer würde, ganz leer! Schnell, noch schneller!

»Paßt auf! Ihr werdet fallen!«

Françoise und Léa stürzten zu Boden und flogen, lachend und weinend zugleich, jede in eine Ecke der Diele.

Lisa eilte zu Françoise, und Albertine beugte sich besorgt über Léa.

»Diese Kinder sind ja wie verrückt, sie hätten sich weh tun können«, jammerte Lisa und betrachtete ihre noch immer von Lachen geschüttelte Nichte, die aufzustehen versuchte.

»Meine Güte, wie die Derwische! So schnell haben wir uns noch nie bewegt. Léa, wo bist du? Ich sehe überhaupt nichts, alles ist verschwommen. Alles dreht sich vor meinen Augen. Bist du imstande aufzustehen?«

Léa rührte sich nicht. Sie blieb ausgestreckt auf der Seite liegen, das Gesicht unter ihrem Haar verborgen. Beunruhigt faßte Albertine ihre Schulter und drehte sie auf den Rücken. Bleich lag sie da, mit tränenüberströmten Wangen und geschlossenen Augen. Sie schien ohnmächtig zu sein.

»Schnell, Lisa, dein Riechsalz.«

»Aber wozu denn, mir geht's doch gut.«

»Nicht für dich, du Dummchen, für Léa.«

Das alte Fräulein richtete sich mühsam auf, eilte zu Léa hinüber, ließ sich neben ihr auf die Knie nieder, hob behutsam ihren Kopf an und ließ sie das Riechsalz einatmen. Bald begann Léas Nase zu zucken und sich angeekelt zu krausen.

In der anderen Ecke war es Françoise gelungen aufzustehen, sie mußte sich jedoch noch auf die Kommode stützen, um nicht wieder zu fallen. Nur langsam ließ die Benommenheit nach.

»Ah! Endlich habe ich mal gewonnen; ich bin vor dir wieder auf die Beine gekommen. Komm, steh auf, gib dir ein bißchen Mühe!«

Léa jedoch bemühte sich viel mehr, diesen ungewissen Zustand der Benommenheit aufrechtzuerhalten, in den sie sich hatte sinken lassen.

Françoise hockte sich vor sie hin und nahm ihre Hände: »Léa, stell dir vor: Otto kommt morgen! Wir werden heiraten können!«

Léas Herz zog sich vor Abscheu zusammen, doch Françoise wirkte so strahlend, so glücklich, daß sie ihren Widerwillen unterdrückte und in fast natürlichem Ton herausbringen konnte: »Das freut mich sehr für dich.«

»Friedrich hat es mir gesagt. Otto hat Sonderurlaub bekommen wegen Tapferkeit vor dem Feind. Er wird ja so glücklich sein, daß er endlich seinen Sohn kennenlernen kann!«

Die junge Frau war so von ihrem Glück erfüllt, daß sie das gezwungene Lächeln ihrer Familienmitglieder gar nicht bemerkte. »Ein wundervoller Tag!«

Léa biß sich auf die Lippen.

»O mein Gott! Es ist höchste Zeit für sein Fläschchen, das hätte ich doch beinahe vergessen!«

Mit wehenden Röcken und noch immer freudestrahlend verließ Françoise den Raum.

»Fühlst du dich besser?« fragte Lisa.

»Mir war ja so schwindlig!«

Léa erhob sich und lehnte sich einen Augenblick lang an den Türrahmen.

»Deine Schwester ist sehr glücklich.«

Léa warf ihr einen Blick zu, der keinen Zweifel an ihren Gefühlen Françoise gegenüber zuließ.

Schnell lenkte die alte Dame ab:

»Übrigens ist ein Brief für dich gekommen. Aus Deutschland.«

»Warum hast du das nicht gleich gesagt?«

Léa riß ihr den Brief aus den Händen und ließ sich in »ihrem« Sessel nieder. Sie schaute auf die Rückseite des Umschlags. Mathias! Mathias Fayard! Der Sohn des Kellermeisters von Montillac, ihr einstiger Spielgefährte, der plötzlich ein Mann geworden war und sie unbedingt hatte heiraten wollen ... Ihre Erinnerungen an Mathias waren von Gerüchen begleitet: dem der herbstlichen Wälder, der Trauben in der Presse, des Wassers der Garonne an heißen Tagen, wenn es nach Fisch roch, der feuchten Grotten von Saint-Macaire, der Moose des Kalvarienberges von Verdelais, der des Heus in der Scheune, der des Schweißes nach ihren Spielen und nach der Liebe ...

Sie riß den Umschlag auf. Mathias hatte eine kleine Handschrift, fein und ungleichmäßig:

Meine schöne Léa,
ich habe von meinem Vater erfahren, daß Du in Paris bist, deshalb schreibe ich Dir dorthin, um Dich wissen zu lassen, daß ich bald Urlaub bekommen werde. Ich würde mich sehr freuen, wenn Du dann wieder auf Montillac wärst.
Ich bin sehr froh, daß ich mich – gegen den Willen

aller – für Deutschland entschieden habe. Die Deutschen sind ein mutiges Volk, das einig und siegesgewiß hinter seinem Führer steht. Alle deutschen Männer sind im Krieg, in den Städten und Dörfern gibt es keine männlichen Wesen zwischen achtzehn und sechzig mehr. Die sind über ganz Europa und Afrika verstreut. Ausländer wie ich arbeiten in den Fabriken und auf den Feldern.

Wenn der Frühling kommt, werden die Armeen an der Ostfront den Verlauf der militärischen Operationen wieder bestimmen, und noch vor dem Sommer wird die deutsche Fahne über Moskau und über allen großen Städten Rußlands wehen. Die Deutschen sind die besten Soldaten der Welt. Nichts und niemand kann sie besiegen, sie sind unser Bollwerk gegen die Kommunisten. Ohne ihre Opfer wäre unsere Zivilisation am Ende. Wir haben den Krieg verloren, weil wir nicht sehen wollten, wo die Gefahr lag. Wir sollten uns ihnen anschließen, um diese Gefahr zu bezwingen. Ich tue, was ich zu tun habe, so gut ich nur kann, denn ich weiß, daß ich für den Weltfrieden arbeite. Die Menschen hier ertragen Entbehrungen, von denen Ihr Euch keine Vorstellung machen könnt. Lebensmittel und Kleidung sind rationiert, aber keiner protestiert. Ich freue mich schon darauf, Dir alles zu erzählen.

Ich habe von meinem Vater gehört, daß die Weinlese nicht gut ausgefallen ist. Wie es scheint, werden die Rebstöcke wegen Mangel an Arbeitskräften nicht richtig gepflegt. Während meines Urlaubs werde ich ein bißchen mithelfen. Aber das ist ja nur eine kurze Zeit. Ich habe nämlich keine Lust, mich in einem Straflager mit lauter russischen Gefangenen wiederzufinden. Die sterben zu Zehntausenden

an Hunger und Krankheiten.
Ich möchte Dich gern in meine Arme nehmen, aber das dauert ja nicht mehr lange!

Mathias

»So ein Idiot!« dachte Léa.

Wütend knüllte sie den Brief zusammen und schleuderte ihn quer durch die ganze Diele. Wie konnte Mathias zu einem solchen Verräter werden? Welche Macht zwang ihn dazu? Léa war eher verwundert als empört. Was war bloß mit ihm geschehen? Wenn sie das doch nur verstehen könnte...

Das Telefon läutete bereits eine ganze Weile, als Françoise, das Baby auf dem Arm, endlich abhob.

»Hallo? Ich kann Sie nicht hören. Wer ist am Apparat? Fayard? Ah, Sie sind's, Fayard. Ich verstehe Sie nicht sehr gut. Beeilen Sie sich, sonst werden wir unterbrochen. Was? Das ist doch nicht möglich! Sagen Sie das noch mal... O nein! Léa, Léa, komm und hilf mir doch, statt in deinem Sessel zu hocken!«

Albertine und Lisa kamen aus ihren Zimmern herbei.

»Was ist denn los? Warum schreist du denn so?« fragte Albertine.

»Bitte, Fräulein, unterbrechen Sie nicht. Hallo, Fayard? Sind Sie noch da? Wohin sind sie gebracht worden? Nach Bordeaux? Haben Sie unserem Onkel Delmas, dem Rechtsanwalt, Bescheid gegeben? Dann tun Sie's! Hallo, Hallo! Nein, trennen Sie uns nicht, Fräulein!«

»Hör auf zu heulen! Was ist denn los?« schrie Léa.

Françoise konnte vor Schluchzen nicht antworten. Wie einst in ihrer Kindheit packte sie Léa grob bei den Haaren und zerrte ihren Kopf hin und her.

»Sprich endlich!«

»Laure . . .«

»Was ist mit Laure?«

»Laure . . . und . . . Camille . . . verhaftet . . .«

»Verhaftet? Wieso verhaftet? Von wem denn?«

»Von der Gestapo. Sie sind heute morgen nach Montillac gekommen und wollten euch verhaften, Camille und dich. Du warst nicht da, so haben sie Laure mitgenommen.«

Der Aufschrei von Albertine und Lisa gellte noch lange in Léas Ohren. Wütend stieß sie Françoise, die sich an ihren Arm klammerte, zurück und bemühte sich, einen ganzen Strom von Flüchen, die ihr auf die Lippen kamen, zu unterdrücken. Um sich zu beruhigen, ging sie in das große, kalte, unbenutzte Wohnzimmer und lehnte im Halbdunkel des regnerischen Winternachmittags ihre Stirn gegen die eisigen Scheiben des hohen Fensters, das auf die Straße ging. Sie spürte, wie ihr Zorn allmählich verebbte und einer Ratlosigkeit Platz machte, die ihrem Körper alle Kraft nahm. Mechanisch registrierte sie, daß ein Mann, der sich gegenüber in die Ecke eines Haustors gedrückt hatte, in ihre Richtung blickte. Gleichgültig dachte sie: »Vielleicht bin ich jetzt dran.«

Was hatten sie gegen die kleine Laure, die den Marschall Pétain so verehrte, daß sie sein Porträt auf das Klavier im Wohnzimmer stellen wollte? Und gegen die stille Camille? Camille? War sie von Fayard denunziert worden? Hatte sie sich beim Verteilen von Flugblättern oder verbotenen Zeitungen erwischen lassen? Oder war womöglich Laurent verhaftet worden? Laurent!

Ohne sich dessen bewußt zu sein, kauerte sie sich unter dem Fenster auf dem kalten Parkettfußboden nieder. Wie lange verharrte sie so?

Zwei Arme hoben sie auf und trugen sie ins Helle. Wieder einmal hatte ihr Vater sie schlafend in einer

Scheune entdeckt und brachte sie zu ihrer Mutter. Er hielt sie fest an sich gedrückt und murmelte: »So ein großes Baby!«

Und wie wohl fühlte sich das große Baby, wie glücklich! Sie war wieder zu Hause. Alle waren da! Und sie hatte so gefürchtet, sie nie mehr wiederzusehen! Aber wieso erschien ihr alles so klein? Wieso versanken sie alle langsam in diesem Nebel? Nein! Sie durften nicht verschwinden! Nicht jetzt. Und da waren doch auch Laure, Camille und Sarah! Sarah!

Mit einem Ruck richtete Léa sich auf. Sie war in ihrem Bett, umgeben von angsterfüllten Gesichtern.

»Du hast uns einen schönen Schrecken eingejagt!«

»Fühlst du dich besser, mein Liebes?«

»Leg dich wieder hin, du brauchst Ruhe.«

»Wir sollten den Arzt kommen lassen.«

»Tante Lisa, ich bin nicht krank, mir fehlt nichts. Françoise, was genau hat Fayard dir gesagt?«

»Das habe ich dir doch berichtet.«

»Und sie haben sich nicht gewehrt?«

»Sie haben alle protestiert. Ruth wollte sich nicht von Laure trennen, da haben sie sie auch mitgenommen.«

»Und der kleine Charles?«

»Camille hat ihn Madame Fayard und Madame Bouchardeau ans Herz gelegt.«

»Wohin sind sie gebracht worden?«

»Nach Bordeaux. Mach dir keine Sorgen, es handelt sich wahrscheinlich um ein Mißverständnis; sie werden wieder rauskommen.«

»Es handelt sich keineswegs um ein Mißverständnis, das weißt du ganz genau. Du hast doch immer gewußt, daß Camille und ich als Briefkasten fungiert haben, daß wir Nachrichten weitergetragen und Flugblätter verteilt haben.«

»Das ist doch nichts Wichtiges.«

»Man wird schon für weniger als das erschossen.«

»Steht unser Onkel Luc noch immer gut mit den Deutschen?«

»Das nehme ich an; unsere Cousine hat sich mit einem verheiratet.«

»Wir müssen uns mit ihm in Verbindung setzen. Er könnte es schaffen, sie rauszuholen.«

»Ich werde hinfahren.«

»Nein«, schrie Françoise, »das darfst du nicht, das wäre viel zu gefährlich für dich.«

»Du scheinst die Deutschen ja gut zu kennen, Schwesterchen, daß du mir diesen Rat gibst.«

»Zieh nicht über mich her. Otto ist nicht wie die anderen. Wenn er morgen kommt, wird er uns helfen, da bin ich mir ganz sicher.«

Nachdem am Abend zuvor ein Anschlag auf ein deutsches Auto verübt worden war, bei dem es einen Toten und zwei Verletzte gegeben hatte, war die Sperrstunde um zwei Stunden vorverlegt worden. Für alle war es ein langer und anstrengender Abend: Françoise und Léa versuchten vergeblich, ihren Onkel Luc Delmas anzurufen. Die Vermittlung behauptete, daß alle Leitungen für unbestimmte Zeit besetzt seien. Es war unmöglich, London im Radio zu kriegen, die Störungen waren so stark, daß die Stimme des Sprechers nicht zu verstehen war. Und als Krönung dieses Tages gab es kurz nach Mitternacht auch noch Fliegeralarm, der die müden und verängstigten Frauen in den Luftschutzkeller des Hauses trieb. Dort trafen sie ihre Nachbarn, die sich notdürftig angekleidet hatten und Wolldecken um die Schultern trugen. Estelle hatte ihre Thermosflasche mit Lindenblütentee mitgebracht, die sie immer auf ihrem Nachttisch bereithielt, um einer Nervenkrise entgegenzuwirken oder der feuchten Kälte, die sie allmählich durchdrang.

Doch die Gute brauchte nicht darauf zurückzugreifen, jeder saß still in seiner Ecke. Nur das Baby von Françoise gab sein Mißfallen lauthals kund. Glücklicherweise war der Alarm nur von kurzer Dauer.

9.

Früh am nächsten Morgen machte sich Léa per Fahrrad auf die Suche nach François Tavernier. Im Restaurant der Andrieus in der Rue Saint-Jacques erklärte ihr Marthe, daß sie ihn, seit er zusammen mit ihr dagewesen sei, nicht mehr gesehen habe. Sie fand, Léa sehe ein »bißchen schmal im Gesicht« aus, und bestand darauf, daß sie einen Teller Suppe essen und eine Wurst mitnehmen müsse, die »ihresgleichen suche«. Die freundliche Wirtin küßte Léa auf beide Wangen und versprach, Monsieur Tavernier zu sagen, daß ihn seine junge Freundin suche, falls er bei ihr erscheinen sollte.

Ein wenig gestärkt durch die Suppe und den freundlichen Empfang, machte sich Léa wieder auf den Weg und fuhr auf gut Glück durch Straßen, die auch ein strahlender Wintersonnenschein, der erste nach langen Regentagen, nicht fröhlicher machen konnte.

Nach dem Fliegeralarm in der vergangenen Nacht hatte sie nicht wieder einschlafen können. Immer wieder ging sie in Gedanken die Ereignisse des Tages durch. Nie zuvor hatte sie sich so vollkommen machtlos gefühlt. Unerträgliche Bilder erschienen vor ihren Augen: Laure vergewaltigt, Sarah unter Wasser gedrückt in jener Badewanne, Camille gefoltert, Laurent und Adrien erschossen, die alte Sidonie enthauptet, Ruth erdrosselt, der kleine Charles getötet und Montillac angezündet – unter den Augen von Mathias und Fayard. Vergebens hatte sie versucht zu lesen, die Buchstaben tanzten vor ihren Augen einen makabren Reigen. Als sie es nicht ausgehalten hatte, war sie aufgestanden und auf nackten Füßen bis Tagesanbruch in der eiskalten Wohnung umhergewandert. Später am Morgen hatte sie erneut versucht, in Bordeaux anzurufen, hatte jedoch ebensowenig Erfolg gehabt wie am Abend zuvor.

Léa überquerte den Pont de l'Alma und fuhr die breite Avenue zur Place du Trocadéro hinauf. Auf der anderen Seite des Platzes ragte die graue Mauer empor, die die Toten des Friedhofs von Passy umschloß. Was wollte sie eigentlich hier? Keuchend vor Anstrengung hielt sie vor dem Lokal, in dem sie mit Raphael Malh zu Mittag gegessen hatte. Eine Gruppe junger Leute, Gymnasiasten, nach ihren Schultaschen zu urteilen, blockierten lärmend den ganzen Bürgersteig. Dabei rempelten sie versehentlich drei deutsche Soldaten an. Einer machte eine drohende Bewegung, wurde jedoch gleich von seinen Kameraden beschwichtigt. Die Jungen lachten hinter ihrem Rücken und machten das V-Zeichen.

Diese verbotene Geste der Verhöhnung hatte eine befreiende Wirkung auf Léa. Mit strahlendem Lächeln betrat sie das Lokal.

Zwei Arbeiter, die an der Theke standen, pfiffen anerkennend beim Anblick des hübschen Mädchens, dessen Augen glänzten und dessen Wangen von der Kälte gerötet waren. Mit einer schwungvollen Bewegung nahm sie ihre karierte Mütze ab, die ihr Haar verbarg.

»Huaaah!« machte einer der Gymnasiasten, der hinter ihr hereingekommen war. »Ich Tarzan, du Jane.«

Tarzan? Da bildete er sich wohl ein bißchen zuviel ein.

Er war ein schmächtiges Kerlchen mit dicken Brillengläsern, wie sie Kurzsichtige tragen; hingegen hatte Léa mit ihrem offenen Haar durchaus etwas Wildes an sich.

»Sind Sie wahnsinnig, sich hier so auffällig zu benehmen! Schnell raus mit Ihnen!«

Wo kam der denn auf einmal her? Warum mußte er ihr einen der so seltenen fröhlichen Augenblicke verderben?

»Aber Raphael ...«

Ohne ihren Protest zu beachten, nahm er sie beim Arm und dirigierte sie zum Eingang der Metrostation. Auf dem Bahnsteig versicherte er sich, daß niemand sie beobachtete, und ließ sich dann erschöpft auf einer Bank nieder.

»Was denken Sie sich eigentlich? Würden Sie mir das bitte erklären?« forderte Léa wütend.

»Sie hätten beinahe alles ruiniert. Ich bin dort mit jemand wegen Sarahs Flucht verabredet. Zum Glück hat er Sie nicht gesehen.«

»Wieso? Kennt er mich denn?«

»Ein wenig. Sie haben ihm sogar sehr gefallen.«

»Ich verstehe Sie nicht. Wer soll denn das sein?«

»Masuy.«

»Masuy?«

»Ja. Nach reiflicher Überlegung bin ich zu dem Schluß gekommen, daß er uns helfen muß.«

»Sie sind unmöglich!«

»Dieses Wort kenne ich nicht, meine Liebe.«

»Und wie wollen Sie ihn dazu bringen?«

»Ich habe ihm was von Brillanten erzählt.«

»Etwa von meinen?«

»Nein. Ich möchte Sie nicht in diese Geschichte mit hineinziehen.«

Léa hatte Mühe, ein Lächeln zu unterdrücken.

»Und das hat funktioniert?«

»Ich bin jetzt mit ihm verabredet, um ihm ein Muster zu zeigen, das ich ihm, wenn er weiter mitspielt, als Anzahlung überlassen werde.«

»Und wenn er nicht weiter mitspielt?«

»Ich kenne ihn. Einem achtkarätigen Brillanten kann er nicht widerstehen, schon gar nicht, wenn ich mit einem zweiten dieser Güte winke – nach gelungener Flucht.«

»Wie sind Sie an die Steine gekommen?«

»Das ist eine zu lange Geschichte. Jedenfalls werde ich nach diesem Coup definitiv von der Bildfläche verschwinden müssen.«

»Für morgen bleibt alles wie geplant?«

»Vorläufig ja. Falls es ein Problem oder eine Änderung gibt, wird Ihnen der junge Mann vom Friedhof – erinnern Sie sich an ihn?«

»Ja, sicher.«

»Er wird Ihnen dieses hier überbringen«, sagte Raphael und riß eine Seite aus dem neuesten Roman von Montherlant, den er ihr dann überreichte, »und Ihnen erklären, was Sie zu tun haben. Jetzt muß ich gehen. Fahren Sie mit der Metro nach Hause zurück.«

»Und mein Fahrrad?«

»Überlassen Sie es mir. Ich stelle es im Laufe des Tages vor der Buchhandlung Gallimard ab.«

»Wenn Sie glauben, daß das besser ist . . .«

»Das glaube ich. Da kommt Ihre Bahn. Vergessen Sie nicht, an der Station La Motte-Picquet-Grenelle umzusteigen.«

Léa benutzte nur ungern die zu jeder Tageszeit überfüllte Metro. Als Landkind fühlte sie sich bedrückt von den Gerüchen, dem Gedränge und vor allem von der Vorstellung, lebendig begraben zu sein. Im Wagen versuchten einige deutsche Soldaten nicht aufzufallen, wobei ihnen die Pariser, die verächtlich über sie hinwegsahen, nur zu gern behilflich waren. In der Station Sèvres-Babylone war gerade ein Mann, der Flugblätter der Kommunistischen Partei verteilt hatte, von der französischen Polizei festgenommen worden. Ein deutscher Offizier schüttelte dem Polizeikommissar die Hand. Draußen schien eine freundliche Sonne, Kinder spielten auf dem Platz der guten Dame Boucicaut, und die Fahnen am Hotel *Lutétia* waren noch immer da.

»Du bist nie zu Hause, wenn man dich braucht. Wo warst du denn?« fragte Françoise schlechtgelaunt.

»Gibt es etwas Neues von Laure und Camille?«

»Ja. Onkel Luc hat angerufen. Er hat bei Kommissar Poinsot erreicht, daß ihm Laure überstellt wird. Er ist bis auf weiteres für sie verantwortlich. Poinsot hat ihm gesagt, es wäre besser, wenn du zurückkämst, er würde dich nur der Form halber befragen.«

»Was ist mit Ruth? Und mit Camille?«

»Bei Ruth hat es keine Probleme gegeben, sie konnten ihr ja nichts vorwerfen. Sie ist auch bei Onkel Luc.«

»Und Camille?«

Françoise senkte den Kopf. »Sie wurde ins Fort du Hâ gebracht. Heute abend soll sie verhört werden, vielleicht auch erst morgen.«

»Camille wird einem Verhör nie standhalten können. Keine Nachricht von Laurent oder Onkel Adrien?«

»Nichts. Sie werden beide von der Polizei von Bordeaux gesucht.«

»Ich weiß.«

»Was willst du tun? Nach Bordeaux fahren?«

»Keine Ahnung. Frühestens in ein paar Tagen. Hat sich François Tavernier noch immer nicht gemeldet?«

»Nein. Es hat aber jemand für dich angerufen. Eine Frau, Marthe hieß sie, glaube ich.«

»Marthe!«

»Ist das eine Freundin von dir?«

»Nein, nein. Eine Ladenbesitzerin. Ach, ich habe ja ganz vergessen, daß sie mir eine Wurst geschenkt hat.«

»Geschenkt!« staunte Françoise mit runden Augen.

»Verkauft, wollte ich sagen.«

»Das wundert mich genauso. Laß mal sehen.«

Léa entnahm ihrer Tasche die in Zeitungspapier gewickelte Wurst und gab sie ihrer Schwester, die sie begierig auspackte.

»Die sieht aber gut aus! So eine leckere Wurst habe ich schon lange nicht mehr gesehen. Estelle, sehen Sie mal, was Léa mitgebracht hat!«

»Lieber Herr Jesus! Die ist ja fabelhaft! Kommen Sie schnell, meine Damen, und schauen Sie sich diese Wurst an!«

Albertine und Lisa eilten herbei und gerieten ihrerseits in Verzückung. Seit dem Festschmaus am 31. Dezember war nur zweimal Rindfleisch und einmal ein zähes Huhn auf den Eßtisch gekommen.

»Was hat sie gesagt?«

»Wer?«

»Marthe!«

»Daß sie heute nachmittag um vier auf dem Markt in der Rue Mouffetard sein würde.«

»Wo dort?«

»Du wüßtest schon – bei der Kirche Saint-Médard.«

Na, die war ja lustig, diese Marthe! Bei der Kirche Saint-Médard! Léa war noch nie dort gewesen. Aber sie würde sie schon finden. Die Hauptsache war, daß François benachrichtigt worden war. Er war der einzige, der Marthe ihre Telefonnummer gegeben haben konnte.

»Ich bin ja so glücklich! Du scheinst dich über den Anruf zu freuen, und ich werde gleich Otto wiedersehen!«

Erst jetzt bemerkte Léa das elegante Wollkleid an ihrer Schwester, die inzwischen fast ihre Jungmädchentaille wiedererlangt hatte.

»Kommt er hierher?«

»Selbstverständlich«, antwortete Françoise. »Er hat ja wohl das Recht, seinen Sohn zu besuchen.«

»Und ich habe das Recht, mir seinen Anblick zu ersparen. Ich gehe.«

»Léa, das ist nicht nett von dir. Otto mag dich sehr gern, er wäre sehr gekränkt, wenn du nicht da wärst.«

»Also, das ist mir völlig egal. Die Landsleute deines Liebhabers ...«

»Wir werden heiraten!«

»... verhaften Camille, verfolgen Onkel Adrien und Laurent, suchen auch mich, foltern meine Freunde, zwingen andere zum Verrat oder dazu, ihre Dreckarbeit zu machen! Und du sagst mir, daß dein *Boche* gekränkt wäre! Dir scheint auch das letzte bißchen Anstand abhanden gekommen zu sein.«

»So darfst du nicht mit mir reden! Otto ist nicht so; er verurteilt ebenso wie du, das, was gewisse ...«

»Kinder, beruhigt euch und schreit nicht so laut! Die Nachbarn werden euch hören!«

»Was scheren mich die Nachbarn, Tante Lisa! Ich könnte losbrüllen, wenn mir Françoise erzählen will, daß ihr Otto nicht so ist! Er ist haargenau wie die anderen: für seinen Führer zu allem fähig!«

»Das ist nicht wahr!«

»Es ist wohl wahr, oder du hast ihm nie zugehört, wenn er gesprochen hat. Was ich deinen deutschen Freunden aber am meisten übelnehme, ist nicht, daß sie den Krieg gewonnen haben, sondern daß sie uns gezeigt haben, daß die Franzosen ein Volk von Feiglingen sind, die die Angst auf die Straße getrieben hat wie das dumme Vieh. Und wie eine Viehherde sind sie brav und mit gekrümmtem Rücken in den Stall zurückgekehrt, denn sie haben geglaubt, was ihnen ein kindischer Alter eingeflüstert hat, der zuläßt, daß ganze Familien deportiert und Geiseln erschossen werden, von denen manche erst in Laures Alter sind, der zur Denunziation aufruft, der schuld ist, wenn anständige Jungs wie Mathias den Kopf verlieren und Männer wie Onkel Luc ehrlos werden!«

»Sprich nicht so von deinem Onkel, Léa!«

»Wir lasssen uns viel zuviel gefallen, Tante Albertine.«

Die Klingel der Wohnungstür unterbrach Léa.

»Mein Gott, das ist er! Wegen dir sehe ich jetzt unmöglich aus«, rief Françoise und flüchtete in ihr Zimmer.

Léa ließ Albertine und Lisa stehen und schloß sich in ihrem Zimmer ein. Feige holten die beiden alten Damen Estelle aus ihrer Küche, um den langsam ungeduldig werdenden Besucher einzulassen.

»Ja, ja, ich komme!«

Vor Estelle ragte ein Riese auf in der Motorraduniform der deutschen Wehrmacht.

»Wohnt hier Madame Françoise Delmas?« fragte er.

Mit großen Augen und zurückgelegtem Kopf betrachtete ihn die alte Haushälterin. Dann nickte sie. Der Mann fuhr fort:

»Ich komme im Auftrag von Kommandant Kramer.«

»Mademoiselle Françoise, Mademoiselle Françoise«, schrie Estelle, »das muß für Sie sein.«

Françoise, die ihr Gesicht wiederhergerichtet hatte, erschien mit strahlendem Lächeln: »Otto!«

Verblüfft stand sie vor dem Riesen, der sehr höflich grüßte und die Hacken zusammenschlug.

»Madame Delmas?«

»Ja?«

»Herr Kommandant Kramer hat eine Mitteilung für Sie. Er schickt Ihnen einen Wagen um fünf Uhr. Er bittet Sie, ein Abendkleid anzuziehen. Am frühen Nachmittag werden Ihnen ein paar Modelle vorgeführt. Auf Wiedersehen, Madame Delmas.«

Neuerliches Hackenzusammenschlagen.

Mit einem blöden Lächeln stand Françoise unbeweglich da. Estelle schloß die Wohnungstür.

10.

Verfroren und schlechtgelaunt traf Léa kurz vor vier Uhr an der Kirche Saint-Médard ein. Wenngleich sie allmählich genug davon hatte, bei dieser Kälte Paris per Fahrrad zu durchqueren, wäre ihr das doch lieber gewesen als die Metro, die sie hatte benutzen müssen. Raphael hatte nicht Wort gehalten und ihr Fahrrad nicht zum vereinbarten Ort gebracht. Léa war an der Station Monge ausgestiegen und im Regen, der wieder angefangen hatte, bis zur Kirche gelaufen.

Sie blickte sich um. Nirgends ein bekanntes Gesicht zu sehen. Fröstelnd trippelten ein paar kleine alte Mütterchen auf die langen Schlangen vor einer Metzgerei und vor einem Milchgeschäft zu. Eine graue, resignierte Menge, die wartend von einem Fuß auf den anderen trat und unter alten Regenschirmen Schutz suchte.

Es schlug vier Uhr. Ein dicker Mann kam aus der Kirche und schloß das Portal hinter sich ab. Da sie nicht wußte, was sie tun sollte, folgte ihm Léa in Richtung der Rue Mouffetard. An der Ecke der Rue de l'Arbalète stritten sich zwei Frauen um das letzte Kilo Kartoffeln eines Gemüsehändlers. Auf der Höhe der Rue de l'Epée-de-Bois machte Léa eine Kehrtwende und wäre fast mit einer Frau zusammengestoßen, die die Straße heraufkam.

»Pardon, Madame . . . Oh!«

Unter dem Kopftuch, das sie unter dem Kinn geknotet hatte, erkannte Léa Marthe Andrieu.

»Wir treffen uns ein Stück weiter unten, in dem Bistro mit dem Holz- und Kohlenverkauf, das einem Cousin von mir gehört. Sagen Sie ihm, Sie seien aus Montcuq, dann weiß er, daß er es mit einer Freundin zu tun hat.«

Im Bistro des Cousins war es angenehm warm. Hinten in dem kleinen Gastraum fauchte ein runder Ofen aus grünem Gußeisen, auf dem ein großer Kupferkessel Dampfwolken ausstieß. Alle Tische waren von älteren Männern besetzt, die Domino oder Karten spielten. Auf dem blaugemusterten Fliesenboden bildete das feuchte Sägemehl kleine Häufchen. Hinter der Theke stand ein Mann mit einem beeindruckenden graumelierten Schnurrbart. Er trug eine Baskenmütze und eine Kohlenhändlerjacke. Vor dem Schanktisch standen zwei junge Männer. Nachdem er sie bedient hatte, wandte er sich Léa zu.

»Guten Tag, Mademoiselle. Was darf's denn für Sie sein?«

»Ich komme aus Montcuq«, sagte sie und mußte niesen.

Mißtrauen blitzte in seinen Augen auf, doch er antwortete ihr jovial: »Landsleute sind mir immer willkommen. Die Pariser Luft bekommt Ihnen wohl nicht, Mademoiselle, Sie haben sich tüchtig erkältet. Ich werde Ihnen einen anständigen Grog machen.«

»Mach nur gleich zwei, Cousin.«

»Cousine Marthe! Welcher guter Wind führt dich denn hierher? Gibt es etwas Neues seit gestern?«

»Nicht viel, Cousin Jules. Mir ist bei dem verdammten Schlangestehen so kalt geworden, daß ich mir gesagt habe: Geh dich doch aufwärmen bei Cousin Jules, und laß dir von ihm einen Schnaps spendieren.«

»Diese Marthe! Nie einem Gläschen abgeneigt!«

»Was soll's? In diesen Zeiten muß man sich jedes Vergnügen gönnen, das sich einem bietet. Stimmt's, Mademoiselle?«

»Ja, Madame.«

Jules zog unter der Theke eine Flasche ohne Etikett hervor, stellte drei dickwandige Gläser auf den Schanktisch, füllte sie zur Häfte mit einer bernsteinfarbenen Flüssigkeit und ließ verstohlen je ein Zuckerstückchen und eine Zitronenscheibe hineingleiten.

»Es gibt nichts besseres gegen Erkältung. He, Cousine, reich mir mal den Wasserkessel. Aber paß auf, daß du dich nicht verbrühst«, sagte er und gab ihr ein Geschirrtuch.

Marthe brachte ihm den Kessel am ausgestreckten Arm.

»Oha! Schwer wie Blei, der Pott«, stöhnte sie, als sie ihn absetzte.

»Der ist solide«, bestätigte Jules und goß das kochendheiße Wasser in die Gläser.

Dann rührten sie ein Weilchen schweigend in ihrem Grog.

»Auf Ihr Wohl, meine Damen«, prostete der Wirt.

»Auf deines, Jules.«

»Auf das Ihre«, sagte Léa, stellte aber sofort ihr Glas wieder auf den Tresen.

»Er ist heiß, aber so ist er am besten.«

»Ich warte lieber noch ein bißchen, wenn Sie nichts dagegen haben.«

Endlich verzog sich der Cousin.

»Haben Sie etwas von François gehört?«

»Ja, durch meinen Sohn. Monsieur Tavernier läßt Sie dringend bitten, nur keine Unvorsichtigkeit zu begehen. Im Augenblick kann er sich auf keinen Fall mit Ihnen treffen. Wenn Sie ihm eine Nachricht zukommen lassen wollen, werde ich das übernehmen. Mein Junge trifft sich mit ihm. Er wartet zu Hause, bis ich zurückkomme.«

Keine Unvorsichtigkeit begehen, dachte Léa. Das ist leicht gesagt. Sarah braucht mich aber morgen, falls Raphael uns nicht alle beide verraten hat. Was soll ich tun? Was soll ich ihm sagen?«

»Können Sie einen Brief für ihn mitnehmen?«

»Ja, sicher.«

»Ich habe aber nichts zu schreiben.«

»Ich werde Jules fragen. Trinken Sie Ihren Grog, sonst ist er Ihnen böse.«

Léa gehorchte. Der Grog war zwar immer noch sehr heiß, doch er war auch stark und gut. Nachdem sie das Glas zur Hälfte ausgetrunken hatte, breitete sich eine wohlige Wärme in ihr aus. Als Marthe mit einem Blatt Papier, einem Umschlag, einem Federhalter und einem Glas Tinte zurückkam, fühlte sich Léa fast euphorisch. Sie schraubte das Tintenglas auf und tauchte entschlossen die Feder hinein:

Lieber Freund, Camille befindet sich in der gleichen Situation wie S. Mein Onkel Luc, den Du ja kennst, rät mir, nach Hause zurückzukehren. Was soll ich tun? Der Verlobte meiner Schwester ist wieder da, und Raphael bemüht sich um S. Kann ich ihm vertrauen? Laß mir bitte sofort eine Nachricht zukommen, ich fühle mich allein und verlassen. Ich umarme dich, Léa.

Sie faltete den Brief, schob ihn in den Umschlag und reichte ihn Marthe.

»Sie haben vergessen, ihn zu verschließen«, rügte diese

und fuhr mit der Zunge über den Kleberand des Kuverts. »Ich bringe Ihnen die Antwort, so bald es geht.«

»Sagen Sie ihm, ich müßte ihn unbedingt sprechen, es sei sehr wichtig.«

»Ich werde mein Möglichstes tun, liebes Kind. Trinken Sie Ihren Grog aus, und machen Sie sich dann auf den Heimweg, sonst kommen Sie mit der Sperrstunde in Konflikt. Sind Sie mit der Metro gekommen?«

»Ja.«

»Gehen Sie lieber zu Fuß nach Hause. In Ihrem Alter brauchen Sie dazu noch nicht mal eine Stunde. Nehmen Sie die Rue de l'Epée-de-Bois bis zur Rue Monge; dort biegen Sie nach links ab und laufen zur Seine runter. Von da aus kennen Sie ja den Weg. Adieu.«

»Auf Wiedersehen, Marthe; auf Wiedersehen, Monsieur Jules. Vielen Dank für die Stärkung, mir ist jetzt schön warm, und ich fühle mich, als könnte ich fliegen.«

»Das käme doch sehr gelegen, nicht? Also, auf ins Vergnügen.«

Kälte hatte den Regen abgelöst, doch dank des Grogs spürte sie sie nicht. Die Dunkelheit war schon hereingebrochen; es gab keine Beleuchtung und auch kaum noch Menschen auf den Straßen. Es war unheimlich; Léa begann zu rennen.

Atemlos kam sie auf dem Square de Saint-Julien-le-Pauvre an. Auf dem anderen Ufer der Seine erhob sich wie eine dunkle Masse Notre-Dame. Nach einer kurzen Verschnaufpause machte sich Léa wieder auf den Weg, doch beeilte sie sich jetzt nicht mehr, denn ihr war wieder eingefallen, daß sie zu Hause Otto und Françoise antreffen würde.

Die Sperrstunde war um fünfundzwanzig Minuten überschritten, als Léa in der Rue de l'Université ankam. An der Tür war ihr Fahrrad angekettet, das war ein gutes Zeichen. Raphael hatte also doch Wort gehalten. Sie nahm das Schloß ab, öffnete die Tür und schob das Rad hinein. Unter dem Torbogen packte sie jemand am Arm. Léa unterdrückte einen Aufschrei.

»Sind Sie das, Mademoiselle Léa? Sie brauchen keine Angst zu haben, ich bin der Freund von Monsieur Raphael. Ich habe eine Nachricht für Sie: Gehen Sie morgen nicht zum Friedhof.«

»Haben Sie mir nichts zu übergeben?«

»Doch, natürlich, hab' ich ganz vergessen, die Seite aus dem Buch. Bitte, hier ist sie.« Er zündete ein Streichholz an, damit sie sich überzeugen konnte.

»Rühren Sie sich morgen nicht aus Ihrer Wohnung, das ist sehr wichtig. Sie erhalten dann weitere Informationen über die gewisse Person. Möchten Sie Monsieur Raphael etwas ausrichten lassen?«

»Nein, ich wüßte nicht, was. Läuft alles wie geplant?«

»Darüber weiß ich nichts. Ich tue dies Monsieur Raphael zuliebe; außerdem macht es mehr Spaß als die Arbeit auf dem Friedhof.«

»Wie heißen Sie?«

»Für Sie Violette. Hübsch, nicht wahr? Monsieur Raphael hat mir den Namen gegeben. Gefällt er Ihnen?«

»Sehr«, antwortete Léa und verbiß sich ein Lächeln.

In der Wohnung war alles ruhig. Die Damen de Montpleynet lauschten einem Konzert klassischer Musik. Im kleinen Wohnzimmer war es angenehm warm.

»Keine Nachricht von Camille?«

»Nein, nichts. Aber wir haben mit Laure und Ruth am Telefon gesprochen. In zwei Tagen fahren sie nach Montillac zurück.«

Léa ging in ihr Zimmer und zog sich um. Kurz darauf erschien sie wieder in einem flauschigen weißen Pullover und einem langen, karierten Rock, der ihrer Mutter gehört hatte. Ihre Füße steckten in dicken Hausschuhen – nicht sehr elegant, aber warm. Ihr frisch gebürstetes Haar wirkte wie ein herrlicher Kopfschmuck.

»Wie schön du bist, Liebes!« rief Lisa aus. »Jugend ist doch etwas Wundervolles! Nutze diese Zeit aus, mein Kleines, sie ist so kurz.«

»Glaub nur nicht, daß es momentan so angenehm ist, jung zu sein!«

»Das stimmt; deine Generation hat es nicht sehr glücklich getroffen«, gab die alte Dame zu und nahm ihr Strickzeug wieder auf.

»Ist Françoise ausgegangen?«

»Ja, sie ist ins *Maxim* zum Abendessen eingeladen. Ihr Verlobter will sie dort seinen Vorgesetzten präsentieren«, erklärte Albertine in gespielt ungezwungenem Ton.

»Schockiert euch denn diese Situation überhaupt nicht?«

Lisa erhob sich und warf eine Schaufel Kohlen in den Ofen. Sie wollte es lieber ihrer Schwester überlassen, darauf zu antworten.

Als Albertine ihr Gesicht hob, dessen Strenge durch ihren gütigen Blick gemildert wurde, standen ihre schönen blauen Augen voller Tränen. Das kam so selten bei ihr vor, daß Léa ganz verlegen wurde. Die alte Dame nahm ihre Brille ab und begann umständlich, sie zu putzen.

»Es ist schlimmer als ›nur‹ schockierend. Und dabei denke ich nicht einmal an die große Schande, sondern vor allem an die unglückliche Zukunft, die deiner armen Schwester zweifellos bevorsteht.«

»Die hat sie sich selbst ausgesucht.«

»Das ist sehr gehässig, was du da gesagt hast. Dir hätte dasselbe passieren ...«

»Nie! Ich hätte mich niemals in einen Feind verliebt!«

»Du redest wie ein naives kleines Mädchen. Vielleicht wäre es nicht passiert, wenn deine Mutter noch bei euch ...«

»Sprich mir bitte nicht von Mama!«

»Warum soll ich nicht von ihr sprechen? Glaubst du, unsere Trauer um sie sei geringer als deine? Ihr Tod war für deine Tante und mich so, als hätten wir unser Kind verloren. Und wir machen uns unablässig Vorwürfe, daß wir nicht gut genug auf Françoise aufgepaßt haben. Daß wir durch unseren Egoismus die Dinge vielleicht noch beschleunigt haben. Wenn wir auf Montillac geblieben wären ...«

»Das hätte nichts geändert.«

»Möglich, doch falls es eine Chance für einen anderen Verlauf gegeben haben sollte, dürften wir es uns nie verzeihen, daß wir das Kind unserer Tochter nicht vor sich selbst schützen konnten.«

Nun liefen große Tränen über Albertines gefurchte Wangen.

»Liebes Tantchen, vergib mir. Ich wollte dich doch nicht zum Weinen bringen. Komm, Tante Lisa, hilf mir, sie zu trösten.«

Doch Lisa war selbst völlig aufgelöst angesichts des Kummers ihrer Schwester und nicht in der Lage, irgend jemand zu trösten. Léa übrigens ebensowenig, denn nun fing auch sie an zu weinen. So fand sie Estelle, die hereinkam, um den Tisch zu decken.

»Aber meine Damen! Was haben Sie denn, um Himmels willen? Was ist denn passiert?«

»Es hat nichts zu bedeuten«, antworteten sie im Chor und schneuzten sich geräuschvoll.

Überzeugt, daß man ihr etwas verbarg, verteilte Estelle brummend die Bestecke.

Die frugale Mahlzeit verlief in gedrückter Stimmung. Radio London war gestört. Léa ging früh zu Bett.

Der nächste Tag kam Léa endlos vor. Sie ging vom Telefon zu den Fenstern, die auf die Straße blickten, und von den Fenstern zur Wohnungstür. Nichts, nichts unterbrach die Stille, als gelegentliches Geschrei des Säuglings, der sich in Estelles Obhut befand. Françoise war nicht nach Hause gekommen.

Nach dem Abendessen ließ sich Léa in dem großen Sessel in der Diele nieder und versuchte vergeblich, die Zeitungen zu lesen.

Die Dunkelheit war bereits seit einigen Stunden hereingebrochen, als es plötzlich an der Wohnungstür läutete. Léa, die fast unmittelbar dahinter saß, schreckte auf.

»Wer ist da?«

»Ich bin's, Raphael. Schnell, machen Sie auf!«

Zitternd und angsterfüllt gehorchte sie.

Raphael war in Begleitung. Er stützte eine Frau in Trauerkleidung, deren Gesicht von einem Kreppschleier verhüllt war.

»Sind Sie allein?«

»Ja. Die Sperrstunde ist verlängert worden. Meine Tanten sind ins Theater gegangen, und Estelle kümmert sich um den Kleinen.«

»Sehr gut.«

Léa betrachtete die Frau. »Sarah?« fragte sie zögernd.

»Ja«, antwortete Raphael. »Los, bringen wir sie ins Hinterzimmer, es geht ihr sehr schlecht.«

»Warum haben Sie sie hierhergebracht? Das ist doch gefährlich.«

»Ich hatte keine andere Wahl, ich erkläre es Ihnen später. Das einzig Wichtige ist, daß sie lebt.«

Léa nahm eine Taschenlampe, leuchtete ihnen den dunklen Flur entlang und öffnete eine Zimmertür. Mit größter Behutsamkeit hob Raphael Sarah auf das Bett und nahm ihr den Schleier ab.

»O nein!« stöhnte Léa auf und preßte die Hand auf ihren Mund.

Ein schmutziger Verband war um Sarahs Stirn gewunden, ein Auge war geschlossen, die geplatzten Lippen dick geschwollen. Was Léa jedoch am meisten entsetzte, waren die drei eitrigen Löcher, die jede ihrer bleichen Wangen markierten.

»Mit einer Zigarre eingebrannt«, erklärte Raphael mit tonloser Stimme.

Léa trat näher und betrachtete die Freundin eingehend. Wortlos nahm sie ihr den Witwenhut ab, knöpfte den Mantel auf und zog ihn ihr mit Raphaels Hilfe aus.

»Zünden Sie den Holzstapel im Kamin an, und holen Sie den elektrischen Heizofen aus dem Badezimmer. Dann machen Sie in der Küche Wasser heiß.«

Hell und hoch loderten die Flammen im Kamin auf. Léa lief im Zimmer hin und her; Sarah folgte ihr mit dem Auge. Sie hatten noch kein Wort miteinander gesprochen. Raphael brachte eine Kanne heißes Wasser und Handtücher, die er neben dem Bett niedersetzte. Vorsichtig entkleideten sie Sarah vollständig. Sie zitterte.

»Es ist noch heißes Wasser in der Küche. Holen Sie die Waschschüssel und den Schwamm aus dem Bad.«

Nachdem Raphael die Waschschüssel mit Wasser gefüllt hatte, brachte er sie Léa. Behutsam glitt sie mit dem Schwamm über den gefolterten Körper, umging die Brandmale auf den Brüsten, betupfte die Wunde aus der Rue Guénégaud, entfernte die Schmutzstellen am Bauch, an den Oberschenkeln und an den Beinen. Als sie Sarah umdrehten, konnte Léa ein Stöhnen nicht unterdrücken. Der Rücken war eine einzige Wunde. Sie mußten ihn sehr stark mißhandelt haben.

»Schauen Sie im Medizinschränkchen nach, was es für Verbandmaterial gibt.«

Trotz des Feuers und des Heizöfchens schlotterte Sarah vor Kälte. Léa bedeckte sie mit einem roten Federbett.

»Das ist alles, was ich gefunden habe.«

Jodtinktur und Mullkompressen – damit mußten sie sich begnügen.

Nachdem sie eine Tasse Kräutertee getrunken und ein Beruhigungsmittel genommen hatte, war Sarah, in einem von Albertines feinen Batistnachthemden und von mehreren Steppdecken bedeckt, eingeschlafen. Raphael und Léa saßen auf dem Teppich vor dem Kamin, sprachen leise miteinander und rauchten englische Zigaretten, die Raphael mitgebracht hatte.

»Wie ist es denn nun abgelaufen?«

Malh stieß eine dicke Rauchwolke aus, ehe er antwortete.

»Wie versprochen, hat Masuy Sarah gegen einen zweiten Brillanten freigegeben. Aber in welchem Zustand! Der Schweinehund muß bis zum allerletzten Moment versucht haben, sie zum Reden zu bringen. Er wollte wohl unbedingt was haben für sein Geld. Ich hatte noch ein anderes Versteck vorgesehen, das auf dem Friedhof war zu kompliziert und gefährlich.«

»Ich verstehe das alles nicht. Warum mußte Sarah versteckt werden, wenn Masuy selbst sie freigegeben hat?«

»Weil er nicht lange brauchen wird, um festzustellen, daß der zweite Brillant falsch ist.«

»Dann allerdings . . .«

»Ich hatte Trauerkleidung und Witwenschleier im Fahrrad-Taxi bereitgelegt und habe sie ihr dann angezogen. Erinnern Sie sich an meine Wohnung in der Rue de Rivoli?«

»Und ob.«

»Ich habe die Schlüssel dem Eigentümer nie zurückgegeben, und da er inzwischen nach Deutschland in die Sommerfrische geschickt worden war, dachte ich, ich könnte die Wohnung als Versteck für Sarah benutzen.«

»Ja, und?«

»Und? Als wir vor dem Haus angekommen sind, parkte ein Wagen vor der Tür. Es war der von Masuy. Ich habe mit der ohnmächtigen Sarah in meinem Fahrrad-Taxi eine Kehrtwendung gemacht. In ihrem Zustand konnte ich sie aber unmöglich auf dem Friedhof unterbringen. Ich wußte nicht, wohin ich mich noch wenden könnte, und da habe ich an Sie gedacht.«

»Wir haben großes Glück gehabt. Sie hätten Françoise und ihrem Verlobten in die Arme laufen können. Was hätten wir dem glorreichen Offizier erzählt, wenn er uns dabei erwischt hätte, wie wir eine von der Folter geschundene Frau den Flur entlangschleppen?«

»Mir wäre schon was eingefallen. Kommt er diesen Abend noch hierher?«

»Das glaube ich nicht. Wie es scheint, hat er sich mit Françoise und dem Kind in einem großen Hotel einquartiert. Dennoch könnten sie jeden Augenblick hier erscheinen. Doch abgesehen davon bedeutet Sarahs Anwesenheit auch eine große Gefahr für meine Tanten.«

»Ich weiß, aber was bleibt uns momentan anderes übrig? Es wird ein paar Tage dauern, bis Sarah gehen kann.«

»Ein paar Tage! Haben Sie vergessen, daß Masuy

weiß, daß wir miteinander bekannt sind? Er wird bald herausgefunden haben, wo ich wohne, und wenn er hierherkommt, werden wir alle verhaftet.«

»Das ist mir völlig klar, aber wenn er Ihre Adresse ausfindig macht, wird er auch gleich feststellen, daß Ihre Schwester mit einem deutschen Offizier befreundet ist. Ich kenne ihn, da wird er lieber vorsichtig sein.«

»Hoffentlich haben Sie recht, denn ich würde das, was Sarah durchgemacht hat, nie aushalten, soviel Durchhaltevermögen habe ich nicht. Und Sie auch nicht, oder?«

»Wie ich Ihnen schon gesagt habe: Angesichts körperlicher Schmerzen sind Menschen meiner Art sehr feige.«

»Pssst! Ich höre meine Tanten. Sobald sie in ihren Zimmern sind, können Sie gehen.«

»Aber ich will gar nicht gehen! Wo sollte ich denn hin? Ich habe keinen Ort mehr, wo ich hingehen könnte. Lassen Sie mich diese Nacht hierbleiben. Morgen bringt mir Violette etwas zum Anziehen.«

»Woher weiß er, daß Sie hier sein werden?«

»Er sollte vor dem Haus in der Rue de Rivoli auf mich warten und hat dann gesehen, wie ich an der Place des Pyramides gewendet habe und in Richtung Pont-Royal gefahren bin. Er ist mir nachgerannt, und ich habe an der Ecke des Quais angehalten und gewartet, bis er aufgeholt hatte. Ich habe ihm dann gesagt, daß ich in die Rue de l'Université fahre. Er bringt mir morgen andere Sachen.«

»Sie waren sich also völlig sicher, hier übernachten zu können?«

Raphael Malh erhob sich mühsam. »Ich war mir über gar nichts sicher.«

Zum ersten Mal seit seiner Ankunft am frühen Abend betrachtete ihn Léa aufmerksam. Besonders gutaussehend war er wirklich nicht! Fettpolster machten seine

Bewegungen schwerfällig, seine Haare lichteten sich, ein nervöser Tick ließ einen Mundwinkel beständig zucken, und seine schönen, wenn auch ein wenig dicklichen Hände wurden immer häufiger von einem Zittern befallen.

Er hatte ihren Blick bemerkt, denn er richtete seinen schlaffen Körper auf und sagte: »Ist schon gut; ich gehe.«

»Seien Sie nicht albern. Sie bleiben diese Nacht hier, und morgen werden wir weitersehen. Warten Sie hier, ich hole Ihnen eine Decke.«

Léa hatte nicht einen Augenblick schlafen können, denn sie mußte immer wieder nach Sarah schauen. Der unruhige Schlaf, die glühende Stirn und das unzusammenhängende Gemurmel ihrer Freundin beunruhigten sie. Mehrmals war sie drauf und dran gewesen, Raphael zu wecken, doch der lag, in seine Decke eingerollt, auf dem Fußboden und schlief ganz fest.

Gegen sechs Uhr hielt sie es nicht länger im Bett aus, erhob sich, zog ihren alten Morgenrock über und ging in die Küche, um Wasser aufzusetzen. Es war noch ein wenig von dem Kaffee da, den Friedrich Hanke als Neujahrsgabe mitgebracht hatte. Egoistisch beschloß Léa, sich einen richtigen Kaffee zu machen; sie fand, den hätte sie sich verdient. Sie holte die Kaffeemühle herbei, schüttete die kostbaren Bohnen hinein, setzte sich auf einen Hocker, klemmte die Mühle zwischen die Schenkel und begann zu mahlen. Der belebende Geruch des Kaffeepulvers versetzte sie in die Küche von Montillac zurück, wo die Köchin als Gegenleistung für eines ihrer leckeren Karamelbonbons oder ein Stück ihres nicht minder leckeren Quittenkonfekts verlangte, ihr die Kaffeebohnen zu »zerstoßen«, wie sie es nannte.

Diese kleine Erinnerung an glückliche Zeiten brachte Léas seit dem gestrigen Abend mühsam bewahrte Fassung ins Wanken. Ihr war, als laste etwas Schweres auf ihr, Übelkeit stieg in ihr auf, und plötzlich war ihr Gesicht von Tränen überschwemmt. Über die Kaffeemühle gebeugt, schluchzte sie wie damals, während der Bombardierung von Orléans, die Kinder neben ihrer toten Mutter. Ihr ganzer Körper schmerzte vor Kummer, und sie wiegte sich vor und zurück, wie Kinder es häufig tun. Als die Küchenuhr schlug, schreckte sie auf und versuchte, sich zusammenzunehmen.

Eine dunkle Silhouette erschien im Türrahmen. Léa erstickte einen Schrei. Die Kaffeemühle fiel mit solchem Krach auf den Fliesenboden, daß es durch die stille Wohnung hallte. Der Behälter für die Bohnen und die kleine Schublade öffneten sich, und ihr Inhalt verteilte sich über den Küchenboden.

Die Gestalt trat näher.

»François!«

Stumm standen sie voreinander und sahen sich forschend an. Keiner rührte sich.

Dann strich ihr François behutsam das Haar aus dem Gesicht und streichelte ihre Wangen. Léa schloß die Augen und spürte, wie sie langsam ruhiger wurde.

»Oh, Verzeihung!«

Raphael Malh, in seine Decke gewickelt, das Gesicht verquollen und das Haar zerzaust, kam herein. François gab Léa frei und steckte die Hände in die Taschen.

»Was machen Sie hier?«

Raphael wollte antworten, doch Léa kam ihm zuvor: »Ich habe ihm für die Nacht Gastfreundschaft gewährt. Er wußte nicht, wohin.«

»Du hattest wohl keine andere Wahl. Und Sarah?«

»Sie ist im hinteren Zimmer.«

François warf ihr einen bewundernden Blick zu.

»Seit wann?«

»Seit gestern abend. Raphael hat sie hergebracht.«

»Danke, alter Junge. Wie geht es ihr?«

»Schlecht«, antwortete Raphael. »Wir müssen einen Arzt rufen.«

»Das ist unmöglich«, rief Léa aus. »Er würde uns denunzieren.«

»Das Risiko müssen wir eingehen. Ich gehe jetzt zu ihr«, erklärte François. »In der Zwischenzeit könntet ihr versuchen, etwas von dem Kaffee zu retten. Ich würde gern ein Täßchen trinken.«

»Einen Augenblick! Wie bist du hereingekommen?«

»Du hattest mir doch den Schlüssel gegeben.«

»Ja, richtig! Entschuldige bitte.«

»Ich bin sofort gekommen, als ich erfahren habe, daß du mich sprechen wolltest. Es geht um Sarah, nehme ich an?«

»Ja, aber auch um ...«

»Alles weitere kannst du mir später sagen. Jetzt gehe ich erst einmal zu Sarah. Vergeßt den Kaffee nicht.«

»Raphael, helfen Sie mir beim Aufsammeln. Wir müssen uns beeilen, Estelle wird bald aufstehen.«

Schweigend sammelten sie die Kaffeebohnen auf.

»Haben Sie einen Besen, mit dem ich das Pulver zusammenfegen könnte?« fragte Raphael.

»In dem Schrank dort hinten, glaube ich.«

Raphael drehte das Gas unter dem kochenden Wasserkessel ab und holte den Besen herbei, während Léa, die sich inzwischen das Gesicht mit kalten Wasser erfrischt hatte, wieder zu mahlen begann. Lächelnd schaute sie Raphael beim Fegen zu.

»Man könnte meinen, Sie hätten Ihr Leben lang nichts anderes getan.«

»Ich bin ein echtes Heimchen am Herde, meine Liebe. Fragen Sie meine Freunde«, sagte er geziert.

»Hören Sie auf mit Ihren Albernheiten, dafür ist jetzt nicht der richtige Augenblick.«

»Lachen und scherzen ist immer angebracht, meine Gute, besonders in unseren tristen Zeiten. Denn weder Sie noch ich wissen, welch ein Morgen uns beschieden ist und ob wir diesen überhaupt erleben werden.«

»Sagen Sie nicht solche Dinge!«

»Sollten Sie etwa Angst haben, schönes Kind? Obwohl der tapfere Ritter auf Ihren Ruf hin schleunigst herbeigeeilt ist? Wie schön Sie sind, wenn Sie so lächeln! Ich habe noch nie ein so zärtliches Lächeln an Ihnen gesehen. Ah! Die Liebe, die Jugend! Wie ich Sie beneide!«

Noch immer lächelnd hob Léa die Schultern, stand auf und schüttete den Inhalt der Mühlenschublade in den Filter der Kaffeekanne. »Das reicht nicht, ich werde noch ein bißchen mahlen.«

»Lassen Sie mich das machen, Léa. Ich tue das gern. Gehen Sie zu Sarah, ich mache mir Sorgen um sie.«

François saß auf Sarahs Bett und hielt ihre Hände.

»Wie geht es ihr?« flüsterte Léa, während sie zu ihm trat.

Ohne zu antworten, schüttelte er den Kopf.

Sie setzte sich neben ihn und betrachtete die Freundin. Große Schweißtropfen perlten auf ihrer Stirn, und die Brandlöcher in ihren Wangen hoben sich scharf von der grauen Haut ab.

»François? Sarah wird doch nicht sterben?«

Oh! Tränen zitterten an François' Wimpern! Warum verwunderte sie das so sehr? Sie hatte schon andere Männer weinen sehen: ihren Vater, Laurent, Mathias. Das hatte sie gerührt, aber nicht verwundert. Sie erhob sich.

»Ich werde Dr. Dubois anrufen.«

»Wer ist Dr. Dubois? Ist er vertrauenswürdig?«

»Du kennst ihn, er ist der Arzt, der Camille damals behandelt hat. Vielleicht ist er noch immer in Paris.«

»Ich erinnere mich an ihn; ein großartiger Mann. Ruf ihn an.«

Léa war nach wenigen Minuten zurück. »Wir haben Glück. Er ist gerade von seinem Nachtdienst im Krankenhaus nach Hause gekommen. Ich hatte große Mühe, ihm ohne zu viele Worte begreiflich zu machen, um was es sich handelt. Er kommt sofort. Er erinnert sich sehr gut an Camille und an mich. Wie spät ist es?«

»Halb sieben.«

»Mein Gott! Estelle muß inzwischen aufsein. Wenn die Raphael in ihrer Küche antrifft, gibt es ein Drama.«

Aber es war schon passiert!

Estelle und Raphael saßen sich gegenüber, jeder mit einer Tasse Kaffee in der Hand, und schwatzten wie alte Bekannte.

»Ah, da sind Sie ja, Mademoiselle Léa. Ich wäre fast vor Angst gestorben, als ich den Herrn hier gesehen habe, der meine Schürze umgebunden hatte und das Frühstückstablett herrichtete. Glücklicherweise hat er mir schnell erklärt, wie er dazu kommt.«

»Ich habe Mademoiselle Estelle gestanden, daß ich die letzte Metro verpaßt habe und daß Sie so freundlich waren, mich im Wohnzimmer übernachten zu lassen.«

»Wo Sie hätten erfrieren können«, brummelte die Haushälterin.

»Estelle«, fragte Léa lächelnd, »wissen Sie, ob Françoise heute hierher zurückkommt?«

»Bestimmt. Der Verlobte von Mademoiselle Françoise wollte Ihren Tanten seine Aufwartung machen.«

Léa und Raphael warfen sich besorgte Blicke zu.

»Wissen Sie, wann?«

»Ich meine, Mademoiselle Albertine hätte etwas von nachmittags gesagt. Mademoiselle Léa, Sie hätten sparsamer mit dem Kaffee umgehen müssen und etwas Zichorie dazunehmen sollen. Das macht ihn auch verträglicher. Allerdings schmeckt er dann nicht so gut«, gab sie zu und leerte genüßlich ihre Tasse.

Seufzend erhob sie sich dann. »Es hilft ja alles nichts; da sitze ich und schwatze, obwohl ich schon längst an der Metzgerei in der Rue de Seine Schlange stehen müßte. Monsieur Mulot kriegt heute einen Hammel. Ich muß mich anziehen. Meine beiden Damen mögen es nicht, daß ich im Morgenrock und mit Lockenwicklern auf die Straße gehe.«

Als sie endlich hinausgegangen war, stellte Léa Tassen und die Kaffeekanne auf das Tablett. Raphael entdeckte ein noch fast volles Paket Kekse, das er stolz herbeibrachte.

Geräuschlos betraten sie Sarahs Zimmer.

Schweigend tranken die drei ihren Kaffee, ohne die fiebernde und leise stöhnende Frau aus den Augen zu lassen.

Das Läuten der Türklingel schreckte sie auf. Tavernier zog einen Revolver hervor. »Mach auf, Léa, beeil dich!«

Léa gehorchte. »Wer ist da?« fragte sie durch die geschlossene Tür.

»Doktor Dubois.«

Wie hatte er sich verändert! Er wirkte wie ein hochaufgeschossener Greis.

»Guten Morgen, Mademoiselle Delmas. Sie haben Mühe, mich wiederzuerkennen. Ich auch. Jeden Morgen vor meinem Spiegel frage ich mich ›Wer ist dieser alte Mann?‹ Sie haben sich aber auch verändert. Sie sind noch hübscher geworden. Doch nun Spaß beiseite. Warum haben Sie mich mit soviel Geheimnistuerei herbestellt? Beherbergen Sie eine Schwadron Engländer?«

»Hier entlang, Herr Doktor. Bitte sprechen Sie leise, meine Tanten schlafen noch.«

»Wie geht es ihnen?«

»Gut«, antwortete Léa und öffnete die Tür von Sarahs Zimmer.

»Großer Gott!« entfuhr es dem Arzt, als er Sarah entdeckte. »Wer hat sie so zugerichtet?«

»Leute, die weder Sie noch ich mögen, Herr Doktor«, erklärte François Tavernier und trat vor.

»Monsieur ...? Ah, jetzt erkenne ich Sie: Der Mann mit den Croissants!«

Während er sprach, untersucht er die Wunden auf Sarahs Wangen. »Wie sind diese schrecklichen Brandmale entstanden?«

»Durch eine Zigarre«, erklärte Raphael.

»Diese Schweine! Wie lange war sie ihnen ausgeliefert?«

»Etwa zehn Tage.«

»Die arme Frau! Meine Herren, würden Sie bitte hinausgehen.«

»Wir sollten besser bleiben. Die Damen de Montpleynet wissen nicht, daß wir hier sind, und haben auch keine Ahnung von der Anwesenheit unserer Freundin.«

»Na gut, dann drehen Sie sich um. Mademoiselle Delmas, helfen Sie mir, sie aufzusetzen. So ist's gut, halten Sie sie in dieser Position. Sie haben sie wirklich schlimm zugerichtet! Mademoiselle, meine Tasche steht neben Ihnen: Reichen Sie mir bitte die große Metalldose rüber. Danke.«

Er verteilte eine Salbe auf Sarahs Rücken und bedeckte ihn dann wieder mit Mullkompressen. Danach untersuchte er sie eingehend. Auf den Oberschenkeln befanden sich ältere, bereits verkrustete Brandwunden, die von Zigaretten verursacht worden waren.

»Hat sie Ihnen etwas sagen können?«

»Nein«, antwortete Léa. »Sie hat mich zwar erkannt, hat aber nur unzusammenhängende Worte von sich gegeben.«

»Sie hat hohes Fieber, das durch den emotionalen Schock der Folterungen hervorgerufen wurde. Ich gebe ihr jetzt eine Spritze, heute abend bekommt sie noch eine. Das Fieber geht bis zum Nachmittag zurück; im übrigen muß die Zeit ihr heilendes Werk tun.«

»Wie lange kann das dauern?« fragte Léa.

»Das hängt von ihrem Allgemeinzustand ab. Eine Woche, vielleicht auch zwei.«

»Eine Woche oder zwei! Das ist unmöglich! Zum einen wegen meiner Tanten, die nicht wissen, daß sie hier ist, zum anderen, weil die Gestapo sie sehr schnell bei uns entdecken wird.«

»Ich kann Ihnen da leider nicht helfen, mein Kind. Die nächsten zwei, drei Tage ist sie jedenfalls nicht transportfähig. Sie müssen Ihre Tanten einweihen.«

Niedergeschmettert ließ sich Léa in einen Sessel fallen.

»Und in drei Tagen?« fragte François Tavernier.

»Da könnte ich sie in meiner Abteilung im Krankenhaus unterbringen, zumindest bis sie wieder gehen kann. Hier ist noch ein Medikament zur Schmerzlinderung. Alle drei Stunden zehn Tropfen. Ich komme am Abend noch einmal vorbei. Nur Mut«, fügte er hinzu und strich Léa über das Haar. »Es wird schon gutgehen. Sie haben ja bereits einige Erfahrung als Krankenschwester. Erinnern Sie sich noch an Madame d'Argilat?«

»Das kann man nicht vergleichen, damals war die Gestapo noch nicht hier.«

»Das stimmt, aber auch damals haben Sie Ihr Leben riskiert, um einen Menschen zu retten. Bis heute abend also. Auf Wiedersehen, meine Herren, auf Wiedersehen, Mademoiselle.«

Leise schloß Léa die Wohnungstür und lehnte sich dagegen. Sie war ratlos.

»Guten Morgen, mein Liebes. Mir war, als wäre die Tür ins Schloß gefallen. Ist jemand gekommen? Schon so früh?«

Albertine de Montpleynet stand vor ihr, im Morgenrock, mit einem langen Schal aus zartblauer Pyrenäenwolle darüber. Ihr glattgescheiteltes graues Haar verschwand unter einem weißen Seidentuch. Sie wirkte wie ein Abbild des frierenden Frankreich mit ihren fingerlosen Handschuhen und den dicken, gefütterten Pantoffeln. Durch Übereinanderziehen mehrerer Kleidungsstücke versuchte sie, der in den Räumen herrschenden Kälte zu trotzen. Im Gegensatz zu ihrer Schwester Lisa beklagte sich Albertine nie über die vielfältigen Entbehrungen, die sie seit der Besetzung zu ertragen hatten. Sie verkündete sogar häufig, daß sie im Vergleich mit vielen Leuten noch privilegiert seien und daß sie das nie vergessen dürften. Lisa hatte sie gescholten, als sie den Flüchtlingen in der obersten Etage einen Teil der Lebensmittel gebracht hatte, die ihnen anläßlich der Taufe des kleinen Pierre geschenkt worden waren.

Auch wenn sie nie darüber gesprochen hatten, erriet Léa doch, daß ihre Tante nur mit großer Überwindung die »Geschenke« akzeptierte, die ihnen Françoises Situation eintrug. Sie fürchtete den bevorstehenden Besuch von Otto Kramer, der damit beabsichtigte, der Beziehung eine offizielle Note zu geben. Dabei hätte sie neulich vor Scham sterben mögen, als sie in der Apotheke war und sich zwei Kundinnen dort laut über Kollaboration unterhielten, wobei sie sie ständig fixierten. Verstört verließ sie die Apotheke ohne ihre Medikamente. Seither ging ihr dieses Wort nicht mehr aus dem Kopf. Sie wußte, was Radio London über Kollaborateure sagte. Zwar war sie, wie die meisten Franzosen, zu Beginn des Krieges eine große Bewunderin von Marschall Pétain gewesen, doch die von der Vichy-Regierung getroffenen Maßnahmen gegen die Juden, vor allem die Verhaftung ihrer alten Freundin Madame Lévy, die doch in diesem Haus hier geboren worden war, veranlaßten sie, sich endgültig vom Marschall abzuwenden. Lisa und Estelle brachten Pétain zwar auch weiterhin ihr Vertrauen entgegen, aber nur, weil sie es sich mit den Damen des Bridge-Clubs nicht verderben wollten, den die beiden Schwestern zweimal wöchentlich besuchten. Seit einiger Zeit kam sich Albertine dort sehr isoliert vor.

»Nun antworte mir doch, Léa. Ist jemand gekommen? Aber was hast du denn, Kleines? Du siehst ja aus wie ein aus dem Nest gefallenes Vögelchen.«

»Tante Albertine, ich muß mit dir reden. Laß uns in dein Zimmer gehen, es wird eine Weile dauern, bis ich dir alles erklärt habe.«

Zwanzig Minuten später öffnete Albertine de Montpleynet die Tür des hinteren Zimmers und trat an Sarahs Bett. Beunruhigt blickten ihr François Tavernier und Raphael Malh entgegen.

»Alles in Ordnung«, flüsterte Léa ihnen zu. »Meine Tante ist damit einverstanden, daß Sarah hierbleibt, bis Dr. Dubois sie im Krankenhaus unterbringen kann.«

Schweigend betrachtete die alte Dame das, was noch vor kurzem das Gesicht einer sehr hübschen Frau gewesen war. Wie festgenagelt stand sie auf der Stelle und wurde zunehmend blasser. Als sie schließlich die Augen von dem geschundenen Antlitz hob, fragte sie François Tavernier mit einer seltsam kleinmädchenhaften Stimme:

»Wie ist so etwas möglich, Monsieur?«

Ohne ihre Frage zu beantworten, trat er zu ihr, nahm sie bei den Schultern und führte sie in eine Ecke des Raumes.

»Ich danke Ihnen, Mademoiselle, für alles, was Sie für Madame Mulstein tun. Ich möchte Ihnen aber nochmals ganz deutlich sagen, daß diese Frau von der Gestapo gesucht wird und daß alle hier in der Wohnung Gefahr laufen, verhaftet zu werden.«

»Das weiß ich, Monsieur, aber es ist meine Pflicht als Christin und als Französin, ihr diese Zuflucht zu gewähren. Ich werde aber vorerst weder meiner Schwester noch Françoise, noch Estelle etwas sagen. Léa und ich werden uns hinter verschlossener Tür bei der Pflege von Madame Mulstein abwechseln. Heute nachmittag, wenn Kommandant Kramer seinen Besuch macht, müssen wir besonders vorsichtig sein.«

»Wenn Sie erlauben, möchte ich bei diesem Besuch anwesend sein. Ein Gespräch über meine Beziehungen zu gewissen Mitgliedern des deutschen Oberkommandos dürfte Kramer interessieren und ihn von allem, was ihm verdächtig vorkommen könnte, ablenken.«

»Sie haben Beziehungen zum deutschen Oberkommando?«

»Ja, aber ich darf Ihnen nicht mehr darüber sagen, als daß ich auf Befehl handele«, antwortete François mit gedämpfter Stimme.

»Auf Befehl? Das verstehe ich nicht.«

»Das ist auch besser so. Bitte vergessen Sie nicht: Für Sie bin ich ein Geschäftsmann, der Léa den Hof macht.

Davon müssen wir Kommandant Kramer unbedingt überzeugen.«

Aufmerksam betrachtete Albertine de Montpleynet diesen Mann mit den ausgeprägten Zügen, den unrasierten Wangen und dem zu großen Mund, aus dessen schönen Augen jedoch Kraft und Aufrichtigkeit sprachen. Wohlwollend streckte sie ihm die Hand hin.

»Ich werde tun, was Sie mir sagen, Monsieur. Ich vertraue Ihnen.«

Mit verschwörerischem Lächeln beugte sich François hinunter und küßte respektvoll die Hand von Mademoiselle de Montpleynet.

»Ich muß doch sehr bitten, Monsieur! Man küßt nur verheirateten Frauen die Hand, niemals alten Jungfern!«

»Ach, Tantchen, du bist wundervoll! Du und eine alte Jungfer! Da muß ich lachen! Du bist jünger als wir alle«, rief Léa und umarmte ihre Tante stürmisch.

»Du wirfst mich noch um! Laß mich los, ich muß mich anziehen.«

Gerade als Albertine das Zimmer verlassen wollte, klingelte es, einmal lang, dann dreimal kurz. Alle erstarrten, außer Raphael, der gelassen verkündete:

»Das ist Violette; er bringt mir frische Sachen. Wir hatten dieses Klingelzeichen vereinbart. Darf ich aufmachen, Mademoiselle?«

Resigniert fuhr sich Albertine mit der Hand über die Stirn. »Tun Sie, was Sie für richtig halten, Monsieur. Ich begreife allemählich überhaupt nicht mehr, was hier eigentlich vorgeht. Ich gehe jetzt wohl besser.«

Bevor Raphael öffnen ging, fragte er Léa: »Gibt es ein anderes Zimmer, in dem ich mich umziehen kann? Ich möchte nicht, daß Violette Sarah zu sehen bekommt.«

»Gehen Sie in das Zimmer von Françoise, die dritte Tür rechts. Achtung, da kommt Estelle!«

Léa eilte auf sie zu und zog sie trotz ihres Protests in die Küche. Dann öffnete Raphael endlich dem jungen Mann, den er Violette nannte, die Tür.

Violette schleppte einen schweren Koffer herein.

»Guten Morgen, die Herrschaften, guten Morgen, Monsieur Raphael. Ich habe alles, was ich zusammenraffen konnte, mitgebracht. Es war höchste Zeit, denn die Fritzen kamen gerade an, als ich um die Straßenecke bog.«

»Hast du mein Schminktäschchen auch nicht vergessen?«

»Keine Sorge, es ist alles da.«

»Danke, mein Süßer. Ist dir jemand gefolgt?«

»Sie scherzen! Es gibt keinen, den Violette nicht abhängen könnte.«

»Hast du einen Unterschlupf für mich gefunden?«

»Ja, in der Rue . . .«

»Das kannst du mir später erzählen. Jetzt komm und hilf mir beim Anziehen.«

»Das dürfte das erste Mal sein, daß ich Sie *an*ziehen soll, Monsieur Raphael«, kicherte Violette.

Malh schob ihn in Françoises Zimmer und schloß nachdrücklich die Tür.

Léa und François waren plötzlich allein und sahen sich mit verlangenden Blicken an.

»Ich habe solche Lust auf dich.«

»Und ich auf dich. Doch wo sollen wir hin?«

»Gehen wir ins ›kalte Logis‹.«

»Aber da ist es *sehr* kalt.«

»Ich wärme dich.«

»Wir können Sarah nicht allein lassen.«

»Sie schläft. Komm.«

Eng umschlungen betraten sie das dunkle, eisige Zimmer. Léa knipste eine kleine Lampe an, die auf einem niedrigen Tisch neben einem der Sofas stand, die mit weißen Tüchern bedeckt waren, wie auch alle anderen Möbel dieses teppichlosen Raumes. So wirkte dieser kleine Salon wie ein Versammlungsort von Gespenstern. Die Kälte war überwältigend.

François' Arme schlossen sich um Léa. Aneinandergepreßt taumelten sie auf ein Sofa zu und sanken darauf nieder, wobei sich ein Staubwölkchen erhob, und mischten Küsse und Worte.

»Ich habe mir schreckliche Sorgen gemacht, als ich von Marthe erfuhr, daß du mich suchst.«

»Und ich dachte, du würdest nie mehr kommen.«

»Du hast mir gefehlt, kleines Biest. Ich mußte ständig an dich denken und konnte kaum arbeiten.«

»Sei still und küß mich.«

François' Hände wurden nicht müde, Léas Körper zu erforschen, der unter dem dicken, groben Nachthemd vor Kälte und Lust erschauerte. Sie drängte sich ganz fest an ihren Liebsten. Die Angst, die Gestapo, die Folter, der Tod, Sarah, Camille, Laurent – nichts existierte mehr als dieses Urverlangen in ihr, von diesem Mann genommen zu werden, dessen Liebkosungen sie erregten. Als er in sie eindrang, umklammerte sie mit den Beinen seinen Rücken, als wollte sie ihn dadurch ein für allemal an sich binden. Sie verharrten sehr lange in dieser Umarmung, die aus jedem einen Gefangenen des anderen machte, denn sie waren viel zu erschöpft und glücklich, um sich daraus zu befreien.

Bald jedoch beeinträchtigte die Kälte ihr Wohlgefühl. Sie richteten ihre Kleidung und verließen den Raum. Auf dem verhüllten Sofa blieben ihre Körperabdrücke zurück.

Leise betraten sie das Zimmer, in dem Sarah ruhte. Ihr

Teint hatte ein wenig von dem grauen Farbton verloren, und ihr Atem ging gleichmäßig: Sie schlief. Hand in Hand standen die Liebenden an ihrem Bett und betrachteten sie zärtlich.

»War sie deine Geliebte?« fragte Léa flüsternd.

»Darüber solltest du dir keine Gedanken machen, mein süßes Herz, denn es ist heute kaum noch von Bedeutung. Ich betrachte Sarah als meine beste Freundin. Sie ist der Mensch in meinem Leben, an dessen Achtung mir am meisten gelegen ist.«

»Und was bin ich für dich?«

»Du? Man kann euch nicht vergleichen; du bist ein Kind. Selbst der Krieg und das dort«, er deutete auf Sarahs zerstörtes Gesicht, »werden es nicht schaffen, dich erwachsen zu machen.«

»Ich glaube, da täuschst du dich. Aber es paßt dir sicher gut, in mir nur ein unverantwortliches Kind zu sehen, ein hübsches kleines Spielzeug, dessen man sich bedient, wenn der Erwachsene, dieser tolle Kerl, für den du dich hältst, einen attraktiven und willigen Körper braucht. Ich bin eine Frau, bin zwanzig Jahre alt, und du bist gar nicht so viel älter. Dabei weiß ich nicht mal, wie alt du bist.«

Er betrachtete sie lächelnd. »Selbst in diesem liebestötenden Aufzug siehst du so hinreißend aus, daß man sich sofort auf dich stürzen möchte.«

»Ach Gott, ich habe gar nicht mehr an diesen scheußlichen Morgenrock gedacht. Ich gehe mich anziehen, du kannst ruhig hier warten.«

Als Léa zurückkam, bekleidet mit einem von Lisa gestrickten dunkelroten Angorapullover, passender Strickjacke und einem kurzen schwarzen Faltenrock, der ihre Beine, die in ihren besten schwarzen Wollstrümpfen steckten, zur Geltung brachte, saß François auf Sarahs Bett und sprach mit ihr. Léa wollte nicht stören und blieb in der Mitte des Raumes stehen.

»Komm näher, Liebes«, flüsterte Sarah mit kaum vernehmbarer Stimme.

Léa machte eine unsichere Bewegung.

»Komm nur«, sagte François, »nach dir hat sie zuallererst gefragt.«

Sarah streckte die Hand nach ihr aus. »Komm her zu mir.«

Léa gehorchte und setzte sich ebenfalls auf das Bett der Kranken.

»Ich bin ja so froh, daß es dir bessergeht, Sarah. Hast du starke Schmerzen?«

»François hat mir Tropfen gegeben. Ich möchte dir danken für alles, was du für mich getan hast.«

»Das ist doch nicht der Rede wert. Sprich nicht, es strengt dich an.«

»Ich muß aber. François wird dafür sorgen, daß die Gestapo nicht hierherkommt.«

»Wie denn?«

»Das ist unwichtig. Tu alles, was er dir sagt.«

»Aber . . .«

»Versprich es mir.«

Schmollend gab Léa ihr Wort.

»Wann werdet ihr mir endlich vertrauen?« beklagte sie sich.

»Wenn du dich wie eine Erwachsene benimmst.«

»Hört auf, euch zu zanken. Hier ist jetzt ein einziger Mensch gefährlich, und das ist Raphael.«

»Aber er hat dich doch gerettet!«

Sarah konnte nicht antworten; sie hatte sich zu sehr verausgabt und das Bewußtsein wieder verloren. François eilte ins Bad und kam mit einem angefeuchteten

Handtuch zurück, das er Sarah auf die Stirn legte. Die Kühle brachte die junge Frau wieder zu sich. Mit erschöpftem Lächeln dankte sie François und murmelte: »Ich lasse wohl besser das Reden und halte meine Kräfte zusammen.«

Sie schlief fast augenblicklich ein.

»Wir müssen Raphael daran hindern, Schaden anzurichten«, erklärte François.

»Du meinst, ihn umbringen?« fragte Léa mit aufgerissenen Augen.

»So weit möchte ich nicht gehen, aber er müßte für ein paar Tage aus dem Verkehr gezogen werden, so lange, bis ihr beide, Sarah und du, in Sicherheit seid.«

»Wie willst du das machen?«

»Ich habe da eine Idee. Ich werde ihm ein paar sybaritische Tage mit seiner Violette verschaffen.«

»Und was heißt das?«

»Das heißt, mein hübscher Dummkopf, daß er mit seinem Lustknaben einige Zeit in wollüstigem Nichtstun verbringen darf, was beide davon abhalten wird, sich als Verräter, oder wenn dir das lieber ist, als Denunzianten zu betätigen.«

»Und wenn er nicht darauf eingeht?«

»Er hat keine andere Wahl. Einige meiner Männer fangen ihn unten ab und bringen die beiden an ein paradiesisches Fleckchen.«

Es wurde leise an die Tür geklopft.

Eine große, ziemlich korpulente Frau, grell geschminkt, mit einem geschickt drapierten Turban auf dem Kopf, bekleidet mit einem grauen Kostüm mit rosa Bluse und mit einem schönen Fuchspelz um die Schultern, kam ein wenig wacklig auf ihren hochhackigen Schuhen herein.

»Raphael!«

»Nicht schlecht, was? Sie wären fast drauf reingefallen. Leider habe ich ein bißchen zugenommen, seit ich dieses Kostüm zuletzt getragen habe. Ich brauche ein neues Korsett. Wie gefalle ich Ihnen?«

Léa hob die Schultern. »Mein armer Raphael, Sie sehen einfach lächerlich aus.«

»Es ist die einzige Möglichkeit, um jenen Herren zu entkommen.«

François Tavernier ging zur Tür. »Entschuldigt mich einen Moment. Ihre Verkleidung ist sehr gelungen, mein Lieber, wirklich sehr gelungen.«

»Wo will er denn hin?« fragte Malh mißtrauisch.

»Keine Ahnung. Zu meiner Tante Albertine wahrscheinlich. Wo ist Violette?«

»Er wartet im Zimmer Ihrer Schwester auf mich. Ich werde mich morgen nach Sarahs Befinden erkundigen und überlege mir inzwischen, wie man sie aus Paris herausbringen kann. Ich halte Sie auf dem laufenden.«

François Tavernier kam wieder herein.

»Auf Wiedersehen, Léa«, sagte Raphael. »Ich weiß Sie und Sarah in guten Händen«, er deutete auf Tavernier.

»Lassen Sie von sich hören, sobald es Ihnen möglich ist«, antwortete dieser.

»Darauf können Sie sich verlassen. Kümmern Sie sich um unsere Freundin und geben Sie ihr einen Kuß von mir, wenn sie aufwacht.«

Léa brachte Malh zur Wohnungstür, neben der sich Violette mit seinem großen Koffer postiert hatte. Raphael umarmte sie und sagte:

»Passen Sie gut auf sich auf, seien Sie vorsichtig, und gehen Sie vor allem nie wieder in die Avenue Henri-Martin.«

Unten, in der Vorhalle des Gebäudes, warteten vier

Männer. Als das Paar erschien, stürzten sie sich auf die beiden, schleppten sie auf die Straße und stießen sie in einen Lieferwagen, der vor dem Eingangstor geparkt war.

Kein einziges Wort war gefallen. Die beiden Freunde hatten keinen Widerstand geleistet.

Auch François Tavernier verließ die Rue de l'Université, nachdem er versprochen hatte, gegen drei Uhr zurückzukommen, um während des Besuchs von Kommandant Kramer anwesend zu sein. Er war schon auf der Schwelle, als er sich noch einmal umwandte.

»Ach, übrigens«, sagte er grinsend zu Léa und hielt ihr einen braunen Briefumschlag hin, »in dem ganzen Trubel habe ich vergessen, daß ich auch als Briefträger gekommen war.«

Ernst fügte er hinzu: »Ich rate dir, den Brief sofort zu verbrennen, wenn du ihn gelesen hast. Er ist zwar auf sicherem Wege zu mir gelangt, doch nun, da er in deinen Händen ist, bist du in Gefahr.«

Ohne weitere Erklärung verschwand er im Treppenhaus.

Léa,
Sei vorsichtig. Ich möchte nicht, daß Dir wegen mir etwas Schreckliches geschieht. Es ist mir unerträglich, daß Camille leiden muß, und mein einziger Trost ist zu wissen, daß Du Dich in Freiheit befindest. Überleg Dir jede einzelne Deiner Handlungen reiflich, und triff keine Entscheidung, ohne vorher mit F. T. darüber gesprochen zu haben.
Ich habe Angst. Nicht um mein Leben, damit habe ich seit langem abgeschlossen. Ich fürchte die entsetzlichen Folgen, die meine Handlungen nach sich ziehen könnten. Die Vorstellung, daß Camille viel-

leicht in diesem Augenblick gefoltert wird, um Informationen aus ihr herauszupressen, die sie gar nicht besitzt, macht mich wahnsinnig. Es bedarf der ganzen Überzeugungskraft meiner Kameraden, daß ich nicht in die Falle gehe, die man mir gestellt hat. Ich kann nichts für sie tun, es sei denn, ich würde das Fort du Hâ stürmen! Ich versuche mich durch Aktivität zu betäuben. Camilles Verhaftung hat mich in eine Verzweiflung gestürzt, die mich zu einem gefährlichen Gegner macht. Ich habe gelernt zu töten. Ich weiß, worauf ich zielen muß. Bisher habe ich getötet, weil es getan werden mußte. Heute bin ich mir nicht mehr so sicher, ob ich daran nicht auch Vergnügen finden könnte.

Wir werden täglich mehr. Viele, die dem Arbeitsdienst entgehen wollen, schließen sich uns an. Unsere Schlagkraft steigt, unser Wirkungsfeld vergrößert sich, doch mit jedem neuen Mitglied erhöht sich auch das Risiko der Infiltration. Unsere Operationen häufen sich. All dies hat eine so starke und tiefgreifende Wirkung auf uns, daß wir uns alle fragen, ob wir je wieder in die Normalität zurückfinden können. Dennoch wird jede unserer Handlungen von der Hoffnung auf ein friedliches Leben gelenkt, friedlicher noch als zuvor, wenn das geht . . . Camille beweist mir das Ausmaß ihrer Liebe durch ihr Schweigen, beweise Du mir Deine Zuneigung durch Deine Vorsicht. Ich umarme Dich,

Laurent

PS: Ich habe diesem Brief bewußt keine Tagebuchblätter beigefügt, denn ich möchte, daß sie erhalten bleiben. Du mußt ALLES, was Du von mir hast, vernichten.

Léa knüllte den Brief zusammen und entzündete ihn am Kaminfeuer. Sie sah zu, wie die Flamme das Papier zerstörte, und ließ das Ende erst fallen, als ihr die Hitze schon fast die Fingerspitzen verbrannte. Sie war zu verstört vor lauter Angst, um klar denken oder fühlen zu können. Das einzige, was ihr in diesem Augenblick vielleicht Trost gewährt hätte, wäre eine Flucht in François' Arme gewesen.

11.

Es fiel Otto Kramer nicht auf, daß sich Léa und Albertine nie gleichzeitig in dem kleinen Wohnzimmer befanden, in dem die Damen de Montpleynet den Verlobten ihrer Nichte mit gewohnter Höflichkeit empfangen hatten. Und Françoise war über die Anwesenheit ihres Liebsten so glücklich, daß auch sie nichts bemerkte. Dies lag zweifellos auch an der Gegenwart und den teils witzigen, teils provokanten Bemerkungen von François Tavernier, der für diese Gelegenheit seine weltmännischen Manieren hervorgeholt hatte. Er erging sich auf deutsch über den Krieg, der kein Ende nehmen wollte, über die Rationierungen, über den schwarzen Markt, ohne den man nicht überleben könne, über den neusten Roman von Louis Aragon, über Léa, in die er (leider hoffnungslos!) verliebt sei und vor allem über den kleinen Pierre, der im Arm seiner Mutter schlummerte und den er zum schönsten Baby der Welt erklärte.

»Genau meine Meinung«, bekräftigte der Vater.

Françoise hatte begeistert von der fabelhaften, luxuriös eingerichteten Wohnung geschwärmt, die sie in der Nähe des Bois gefunden hatten. Auch Kindermädchen, Köchin und Diener waren bereits engagiert.

Léa, die dieses Geschwätz nervte, fragte mit Unschuldsmiene: »Und wann wird geheiratet?«

Françoise ärgerte sich über diese Unterbrechung bei der Aufzählung ihrer häuslichen Annehmlichkeiten. Sie errötete und antwortete schroff:

»Sobald Otto die Erlaubnis des Führers erhält, die bald eintreffen dürfte, denn Ottos Vater hat bereits seine Einwilligung gegeben.«

»Das freut mich für dich, mein Liebes, und für Sie auch Otto. Aber ich dachte, Eheschließungen zwischen Deutschen und Französinnen seien verboten?«

Keinem entging, daß Kommandant Kramer verlegen wurde. »Nicht immer.«

»Dann können wir ja bald Hochzeit feiern.«

Léa wandte sich an den deutschen Offizier: »Ich hoffe, daß Sie Ihre Freunde in Bordeaux veranlassen können, Camille d'Argilat freizulassen.«

»Françoise hat bereits mit mir darüber gesprochen. Ich habe versucht, den Chef der Gestapo telefonisch zu erreichen. Er wird mich im Laufe des Abends zurückrufen.«

»Was? Madame d'Argilat ist verhaftet worden, und du hast mir nichts davon erzählt«, rief François Tavernier mit gespieltem Erstaunen aus.

»Ich habe dich in letzter Zeit so selten gesehen, mein Lieber.«

»Wie lange ist das schon her?«

»Wir haben es am 10. Januar erfahren.«

»Und was wirft man ihr vor?«

»Sie wollen herauskriegen, wo ihr Mann ist.«

In diesem Augenblick kam Albertine mit einer Teekanne in der Hand herein und verkündete munter:

»Ich bringe euch frischen Tee, der Rest hier dürfte inzwischen kalt sein.«

Das war das verabredete Zeichen für Léa, ihre Tante an Sarahs Bett abzulösen.

»Kommst du mit, François? Ich möchte dir etwas zeigen«, fragte sie Tavernier im Hinausgehen.

Im Krankenzimmer, bei der schlafenden Sarah, erzählte sie ihm, was sie über die Bemühungen ihres Onkels Luc bezüglich Camille wußte.

Als sie seine besorgte Miene sah, flüsterte Léa: »Sieht es schlecht aus?«

»Sehr. Meinst du, Madame d'Argilat weiß, wo sich ihr Mann befindet?«

»Bestimmt nicht, sonst hätte sie es mir gesagt.«

»Das sollte mich wundern.«

Léa verschlug es fast den Atem. »Wie kannst du so etwas sagen! Hältst du mich wirklich für fähig, Laurent zu denunzieren?«

»Nein, natürlich nicht, reg dich nur nicht auf. Aber man kann unmöglich wissen, wie man sich unter der Folter verhalten wird.«

»Ich würde lieber sterben, als etwas sagen, das Laurent schaden könnte.«

Mit einer Spur boshafter Ironie sprach er weiter. »Ich zweifle nicht an deinem Mut, aber ich kenne die Methoden jener Herren. Es ist manchmal leichter zu sterben, als gewisse Folterarten zu ertragen. Wir haben alle irgendeine Schwachstelle, die uns auch den liebsten Menschen verraten läßt. Der Folterer braucht diesen schwachen Punkt nur zu entdecken. Das kann Vergewaltigung sein oder Kastration, Augenausstechen, Bauchaufschlitzen, Schlafentzug oder auch Schlangen und Insekten, wenn nicht gar die Bedrohung eines Kindes. Ich spreche selbstverständlich nur von wahren Helden, die fähig sind, die unterschiedlichsten Mißhandlungen zu ertragen.«

»Ich glaube dir nicht. Ich bin mir sicher, daß es auch Menschen gibt, die nichts verraten.«

»Das kommt vor, doch es ist sehr selten. Die Mutigsten bringen sich lieber selber um, wie es Professor Auriac, dein Landsmann aus Bordeaux, nach seinem ersten Verhör getan hat, das von dem berüchtigten Kommissar Poinsot durchgeführt wurde, mit dem du ja auch schon zu tun hattest.«

»Und Sarah? Sie hat nicht geredet.«

»Woher willst du das wissen?«

Wieder war Léa sprachlos. Ihre Blicke gingen zwischen Sarah und François hin und her. Mit Tränen in den Augen zischte sie ihm ins Gesicht:

»Wie kannst du es wagen, diese Frau zu verdächtigen, an deren Achtung dir angeblich am meisten gelegen ist? Du bist einfach widerlich!«

»Nein, realistisch.«

»Er hat recht«, sagte eine schwache Stimme vom Bett her.

Mit einer Bewegung waren Léa und François bei Sarah.

»Er hat recht«, wiederholte Sarah. »Wenn ich die schändlichen Liebkosungen dieser Schweinehunde noch einen Tag länger hätte ertragen müssen, hätte ich geredet. An die Schmerzen kann man sich gewöhnen, Léa, aber die Demütigung, festgebunden und dann zerfetzt zu werden von Händen und Schwänzen, die noch vom Blut anderer Opfer befleckt sind, ein mit den eigenen Exkrementen beschmiertes Glied in den Mund gepreßt zu bekommen . . . Die Drohung, einem bissigen Hund vorgeworfen zu werden, falls man weiterhin schweigt . . . Das ist nicht zu ertragen. Wenn es Raphael nicht gelungen wäre, mich aus den Klauen Masuys und seiner Komplizen zu befreien, ich hätte ihnen alles erzählt, was sie wollten.«

»Sprechen Sie nicht mehr von all dem, Sarah. Ich habe

Ihren Mut nie wirklich in Frage gestellt. Ich bin ein Idiot, daß ich getan habe, als zweifelte ich daran, nur um Léa eine Lektion zu erteilen. Aber ich muß jetzt gehen. Zur Visite von Dr. Dubois bin ich wieder zurück. Sarah, ich bitte Sie, weinen Sie nicht! Ich wollte Sie doch nicht verletzen.«

»Sie haben mich nicht verletzt. Es ist die Erinnerung an diese entsetzlichen Dinge. Gehen Sie jetzt und kommen Sie bald wieder. Dann müssen Sie mir von Raphael berichten.«

»Um ihn brauchen Sie sich nicht zu sorgen. Er ist an einem sicheren Ort und wird gut behandelt. Also dann bis später.«

Nachdem er gegangen war, ließ sich Sarah von Léa zum Waschbecken führen. Als sie ihr Gesicht im Spiegel erblickte, stieß sie einen Schrei aus.

»Sie haben ein Monster aus mir gemacht!«

Léa suchte nach einer Antwort. Sie schämte sich im nachhinein, Sarah je um ihre Schönheit beneidet zu haben. Es war schrecklich, mit anzusehen, wie ihr die Tränen in die blutigen Krater auf ihren Wangen liefen.

»Laß mich einen Augenblick allein«, bat sie.

Léa gehorchte. In dem Moment klopfte es. Das war nicht Albertines Zeichen. »Wer ist da?«

»Wir gehen jetzt«, schrie Françoise durch die Tür. »Wir wollten dir auf Wiedersehen sagen.«

Léa hatte schnell den Schlüssel im Schloß umgedreht und das unordentliche Bett zugedeckt.

»Seit wann schließt du dich denn ein?«

»Das muß ich ganz automatisch getan haben, ich hatte solche Kopfschmerzen.«

»Geht es Ihnen besser?« erkundigte sich Françoises Verlobter freundlich.

»Ja, danke, ein wenig. Ich hatte mich ein paar Minuten hingelegt«, sagte sie ganz unbefangen, als sie hinaustrat und die Tür wieder sorgfältig hinter sich schloß.

Gott sei Dank zog sich die Verabschiedung nicht ewig hin, doch Léa hatte versprechen müssen, an einem der nächsten Tage zum Essen zu kommen.

Als sie wieder ins Zimmer kam, lag Sarah im Bett und schien zu schlafen. Léa sank in einen Sessel und schlief ebenfalls ein.

Die Stimmen von Dr. Dubois, Albertine und François Tavernier weckten sie. Beschämt richtete sie sich auf und rieb sich die Augen. »Entschuldigt bitte, ich bin eingeschlafen.«

»Das haben wir bemerkt«, sagte der Arzt gutmütig. »Einfach unmöglich für eine Krankenschwester.«

»Ich bin noch ganz durcheinander. Was halten Sie von Madame Mulsteins Zustand?«

»Er ist so gut, wie er sein kann. Glücklicherweise hat sie eine gute Konstitution. In zwei Tagen ist sie wieder auf den Beinen. Ich habe für übermorgen einen Krankenwagen bestellt. Offiziell ist er für Ihre Tante bestimmt, die wegen eines plötzlichen Unwohlseins ins Krankenhaus gebracht werden muß. Einer meiner Freunde, ein Spezialist für Verbrennungen, der auch im Widerstand ist, wird sich um Madame Mulstein kümmern.«

»Vielen Dank, Herr Doktor. Später werden wir uns dann bemühen, sie in die Schweiz oder nach Spanien zu bringen. Wie lange muß sie wohl im Krankenhaus bleiben?« fragte François Tavernier.

»Höchstens fünf Tage; länger ginge es auch aus Sicherheitsgründen nicht.«

»Das wäre dann der 18. Januar?«

»Ja; wie bei Entlassungen üblich, wird sie von einem Krankenwagen auch wieder zurückgebracht. Sie müssen uns noch angeben, wohin. Danach kann Mademoiselle Delmas ihre Tante aus dem Krankenhaus abholen.«

»Ich soll also die ganze Zeit über im Krankenhaus bleiben?« fragte Albertine.

»Das ist eine Voraussetzung für das Gelingen unseres Plans.«

In dem Moment richtete sich Sarah auf und flüsterte: »Es ist mir sehr peinlich, Ihnen so viele Unannehmlichkeiten zu machen.« Sie schien nicht zu verstehen, wieso alle in Lachen ausbrachen.

»Machen Sie sich nur keine Gedanken, mein Kind«, beruhigte sie die alte Dame. »Denken Sie nur an Ihre Genesung. Am schwierigsten wird es sein, Lisa, die sich sehr ängstigen wird, etwas vorzulügen.«

»Es ist sehr wichtig, daß gerade Ihre Schwester an Ihr Unwohlsein glaubt«, erklärte der Arzt.

»Das weiß ich wohl, Herr Doktor, aber wir haben seit frühester Kindheit nie Geheimnisse voreinander gehabt.«

Léa, die sich bei François untergehakt hatte, fröstelte in der feuchten, unfreundlichen Kälte, die sich über Paris gebreitet hatte. Vor den Geschäften bildeten Hausfrauen endlose Schlangen. Sie versuchten vergeblich, sich durch das Aufstampfen mit den Füßen zu wärmen.

Alles war nach Plan verlaufen. Sarah, die sich erholt hatte, war an einen unbekannten Ort entschwunden, dafür hatte Léa Tante Lisa pflegen müssen, die richtig krank geworden war, als sie hörte, daß ihre Schwester im Krankenhaus sei. Mathias hatte geschrieben, er sei jetzt in Bordeaux. Françoise hatte auf Montillac angerufen und gute Nachrichten erhalten: Camille sollte freigelassen werden, und Léa könnte gefahrlos nach Hause zurückkehren. Kommandant Kramer bürgte dafür. Das hatte Léa ein wenig von ihrer Fröhlichkeit und ihrer Lebensfreude zurückgegeben, und um das zu feiern, hatte François sie zum Mittagessen bei *Chataîgnier* in der Rue du Cherche-Midi eingeladen. Als sie an der Buchhandlung Gallimard am Boulevard Raspail vorbeikamen, verlangsamten sie automatisch ihre Schritte und warfen einen Blick in das Schaufenster, wo *Les Décombres* von Rebatet alle anderen Bücher zu verdrängen schien.

»Das übelste Machwerk, das im vergangenen Jahr veröffentlicht worden ist«, erklärte François Tavernier. »Allerdings hervorragend geschrieben und außer Haßtiraden und Schmutzergüssen auf Juden und unliebsame Ausländer leider auch voll unangenehmer Wahrheiten.«

Plötzlich kam aus der Buchhandlung Raphael Malh geschossen und rief sie an:

»Léa, François!«

»Was machen Sie denn in Paris?« fragte ihn Tavernier streng. »Ich dachte, wir hätten uns bei unserer letzten Begegnung darauf geeinigt, daß Sie sofort nach Südfrankreich gehen würden.«

»Seien Sie mir nicht böse, lieber Freund, ich habe meine Abreise nur um ein paar Tage verschoben.«

»Ich dachte, Masuy läßt Sie suchen«, sagte Léa.

»Nicht mehr, denn inzwischen hat er es mir zu verdanken, daß ein großer Goldvorrat in seine Hände gelangt ist. Jetzt machen wir wieder Geschäfte miteinander.«

»Nach allem, was er Sarah angetan hat?«

»Meine Liebe Léa, Masuy war so freundlich, meinen Part beim Verschwindenlassen unserer Freundin und die Art, wie ich ihn reingelegt habe, zu vergessen. Und ich denke dafür nicht mehr an die Qualen, die die arme Sarah erleiden mußte.«

»So etwas können Sie vergessen!«

Raphael hielt Léas Hand fest, die sie gegen ihn erhoben hatte.

»Ich habe keine andere Wahl. Entweder das oder eine Kugel in den Bauch«, sagte er hart. »Und eine Kugel in den Bauch, mein schönes Kind, das tut weh«, fuhr er fort und schlug dabei bereits wieder einen leichten Ton an. »Aber ich kann Ihnen versichern, daß Sie nichts zu befürchten haben. Masuy ist inzwischen über die deutschen Verbindungen Ihrer Familie informiert. Außerdem wird er sich hüten, sich mit einer Freundin von Monsieur Tavernier anzulegen, einem Vertrauten des Hotels *Lutétia* und der deutschen Botschaft.«

Léa wurde blaß und erstarrte, als sie die in der Erwähnung dieser Örtlichkeiten enthaltene Drohung begriff. Sie täuschte sich nicht.

»Lieber François, wenn Sie Violette und mich nicht so gut hätten betreuen lassen, würde ich Ihnen die Freiheitsberaubung nie verzeihen. Ihre Freunde bei der Abwehr oder unser liebenswürdiger Botschafter wären gewiß sehr an Ihren zumindest widersprüchlichen Aktivitäten interessiert. Doch Sie sind immerhin wie ein umsichtiger und kluger Mann von Welt vorgegangen und haben meinen Freund und mich mit einer üppig gedeckten Tafel und hervorragenden Weinen verwöhnen lassen an einem traumhaften Ort, wo weder Literatur noch Musik fehlte. So habe ich mich dann erkenntlich gezeigt, indem ich vergessen habe, von Ihnen zu reden.«

»Ich nehme an, ich schulde Ihnen Dank«, sagte François trocken.

»So weit würde ich nicht gehen.«

»Sie wissen doch, daß Sie früher oder später verhaftet, vielleicht ermordet werden.«

»Vielleicht. Man muß sich eben in das Unvermeidliche fügen. Der Tod ist nie zufällig.«

»Sie sind vollkommen wahnsinnig, einfach lächerlich!«

Raphael Malh wurde ernst, und in seinem Blick zeigte sich plötzlich ein leidender Ausdruck.

»Glauben Sie bloß nicht, es sei lustig, *ich* zu sein! Sie haben gut lachen über meine Narrheiten, aber ich leide darunter!«

Malh machte dem jungen Verkäufer, der im Schaufenster Bücher arrangierte, ein freundschaftliches Zeichen. Léa erkannte ihn und winkte ihm mit der Hand einen Gruß zu.

»So ein reizender junger Mann! Kennen Sie den neusten Ausspruch von Cocteau? Ich habe ihn von ihm gehört: Der Dichter dinierte mit Auriac zusammen im Bistro von Mademoiselle Valentin. Auriac erzählte, daß ein Jude sich darüber beklagt habe, den gelben Stern tragen zu müssen. ›Trösten Sie sich‹, sagte ihm unser Freund, ›nach dem Krieg lassen Sie uns eine falsche Nase tragen‹. Witzig wie eh und je, unser großer Liebling, finden Sie nicht?«

François Tavernier verzichtete auf eine Antwort, konnte jedoch ein Lächeln nicht unterdrücken. Léa brach in helles Lachen aus, das sie aber gleich wieder bereute.

»Lachen Sie nur, meine Liebe; lachen Sie, das Lachen steht Ihnen gut. Lachen ist immer besser als weinen. Auf Wiedersehen, schönes Kind, Gott schütze Sie. Adieu, Monsieur, ich hoffe, ich werde nie wieder mit Ihnen zu tun haben«, erklärte er und drückte die Tür der Buchhandlung auf.

Bevor er eintrat, wandte er sich um und rief: »Danke für alles, was Sie für Sarah getan haben.«

Bis zur Rue du Cherche-Midi sprachen Léa und François

kein Wort mehr miteinander. Der Speiseraum bei *Chataîgnier* war voll besetzt. Der Oberkellner führte sie an einen Tisch nahe einer langen Tafel, die für zwölf Personen gedeckt war.

»Ich hoffe, daß unsere Nachbarn nicht allzu laut sein werden«, bemerkte Tavernier.

»So gern ich auch gut esse, diese Art Lokale mag ich nicht«, erklärte Léa, während sie sich umschaute.

»Ich auch nicht, aber laß dir davon nicht den Appetit verderben. Ich möchte, daß du heute alles vergißt, was nicht uns beide betrifft. Heute möchte ich dich einmal ganz egoistisch für mich allein haben.«

»Laß uns eine Flasche Bordeaux trinken. Ich möchte den Geschmack meiner Heimat gern wieder einmal kosten.«

Bald darauf brachte der Weinkellner mit dem üblichen Zeremoniell eine kostbare Flasche. Die Küche stand dem Wein in nichts nach.

Sie blieben ihrem Vorsatz treu und sprachen nur von angenehmen und alltäglichen Dingen: davon, daß die Röcke kürzer und die Frisuren höher wurden, von geheimen Tanzclubs, von Modenarren, die ihren Stil der ganzen jungen Generation aufoktroyierten, von Reisen, die sie zusammen unternehmen würden, wenn der Krieg beendet sei . . . Unter dem Tisch hatten sie ihre Beine ineinandergeschoben.

Inzwischen waren mehrere Personen an ihrem Tisch vorbeigegangen: Männer mit zufriedenen Mienen und anmaßendem Gehabe und hübsche, auffallend gekleidete Frauen mit schrillem Lachen. Sie nahmen an der großen Tafel Platz, wo sich bald noch ein Mann mit fleischigem Gesicht, wachen, intelligenten Augen hinter dicken Brillengläsern und dem Körper eines Athleten zu ihnen gesellte.

»Wer ist das?« fragte Léa.

»Ein hervorragender Mann, der sich selbst zugrunde richtet: Jacques Doriot, der Gründer der P. P. F., der Französischen Volkspartei. Wir haben uns weit entfernt von den Kampagnen des *Cri du peuple* gegen den schwarzen Markt und Restaurants mit Menüs zu fünfhundert Franc pro Person!«

»Du scheinst dich in diesen Restaurants sehr wohl zu fühlen.«

»Das stimmt.«

Die Harmonie zwischen ihnen war gestört. Sie beendeten ihre Mahlzeit in Schweigen.

Trotz Léas Widerstreben nahm François auf der Straße ihren Arm.

»Schmolle nicht, mein Herz, es bleibt uns nur noch wenig Zeit füreinander.«

»Was willst du damit sagen?«

»Ich fahre morgen in aller Herrgottsfrühe weg.«

»Wohin?«

»Das darf ich dir nicht verraten.«

»Für lange?«

»Das weiß ich nicht.«

»Du kannst mich doch nicht einfach allein lassen!«

»Es muß leider sein; und du bist durchaus fähig, auf dich selbst aufzupassen.«

»Auch Sarah war dazu fähig, und du hast ja gesehen, wie sie sie zugerichtet haben.«

Ein Zucken lief über François' Gesicht. Er konnte ihr doch nicht sagen, daß es ihn fast umbrachte, sie auf Gedeih und Verderb Masuy und seinen Genossen ausgesetzt zu wissen. Er verfluchte sich selbst, daß er sich in dieses kesse Gör verliebt hatte. Bei dem, was er zu tun hatte, verboten sich jegliche Gefühle. Sie stellten eine unnötige Gefahrenquelle dar und veranlaßten einen vor allem, Risiken einzugehen. Nach ihrem kurzen Zusammentreffen damals in Montillac hatte er es angesichts dieser Gefahr bewußt vermieden, an Léa zu denken. Übrigens ohne große Mühe, um die Wahrheit zu sagen, denn seit Kriegsbeginn waren selbst die wohlerzogensten Mädchen sehr zugänglich. Der Drang zu leben war so stark, daß sie jede Scham vergaßen und sich mit fast ebenso großer Selbstverständlichkeit hingaben wie Léa. Doch als er Léa dann wiedersah, stärker und zugleich zerbrechlicher als damals, hatte sie in ihm jenes Gefühl erweckt, für das er keinerlei Sympathie hegte und das, seiner Meinung nach, nur dazu diente, das Leben zu komplizieren.

»Warum sagst du nichts mehr?«

»Was soll ich noch sagen? Malh hat recht. Das Verhältnis deiner Schwester schützt euch, zumindest solange Kommandant Kramer in Paris ist. An deiner Stelle würde ich nach Montillac zurückgehen, und zwar aus drei Gründen: Erstens, weil dein Dominikaner-Onkel und dein geliebter d'Argilat nicht sehr weit sind ...«

»Woher weißt du das?«

»Ich weiß es eben. Zweitens, weil Madame d'Argilat dich braucht und drittens, weil du das Gut nicht ausschließlich eurem Kellermeister überlassen darfst.«

»Wenn Laurent und Onkel Adrien wirklich dort in der Nähe sind, wie du behauptest, warum haben sie dann nichts für Camille getan?«

»Weil sie dadurch ihr Los womöglich noch verschlimmert hätten. Aus dem Fort du Hâ gibt es kein Entkommen. Hingegen ist es relativ leicht, aus dem Lager Mérignac zu fliehen.«

»Ich dachte, sie würde freigelassen?«

»Das ist verschoben worden.«

»Warum?«

»Das weiß ich nicht. Vermutlich, um Laurent zu veranlassen, eine Unvorsichtigkeit zu begehen. So etwas tun sie oft in der Hoffnung, so den Gegner kleinzukriegen. Es ist völlig klar, daß sie nichts aus Camille herausbekommen haben. Entweder weil sie nichts weiß oder weil sie einen wahren Heldenmut besitzt.«

»Das ist ihr durchaus zuzutrauen. Hinter ihrem sanften, schüchternen Benehmen versteckt sich die starrköpfigste Person, die ich kenne.«

»Ein Glück für ihren Mann.«

Verärgert zuckte Léa mit den Achseln.

»Ich bin ganz sicher, daß sie nichts weiß. Ich glaube, ich werde deinem Rat folgen und nach Montillac zurückfahren.«

Inzwischen waren sie an Léas Wohnhaus angekommen.

»Kommst du mit hinauf?« fragte sie.

»Ich kann nicht, ich habe noch eine Verabredung. Ich werde versuchen, vor der Sperrstunde noch einmal vorbeizuschauen. Aber du darfst mir nicht böse sein, falls ich es nicht schaffe.«

»Deswegen werde ich dir bestimmt nicht böse sein, darauf kannst du dich verlassen.«

Sie hatte den Eindruck, ihn verletzt zu haben, und verspürte so etwas wie Schadenfreude. Doch dann folgte das Gefühl einer großen Leere. Sie schob ihn in die Eingangshalle des Gebäudes, und dort, geschützt vor den Blicken der wenigen Passanten, warf sie sich an seine Brust.

»François!«

Er legte ihr einen Finger auf die Lippen. »Sag nichts. Bleib einfach so, drück dich fest an mich. Küß mich.«

An jenem Abend wartete Léa vergebens auf ihn.

12.

Liebe Léa,
ich komme aus der Hölle. Nach meinem letzten Verhör durch Dohse im Gebäude der Gestapo an der Route du Médoc 197 wurde ich in eine der Gefängniszellen im Keller gebracht. Sie war so niedrig, daß ich nicht aufrecht stehen konnte. Auf dem feuchten Erdboden lag Stroh, und überall waren Exkremente und Erbrochenes: Ein einziger Horror! Aus den anderen Zellen hörte man Schreie. Ein Mann, dem die Hoden abgerissen worden waren, brüllte, und eine Frau stöhnte unablässig. Ich bin vor Angst und Erschöpfung zusammengebrochen. Ich weiß nicht einmal, wie viele Tage ich dort verbracht habe. Ich war wie betäubt, hatte Fieber, bekam nichts zu essen und mußte meine Notdurft auf dem Boden verrichten wie ein Tier.
Als Dohse begriffen hat, daß ich, selbst wenn ich gewollt hätte, gar nicht mehr reden konnte, hat er mich ins Fort du Hâ bringen lassen. Dort habe ich drei Tage mit vierzig Grad Fieber in der Krankenstation verbracht und bin jetzt mit drei anderen Frauen zusammen in einer Zelle. Beinahe ein Luxus. Man kann aufrecht stehen, kann sich waschen, kann sich mit Läusepulver einpudern. Und wenn

man auf eines der Betten steigt, kann man durch die Gitter hindurch sogar die Dächer der Stadt sehen. Morgens gibt es »Kaffee« und zweihundert Gramm Brot, um zehn Uhr eine Art Suppe, um vier Uhr nachmittags noch mal. Ab und zu gibt es einen Extrahappen vom Roten Kreuz in Form von Keksen, die nach ranzigem Fett riechen. Was sonst noch zum Gefängnisalltag gehört: Die Botschaften von »Radio Gitter«, die Neuigkeiten, die man sonntags während der Messe aufschnappt, das Glück, einen Bleistiftstummel und ein Stück Papier geschenkt zu bekommen, das Glück, einen Dreh zu finden, um einen Brief herauszuschmuggeln ... Ich hatte Besuch von Amélie Lefèvre, der Mutter von Raoul und Jean, und von Ruth, die mir über meinen kleinen Charles berichtet hat. Ich denke jede Sekunde an ihn, und das gibt mir die Kraft, durchzuhalten. Ich bin ohne jede Nachricht von L. Ich habe keine Ahnung, was aus mir wird oder wieviel Zeit ich hier verbringen muß. Die einzige Gewißheit, die ich habe, ist, daß sie mich eines sicher nicht fernen Tages zu einem erneuten Verhör holen werden und daß ich nicht weiß, ob ich ein weiteres Mal die Schläge, die Demütigungen und die Käfigzelle ertragen werde. Meine Mitgefangenen sind bewundernswert: Odile, eine neunzehnjährige Jugendbetreuerin, wurde verhaftet, weil sie Flugschriften verteilt hat; Elisabeth, eine Kommunistin, war mit einem Mann verheiratet, der am 21. September erschossen wurde; Hélène, deren Mann sich der Widerstandsbewegung angeschlossen hat, wurde denunziert, weil sie englische Fallschirmspringer versteckt hat. Wir stehen uns gegenseitig bei und machen uns Mut, wenn wir niedergeschlagen sind.

Falls mir etwas Schlimmeres zustoßen sollte, nimm Dich bitte Charles' an. Er ist das Kostbarste, was ich auf der Welt besitze. Entschuldige meine winzige Schrift, aber Papier ist hier Gold wert. Gib auf Dich acht. Ich umarme Dich zärtlich. Gott schütze Dich.

Camille

Léa, die eine Decke um sich gewickelt hatte, erhob sich umständlich und legte den Brief auf ihr Bett. In ihrem jungen Gesicht spiegelten sich Ungläubigkeit und Entsetzen.

»Wie sind wir nur so weit gekommen?« fragte sie laut.

Ihr war, als würden die Wände ihres Zimmers zusammenrücken und zu den Mauern einer Gefängniszelle werden.

Sie fuhr sich mit dem Handrücken über die Augen. Ihr Entschluß stand jetzt fest: Sie würde nach Montillac zurückgehen. Dort, an Ort und Stelle, wollte sie mit Mathias, dem Ehepaar Debray und Madame Lefèvre beratschlagen, was sie unternehmen könnten, um Camilles Freilassung zu erreichen. Dieser Entschluß beruhigte ihr Gemüt, doch bevor sie abreiste, mußte sie noch einmal mit Otto Kramer sprechen.

Das ferne Läuten des Telefons war zu vernehmen. Jemand nahm ab, kurz darauf wurde an ihre Tür geklopft: Es war Estelle, die ihr verkündete, daß Françoise sie sprechen wolle. Diesmal kam sie wie gerufen; Léa nahm ihre Einladung, am nächsten Tag zum Essen zu kommen, an.

Nach der Abendmahlzeit, die sie im kleinen Wohnzimmer einnahmen, ließ sich Léa auf dem Boden vor dem Kamin nieder und las ihren Tanten und Estelle den Brief von Camille vor. Keine der drei alten Frauen unterbrach sie dabei. Als sie geendet hatte, trocknete sich Lisa mit ausholenden Bewegungen ihre geröteten Augen, Albertine betupfte die ihren mit zitternder Hand, und Estelle schneuzte sich geräuschvoll. Das Strickzeug, die Stickerei, die Flickarbeit ruhten vergessen auf ihren Knien.

Léa erhob sich und schaltete das Radio ein. Nach einigem Suchen fand sie Radio London. An diesem Abend überdeckten die Störungen die Stimmen der Sprecher nicht zu sehr.

Heute abend spricht zu Ihnen Fernand Grenier, Sohn eines Arbeiters aus Nordfrankreich, der 1917 von den Deutschen ermordet wurde. Fernand Grenier ist Veteran des Frankreich-Feldzugs, Mitgefangener der siebenundzwanzig Märtyrer von Châteaubriand und konnte im Juli 1941 fliehen, nach neun Monaten der Folter in deutschen Gefängnissen:

Franzosen und Französinnen,

nachdem ich die Gefängnisse von Fontevrault und Clairvaux erlebt habe, wo ich zusammen mit Charles Michel, Guy Môquet und anderen Märtyrern von Châteaubriand neun Monate verbracht habe, nachdem ich in Paris das gefahrvolle Leben der Widerstandskämpfer geteilt und die gleichen Entbehrungen, die gleichen Leiden, die gleichen Hoffnungen kennengelernt habe wie unser unterjochtes, doch keineswegs unterworfenes Volk, bin ich nach London gekommen als Abgeordneter des Zentralkomitees der Kommunistischen Partei Frankreichs, um General de Gaulle und das französische Nationalkomitee der Unterstützung Zehntausender unserer Genossen zu versichern, die der

Schreckensherrschaft zum Trotz in den Fabriken wie in den Reihen der Freischärler und Partisanen, in den Universitäten wie in den Lagern des Deutschen Reichs, von Nantes bis Straßburg, von Lille bis Marseille, tagtäglich unter Einsatz ihres Lebens den unerbittlichen Kampf gegen die verhaßten Invasoren des Hitlerregimes führen.
Ich habe mich zu Wort gemeldet, um zu bekräftigen, daß es im Herzen eines jeden von uns, ob Bauer oder Arbeiter, ob patriotischer Industrieller oder Beamter, ob Lehrer oder Priester, keine Zwiespältigkeit geben darf: Entweder man ist für Vichy oder man ist für das Frankreich, das kämpft und Widerstand leistet ...

Seit einigen Minuten waren die Störungen stärker geworden und hatten die Worte des Redners unverständlich gemacht.

Lisa rollte entsetzt die Augen:

»Habt ihr das gehört! General de Gaulle läßt sich sogar mit den Kommunisten ein! Der Mann muß vollkommen verrückt geworden sein. Kommunisten!«

»Sei still«, sagte Albertine scharf, »du weißt nicht, was du sprichst. Frankreich braucht alle, die bereit sind zu kämpfen. Und das sind vorläufig noch nicht sehr viele.«

»Das ist kein Grund, Krethi und Plethi aufzunehmen!«

»Seid ruhig, er ist jetzt wieder zu verstehen.«

... die große Masse der Franzosen, alle, die kämpfen, alle, die Widerstand leisten, alle, die hoffen – und das tut ganz Frankreich –, stehen auf der Seite von General de Gaulle, dessen bereits historisches

Verdienst es ist, nie aufzugeben, selbst wenn alles zusammenbricht. Die Männer des Widerstands versammeln sich im Herzen Frankreichs, bereit zum geheiligten Kampf für die Befreiung des Vaterlands . . .

Wiederum überdeckten Störungen die Stimme von Fernand Grenier. Léa drehte an den Knöpfen des Apparats und versuchte sie zu beheben. Estelle nutzte diese Unterbrechung und holte den abendlichen Kräutertee herein. Albertine legte ein Holzscheit aufs Feuer.

»Wir müssen mit dem Holz sparsamer umgehen, wir haben kaum noch etwas.«

. . . Freunde Frankreichs, eure Leiden sind erdrükkend, euer Mut herrlich und eure Hoffnungen groß. Freut euch über jeden Sieg der Roten Armee, jeden zerstörerischen Luftangriff der Royal Air Force, jeden Tank, jede Kanone aus dem Arsenal der Amerikaner. Haltet durch! Seid solidarisch und helft euch gegenseitig. Verstärkt unbeirrt eure heroischen Aktionen gegen die Besatzer! Mögen euch der Odem der Brüderlichkeit und ein unerschütterlicher Mut Kraft geben!

Jetzt war die Rede endgültig nicht mehr zu verstehen. Schweigend tranken die vier Frauen ihren heißen Kräutertee und trennten sich dann zur Nachtruhe.

Am nächsten Tag kleidete sich Léa sehr sorgfältig für das Abendessen bei ihrer Schwester. Sie wählte ein Kleid aus feinem schwarzem Wollstoff mit tiefem Dekolleté und Drapierung an den Hüften, ein Geschenk von François Tavernier. Es war ein Modellkleid von Jacques Fath und mußte sehr teuer gewesen sein. Léa trug es zum ersten Mal. Auf ihrem hochfrisierten Haar befestigte sie eine Art winzigen Tamburin, verziert mit einem kleinen Schleier, hinter dem ihre raffiniert geschminkten Augen blitzten. Sie legte das Perlenkollier an, das ihr Camille geschenkt hatte, und lieh sich Albertines unentbehrliches schwarzes Fuchscape aus. Die Naht ihrer Seidenstrümpfe, ein weiteres Geschenk von François Tavernier, saß tadellos gerade und betonte die Schönheit ihrer Beine. Ihre Schuhe aus schwarzem Wilderlederimitat mit den Plateausohlen gaben ihrer Gesamterscheinung noch einen, wie sie es ausdrückte, »mondänen« Anstrich. Dieser Meinung war auch Lisa, die ihr ihr letztes »gutes« Paar Handschuhe lieh.

Mit der Metro fuhr Léa dann bis zum Etoile.

Kaum hatte sie die Schwelle der Wohnung in der Avenue Wagram überschritten, mißfiel sie ihr auch schon. Otto Kramer und ihre Schwester hatten sie möbliert von einem berühmten Arzt gemietet, der die Luft der Côte d'Azur der von Paris vorzog.

»Bestimmt ein Jude«, sagte Françoise in bezug auf den Eigentümer.

Léa ärgerte sich über diese Bemerkung.

»Offensichtlich hat die Wohnung nichts gemein mit denen der wohlhabenden Bordelaiser Bürger, die ihren Reichtum lieber verbergen. Hier hingegen wird er zur Schau gestellt. Sogar ein wenig zu sehr.«

»Das finde ich auch«, meinte Otto Kramer lachend, »aber wir hatten es eilig. Wie schön und elegant Sie sind! Kommen Sie und schauen Sie sich das Kinderzimmer an. Ihr Neffe fühlt sich sehr wohl darin.«

Im Kinderzimmer, einem großen, sehr hellen Raum, trafen sie Friedrich Hanke an, der durch vielleicht etwas zu heftiges Wiegen versuchte, das Geschrei von Léas Patensohn zu besänftigen.

»Dieses Kind hat Hunger«, rief er ihnen beim Eintritt entgegen. »Léa, ich bin sehr froh, Sie zu sehen. Hier, nehmen Sie ihn, und versuchen Sie, Ihre Autorität als Patin geltend zu machen.

Léa nahm das Baby mit spitzen Fingern entgegen, legte es in sein Bettchen zurück und befahl: »Du wirst jetzt schön brav sein und schlafen.«

Zu ihrer aller Verblüffung war das Kind still und schloß die Augen.

»Bravo, welche Autorität! Sie müssen unbedingt öfter kommen, denn meist gelingt es weder seiner Mutter noch mir, ihn zu beruhigen, wenn er schreit.«

»Darüber reden wir lieber später noch mal – wenn er wieder anfängt! Jetzt möchte ich Sie um einen Gefallen bitten, Otto. Ich will möglichst schnell nach Montillac zurück, und mein Ausweis, den ich dazu benötige, ist abgelaufen.«

Léa reichte ihm die Karte, auf der der Adler des Hitlerreiches einen Teil ihres Fotos verdeckte.

»Ich lasse Ihnen morgen eine neue Genehmigung schicken. Bald werden Sie keine mehr benötigen, denn durch die Besetzung der südlichen Zone fällt dann auch die Demarkationslinie weg.«

»Ich weiß«, sagte Léa bekümmerter, als sie eigentlich wollte.

»Oh, verzeihen Sie mir, ich habe Sie verletzt. Aber eines Tages wird auch Ihr Land wieder frei sein und unsere beiden Völker versöhnt und vereint.«

Sie antwortete nicht, doch für die beiden deutschen Offiziere war deutlich in ihren Augen zu lesen: Niemals!

Sie gingen ins Eßzimmer und nahmen an einem luxuriös gedeckten Tisch Platz.

»Wir sind nur zu viert?«

»Stört Sie das? Wir haben angenommen, daß Sie wohl kaum Lust auf die Gesellschaft meiner Landsleute hätten.«

»Ich danke Ihnen, ich finde es so sehr angenehm.«

Léa verspürte eine große Erleichterung, denn sie hatte schon befürchtet, sich inmitten deutscher Offiziere in Uniform wiederzufinden. Otto und Friedrich waren sogar in Zivil. Ihre Stimmung hob sich.

»Ich habe alle deine Lieblingsgerichte für dich zubereiten lassen«, sagte Françoise mit einem liebevollen Lächeln.

»Oh, welche denn? Sag schnell!«

»Das wirst du schon sehen, Leckermaul!«

Das Essen verlief sehr harmonisch, und Léa zeigte sich ihrer Schwester gegenüber gebührend dankbar für die Bemühungen, ihr eine Freude zu bereiten: Poschierte Eier im Kräuterbett, Navarin vom Lamm ...

»Wir haben es mit nur fünfzehn Gramm Butter gemacht, nach einem Rezept von Edouard de Pomiane. Du weißt schon: Das ist der, der dieses gegenwärtig unentbehrliche Kochbuch geschrieben hat: *Cuisine et Restrictions*«, erklärte Françoise stolz.

Auch der Aprikosenkuchen schmeckte vorzüglich; Léa nahm zweimal nach.

Während des gesamten Abendessens wurde nicht einmal vom Krieg gesprochen. Sie unterhielten sich nur über Musik, Literatur, Theater und Kino. Der Kaffee wurde im Wohnzimmer, wo ein Feuer im Kamin brannte, gereicht. Françoise sagte ihrem Hausmädchen, sie würde ihn selbst servieren.

Sie tranken langsam und schweigend und betrachteten das Spiel der Flammen. Otto erhob sich und setzte sich an den Flügel, der einen großen Teil des Raumes einnahm.

»Wir haben die Wohnung hauptsächlich wegen des Flügels gemietet«, flüsterte Françoise ihrer Schwester ins Ohr.

Eine Stunde lang war die Zeit wie aufgehoben. Es gab weder Franzosen noch Deutsche, weder Sieger noch Besiegte; es gab nur die Musik, die sie einte in einer Brüderlichkeit ohne Grenzen.

Nachdem die letzte Note verklungen war, verharrten sie noch lange, ohne zu sprechen, als weigerten sie sich, der Wirklichkeit wieder gegenüberzutreten. Léa brach als erste das Schweigen und sagte mit einer Stimme, aus der man echte Ergriffenheit vernehmen konnte:

»Danke, Otto, daß Sie uns diesen Augenblick wahren Friedens geschenkt haben.«

Bewegt erhob sich Kommandant Kramer und küßte ihr die Hand. »Danke, daß Sie gekommen sind.«

Jetzt konnte Léa ihn fragen, ob er etwas über Camille wisse.

Otto Kramer antwortete nicht sofort auf ihre Frage. Er schien minutenlang zu grübeln. Als er sich schließlich zum Sprechen entschloß, wandte er sich zunächst an seinen Freund:

»Soll ich ihr alles sagen?«

»Ja.«

»Ich will Ihnen nicht verhehlen, daß Friedrich und ich wegen Madame d'Argilat sehr in Sorge sind. Wie Sie wissen, ist sie aufgrund einer Denunziation verhaftet und dann beschuldigt worden, als Verbindung zwischen ihrem Mann und Ihrem Onkel, dem Pater Delmas, zu fungieren, die beide im Widerstand sind und sowohl von der französischen Polizei als auch von der Gestapo gesucht werden. Bei Madame d'Argilat wurden Flugblätter gefunden, die junge Leute aufforderten, sich dem Widerstand anzuschließen. Das genügte, um sie zu verhaften. Außerdem wird sie von Dohse verdächtigt, derselben Gruppe anzugehören wie Laurent d'Argilat.«

»Das ist doch vollkommen blödsinnig! Camille interessiert sich einzig und allein für ihr Kind; sie hat keine Ahnung von all diesen Dingen. Außerdem ist ihr Gesundheitszustand schlecht, und von Laurent hat sie seit Monaten nichts mehr gehört.«

»Halten Sie uns nicht für Idioten, Léa. Als ich in Langon stationiert war, haben wir dutzendweise Briefe erhalten, in denen Madame d'Argilat und Sie selbst denunziert wurden. Friedrich und ich haben die meisten zerstört, obwohl einige sehr präzise Angaben gemacht haben. Solange es sich nur darum handelte, daß ab und zu ein paar Briefe von einer Zone in die andere geschmuggelt wurden, konnten wir die Augen zudrücken. Aber jetzt handelt es sich um wesentlich Schwerwiegenderes, denn auf die Dinge, die Madame d'Argilat vorgeworfen werden, steht – falls sie bewiesen werden können – die Todesstrafe. Ihre Freundin ist für Dohse eine Art Schachfigur, deren er sich bedient in der Hoffnung, daß Laurent d'Argilat und andere Mitglieder seiner Widerstandsgruppe eine Unvorsichtigkeit begehen, um sie zu befreien. Glücklicherweise scheint er nicht überzeugt zu sein, daß sie tatsächlich über die Aktivitäten ihres Mannes informiert ist oder weiß, wo er sich aufhält. Deshalb hält er sich bei den Verhören auch zurück, noch dazu kennt er ja auch die familiären Bindungen, die Ihren Onkel Luc Delmas mit unserem Land verknüpfen.«

Léa sah das zerstörte Gesicht Sarah Mulsteins vor Augen.

»Ich weiß, wie Ihre Freunde von der Gestapo die Menschen zurichten, die sie verhören, und wie sie ihre Gefangenen behandeln.«

»Ich bin der erste, der das beklagt. Aber Sie, Sie dürften so etwas gar nicht wissen. Um Ihrer Seelenruhe willen bitte ich Sie inständig, diese Dinge zu vergessen.«

Wütend sprang Léa auf. »Vergessen! Sie wagen es, mir zu sagen, ich solle all das Schreckliche, das Ihre Leute tagtäglich Männern, Frauen und Kindern zufügen, vergessen! Wußten Sie, daß Guy Môquet erst siebzehn Jahre alt war, als er erschossen wurde? Oder daß im September letzten Jahres siebzig Männer in Souges getötet worden sind, weil in Paris ein Attentat verübt worden war? Wußten Sie von der alten jüdischen Freundin meiner Tanten, die in eines eurer Lager deportiert wurde und weinend rief: ›Hier muß ein Irrtum vorliegen, meine Herren. Ich bin Französin, mein Mann ist im Krieg von 1914 gefallen, und mein Sohn ist Kriegsgefangener, weil er für Frankreich gekämpft hat.‹«

Françoise, der Tränen in den Augen standen, ergriff ihren Arm:

»Bitte sei still!«

»Rühr mich nicht an! Laß mich los!«

»Léa, ich verstehe Sie ja, aber es ist nun einmal Krieg, weder Sie noch ich können etwas daran ändern. Ich verspreche Ihnen, alles für Madame d'Argilat zu tun, was mit meiner Soldatenehre vereinbar ist. Aber im Interesse Ihrer eigenen Sicherheit und der Ihrer Angehörigen bitte ich Sie dringend, nichts von dem, was Sie hier gesagt haben, in der Öffentlichkeit verlauten zu lassen.«

»Können Sie mir schwören, daß das, was ich Ihnen jetzt über Camilles Gefangenschaft im Fort du Hâ anvertrauen möchte, nicht gegen sie verwendet werden wird?«

Otto Kramer überlegte kurz, bevor er antwortete: »Ich gebe Ihnen mein Wort.«

»Könnte ich Sie allein sprechen?«

Françoise erhob sich. »Kommen Sie, Friedrich. Offenbar sind wir hier überflüssig.«

Sie konnte einem wirklich auf die Nerven gehen mit ihrem pikierten Getue. Schon als Kind hatte Léa sie oft mit ihrer Überempfindlichkeit gereizt, über die sich übrigens auch ihr Vater mokiert hatte.

»Das, was ich zu sagen habe, betrifft nicht mich, und deshalb finde ich ...«

»Du brauchst dich nicht zu rechtfertigen«, unterbrach Françoise sie und verließ, von Friedrich gefolgt, den Raum.

»Ich weiß nicht, wie Sie es mit ihr aushalten können.«

»Hört auf, euch zu zanken wie dumme Gören«, sagte Otto Kramer mit gutmütigem Lächeln. »Setzen Sie sich.«

»Also«, begann Léa, »ich habe einen Brief von Camille bekommen, in dem sie schreibt, daß sie tagelang in einem Kellerverschlag eingesperrt war, in dem sie nicht einmal aufrecht stehen konnte. Sie ist dreimal von Dohse verhört worden. Als er nichts aus ihr herauskriegen konnte, hat er sie in eine schmutzige Zelle gesteckt, in der sie krank geworden ist. Was wird er das nächste Mal mit ihr machen? Die Gefängniswärter von Bouscat haben nicht gerade den besten Ruf. In Bordeaux erzählt man sich, daß an manchen Tagen Schreie durch die dikken Gefängnismauern dringen. Ich flehe Sie an, tun Sie alles, was Sie können, um Camille aus den Klauen dieser Leute zu befreien.«

»Ich verabscheue die Taten ›dieser Leute‹ ebensosehr wie Sie. In der Armee hält man auch nichts von der Gestapo. Leider gewinnt sie zunehmend an Macht, und ihre Polizeigewalt erstreckt sich auch auf uns. Dabei gehört Frankreich noch zu den besetzten Ländern, die am wenigsten unter ihr zu leiden haben. Was Madame d'Argilat angeht, so wußte ich nichts von diesen schrecklichen Vorgängen. Ich wurde offensichtlich belogen, als man mir versicherte, sie würde gut behandelt. Dohse muß überzeugt sein, daß sie im Besitz wichtiger Informationen ist, wenn er sie trotz ihrer Familienverbindungen unter solchen Bedingungen gefangenhält. Es wird nicht leicht sein, ihm seine Beute zu entreißen.«

»Ich versichere Ihnen, daß er sich täuscht. Camille weiß nichts über Laurents Aktivitäten.«

»Hat sie Ihnen das gesagt?«

»Nein, aber wir leben zusammen. Wenn sie Nachrichten von Laurent bekommen hätte, wäre ich die erste gewesen, die davon erfahren hätte.«

»Ich möchte Sie nicht kränken, Léa, aber wenn man an Untergrundaktivitäten beteiligt ist, wird man das kaum öffentlich ausrufen lassen. Wenngleich die Widerständler, wie ihr sie nennt, von einer Unvorsichtigkeit sind, die sogar uns oftmals in Erstaunen versetzt.«

»Das glaube ich nicht. Camille hat immer gewußt, daß sie mir vertrauen kann und daß ich bereit wäre ...«

Sie verstummte abrupt.

»Nur keine Angst; fahren Sie fort. Ich werde Sie nicht tadeln. Ich weiß, daß ich genauso handeln würde wie Ihr Onkel und der Mann Ihrer Freundin, wenn ich an deren Stelle wäre. Auch ich würde weiterkämpfen. Doch es ist meine Pflicht und die eines jeden deutschen Soldaten in diesem Krieg, dies zu verhindern. Das müssen Sie verstehen. Wenn wir Bombenleger verhaften und erschießen, Geiseln exekutieren, Flugblattverteiler, Fluchthelfer englischer Piloten, Funker, die mittels versteckter Sender mit London Verbindung halten, in Gefängnisse sperren, dann deshalb, weil der Krieg trotz des Waffenstillstands weitergeht. Dafür brauche ich mich auch nicht zu schämen. Aber wenn die Gestapo bei mutmaßlichen Widerständlern und bei Frauen brutale Verhörmethoden anwendet, dann schäme ich mich, auch wenn sie in den meisten Fällen diese furchtbare Arbeit den französischen Gestapomitgliedern überläßt. Als ich noch in Langon war, habe ich festgestellt, daß dort zweihundert besoldete Beamte die Ränge der Gestapo und ihrer Hilfstruppen verstärkten. Und seit der Zusammenkunft von Dohse, dem Chef der Gestapo von Bordeaux, und den Kommissaren der Brigade Poinsot im April 1941 haben Ihre Landsleute sehr gut, um nicht zu sagen, übereifrig gearbeitet.«

»Schweigen Sie!«

»Das ist nur ein Teil der traurigen Wahrheit. Glauben Sie etwa, wir müßten großen Druck ausüben auf Frankreichs Präfekten, Bürgermeister, Magistrate, Polizeibeamte? O nein, denn sie befolgen die Anordnungen ihres Staatsoberhaupts Marschall Pétain, der alle Franzosen angewiesen hat, mit uns zusammenzuarbeiten. Sie handeln also ganz legal. Und meines Wissens ist Ihr Marschall keineswegs durch einen Staatsstreich an die Macht gekommen.«

»Es ist eine Sache der Ehre, den Krieg fortzusetzen.«

»Und womit? Sie vergessen, daß es nur wenige Tage gedauert hat, dann hatte die französische Armee eine vollständige Niederlage erlitten.«

Léa wandte das Gesicht ab. Wieder sah sie vor sich auf der Landstraße nach Orléans die Grüppchen schmutziger, bärtiger, zerlumpter Soldaten, die ihre Waffen weggeworfen hatten, um schneller laufen zu können, die verlassene Häuser plünderten und Zivilpersonen aus ihren Autos zerrten ...

»Um auf Madame d'Argilat zurückzukommen: Ich werde das wenige, was ich an Einfluß besitze, für sie verwenden, das ist alles, was ich Ihnen versprechen kann.

Wenn es mir gelingt, sie aus dem Fort du Hâ herauszuholen, müssen Sie dafür sorgen, daß sie sich unauffällig verhält, denn sie wird dann noch eingehender observiert werden als vor ihrer Verhaftung. Wenn es mir nicht gelingt, kostet es mich nicht nur mein Ansehen, sondern meine Intervention würde zweifellos eine Versetzung an die Ostfront bewirken. Eine Möglichkeit, die ich nicht um meiner selbst willen fürchte, sondern wegen Françoise und meinem Sohn. Ich möchte sie nicht allein hier zurücklassen, ohne zuvor ihre Situation geregelt zu haben.«

Léa erhob sich.

»Ich danke Ihnen.«

Sie ging zur Tür des Wohnzimmers und rief hinaus:

»Françoise! Françoise! Friedrich! Ihr könnt wieder hereinkommen.«

»Bist du verrückt geworden, so zu schreien! Du wirst Pierre wieder aufwecken!«

Am nächsten Tag erfuhr Léa, daß nicht nur ihr Ausweis erneuert, sondern auch ein Platz erster Klasse in einem Zug nach Bordeaux für sie reserviert worden war, der zwei Tage später abfuhr. Sie verbrachte diese beiden Tage damit, mit Françoise ins Kino und ins Theater zu gehen, und ihre Tanten zu trösten, die über ihre Abreise traurig waren. Albertine vertraute sie eine Nachricht für François Tavernier an, für den Fall, daß er in der Rue de l'Université vorbeikommen und sich nach ihr erkundigen sollte.

Sie verließ Paris ohne Bedauern.

13.

Als Léa in Bordeaux am Bahnhof Saint-Jean ankam, war sie überrascht, Mathias auf dem Bahnsteig vorzufinden. Er war gekommen, um sie abzuholen. Léa entdeckte ihn sofort, noch ehe der Zug anhielt. Er kam ihr größer und kräftiger vor und sein Kopf sah aus, als hätte er ihn rasiert. Sie verspürte Freude, zugleich aber auch ein unbestimmtes Mißbehagen.

Er nahm ihr den Koffer ab und küßte sie auf beide Wangen, nachdem er zunächst ein wenig linkisch von einem Fuß auf den anderen getreten war, als wisse er nicht, wie er sich verhalten sollte. Dann brachte er sie zum Zug nach Langon. Als sie sich in ihrem Abteil eingerichtet hatten, ergriff er ihre Hand, die ihm Léa jedoch entzog.

»Ich wollte dir gleich die gute Nachricht überbringen: Madame Camille hat das Fort du Hâ verlassen.«

»Sie ist also zu Hause?«

Mathias schien ein wenig verlegen.

»Nein. Sie ist ins Lager Mérignac verlegt worden.«

»Und das nennst du eine gute Nachricht?«

»Ja, denn im Lager Mérignac kann man sich ziemlich frei bewegen, die Wärter sind Franzosen, und ich kenne den Direktor.«

»Es ist mir egal, ob du den Direktor kennst oder nicht. Ich will nur, daß Camille freikommt.«

»Hab Geduld, das klappt schon, ist nur noch eine Frage von Tagen. Es ist nicht leicht gewesen, sie von Dohse loszueisen, das mußte erst verhandelt werden.«

»Verhandelt? Von wem? Von dir? Du kennst diesen Schweinehund?«

»Schweinehund, das ist schnell dahingesagt. Er macht seine Arbeit, und in einer Stadt wie Bordeaux die Ordnung aufrechtzuhalten, wo es wimmelt von englischen Spionen, kommunistischen Terroristen und Großmäulern, die nur darauf warten, daß sie Krawall machen können, ist nicht leicht.«

Léa hätte ihn am liebsten mit ihren Blicken erdolcht.

»Ist dir klar, was du da redest«, zischte sie durch die Zähne, um ihre Sitznachbarn nicht mithören zu lassen.

»Es ist mir jedenfalls vollkommen klar, daß ihr beide, du und Camille, irgendwann hingerichtet werdet, falls ihr eure Einstellung nicht ändert und weiterhin mit dem Widerstand flirtet. Aber ich möchte nicht, daß du hingerichtet wirst.«

Léa zuckte die Achseln und drückte sich in ihren Sitz. Sie war gerührt von Mathias' naiver und ungestümer Zuneigung, doch entsetzt, wenn sie sich vorstellte, was er getan haben mochte. Anscheinend war er ihr zuliebe zu allem fähig, gewiß auch zum Verrat. Und was hatte er mit den Deutschen zu schaffen? Besser, schnell das Thema zu wechseln und vom Gut, von den Weinbergen zu reden, doch dann tat sie lieber so, als ob sie schliefe.

Am Bahnhof von Langon hatte sie erfreut ihr blaues Fahrrad vorgefunden, das ihr Mathias dort hingebracht hatte. Trotz eines kräftigen Windes, der ihnen von der Höhe des Gutes La Prioulette entgegenblies, war Léa noch vor Mathias an dem weißen Gatter, das den Eingang zum Gutsbesitz markierte. Dort lauschte Léa einen

Augenblick lang, so als erwarte sie, die Stimme ihres Vaters zu vernehmen.

Das Essen erwartete sie in der großen Küche mit den Steinfliesen. Im geschwärzten Kamin brannte ein Rebholzfeuer, das die Kupferbecken und -kasserollen an den weißgetünchten Wänden aufglänzen ließ. Auf dem langen, mit einem blauen Wachstuch bedeckten Tisch war das Festtagsgeschirr aufgedeckt. In der Mitte befand sich, Léa zu Ehren, eine Vase mit weißen Lilien. Das erste, was Léa beim Eintreten bemerkte, waren die Sessel aus dem Salon, die um den Kamin gruppiert waren. Ruth, die ihrem Blick gefolgt war, erklärte:

»Wir haben nicht genügend Holz oder Kohlen, um einen weiteren Raum zu heizen. Hier können wir die Wärme des Herdes ausnutzen, der sowieso zum Kochen angeheizt werden muß, und abends werfen wir einen Armvoll Rebenreisig in den Kamin, weil das hübsch aussieht. Bei dieser Kälte ist die Küche der einzig angenehme Raum im ganzen Haus. An manchen Tagen können wir uns kaum entschließen, unsere Schlafzimmer aufzusuchen. Trotz Wärmflaschen sind die Betten eiskalt. Für mich ist das nicht allzu schlimm, denn im Elsaß ist der Frost nocht stärker als hier, und ich bin auch nicht verzärtelt worden, aber deine Schwester und deine Tante leiden sehr unter der Kälte. Sie haben Erfrierungen an Händen und Füßen. Ich habe auch welche, aber die sind vom Wäschewaschen in eisigem Wasser.«

Arme Ruth! Vom Kindermädchen, von der Hauslehrerin, von der Gesellschafterin war sie jetzt zum Mädchen für alles im Hause geworden – mit immer gleichbleibender Güte und Tüchtigkeit. Wie früher warf sich Léa an ihren Hals.

Ruth kamen die Kosenamen von einst ganz von selbst:

»Meine schönste Sonne, mein liebes Kleines, meine Wilde, ich bin so glücklich, daß du wieder da bist. Ohne dich ist Montillac nicht Montillac. Weißt du noch, was dein lieber Vater immer sagte?«

Léa schüttelte den Kopf.

»Er sagte, du seist die Substanz des Hauses. Ohne dich könne es nicht so, wie es jetzt ist, fortbestehen und würde seine Seele verlieren, wenn du es je für immer verlassen solltest.«

»Das wird nie geschehen, Ruth, und Papa wußte das. Es gibt etwas hier in dieser Erde, zwischen diesen Mauern, das auch Teil von mir ist, ganz so wie meine Arme, mein Kopf oder mein Herz, ohne die ich nicht leben könnte. Weißt du, jedesmal, wenn ich das Haus verlasse, fürchte ich, nie mehr zurückzukommen, und bei jeder Rückkehr verspüre ich ein Glücksgefühl und eine Kraft, die mich stets von neuem überraschen.«

»Das nennt man Liebe, Kleines.«

Bernadette Bouchardeau hatte sich zu ihnen gesellt. Sie setzten sich alle an den Tisch und ließen sich die weißen Bohnen und das Suppenhuhn, das Fayard gestiftet hatte, schmecken. Léa berichtete die Neuigkeiten aus Paris, und Ruth erzählte, wie sie mit Camille und Laure zusammen verhaftet worden war.

Léa gelang es nicht, das Unbehagen abzuschütteln, das sie seit ihrer Ankunft am Bahnhof Saint-Jean empfunden hatte. Sie konnte ihr altes Montillac nicht wiederfinden. Dieses große, fröstelnde Gebäude war nicht wirklich ihr Zuhause. Sie hatte genug von Kälte und Hunger; sie wollte Sommer, Sonne, Früchte . . . Laure war sehr groß geworden, eine richtige Frau. Charles trippelte überall herum. Er ähnelte seiner Mutter, hatte den gleichen Mund und die gleichen Augen. Léa wurde sich bewußt, daß viele Dinge ohne ihr Wissen geschehen waren, gewissermaßen hinter ihrem Rücken. Trotz der schnell wieder vertrauten täglichen Verrichtungen, der alten Gewohnheiten, fühlte sie sich fremd in Montillac. Die Möbel waren umgestellt worden, Ruth war nicht mehr so rege, hatte viel mehr Falten ...

Gerade als Ruth den kleinen Charles ins Bett bringen wollte, wurde die Tür weit aufgestoßen. Ein Mann mit hängendem Schnurrbart, eine Baskenmütze bis auf die Augenbrauen herabgezogen, bekleidet mit einem Anorak und mit einem Koffer in der Hand, stand auf der Schwelle.

»Machen Sie schnell die Tür wieder zu, Sie lassen ja die ganze Wärme raus«, rief Bernadette Bouchardeau.

Der Mann gehorchte.

»Wer sind Sie? Was wollen Sie?« fragte sie dann. »Es ist schon Nacht, da macht man doch keine Besuche mehr.«

Der Mann antwortete nicht. Er schaute sich um, wie jemand, der an einen vertrauten Ort zurückkehrt.

Léa erhob sich mit stockendem Herzen.

»Also bitte, Monsieur, so antworten Sie doch: Wer sind Sie?« fragte Bernadette Bouchardeau noch einmal.

»Sei still, Tante Bernadette. Herzlich willkommen, Laurent!«

Einen Moment lang herrschte wildes Durcheinander. Alle wollten Laurent gleichzeitig begrüßen und umarmen. Ruth versuchte, ihm seinen Sohn in die Arme zu drücken, doch der Kleine schrie aus Angst vor dem großen Schnauzbärtigen, den er nicht kannte.

Laurent brachte sie alle zur Ruhe.

»Seid leise. Ich möchte nicht, daß Fayard und Mathias von eurem Geschrei angelockt werden.«

Er ließ sich am Tisch nieder und nahm eine Kleinigkeit

zu sich. Seine Augen gingen unablässig von Léa zu Charles, der nun ein wenig länger aufbleiben durfte und auf dem Fußboden spielte.

»Ich bin von Tavernier informiert worden, daß du heute abend ankommen würdest, Léa. Ich nehme an, daß du mit Erlaubnis der Behörden hier bist und somit auch Camille besuchen kannst. Ich wollte dir eine Nachricht für sie mitgeben. Ich habe morgen einen wichtigen Termin in Bordeaux, der sie betrifft.«

Bernadette Bouchardeau durchstöberte die Schränke, um noch etwas Eßbares aufzutreiben. Laurent hatte große Mühe, sie zu überzeugen, daß er keinen Hunger mehr hatte. Er ließ sich auf alle viere nieder, und Charles akzeptierte ohne Umstände diesen neuen Spielgefährten. Später ließ er sich sogar von ihm in sein Bett tragen, und Laurent mußte versprechen, am nächsten Tag mit ihm Versteck zu spielen.

Als endlich alle schlafen gegangen waren, saßen Léa und Laurent noch lange eng aneinandergeschmiegt auf der kleinen Steinbank an der Innenseite des riesigen Kamins. Léa war glücklich. Lachend zauste sie seinen Schnurrbart und ließ dann ihre Hand über seine Brust gleiten. Sein Körper war eisenhart geworden. Sie fuhr ihm mit dem Zeigefinger über die kleinen Krähenfüße, die sich in seinen Augenwinkeln gebildet hatten.

»Du bist älter geworden.«

»Du auch. Aber du bist jetzt noch schöner. Du wirkst wie eine richtige Dame. Auch Tavernier ist das aufgefallen.«

So saßen sie noch stundenlang und erzählten sich gegenseitig, was sie seit ihrer Trennung erlebt hatten.

Da sie von Lécussans Männern gesucht wurden, hatten Adrien und Laurent Toulouse verlassen müssen und im

Limousin Zuflucht gesucht, wo sie in Scheunen oder Schäferhütten, bei Widerständlern oder Sympathisanten übernachteten. Die Zone stand unter dem Befehl eines gewissen Raoul, Kommunist und ehemaliger Lehrer, der im Februar 1941 in den Untergrund gegangen war, da er erst von den Männern des Kommissars, dann von der Gestapo verfolgt wurde. Nach zwei Monaten dieses unsteten Lebens hatte Adrien beschlossen, heimlich nach Bordeaux zurückzukehren, wo er glaubte nützlichere Arbeit leisten zu können als in den Wäldern. Laurent war geblieben und hatte die militärische Ausbildung der Jungen übernommen. Sie hatten Rathäuser und Kassenstellen überfallen, um an die für ihr Überleben unentbehrlichen Lebensmittelkarten zu gelangen und um Amtsstempel, Blankoausweisformulare und Geld zu rauben.

»Der Krieg hat mich zum Straßenräuber gemacht.«

Doch er war kein Kommunist, und sehr bald hatten sich gravierende Differenzen zwischen ihm und den Führern der Kommunistischen Partei entwickelt. Laurent erwog, nach Toulouse zurückzugehen. Dann wollte er versuchen, nach London zu gelangen und von da aus nach Nordafrika, um dort an den Kämpfen teilzunehmen. Dies war der Stand seiner Überlegungen, als er von Camilles Verhaftung und Einkerkerung im Fort du Hâ erfuhr. Am selben Abend noch verließ er die Widerstandsgruppe im Limousin und nahm in Toulouse Kontakt mit seiner alten Einheit auf. Dort vermittelte man ihm ein Zusammentreffen mit Gran-Clément.

»Der Versicherungsagent von Papa!« rief Léa aus.

Dieser war Chef der zivilen und militärischen Widerstandsorganisation der Region Bordeaux geworden, was Laurent nicht wenig erstaunte, denn 1940 hatte Grand-Clément aus seinen Sympathien für die Vichy-Regierung keinen Hehl gemacht. Doch er war keineswegs der einzige unter den Widerstandskämpfern, der nicht zumindest eine Zeitlang sein Vertrauen in Marschall Pétain gesetzt hatte. Laurent wurde angewiesen, sich in Bordeaux zum *Café Bertrand* zu begeben und dort nach David zu fragen, der im August 1942 von London abgeflogen und in der Nähe von Châteauroux mit dem Fallschirm abgesprungen war. Laurent sollte sich ihm unter dem Decknamen Lucius vorstellen. David sei von Radio London über seine bevorstehende Ankunft informiert worden. Das Treffen sollte am nächsten Tag stattfinden.

Léa zeigte Laurent Camilles Brief, den er mit großer Bewegung las, und Léa wunderte sich über sich selbst, daß sie nicht eifersüchtig war. Sie berichtete ihm dann von ihrer Unterredung mit Otto Kramer und seinen Versprechen. Merkwürdigerweise erwähnte sie jedoch Mathias und das, was er ihr über seine neuen Verbindungen gesagt hatte, nicht. Sie beschränkte sich auf die Mitteilung, daß Camille inzwischen im Lager Mérignac sei.

»Morgen ist dort Besuchstag; ich werde hinfahren. Schreib ihr, wenn du möchtest, ich werde ihr deinen Brief schon irgendwie zustecken.«

»Nein, das kann ich dir nicht zumuten, es ist zu gefährlich.«

»Schreib ihr trotzdem. Wenn ich sehe, daß wir zu streng überwacht werden, behalte ich den Brief. Ich hole dir Papier und Tinte.«

Als sie zurückkam, saß er am Tisch. Behutsam legte sie ihm die Hand auf die Schulter. »Mach dir keine Sorgen.«

Er blickte zu ihr auf, legte die Arme um sie und preßte seinen Kopf an ihren Leib. So verharrten sie lange.

Léa riß sich zusammen.

»Ich gehe schlafen. Ruth hat dir das Bett in Papas Zimmer hergerichtet. Ich hoffe, es ist nicht zu kalt, sie hat zwei Wärmflaschen hineingelegt. Wann willst du morgen früh aufstehen?«

»Nicht sehr früh. Meine Verabredung ist für drei Uhr nachmittags.«

»Also, dann schlaf gut. Bis morgen«, sagte sie und gab ihm einen schwesterlichen Kuß.

»Léa! Léa! Es ist nichts passiert. Du brauchst keine Angst zu haben, es ist nur ein böser Traum.«

Laurent war durch Stöhnen und Schreie aufgeweckt worden, die aus Léas Zimmer kamen, und war zu ihr geeilt. Von ihrem immer wiederkehrenden Alptraum gequält, saß Léa tränenüberströmt in ihrem Bett und wehrte sich verzweifelt gegen den Mann, den sie in Orléans erschossen hatte. Das unbarmherzige Schicksal hatte diesem Mann jetzt noch einen Gefährten zugesellt: Masuy, Sarahs Folterer, der in ihrem Traum auf sie zukam und dabei eine mit Unrat gefüllte Badewanne hinter sich herzog, aus der Schlangen hervorkrochen.

Léa erwachte schweißgebadet und erblickte in der sanften Helligkeit der Lampe Laurents Gesicht.

»Bitte komm zu mir, ich habe solche Angst!«

Sobald er sie fest in seinen Armen hielt, schlief sie wieder ein wie ein Kind.

Léa hatte Laurent überzeugen können, daß es besser für ihn sei, die obere Etage nicht zu verlassen, ehe sie sich vergewissert hatte, daß Fayard und seine Frau nicht in der Nähe waren. Vor allem jedoch fürchtete sie Mathias' eifersüchtigen Scharfblick. Und sie hatte recht damit. Am vergangenen Abend hatte sich Mathias, gleich nachdem er Léas Gepäck in ihrem Zimmer abgestellt hatte, diskret verzogen und war nicht wieder erschienen.

Als sie jetzt die Küche betrat, saß er am Tisch und

schwatzte mit Ruth, die ihr Frühstück beendete. Léa begrüßte die alte Haushälterin und ihren Kinderfreund.

»Du siehst großartig aus«, versicherte ihr Mathias. »Ausgeruht und erholt, obwohl du erst so spät schlafen gegangen bist.«

»Ich gehe schlafen, wann es mir paßt«, gab sie angriffslustig zurück.

»Reg dich bloß nicht auf, ich habe das nur so gesagt.«

Léa entspannte sich.

»Ich habe sehr schlecht geschlafen, ich hatte schreckliche Alpträume.«

»Heute abend mache ich dir einen Lindenblütentee«, versprach die fürsorgliche Ruth.

»Du weißt doch, daß ich Lindenblütentee nie ausstehen konnte, schon als Kind nicht.«

»Ach, stimmt ja. Ich habe dich mit Françoise verwechselt. Für dich mußte es immer Orangenblütentee sein. Soll ich dir Brot rösten?«

»Nein, danke, ich mache es selbst.«

»Es steht noch Kaffee auf dem Herd.«

»Danke, Ruth.«

Während sie sprach, hatte sie sich eine Scheibe von dem großen, hartkrustigen Brotlaib abgeschnitten, sie auf eine Gabel gespießt und hielt sie nun an die Glut im Kamin.

»Willst du auch eine?« fragte sie Mathias.

»Nein, danke, ich habe schon gefrühstückt. Ach, ich habe dir ja Butter mitgebracht.«

»Aber das ist doch deine ganze Monatsration!«

»Mach dir keine Gedanken. Ich weiß, wo ich noch mehr kriegen kann.« Er setzte sich ihr gegenüber und sah ihr beim Essen zu.

Plötzlich verdüsterte sich Léas Gesicht.

»Was hast du?«

»Ich mußte an Camille denken. Außer Eingemachtem und Kleidung habe ich nichts, was ich ihr mitbringen könnte.«

»Daran habe ich auch gedacht. Ich habe einen ganzen Korb voll guter Sachen für sie.«

»Auch Butter?«

»Butter, Zucker, Kekse, Wurst, Fleischpastete und sogar Seife.«

»Du bist großartig!«

»Ich weiß«, sagte er und warf sich in die Brust.

Léa brach in Lachen aus.

»Die Besuchszeit im Lager fängt um zwei Uhr nachmittags an. Du mußt den Zug um elf nehmen; da bleibt dir nicht mehr viel Zeit.«

Léa warf einen Blick auf die Uhr auf dem Kaminsims.

»Ich gehe hinauf und ziehe mich an. Hol mich in einer halben Stunde ab.«

Sobald er draußen war, machte sie ein Frühstückstablett für Laurent zurecht, der beim Anblick der Köstlichkeiten einen Freudenschrei ausstieß.

Sie hatten nicht genug Zeit, sich einen gefahrlosen Treffpunkt in Bordeaux zu überlegen, noch dazu wußte Laurent nicht, wann er Grand-Clément sprechen konnte. So mußten sie sich denn auf Wiedersehen sagen. Nachdem Léa sich zum Gehen fertig gemacht hatte, drückte sie sich noch einmal ganz fest an ihn.

»Sei vorsichtig und geh kein unnötiges Risiko ein.«

Sie zuckte schicksalsergeben die Achseln und verließ schnell das Zimmer. Der Brief für Camille war in ihrem rechten Schuh versteckt.

14.

Léa hält mit ihrer kleinen Hand, die in einem gestopften Wollhandschuh steckt, den Henkel des schweren Korbs fest umklammert, während sie in Halbstiefeln mit Holzsohlen durch den Schlamm des von Stacheldraht gesäumten Weges stapft, der zum Eingang des Lagers Mérignac führt. Eine große Menschenmenge, Frauen zumeist, wartet auf die Öffnung des Tores. Alle frieren in ihrer abgetragenen Kleidung, stehen schweigend und mit gesenkten Köpfen, so als schämten sie sich, an diesem Ort zu sein. Plötzlich geht eine Bewegung durch die Wartenden: Ein Flügel des hohen, mit Stacheldraht besetzten Holztors wird geöffnet. Die Schultern straffen sich, die Herzen schlagen schneller. Léa wechselt ihren Korb in die andere Hand. Langsam bewegt sich die Menge vorwärts, jeder hält seine Papiere bereit. Eine alte, mit Paketen beladene Frau läßt ihre Dokumente fallen. Keiner macht Anstalten, ihr zu helfen. Endlich ist Léa an der Reihe. Sie bereut jetzt, Mathias gebeten zu haben, sie allein gehen zu lassen. Nachdem der Gendarm ihren Personalausweis überprüft hat, läßt er sie passieren, ein zweiter winkt sie in die Baracke neben dem Tor. Dort durchsuchen andere Gendarmen auf einem Tisch die Koffer, Körbe, Taschen und anderen Behältnisse, notieren die Namen des Besuchers und des Besuchten. Hinter einem schmutzigen Vorhang erfolgt dann eine intimere Durchsuchung. Bei den Frauen wird diese Inspektion von einer Wärterin vorgenommen. Léa versteift sich unter den Händen, die ihren Mantel abtasten und ihren Körper unter dem Kleid.

»Ziehen Sie Ihre Schuhe aus.«

Léa schließt die Augen, um die Freude, die darin aufblitzt, zu verbergen. Das war eine gute Idee, den Brief in der Zugtoilette aus dem Schuh zu nehmen. Ruhig hält sie der Frau ihre Halbstiefel hin, die sie genau untersucht.

»Das dürfen Sie mir nicht übelnehmen; viele Besucher verstecken Briefe darin, wissen Sie«, erklärt sie, während sie Léa ihre Schuhe zurückgibt. »Sie können gehen.«

Léa nimmt ihren Korb auf. Sie hat ihre Handschuhe nicht ausgezogen. Der Brief ist im linken versteckt. Sie geht ein paar Schritte auf dem schlammigen Boden, ohne etwas um sich herum wahrzunehmen. Sie wagt kaum, an ihren Erfolg zu glauben. Jemand rempelt sie an und bringt sie wieder in die Wirklichkeit zurück.

So sieht es also aus, dieses Lager Mérignac, dieses Geiselreservoir, von dem so viel geredet wird in der Gegend: ein knappes Dutzend Holzbaracken mit Wellblechdächern, umgeben von Stacheldraht und überragt von Wachtürmen. Einige Gefangene bewegen sich frei innerhalb des Lagers. Eine Baracke ist als Besuchsraum hergerichtet worden: eine kleine Ecke für die Frauen, eine größere für die Männer. Geheizt wird der Raum von einem Holzofen, der in der Mitte thront. Léa bleibt auf der Schwelle stehen.

»Tür zu, Herrgott noch mal!« brüllt eine Männerstimme.

Léa wird von einem Gendarmen hereingeschoben, der die Tür hinter ihr schließt.

»Wen suchen Sie denn, Kleine?«

»Madame d'Argilat«, stammelt sie.

»Sie kommt gleich, keine Sorge. Sie holen sie aus der Krankenstation.«

Aus der Krankenstation! Camille ist also immer noch krank!

»Léa! Oh, Léa!«

Der schmale Körper, das blasse Gesicht – so schrecklich abgemagert! Das glanzlose Haar, die glühendheißen Hände, die Augen – die Augen verkünden ihre große Freude über das Wiedersehen! Die Küsse, die ihre Wangen bedecken, die Tränen, die ihre Lippen benetzen und sich mit ihren mischen ...

»Wie geht es Charles?«

»Gut«, antwortet Léa. »Ich habe eine Nachricht von Laurent für dich«, flüstert sie und spürt gleich darauf, wie der schmale Körper neben ihr zusammensinkt. Mit Hilfe einer der Gefangenen bettet Léa Camille auf eine Bank.

»So krank, wie sie ist, hätte sie besser liegenbleiben sollen.«

»Nein, nein«, flüstert Camille und richtet sich auf. »Es ist schon vorbei«, erklärt sie einem sich nähernden Gendarmen.

Nur flüchtig betrachtet Camille dann den Inhalt des Korbs, wickelt sich jedoch mit offensichtlichem Wohlbehagen in den großen Wollschal, den Ruth ihr gestrickt hat. Léa nutzt die Gelegenheit, ihr den Brief zuzustecken. »Von Laurent.«

Camille errötet und umschließt zitternd das vielfach gefaltete Papier mit der Hand.

»Oh! Danke!«

Dann muß Camille husten. Léa legt die Hand auf ihre Stirn: Sie glüht!

»Du hast Fieber; der helle Wahnsinn aufzustehen!«

»Schimpf nicht mit mir. Auf der Krankenstation sind Besucher verboten, ich hätte dich nicht sehen können. Sag aber Laurent auf keinen Fall, daß ich krank bin.«

»War ein Arzt bei dir?«

»Ja, ja; er ist gestern dagewesen. Er kommt einmal jede Woche. Erzähl mir von Paris, von deinen Tanten, von Françoise und ihrem Baby. Ist es niedlich?«

Léa redet von tausend Dingen. Camille strahlt. Als die Besuchszeit zu Ende ist, haben beide das Gefühl, sich nichts gesagt zu haben. Camille nimmt Léa das Versprechen ab wiederzukommen und bricht in Tränen aus.

»Ich habe Angst, nicht durchzuhalten«, schluchzt sie.

Léa verließ das Lager mit einem einzigen Gedanken im Kopf: Camille muß dort raus!

Mathias hielt mit seinem Fahrrad neben ihr.

»Darf ich Sie irgendwo absetzen, Mademoiselle?«

Er war hier herausgekommen, um sie abzuholen! Das war gut gemeint von ihm, denn die Straßenbahn verkehrte nur in großen Abständen zwischen Bordeaux und Mérignac, doch es paßte Léa gar nicht: Sie wollte möglichst unauffällig zum *Café Bertrand* am Quai des Chartrons.

»Kannst du mich zu meinem Onkel Luc bringen?«

»Na klar. Bleibst du lange dort?«

»Das weiß ich noch nicht; ein, zwei Stunden vielleicht. Wollen wir uns um sechs Uhr in dem Café neben dem Grand Théâtre treffen?«

»Wie du willst.«

Léa, im Damensitz und zwischen Mathias' Armen, fand die Fahrradstange fast bequem. Unterwegs sprachen sie von Camille, von ihrem schlechten Gesundheitszustand. Mathias versicherte ihr nochmals, daß sie nicht mehr lange dort bleiben werde und daß ihm der Lagerleiter Rousseau versprochen habe, für einige Erleichterungen zu sorgen. Eine unerklärliche Scheu hinderte Léa jedoch daran, ihm die Fragen zu stellen, die ihr auf den Lippen brannten.

Mathias setzte sie in der Allee de Chartres vor dem Haus ihres Onkels ab. Léa betrat das Gebäude, wartete einige Minuten in der riesigen, marmorgefliesten Halle und verließ es wieder. Mathias war verschwunden. Eilig strebte sie dem nahen Quai de Chartres zu.

Außer einigen trübseligen Gestalten, die sich unter dem eisigen Nieselregen duckten, lagen die Quais verlassen. Léa ging langsamer, um das *Café Bertrand* nicht zu verpassen. Ihr Eintritt erregte bei den Kartenspielern, die sich an einem Tisch versammelt hatten, keinerlei Aufmerksamkeit. Unter den wohlwollenden Blicken eines kleinen, rundlichen Kellners, der die blaue Schürze des Weinkellners um den Bauch trug, trat sie näher. Der kleine Mann begab sich hinter die Theke.

»Was trinken Sie, Mademoiselle?«

»Ich möchte gern David sprechen«, stieß sie hervor.

Das freundliche Gesicht verschloß sich.

»Sie müssen sich irren. Hier gibt es keinen David.«

»Er muß hier sein. Ein Freund von mir ist heute nachmittag mit ihm hier verabredet.«

»Das ist möglich, aber ich weiß davon nichts.«

Plötzlich befiel Léa eine große Müdigkeit. Sie begriff, daß aus dem guten Mann nichts herauszuholen war, und setzte sich an einen Tisch.

»Bringen Sie mir bitte einen Kaffee.«

Das Gebräu, das er ihr brachte, war ekelhaft, aber es war heiß. Der Kellner war ins Hinterzimmer entschwunden.

Ein paar Sekunden später stand Laurent vor ihr.

»Bist du verrückt geworden? Was machst du hier?«

»Ich warte auf dich.«

»Komm, hier kannst du nicht bleiben.«

Ohne Widerrede folgte sie ihm in den Raum hinter der Bar. Er war fensterlos und enthielt nur ein ungemachtes Bett, einen Tisch aus hellem Holz, einen normannischen Kleiderschrank und einige Bistrostühle. Zwei Männer sahen ihr beim Eintritt entgegen.

»Sie ist es tatsächlich«, sagte Laurent und schob sie vor sich her. »Ihr könnt ihr vertrauen; Fortunat und ich selbst haben sie häufig als Kurier benutzt.«

»Aber weshalb ist sie hergekommen? Das ist verdammt gefährlich.«

Sie gingen ihr allmählich auf die Nerven, die zwei dort, mit ihrem mißtrauischen Gehabe. Und was war das für ein Fortunat, von dem Laurent redete? Sie kannte niemanden dieses Namens. Alle drei wirkten komisch mit ihren verschwörerischen Mienen. Der kleinere der beiden lächelte sie plötzlich an.

»Laß sie in Ruhe, du siehst doch, daß du ihr angst machst.«

Angst? Bitte, wenn es ihnen Spaß machte, sie für eine schwache Frau zu halten ...

Der kleine Dunkelhaarige, der eben gesprochen hatte, fragte sie:

»Warum wollten Sie David sprechen?«

»Ich wußte, daß Lau ...«

»Keine Namen, bitte!«

»Ich wußte, daß mein Freund mit ihm verabredet war.«

»Wer hat Ihnen das gesagt?«

Léa seufzte gereizt. »Er natürlich.«

»Stimmt das?« wandte sich der Mann in scharfem Ton an Laurent.

»Ja.«

»Ist Ihnen klar, daß Sie eine große Unvorsichtigkeit begangen haben? Aber ich glaube, Sie haben recht daran getan«, meinte er lachend. »Entschuldigen Sie bitte das Verhör, Mademoiselle. Darf ich mich vorstellen: Aristide, und das hier ist David. Und Sie? Wie nennen Sie sich?«

Ohne nachzudenken, antwortete Léa:

»Exupérance.«

»Exupérance«, wiederholte Aristide. »Ein merkwürdiger Name. Er klingt wie *Espérance*, Hoffnung – eine gute Wahl.«

Laurent sah sie mit verständnisinnigem Lächeln an: Er wußte, woher dieser Vorname kam: Sie hatten sich einmal die »Kleine Heilige« in ihrem Schrein in der Basilika von Verdelais zusammen angesehen.

»Ich habe mit Camille sprechen und ihr deinen Brief zustecken können.«

»Wie geht es ihr?«

Léa beschloß, ihr Versprechen zu vergessen.

»Sie ist krank; sie muß so schnell wie möglich dort raus.«

Laurent stützte sich auf eine Stuhllehne und versuchte, sich seine Beunruhigung nicht anmerken zu lassen.

»Aristide meint, es sei sehr gewagt, mit Grand-Clément zu sprechen. Er traut ihm nicht.«

»Zu Unrecht«, warf David ein, der bisher noch nichts gesagt hatte. »Ich kenne Grand-Clément. Wir haben zusammen Absprungplätze für Fallschirmspringer aufgespürt und hergerichtet und neue Waffenverstecke angelegt. Er ist ein zuverlässiger Mann, der das volle Vertrauen der Organisation genießt. Ich weiß nicht, was Aristide gegen ihn hat, er hat ihn nie kennenlernen wollen.«

»Hör auf, David, wir wollen uns nicht wieder über deinen großen Mann streiten. Er mag ja ›zuverlässig‹ sein, wie du sagst, aber er redet zuviel, lebt zu auffällig, ist zu umtriebig. Jeder hier weiß, daß ›Monsieur‹ Grand Clément ein ›großer Widerstandsführer‹ ist. Ich weiß nicht, was die in Paris sich dabei gedacht haben, eine solche Schießbudenfigur zum Verantwortlichen für die Region B2 zu machen. Nur die Gestapo in Bordeaux ist ahnungslos.«

»Nun übertreib mal nicht! Es hat halt jeder seine eigene Art zu kämpfen.«

»Ich weiß, daß ich möglicherweise ungerecht bin, aber irgend etwas sagt mir, daß dieser Marineoffizier, ehemalige Royalist und Vertrauter des Oberst de la Rocque uns einen üblen Streich spielt.«

»Du und dein Gespür!«

Léa verfolgte amüsiert diesen Meinungsstreit über den »Versicherer von Papa«. Sie versuchte sich des Eindrucks zu erinnern, den dieser bei ihrem einzigen Zusammentreffen auf sie gemacht hatte. Sie sah vor sich einen eher hochgewachsenen Mann von imponierendem Auftreten, der Typ eines Geschäftsmannes, wie man sie in Bordeaux schätzt, aber sonst nichts Besonderes.

»Wenn *ich* nun zu ihm ginge?«

Die drei Augenpaare richteten sich auf sie.

»Ich habe schon mal mit ihm zu tun gehabt.«

»Wie kam das?« fragte Aristide.

Léa berichtete, wie sie damit betraut worden war, Grand-Clément Dokumente zu überbringen, angeblich Versicherungsverträge ihres Vaters.

Aristide hörte ihr schweigend zu. Vielleicht war es gar keine schlechte Idee; jedenfalls war sie durchaus erwägenswert.

»Wann sollte das Treffen denn stattfinden?«

»Morgen, bei ihm zu Hause, eine Stunde vor der Ausgangssperre.«

»Wir können es absagen«, meinte David. »Wenn ihr wollt, kann ich das übernehmen.«

»Gut, sag ihm ab«, sagte Aristide.

»Ich wollte eigentlich heute abend wieder nach Montillac zurück. Ich muß dort anrufen, damit sie sich keine Sorgen machen. Ich müßte auch noch einem Freund Bescheid geben, mit dem ich nach Langon zurückfahren wollte.«

»Dazu haben Sie keine Zeit. Jemand wird Ihre Familie von der Post aus anrufen, und Ihr Freund muß sich halt mit Ihrem Nichterscheinen abfinden. Einer unserer Leute wird Ihnen als Schutz in einigem Abstand folgen bis zum Cours de Verdun und dann dort auf Sie warten. Sie stellen Grand-Clément nur die eine Frage: Ist die Organisation bereit, Madame d'Argilat zur Flucht zu verhelfen?«

Von Léas Gesicht war abzulesen, daß sie nicht zuhörte: Sie überlegte fieberhaft.

»Das ist Unsinn. Wenn ich Grand-Clément, der zuviel redet, wie Sie sagen, diese Frage stelle, wird schnell bekannt werden, daß ich euch helfe, und dann gerate ich selbst in Verdacht. Außerdem, falls Camilles Flucht gelingen sollte, müßte sie sich bis zum Ende des Krieges versteckt halten. Bei ihrem Gesundheitszustand ist das für sie unzumutbar, auch für ihren kleinen Sohn.«

»Stimmt!« sagte Aristide. »Was schlagen Sie vor?«

»So zu tun, als käme ich auf eigene Faust zu ihm, um ihn zu bitten, aus humanitären Gründen etwas für Camille zu tun.«

»Aber er weiß doch, daß Sie im Widerstand mitmischen, denn Sie haben ihm ja schon einmal Dokumente überbracht«, warf David ein.

»Das habe ich bedacht. Ich werde das hirnlose

Dummchen spielen, das sich über die Bedeutung seines Vorgehens überhaupt nicht im klaren ist.«

Aristide brauchte nicht lange, über diesen Vorschlag nachzudenken. Er fand ihn vernünftig.

»Ich glaube, sie hat recht. David, sag Dickschädel Bescheid: Er soll ihr unauffällig folgen, sobald sie aus der Tür kommt. Sie dürfen nicht wieder hierher zurückkommen, Exupérance, das wäre zu gefährlich.«

David verließ den Raum.

»Ich werde schon klarkommen.«

»Ich weiß nicht, ob ich zulassen darf, daß du so große Risiken für mich auf dich nimmst«, sagte Laurent.

»Ich tue es nicht für dich, ich tue es für Camille.«

Das Seltsame daran war, daß sie das aufrichtig meinte. Ihr wurde mit einemmal bewußt, daß sie sich seit ihrer dramatischen Flucht aus Orléans stets für Camille verantwortlich gefühlt hatte.

Stumm preßte Laurent Léa an sich.

David kam wieder herein. »Dickschädel steht bereit. Wenn Sie beim Verlassen des Hauses von Grand-Clément merken, daß etwas nicht stimmt, dann nehmen Sie Ihre Mütze ab und knoten sich statt dessen dieses Tuch hier um den Kopf. Dann weiß Dickschädel, daß er sich bereithalten muß, um eventuell einzugreifen. Er folgt Ihnen auf jeden Fall, bis Sie ihm ein Zeichen geben, indem Sie Ihre Finger vor den Mund halten. Das bedeutet, daß Sie in Sicherheit sind. Haben Sie alles verstanden?«

»Aber ja, so kompliziert ist es ja nicht.«

»Ich werde ab morgen mittag im *Régent* an der Place Gambetta auf Sie warten.«

Der Wirt kam herein. »Alles in Ordnung; sie kann losgehen.«

Léa winkte allen kurz zu und ging hinaus. Als sie an dem kleinen Kellner vorbeikam, sagte er zu ihr:

»Nichts für ungut, Kleine, ich hatte meine Anweisungen.«

Statt einer Antwort schenkte ihm Léa ihr schönstes Lächeln.

Draußen war es fast völlig dunkel. Unter den Türen kam ein schwacher Lichtschein hervor, doch kein Strahl entwich den verdunkelten Fenstern, und die Geschäfte waren unbeleuchtet. Die Straßenlaternen hatte man ausgeschaltet. Es war kalt und feucht. Glücklicherweise war der Cours de Verdun nicht weit vom Quai des Chartrons.

Vor der Nummer vierunddreißig hielten mehrere Autos, und elegant gekleidete Leute gingen in das Haus. Léa zögerte. Dies war offenbar nicht der günstigste Augenblick, um Grand-Clément sprechen zu wollen. Na, wenn schon! Sie war nun einmal hier, jetzt mußte sie durch. Sie klingelte.

Ein Hausmädchen öffnete, trat beiseite und ließ sie herein, ohne zu fragen, was sie wünsche.

»Sie hier, meine Liebe?«

Léa wandte sich um und erkannte sofort den Mann, dessen Gesicht ihr nur vage in Erinnerung geblieben war.

»Was wünschen Sie?«

»Ich muß mit Ihnen sprechen.«

»Das geht momentan nicht, ich erwarte Freunde. Kommen Sie morgen wieder.«

»Nein, es geht um Leben und Tod«, sagte sie und gab ihrer Stimme einen melodramatischen Ton. »Sie allein können mir helfen.«

Grand-Clément zeigte ein kleines, selbstgefälliges Lächeln. »Glauben Sie mir, Mademoiselle, ich würde nur zu gern einer so reizenden Person, wie Sie es sind, helfen, aber Sie haben den Zeitpunkt schlecht gewählt.«

»Darf ich Ihnen nicht wenigstens kurz erklären, worum es geht?«

»Also gut, kommen Sie mit in mein Büro. Ach, Liebling«, sagte er zu einer jungen Frau, die auf sie zutrat, »ich brauche ein paar Minuten, um etwas zu erledigen. Nimm du unsere Gäste in Empfang.«

Er ließ Léa in das Büro eintreten, das sie bereits kannte. Dort bemühte sie sich, ihn zu bezaubern, zu rühren, zu überzeugen. Am Ende der Unterredung versprach er ihr, daß diese Person, die sie ihm so warm ans Herz gelegt hatte, bald freigelassen werde.

»Nicht bald – sofort!«

»Sie legen sich ja mächtig ins Zeug. Wenn man Sie hört, könnte man meinen, die Deutschen warteten nur auf einen Befehl von mir, um ihre Gefangenen zu entlassen.«

»Ich bin sicher, daß Sie es schaffen werden.«

»Kommen Sie morgen nachmittag um vier wieder, dann kann ich Ihnen sagen, ob ich etwas erreicht habe«, schloß er und erhob sich.

In der Eingangshalle war das Hausmädchen einem ziemlich großen Mann beim Ablegen des Mantels behilflich.

»Onkel Luc!«

»Léa! Was machst du denn hier? Ich dachte, du seist in Paris bei deinen Tanten.«

»Ich habe Monsieur Grand-Cléments Hilfe erbeten, um Camille d'Argilat aus dem Lager Mérignac herauszubekommen.«

»Sie kennen dieses junge Mädchen?«

»Es ist die Tochter meines Bruders Pierre, der im vergangenen Jahr verstorben ist. Madame d'Argilat ist eine Freundin von ihr und lebt seit dem Verschwinden ihres Ehemannes mit meiner Nichte und einer meiner Schwestern in der Nähe von Langon zusammen. Ich kenne Madame d'Argilat gut, sie ist eine großartige Frau. Wenn Sie etwas für Sie tun können, wäre ich Ihnen sehr dankbar.«

»Lieber Herr Rechtsanwalt, ich habe Ihrer Nichte bereits versprochen, alles nur Mögliche zu unternehmen.«

»Ich danke Ihnen.«

»Auf Wiedersehen, Onkel.«

»Wo willst du hin? Du kannst doch heute abend nicht mehr nach Montillac zurück. Es fährt jetzt kein Zug mehr, und es ist auch schon bald Sperrstunde. Wenn du möchtest, kannst du bei uns schlafen.«

»Vielen Dank, Onkel Luc, aber ich bin mit Freunden verabredet.«

»Wie du willst. Wie geht's auf Montillac?«

»Ganz gut. Auf Wiedersehen. Auf Wiedersehen, Monsieur.«

»Auf Wiedersehen, Mademoiselle, bis morgen. Ich hoffe, dann gute Nachrichten für Sie zu haben.«

Es war stockdunkel. Léa hatte ihre Mütze nicht abgenommen. Sie mußte jetzt nachschauen, ob Mathias noch immer im Café neben dem Theater ausharrte. Er war noch da.

Er war noch da und er war wütend.

»Wo kommst du her? Warum hast du mir einen Bären aufgebunden? Du warst nicht bei deinem Onkel, da hat dich keiner zu Gesicht bekommen. Wo warst du?«

»Ich werde es dir erklären.«

»He, ihr Turteltauben, wir schließen! In zehn Minuten ist Sperrstunde.«

»Schon gut, schon gut, wir gehen gleich. Du kannst ruhig noch fünf Minuten warten. Und ich mag es auch nicht, wenn man sich über mich lustig macht.«

»Tut mir leid, Monsieur, wir haben geschlossen.«

Der Mann, der auf der Schwelle stand, die Hände in den Taschen seines Regenmantels vergraben, ließ Léa nicht aus den Augen. Es war Dickschädel. Sie hatte ihn völlig vergessen. Sie gab ihm das vereinbarte Zeichen, und er wandte sich zum Gehen: »Adieu alle miteinander.«

»Wohin gehen wir?« fragte Léa, als sie hinaus in den Regen und die Kälte traten.

»Erklär mir, wo du gewesen bist, während ich mir wegen dir die Beine in den Bauch gestanden habe.«

»Später, wenn es dir recht ist. Momentan ist mir kalt, und ich sterbe vor Hunger.«

»Ruth und deine Schwester werden sich Sorgen machen.«

»Sie wissen Bescheid. Hast du eine Idee, wohin wir gehen könnten?«

Ihre Frage blieb ohne Antwort. Sie marschierten einige Minuten schweigend und überquerten dann die Esplanade des Quinconces, die wie ein großes schwarzes Loch erschien. Mathias zog eine Taschenlampe hervor und gab sie Léa. Sie umgingen die Sandsäcke in der Allée de Tourny und kamen in eine Gasse nahe bei einer Kirche.

Eine schmale, steile und rutschige Treppe führte zu einer Glastür, auf der in großen, verschnörkelten Buchstaben OTEL stand. Das H war verschwunden, seine Umrisse aber noch zu erkennen. Mathias drückte mit seinem Fahrrad die Tür auf und brachte dadurch die kupfernen Röhrchen eines Glockenspiels zum Klingen. Im schwach erleuchteten Entree roch es nach Katzenpisse und Zwiebelsuppe, überlagert vom süßlichen Duft eines billigen Parfüms.

»Hier stinkt's«, sagte Léa leise.

Mathias zuckte die Achseln.

»Wer ist denn da?« rief eine heisere Stimme.

»Ich bin's, Madame Ginette. Haben Sie mir mein Zimmer aufgehoben?«

»Ah, du bist's, Kleiner. Du hast Glück, ich hätte es zehnmal vermieten können, aber ich hab' mir gesagt: Son braver Junge, wie der einer ist, kann schließlich nicht auf der Straße nächtigen.«

Aus dem Dunkel trat die dickste Frau hervor, die Léa je gesehen hatte. In ihrem vollen, grotesk geschminkten Gesicht funkelten zwei kleine, intelligente und boshafte Augen, die tief in Fettpolster eingebettet und von Wimperntusche verschmiert waren. Der unförmige, in einen Morgenrock aus abgeschabtem Samt gehüllte Körper schlurfte in abgetretenen Pantoffeln auf sie zu. Léa wich zurück wie ein verängstigtes Kind.

»Das ist meine Kinderfreundin, Madame Ginette, von der ich Ihnen schon erzählt habe.«

»He, du Hinterwäldler, du hast mir aber nichts davon erzählt, daß deine Rotzgöre son tolles Rasseweib ist, wenn sie auch nicht gerade sehr freundlich aussieht. So wie die die Schnute verzieht, wirst du dir wohl die Hose nicht oft aufzuknöpfen brauchen.«

»Madame Ginette!«

»Was heißt ›Madame Ginette‹. Ich werde ja wohl noch meine Meinung sagen dürfen in meinem eigenen Hause. Bist wohl mächtig verknallt, was? Na, ich will deine Jungfrau nicht in Verlegenheit bringen. Obwohl, mit so 'nem Mützchen auf dem Kopf sollte es mich nicht wundern, wenn sie ihre Unschuld schon verloren hätte. Stimmt's, Süße? Mir braucht ihr keine Märchen aufzutischen, ich kenne mich aus.«

Léa riß die Augen auf bei diesem Wortschwall, den sie kaum verstand, denn er wurde im Dialekt des Bordelais hervorgesprudelt.

»Ich bitte Sie, Madame Ginette!«

»Worum bittest du mich denn, du Weiberheld? Aus 'nem Schamhaar macht der 'ne Deichselstange. Ich bin ja 'n Gemütsmensch, aber du bringst mich noch in Braß. Also, ich gratuliere dir zu deinem Dämchen. Bin dir auch nicht böse, obwohl man dir eigentlich den Arsch versohlen müßte. Verdammt noch mal, du machst mir Spaß!«

»Laß uns lieber gehen, Mathias«, sagte Léa, »ich glaube, Madame hat keine Lust, uns aufzunehmen.«

»Wie schön es gurren kann, das hübsche Täubchen! ›Ich glaube, Madame hat keine Lust, uns aufzunehmen.‹ Das ist es nicht, mein Herzchen. Es paßt mir einfach nicht, wenn mich so ein Lümmel für eine dumme Kuh hält, einfach abhaut, ohne was zu sagen, und dann plötzlich samt Fahrrad und ›Kinderfreundin‹ wieder auf der Matte steht. Gibt sich lässig und hat nicht genug im Portemonnaie, um seine Bude hier zu bezahlen. Wenn du hier pennen willst, Hosenscheißer, mußt du 'n paar Scheine hinblättern, sonst verzieht euch.«

»Bitte, Madame, das ist alles, was ich bei mir habe. Reicht das?« fragte Léa kühl und entnahm ihrer Tasche einige Banknoten.

Die Dicke zählte sie und stopfte sie dann in eine Tasche ihres Morgenrocks. »Da hast du aber Glück gehabt, Jungchen. Du weißt ja, wo's langgeht.«

»Ja danke.«

Mathias drückte auf einen Schalter. Ein schwaches Licht aus einer einzigen nackten Birne erhellte einen langen Korridor, den er Léa entlangschob.

»He, Rotzjunge, du hast dein Fahrrad vergessen.«

Er ging zurück, hob sein Rad auf die Schulter und trug es den Gang hinunter.

Das Zimmer war entsprechend: düster und eisig kalt. Léa, die mit ihren Nerven am Ende war, blieb mitten im

Raum stehen und begann haltlos zu weinen. Mathias nahm sie in die Arme. Sie stieß ihn zurück.

»Rühr mich nicht an.«

Sie streckte sich auf dem Bett aus, streifte die Halbstiefel ab und zog das dicke blaue Federbett über sich, das ihr wie ein Luxus erschien und sauberer war, als man es an diesem miserablen Ort erwartet hätte.

»Ich bin gleich wieder da.«

Alarmiert richtete sich Léa auf: Wollte er sie etwa hier allein lassen, in diesem gräßlichen Hotel mit dieser dikken Frau, die ihr Furcht einflößte?

»Keine Angst, ich besorge nur etwas zu essen. Es dauert höchstens zehn Minuten.

Solange er weg war, blieb Léa unter dem dicken Federbett.

»Du erstickst noch darunter«, warnte Mathias und zog es ihr weg. »Die Suppe wartet, beeil dich, sonst wird sie kalt. Wenn Mademoiselle sich bitte bemühen wollen: Es ist serviert, Mademoiselle.«

Sie traute ihren Augen nicht! Wo hatte er das Rolltischchen aufgetrieben mit dem blütenweißen Tischtuch, das noch die Bügelkanten zeigte, mit Porzellan und Silber eingedeckt war und besser in ein Luxushotel gepaßt hätte? Eine Flasche Margaux lagerte in einem Weidenkörbchen neben dem Brotkorb mit vier Brötchen, einem kalten Brathähnchen, einer Schüssel Salat, einer Schokoladencreme und einer großen Terrine, aus der es köstlich nach Knoblauchsuppe duftete.

Léa konnte es nicht fassen. Dieser Junge, den sie in- und auswendig zu kennen glaubte, wurde ihr immer rätselhafter. Gewiß war er der einzige, der nach der Sperrstunde in Bordeaux noch ein Mahl auftreiben konnte, das auch eine verwöhnte Dame der Vorkriegszeit nicht verschmäht hätte.

»Woher hast du das?«

»Jedenfalls nicht aus diesem Hotel. Ich habe einen Kumpel, der ist Koch in einem Restaurant in der Nähe. Du kannst es dir schmecken lassen, dort verkehren nur die oberen Zehntausend von Bordeaux.«

»Dann dürfte es unerschwinglich sein. Ich dachte, du hättest kein Geld?«

»Stimmt, aber ich habe Kredit. Auf, zu Tisch. Laß die Fragerei und komm essen.«

Léa schluckte einen Löffel voll und schob dann ihren Teller zurück.

»Warum bist du nach Deutschland gegangen?«

»Das kratzt dich, was? Es paßt dir nicht, daß ich auf der Seite des Stärkeren stehe. Das habe ich sehr wohl bemerkt. Seit du aus Paris zurück bist, meidest du mich. Du glaubst doch hoffentlich nicht, daß Leute wie Laurent d'Argilat und Adrien Delmas je das Sagen haben werden? Denkst du, wir würden den Kommunisten kampflos das Ruder überlassen?«

»Aber Laurent und Onkel Adrien sind keine Kommunisten.«

»Mag sein, aber sie sind ebenso Terroristen wie diese.«

»Du bist ja vollkommen verrückt, mein lieber Mathias. Hältst du es etwa auch für normal, daß Menschen gefoltert werden?«

»Nur das jüdische Gesindel wird gefoltert.«

»Jüdisches Gesindel! Und Camille?«

»Sie hätte in der Wahl ihres Ehemannes vorsichtiger sein sollen.«

»Schweinehund!«

»Du wirst den Schweinehund noch kennenlernen. So was hast du noch nie zu mir gesagt.«

Er streckte die Hand nach ihr aus.

»Wenn du mich anrührst, brauchst du keinen Fuß mehr auf Montillac zu setzen. Nie mehr!«

Er wurde blaß. Das war nicht mehr seine Kinderfreundin, die hier sprach, sondern die Herrin des Gutes, das sein Vater und er verwalteten. Es war das erste Mal, daß Léa in diesem Ton mit ihm sprach. Wie mit einem Arbeiter! Wie mit einem Bediensteten! Das also war er für sie. Sie behandelte ihn von oben herab wie Marquisen und Baroninnen ihre Lakaien.

»Du vergißt, mein liebes Kind, daß ›dein‹ Montillac mit mehreren Hypotheken belastet ist, und wenn mein Vater und ich dich fallenlassen, bleibt dir nur noch der Verkauf unter Wert.«

»Das ist gemein, was du da sagst. Ich dachte, dir bedeutete das Gut ebensoviel wie mir.«

»Was einem nicht gehört, liebt man nicht lange.«

Mit einer Hand umspannte er ihre Handgelenke, drückte sie nach hinten auf das Bett und setzte sich auf ihre Beine, so daß sie sich nicht bewegen konnte. Mit der freien Hand knöpfte er seinen Hosenschlitz auf und holte sein Glied heraus.

»Nein, Mathias! Laß das!«

»Du willst mir doch nicht etwa weismachen, daß du das nicht mehr magst?«

Er hebt ihren Rock hoch, zerrt ihr das Höschen herunter. Léa wehrt sich, bäumt sich auf, spuckt ihm ins Gesicht, drückt die Schenkel zusammen. Er ohrfeigt sie mit aller Kraft. Ihre Lippe platzt auf und Blut tropft herunter. Er öffnet ihre Beine und dringt in sie ein.

Léa starrt ihn verstört an. Sie hat Schmerzen, wie sie sie noch nie verspürt hat, und eine schreckliche Angst steigt in ihr auf. Ihre Tränen fließen auf das Kopfkissen.

»Hör auf, Mathias! Hör auf, du tust mir weh!«

»Jetzt paß mal gut auf, und laß das Getue. Ich weiß genug von dir, um dich hochgehen zu lassen, wenn ich will: daß du Briefe hin- und hergetragen hast, mit deinem blauen Fahrrad Nachrichten überbracht hast – ich weiß alles. Ich habe viele Freunde bei der Gestapo. Ich habe dich in der Hand. Ab sofort wirst du hübsch brav sein. Ich werde wieder nach Deutschland gehen, bis das ganze Geschmeiß vernichtet ist. Dann komme ich ganz gemächlich wieder zurück, wir heiraten und werden Gutsherren auf Montillac. Ich bin ein geduldiger Mensch.«

Er ließ sich mit seinem ganzen Gewicht auf sie fallen, suchte ihren Mund; sein Glied grub sich in sie hinein. Léa biß die Zähne zusammen. Sie zitterte am ganzen Leibe.

»Ich liebe dich, Léa. Ich liebe dich.«

Er kam in ihr und erschlaffte.

Nach einiger Zeit erhob er sich von ihr. An seinem Glied war Blut.

Léa zog das Federbett über ihren mißhandelten Körper und blieb ausgestreckt liegen.

Er streichelte ihr Gesicht, doch sie stieß seine Hand heftig zurück. Lange betrachtete er sie, ohne etwas zu sagen. Sie schlief oder gab vor zu schlafen. Er löschte das Licht.

15.

Léa erwachte mit starken Leibschmerzen. Das Wetter schien sich gebessert zu haben. Ein Sonnenstrahl versuchte durch die Vorhänge aus billigem rotem Stoff in das Zimmer zu dringen und enthüllte dabei eine erdrükkende Tapete mit großen roten und blauen Blumen, die stellenweise zerrissen war oder herunterhing. In einem großen Spiegel dem Bett gegenüber sah sie sich und den schlafenden Mathias.

Sie richtete sich auf. Ihre Armbanduhr zeigte elf. Elf! Mit großer Anstrengung gelang es ihr aufzustehen. Sie schlotterte vor Kälte in dem eisigen Zimmer, während sie ihre Schuhe und ihren Mantel anzog. Mathias drehte sich im Bett um. Einen Augenblick blieb sie unbeweglich stehen; dann suchte sie ihre Tasche unter dem Bett und stieß dabei an den Tisch, auf dem die Gläser und Teller klirrten. Mathias schlief weiter.

Am Ende des Korridors fegte ein schwächlicher Mann mit gelblichem Teint und einer erloschenen Zigarettenkippe zwischen den Lippen nachlässig den Boden.

Draußen hatte blauer Himmel den gestrigen Nieselregen abgelöst. In der Luft lag so etwas wie Frühlingsgeruch, der sich bis in die freudlosen Gassen schlich. Von Notre-Dame erklangen die zwölf mittäglichen Glockenschläge.

Léa rannte die Rue Montesquieu hinunter. Laufend überquerte sie den Cours de l'Intendance, mußte anhalten, um die Straßenbahn vorbeizulassen, und kam atemlos vor dem *Régent* an. Es war die Stunde des Apéritifs, die Terrasse war voll besetzt. An mehreren Tischen saßen deutsche Offiziere.

Es war verrückt von David, sich hier mit ihr zu verabreden! Er saß nicht auf der Terrasse. Léa entschloß sich, in das Café hineinzugehen. Sie erblickte ihn sofort. Er saß auf einer Polsterbank und las *La petite Gironde*. Er war wie verjüngt und guter Laune.

»Haben Sie schon das Neueste gehört?«

Léa schüttelte den Kopf.

»Radio London hat gestern durchgegeben, daß Leningrad befreit worden ist. Aristide und ich hätten fast geheult, als Jacques Duchesne die Nachricht mit belegter Stimme verlesen hat. Das müssen Sie sich mal vorstellen: Die haben sechzehn Monate durchgehalten! Sie sehen aber nicht gerade sehr beglückt aus ...«

»Ich habe schreckliche Kopfschmerzen. Aber es ist eine sehr erfreuliche Nachricht.«

Er betrachtete sie aufmerksam. »Sie sehen wirklich schlechter aus als gestern. Hat es Schwierigkeiten gegeben?«

»Nein, es ist alles gutgegangen.«

»Und Grand-Clément?«

»Er hat mir versprochen, alles ihm nur Mögliche zu tun. Er hat mich für heute nachmittag um vier noch einmal zu sich bestellt.«

»Sehr gut. Ich werde Dickschädel sagen, daß er sich dort postieren soll. Vergessen Sie nicht: Wenn etwas schiefgeht, binden Sie sich das Tuch um.«

»Möchten Sie etwas trinken, Mademoiselle?«

»Ja ... Nein ... Ich weiß nicht.«

»Haben Sie heute morgen schon etwas gegessen?«

»Nein; ich habe keinen Hunger. Bringen Sie mir eine Limonade und Aspirin, wenn Sie welches haben.«

»Ich werde nachsehen, Mademoiselle.«

Eine Gruppe junger Leute kam lachend herein. Léa spürte, wie David sich neben ihr verkrampfte. Dabei machten diese Jungs einen durchaus harmlosen Eindruck.

Der Kellner kam mit dem Getränk und einer Untertasse mit zwei Tabletten zurück.

»Sie haben Glück, die Chefin hatte Aspirin in ihrer Handtasche.«

»Richten Sie ihr bitte meinen Dank aus.«

»Was bin ich Ihnen schuldig?«

»Eine Limonade und ein Glas Sauternes: sechs Franc, Monsieur, ohne Bedienung.«

»Hier; stimmt so. Beeilen Sie sich, Léa, wir müssen abhauen.«

Sie schluckte ihre Tabletten und folgte David. Draußen nahm er sie beim Arm und zog sie in die Rue Judaique.

»Warum sind wir so schnell gegangen? Wegen der jungen Leute?«

»Ja.«

»Wieso?«

»Ich wünsche Ihnen, daß Sie die nie wieder zu Gesicht kriegen werden. Das sind Männer des Kommissars Poinsot!«

»Die? Ich habe sie für Studenten gehalten.«

»Komische Studenten. Die können besser mit einem Knüppel umgehen als mit der französischen Sprache. Das sind gefährliche Rohlinge ohne jegliche Skrupel, die aus reinem Vergnügen oder auch für Geld foltern und töten.«

»Warum haben Sie sich dann in diesem Lokal mit mir verabredet?«

»Weil man mitten unter den Feinden immer noch am sichersten ist. Wir trennen uns dort an der Ecke. Was wollen Sie solange machen, bis Sie zu Grand-Clément gehen?«

»Ich werde ein bißchen herumlaufen, die Luft tut mir gut. Danach gehe ich vielleicht ins Kino.«

»Gute Idee. Im Olympia gibt es *Les Visiteurs du soir* von Carné. Der ist nicht schlecht, nur der Schluß ist ein wenig verunglückt.«

»Ich habe ihn in Paris gesehen. Was soll ich tun, wenn ich von Grand-Clément komme?«

»Zum Bahnhof Saint-Jean gehen und den nächsten Zug nach Hause nehmen. Vor dem Zeitungskiosk wird eine Frau, die einen Weinführer für Frankreich in der Hand hält, an Sie herantreten und sagen: ›Der Zug von Paris hat heute Verspätung.‹ Und Sie antworten ihr: ›Das glaube ich nicht.‹ Dann berichten Sie ihr alles über Ihre Unterredung mit Grand-Clément und steigen anschließend in den Zug nach Langon.«

»Und wenn ich mich aus irgendeinem Grund nicht am Bahnhof einfinden kann?«

»Dann werden wir es von Dickschädel erfahren, der Ihnen die ganze Zeit über folgen wird. Jedenfalls gilt für Sie der Befehl, so schnell wie möglich nach Hause zurückzukehren.«

»Der Befehl?« wiederholte Léa und runzelte die Brauen.

»Ja. Ob Sie wollen oder nicht, Sie gehören jetzt zur Organisation und müssen gehorchen – in Ihrem eigenen und unser aller Interesse. Aristide hält sehr streng darauf.«

»Wo ist Lau . . . Lucius?«

»An einem sicheren Ort in den Landes. Sie werden bald von ihm hören. Auf Wiedersehen, Exupérance. *Good luck*.«

»Auf Wiedersehen, David.«

»Ihre Freundin wird morgen freigelassen.«

Léa traute ihren Ohren nicht. Er machte Witze, das war doch nicht möglich!

»Wie kommt das denn?«

»Die Gestapo ist zu der Überzeugung gekommen, daß Madame d'Argilat nichts von den Aktivitäten ihres Mannes weiß und auch keine Ahnung hat, wo er sich aufhält. Wissen Sie es vielleicht? Rein zufällig?«

Diese unerwartete Frage hätte sie beinahe aus der Fassung gebracht. Konnte man die Furcht, die hinter ihrem blassen Gesicht stand, erkennen, und würde es ihr gelingen, mit gänzlich unschuldiger Stimme zu antworten?

»Ich? Nein. Ich habe ihn seit der Beerdigung meines Vaters nicht wiedergesehen.«

Grand-Clément ließ nicht erkennen, ob er darauf hereinfiel oder nicht.

»Jedenfalls ein vorsichtiger Mann, so wie wir sie bei uns schätzen.«

»Bei uns?«

»Ja, im Widerstand.«

»Aber das ist doch sehr gefährlich«, sagte sie mit einer so gut gespielten Mischung aus Furcht und Bewunderung im Ton, daß ihr Grand-Clément selbstgefällig zustimmte:

»Sehr; aber das ist der Preis für die Befreiung unseres Landes.«

Léa hatte allmählich genug davon, das Dummchen zu spielen, und fühlte sich zunehmend unbehaglich diesem Mann gegenüber, den sie nicht einschätzen konnte.

»Um welche Zeit wird Madame d'Argilat entlassen?«

»Am späten Vormittag. Sie braucht einen Wagen, denn die Krankheit hat sie sehr geschwächt. Ich habe mir erlaubt, deswegen mit Rechtsanwalt Delmas, Ihrem Onkel, zu sprechen, der zugesagt hat, Ihnen sein Auto zur Verfügung zu stellen, das Sie und Madame d'Argilat nach Hause bringen wird.«

»Das ist sehr freundlich von Ihnen, und ich danke Ihnen für alles, was Sie getan haben. Wie haben Sie das bloß geschafft?«

»Ehrlich gesagt: Ich brauchte gar nicht viel zu tun. Als ich mit dem Lagerleiter von Mérignac gesprochen habe, sagte er mir, er hätte gerade den Befehl erhalten, Madame d'Argilat und etwa zehn weitere Gefangene aus familiären Gründen zu entlassen.«

War das die Wahrheit? Jedenfalls war es plausibel. Léa begnügte sich mit dieser Erklärung und verabschiedete sich von Grand-Clément, der ihr sagte:

»Ich hoffe, Sie unter angenehmeren Umständen wiederzusehen.«

Hätte ihr die Erinnerung an die vergangene Nacht nicht wie ein schwarzer Klumpen auf dem Herzen gelegen, Léa hätte vor Freude auf dem Cours de Verdun getanzt. Sie ließ sich von den letzten Sonnenstrahlen dieses schönen, winterlichen Spätnachmittags streicheln und beschloß, zu ihrem Onkel Luc Delmas zu gehen, um sich dort von der ihr zugefügten Beschmutzung zu reinigen. Und zum ersten Mal an diesem Tag dachte sie über das nach, was geschehen war.

Der Mathias ihrer Kindheit und frühen Jugend war für sie in einer schäbigen, von einer vulgären Prostituierten geführten Absteige gestorben. Sie würde ihm nie verzeihen. Was sie nicht einschätzen konnte, war der Grad der Ernsthaftigkeit von Mathias' Drohungen. Sie hielt ihn jetzt für zu allem fähig, wußte jedoch nicht, wie weit seine Macht über sie reichte. Es kam natürlich nicht mehr in Frage, ihn von Montillac zu vertreiben, solange sie die genaue wirtschaftliche Situation des Gutes nicht kannte und auch keine Klarheit darüber hatte, welche Enthüllungen er der Gestapo machen konnte.

Es war warm im Eßzimmer der Delmas', und das Essen, das von der alten und getreuen Köchin serviert wurde, war ebenso fade wie vor dem Krieg.

Léa, die zwischen ihrem Onkel Luc und ihrem Cousin Philippe saß, der endlich sein Jurastudium beendet hatte und nun in der Anwaltspraxis seines Vaters arbeitete, wurde es immer unbehaglicher zumute.

»Ein Glück, daß Papa mit dem Präfekten befreundet ist, sonst hätte Madame d'Argilat gute Aussichten gehabt, einige Monate im Gefängnis zu verbringen.«

»Hältst du es etwa für gerechtfertigt – du als Jurist –, daß man jemanden inhaftiert, der nichts verbrochen hat?«

»Sie mag vielleicht nichts verbrochen haben, aber ihr Mann wird von der Polizei gesucht.«

»Von welcher? Der französischen oder der deutschen?«

»Du weißt doch genau, daß die beiden Polizeiorganisationen hier zusammenarbeiten.«

»Das ist ja wohl nicht zu übersehen.«

»Kinder, streitet euch nicht. Aber du, Léa, solltest deine Einstellung ändern. Hier in Bordeaux halten wir uns strikt an die Anweisungen des Regierungschefs. Jede andere Verhaltensweise würde den Interessen unseres Landes zuwiderlaufen. Durch die Entscheidung, die er getroffen hat, konnte Marschall Pétain Frankreich vor kommunistischem Aufruhr und vor Anarchie bewahren, von den Tausenden verschonter Menschenleben ganz zu schweigen.«

»Onkel Luc, du vergißt, daß Menschenleben hier nicht sehr viel zählen, denn es sind bereits Dutzende von Geiseln hingerichtet worden.«

»Das ist die traurige Konsequenz eines Banditenunwesens, das Unverantwortlichen im Sold von Moskau oder London zuzuschreiben ist.«

»Also Onkel Luc! Wie kannst du so etwas sagen, wenn Männer wie Onkel Adrien und Laurent d'Argilat ...«

Rechtsanwalt Delmas stand so abrupt auf, daß sein schwerer Stuhl umkippte. Mit einer wütenden Geste warf er seine Serviette auf den Tisch.

»Ich will kein Wort mehr über meinen Bruder hören. Für mich ist er gestorben, das habe ich dir schon einmal gesagt. Was Laurent d'Argilat angeht, so begreife ich nicht, was in ihn gefahren sein mag, er war doch ein guter Offizier. Guten Abend; du hast mir den Appetit verdorben.«

Luc Delmas verließ das Zimmer und schlug die Tür hinter sich zu. Léa trank ihren Wein aus.

»Das war nicht nett, ihn so aufzubringen. Er wird die ganze Nacht nicht schlafen.«

»Ein bißchen Schlaflosigkeit wird ihm nicht schaden. Da könnte er sich schon mal überlegen, was er nach dem Krieg machen will, wenn ihn die Deutschen verloren haben.«

»Liebes Kind, so schnell dürfte es damit nichts werden. Du solltest dich lieber mit deinen Verehrern abgeben statt mit Dingen, die nur Männer etwas angehen.«

»Armer Philippe, du wirst offenbar auch nie schlau. Du bist unfähig, die Welt anders als mit den Augen deines Vaters zu sehen. Pierrot, der hat's kapiert, der hat sich lieber abgesetzt.«

Jetzt wurde auch ihr Cousin blaß und stand auf.

»Bloß gut, daß du nicht vor Papa angefangen hast, von meinem Bruder zu reden, sonst hätte er dich rausgeworfen.«

Léa zuckte die Achseln.

»Wo ist er? Habt ihr Nachricht von ihm?«

»Er ist in Spanien im Gefängnis.«

»Im Gefängnis?«

»Ja, und das geschieht ihm recht. Papa wäre fast gestorben, als er den Zettel in Pierrots Zimmer gefunden hat, auf dem er verkündet hat, er wolle nach Nordafrika gehen und sich dort als Freiwilliger melden.«

»So etwas hättest du natürlich nie getan.«

»Mach dich ruhig über mich lustig. Ohne Onkel Adriens schlechtes Beispiel wäre der Kleine nie abgehauen. Glücklicherweise haben sie ihn geschnappt, bevor er nach Marokko gelangen konnte.«

»Glücklicherweise!«

»Ja. Papa hat Anwaltsfreunde in Madrid, die haben ihm versprochen, daß Pierrot nach Frankreich zurückgeschickt wird.«

»Er wird wieder abhauen.«

»Das sollte mich wundern. Aus einem Jesuitenkolleg entkommt man nicht so leicht, schon gar nicht, wenn der Vater eindringlich darauf hinweist, daß hier eine junge Seele vor Gefahr bewahrt werden muß.«

»Großes Geschütz!«

»Heutzutage unentbehrlich, meine Liebe. Und du solltest dir ein Beispiel am Sohn eures Kellermeisters nehmen.«

»Mathias?«

»Ja, am jungen Fayard, der sich trotz seiner bescheidenen Herkunft richtiger verhält als viele junge Leute unserer Kreise.«

»Ach so: Es geht um richtiges Verhalten, und er verhält sich richtig! Du bist einfach lächerlich, mein Junge; hörst dich an wie Tante Bernadette: ›Die jungen Leute unserer Kreise!‹ Unsere Kreise sind erledigt, futsch, für immer verschwunden. Du und deinesgleichen, ihr seid Überlebende, Dinosaurier!«

»Dinosaurier oder nicht, immerhin ist es Leuten wie uns zu verdanken, daß das Land noch aufrecht steht.«

»Nennst du das etwa aufrecht stehen: von deutschen Stiefeln zerdrückt zu werden und ihnen dann auch noch die Sohlen zu lecken?«

»Ich sehe, daß du den erbärmlichen Typen von Radio London aufmerksam zuhörst, die aus dem Schutz ihrer Insel heraus alle prokommunistischen Taugenichtse unseres unglückseligen Landes zum Widerstand aufrufen.«

»Du vergißt die täglichen Bombenangriffe auf England.«

»Gegen diese Schweinehunde von Engländern kann es gar nicht genug davon geben.«

»Wie redest du denn von unseren lieben Vettern?«

»Du bist wirklich nicht komisch, blöde Gans.«

Immer noch die gleiche Verständnislosigkeit, die gleichen Streitereien, die gleichen Beschimpfungen wie in ihrer Kinderzeit. Léa hätte ihn am liebsten stehengelassen und wäre schlafen gegangen, doch das, was er über Mathias gesagt hatte, beunruhigte sie.

»Was hast du eigentlich gemeint, als du vorhin von Mathias gesprochen hast?«

»Einfach, daß ihn sein Aufenthalt in Deutschland von seiner Leichtfertigkeit kuriert hat und er, statt seine Zeit damit zu verplempern, dich mit verliebten Blicken zu verschlingen, ein Mann geworden ist, auf den man zählen kann.«

»Was verstehst du darunter?«

»Das ist zu kompliziert, um es dir zu erklären, aber du

wirst schon sehen. Es ist spät. Ich muß morgen schon früh im Justizpalast sein. Gute Nacht. Du schläfst in Corinnes Zimmer. Vergiß nicht, das Licht auszumachen, bevor du hinaufgehst.«

Léa blieb noch lange nachdenklich sitzen, die Ellbogen auf den Tisch gestützt, das Kinn in den Händen, und fragte sich mit wachsender Unruhe, was Philippe über Mathias hatte sagen wollen.

Am nächsten Morgen fuhren der Rechtsanwalt Delmas und Léa zum Lager Mérignac, um Camille abzuholen. Die junge Frau war so schwach, daß ein Gendarm sie zum Auto des Anwalts tragen mußte. Nachdem die Formalitäten erledigt waren, verließen sie das Lager unter den teilnahmslosen Blicken einiger weniger Gefangener, die ziellos unter einem feinen, kalten Regen umhergingen.

Halb ausgestreckt auf der Rückbank des Wagens, verfolgte Camille, wie sich das von Stacheldraht gekrönte Tor vor ihr öffnete, doch sie war zu erschöpft, um Freude darüber zu empfinden.

16.

Camille, die vom Fieber völlig ausgezehrt war, hatte gerade noch genug Kraft, ihren Sohn an sich zu drücken, dann verlor sie das Bewußtsein. Doktor Blanchard stellte eine Lungenentzündung und eine Gehirnerschütterung fest. Drei Wochen lang schwebte sie zwischen Leben und Tod. Ruth, Laure und Léa wechselten sich an ihrem Krankenbett ab und warteten verzweifelt darauf, daß das Fieber, das in dem armen, abgemagerten Körper brannte, fallen möge. Der Arzt, der jeden Tag nach ihr sah, riß sich die letzten weißen Haare aus und ging so weit, sich zu fragen, ob die von Bernadette Bouchardeau vor der Muttergottes von Verdelais gehaltenen Andachten bei der Kranken nicht vielleicht mehr bewirken mochten als seine Arzneien, was für einen alten Atheisten wie ihn wohl der Gipfel sein dürfte.

Mitte Februar fiel das Fieber mit einem Schlag, und während der folgenden Tage gewann Camille mehr und mehr ihr klares Bewußtsein zurück. Doch sie war so geschwächt, daß sie nicht allein essen konnte und Ruth sie füttern mußte wie ein kleines Kind. Auch das Sprechen war noch sehr anstrengend für sie. Anfang März erklärte sie Doktor Blanchard endlich außer Gefahr und sah gerührt zu, wie sie eigenhändig einen Löffel Bouillon zum

Munde führte. Nun konnte sie auch Laurents Briefe lesen und die Tagebuchauszüge, die zu ihr gelangt waren. Das gab ihr viel Kraft. Sie hütete die kostbaren Schriftstücke in ihrem Handarbeitsbeutel, den sie immer bei sich trug.

Während der gesamten Dauer von Camilles Krankheit verließ Léa Montillac nicht ein einziges Mal. Sie erfuhr nicht, was Laurent schrieb, und erhielt auch von Mathias keine Nachricht. War er wieder nach Deutschland gegangen? Das Ehepaar Fayard verhielt sich sehr kühl, verrichtete seine Arbeit, ohne den Bewohnern des »Schlosses« bei den seltenen Zusammentreffen mehr zu gönnen als ein »Guten Tag« und »Guten Abend«.

Ende März durfte Camille, im Liegestuhl und in eine Decke gehüllt, bereits in die Sonne. Sie hatte sich zwar ein wenig erholt, war jedoch noch immer sehr schwach und von erschreckender Magerkeit. Ruth vermochte sie ohne Anstrengung aus dem Bett zu heben und in den Garten zu tragen.

Auf Montillac wurde das Geld immer knapper. Léa und Laure suchten den Notar ihres Vaters in Cadillac auf. Dieser riet ihnen, ein Stück Land zu verkaufen, verbarg ihnen jedoch nicht, daß das nicht leicht sein würde, denn momentan ließ sich kaum etwas veräußern und wenn, dann zu sehr niedrigem Preis.

»Könnten wir nicht eine Hypothek auf den Kiefernwald aufnehmen?« fragte Laure.

»Ihre Ländereien sind bereits weitgehend mit Hypotheken belastet. Ich weiß nicht, ob ich zulassen dürfte, daß Sie Ihren Besitz noch höher verpfänden.«

»Wenn es eine andere Lösung gäbe, wären wir nicht hier, um Sie um Rat zu bitten«, rief Léa aus.

»Ich weiß, mein Kind, ich weiß. Eingedenk der

Freundschaft, die mich mit Ihren Eltern verband, bin ich bereit, Ihnen eine Summe Geldes vorzustrecken, die Sie mir zurückzahlen können, wenn der Nachlaß Ihres Vaters geregelt ist.«

Léa wollte ablehnen, doch Laure kam ihr zuvor.

»Vielen Dank, Monsieur Rigaud, wir wissen Ihr Angebot sehr zu schätzen und nehmen es gerne an.«

»Ich bringe Ihnen das Geld und einige Papiere, die Sie unterzeichnen müssen, nächsten Donnerstag nach Montillac. Und wenn Sie etwas verkaufen oder eine Hypothek aufnehmen wollen, denken Sie daran, daß Sie dazu das Einverständnis Ihrer ältesten Schwester brauchen und das Ihres Onkels Luc als Vormund von Laure.«

»Ist das wirklich unumgänglich?« fragte Léa.

»Ja, absolut. Laure ist noch minderjährig.«

Auf dem Rückweg schien es Léa, daß ein Radfahrer, den sie bereits auf dem Hinweg bemerkt hatte, wieder hinter ihnen herfuhr. Es war nicht das erste Mal seit Camilles Freilassung, daß sie das Gefühl hatte, beschattet zu werden.

»Halt an«, rief sie ihrer Schwester zu.

Erstaunt gehorchte Laure und stieg von ihrem Rad. »Was ist denn?«

»Setzen wir uns einen Moment, ich bin müde.«

Sie ließen sich im Gras der Straßenböschung nieder. Der Radfahrer fuhr an ihnen vorbei, ohne sie anzusehen. Sein Gesicht kam Léa bekannt vor.

»Hast du diesen Jungen schon mal gesehen?« fragte sie ihre Schwester.

»Ja, auf der Post in Langon, als ich ein Paket an Tante Albertine aufgegeben habe. Da stand er direkt neben mir.«

»Hat er mit dir gesprochen?«

»Nein, er hat mich angelächelt. Gestern auch, als ich ihm in Verdelais begegnet bin. Aber ...« Laure blickte ihre Schwester beunruhigt an.

»Du glaubst ...?«

»Ja. Ich habe dieses Gesicht auch schon gesehen, aber ich kann mich nicht erinnern, wo. Dies ist das erste Mal, daß ich Montillac verlassen habe, seit ich mit Camille aus Bordeaux zurückgekommen bin ... Ich hab's! Jetzt fällt es mir wieder ein. Es war im *Régent*, er gehörte zu einer Gruppe sehr lauter junger Männer.«

»Vielleicht macht er hier in der Gegend Ferien.«

»Ferien? Im März?«

»Warum nicht, es ist doch bald Ostern.«

»Ich glaube es aber nicht. Wir werden uns sehr vorsehen müssen. Das paßt mir gar nicht, denn ich wollte morgen nach La Réole.«

»Wozu?«

»Das kann ich dir nicht sagen, aber du mußt mir helfen.«

Laure sah ihre Schwester wortlos an. Seit sie zusammen mit Ruth und Camille von der Gestapo abgeholt worden war und dabei gehört hatte, wie zwei französische Polizisten grinsend erklärten, daß sie Mittel und Wege hätten, ausnahmslos jeden zum Reden zu bringen, war Laures Glaube an die Pétain-Regierung schwer erschüttert. Sie war bereit, Léa zu helfen, über die Demarkationslinie zu gelangen.

»Ich werde tun, was du von mir verlangst.«

Die Schwestern betraten lachend die Metzgerei von Saint-Macaire, nachdem sie ihre Räder in dem Hof, der an den Laden anschloß, abgestellt hatten. Der Metzger, für dessen ältesten Sohn ihre Mutter die Patenschaft übernommen hatte, begrüßte sie sehr freundschaftlich.

»Schau an, die Delmas-Mädchen! Euch sieht man aber selten zusammen, ihr beiden Hübschen.«

Dann leise, obwohl außer ihnen niemand da war:

»Ich habe Ihnen ein schönes Stück Fleisch für Madame Camille zurückgelegt, damit sie wieder zu Kräften kommt. Geht es ihr schon besser?«

»Ein wenig. Danke, Robert. Wenn Sie nicht wären, gäbe es nur selten Fleisch auf Montillac. Wir werden auch bald unsere Schulden bezahlen können, der Notar will uns Geld vorstrecken.«

»Machen Sie sich deswegen keine Sorgen, Mademoiselle Léa. Das können wir regeln, wenn dieser verfluchte Krieg vorbei ist. Ich habe nicht viel, doch immer genug für eine gute Suppe. Aber heute brauche ich ein paar Marken von Ihnen.«

»Hast du die Lebensmittelmarken, Laure?«

»Ja.«

Laure beugte sich zu Léa hinüber und flüsterte:

»Ich habe ihn gerade gesehen; es ist noch ein anderer Junge bei ihm.«

»Robert, schauen Sie doch mal diskret auf die Straße hinaus. Kennen Sie die jungen Leute neben dem Kräuterladen?«

Der Metzger wischte sich die Hände an der Schürze ab und trat auf die Türschwelle.

»Nein. Aber ich habe sie hier schon herumlungern sehen. Sie kommen mir nicht ganz astrein vor, denn für diese schlechten Zeiten sind sie zu gut gekleidet.«

»Laure, du weißt, was du zu tun hast. Darf ich den Hinterausgang benutzen, Robert?«

»Klar, Mademoiselle Léa. Sollen sie ruhig Wurzeln schlagen, diese Burschen. Von dort drüben aus können sie den Hof nicht einsehen.«

Léa fuhr mit Volltempo die abschüssige Gasse hinter der Kirche hinunter, an den Grotten vorbei, und bog dann in den Feldweg ein, der an der Garonne entlanglief und kurz vor Saint-Pierre d'Aurillac in die Straße mündete, die von La Réole nach Gaillard führte.

Als sie am Übergang der Demarkationslinie ankam, war die Barriere geöffnet. Dennoch hielt sie an und stieg vom Rad. Ein älterer deutscher Soldat kam aus der Baracke.

»Ah, das Fräulein auf dem blauen Fahrrad. Schon lange nicht mehr hier vorbeigekommen. Sie brauchen nicht mehr anzuhalten, können jetzt gleich durchfahren. Gute Fahrt.«

Stimmt ja, dachte sie, während sie sich wieder auf das Fahrrad schwang, ich hatte ganz vergessen, daß es seit Ende Februar keine Demarkationslinie mehr zwischen den beiden Zonen gibt.

Um Camilles Ängste und ihre eigenen zu zerstreuen, hatte sich Léa entschlossen, nach La Réole zu fahren und beim Ehepaar Debray nachzufragen, ob man dort etwas von Laurent gehört hätte und ihm eine Botschaft übermitteln könnte. Ruth, der sie ihre Befürchtung, die Bewohner von Montillac könnten unter Beobachtung stehen, anvertraut hatte, versuchte sie von der Fahrt nach La Réole dadurch abzubringen, daß sie ihr zu bedenken gab, wie gefährlich das Unternehmen sei, nicht nur für sie, sondern auch für die Menschen, die sie aufsuchen wollte. Léa hatte geantwortet, daß sie das selber wisse, daß sie aber nicht länger in Ungewißheit über Laurents Schicksal bleiben könne. Resigniert und mit einer Besorgnis, gegen die sie nicht ankam, hatte die alte Haushälterin »ihre« beiden Mädchen abfahren sehen.

Léa sauste die lange Gefällstrecke vor der Stadt hinunter. Auf der Brücke passierte sie drei schwarze Geländewagen und zwei Militärlaster, von denen ihr deutsche Soldaten zuwinkten. Diese Begegnung ließ ihre Knie zittern. Sie schob ihr Fahrrad auf den Gehsteig und spürte, wie sich ein wachsendes Unbehagen in ihr ausbreitete. Auf der Place Gabriel-Chaigne war eine Gruppe von Menschen versammelt, die sich in großer Aufregung zu befinden schienen. Als Léa an ihnen vorbeiging, verstummten sie mit einem Schlag. Ein paar Meter weiter wurde sie von einem Mann überholt, der ihr, ohne sie anzusehen, zuflüsterte:

»Gehen Sie zur Place Saint-Pierre, von dort in die Rue de la Glacière, ins Haus Nr. 1. Warten Sie dort auf mich.«

Es lag soviel Autorität in der Stimme dieses stämmigen Unbekannten, der Arbeitskleidung und eine marineblaue Mütze trug, daß Léa, ohne zu zögern, in die Rue Numa-Ducros einbog. Das Gittertor der Rue de la Glacière Nr. 1 stand offen. Sie ging hinein. Es vergingen keine fünf Minuten, bis der Mann mit der Mütze ebenfalls eintrat.

»Sie kommen von Schloß Montillac in der Nähe von Saint-Maixant?«

»Ja.«

»Was wollen Sie in La Réole?«

Wie kam er dazu, sie auszufragen?

»Das geht Sie nichts an.«

»Sie brauchen gar nicht auf dem hohen Roß zu sitzen; ich versuche nur, Ihnen Unannehmlichkeiten zu ersparen.«

»Was für Unannehmlichkeiten?«

»Von den Deutschen verhaftet zu werden, zum Beispiel.«

Léa spürte, wie Angst ihren Mut ins Wanken brachte.

»Warum sollten sie mich verhaften?« stammelte sie.

»Sie haben gerade zwei Freunde von mir festgenommen, die Sie auch kennen.«

»Die Debrays?«

»Ja. He, Kleine, Sie werden mir doch nicht umkippen?« Er nahm sie beim Arm und half ihr, sich auf eine Treppenstufe zu setzen. »Simone«, rief er, »bring ein Glas Wasser, schnell!«

Die Tür, vor der Léa saß, öffnete sich, und eine junge Frau in einem blauweißkarierten Kittel erschien mit einem Glas Wasser in der Hand.

»Was ist denn los, Jacques?«

»Es ist für die junge Dame; ihr ist nicht gut. Sie ist eine Freundin der Debrays.«

»Ach, die Arme! Hier, trinken Sie!«

Zitternde Hände ergriffen das Glas. Léas zugeschnürte Kehle ließ nur wenig Wasser durch.

»Was ist denn passiert?« brachte sie mühsam hervor.

»Bleiben Sie nicht da sitzen«, sagte Simone, »kommen Sie lieber ins Haus.« Freundlich half sie Léa aufzustehen. Sie betraten eine große Küche, auf deren Herdfeuer eine Kohlsuppe köchelte. Sie setzten sich auf die Bänke, die den Tisch umgaben.

»Was ist passiert?« fragte Léa noch einmal mit festerer Stimme.

»Die Debrays müssen denunziert worden sein. Heute bei Tagesanbruch haben etwa zwanzig deutsche Soldaten und ein paar französische Sauhunde in Zivil ihr Haus umstellt. Ein Kumpel von mir, der auf dem Weg in seinen Weinberg war, hat sie gesehen und sich versteckt. Durch ein Megaphon hat ihnen einer der Zivilisten befohlen, herauszukommen, falls nicht, würde er Order geben zu schießen. Einen Augenblick lang war alles still, dann hörte man vom Haus her zwei Schüsse. Daraufhin haben die *Boches* angefangen wie wild zu feuern. Als sie endlich aufgehört haben, war alles voller Pulverdampf. Zwei Zivilisten sind mit der Pistole im Anschlag ins Haus gegangen. Nach kurzer Zeit haben sie den Leichnam von Madame Debray herausgeschleppt. Die arme Frau war im Nachthemd, ihr langes graues Haar, das voller Blut war, schleifte auf der Erde. Sie haben sie an einen Baum gelehnt und sind wieder ins Haus zurückgegangen. Als sie herauskamen, hatten sie Monsieur Debray, der sich wehrte, fest unter den Achseln gepackt. Sein Gesicht war unkenntlich vor lauter Blut. Sie haben ihn neben seine Frau gesetzt. Kein schöner Anblick, wie mein Kumpel erzählt hat. Nachdem er seine Frau erschossen hatte, muß er sich eine Kugel in den Mund gejagt haben. Und hat es auch noch verpatzt.«

»Wie entsetzlich! Aber warum das alles?«

»Von ihrem Haus aus wurden Nachrichten nach London gefunkt. Vergangene Woche wurde uns erstklassiges Material für einen Sender per Fallschirm abgeworfen. Der Funker ist am nächsten Tag mit der Bahn gekommen.«

»Ist er auch verhaftet worden?«

»Nein, er wohnte nicht bei ihnen. Sobald bekannt wurde, was sich hier abgespielt hat, haben wir ihn in den Wald bei Duras gebracht.«

»Und was weiter?«

»Die Zivilisten und ein paar Soldaten haben das Haus durchsucht. Sie haben die Sendeanlage, Bücher und Möbel aus den Fenstern geworfen. Einer der Zivilisten ist wieder herausgerannt gekommen und hat Monsieur Debray, der sich über den Leichnam seiner Frau geworfen hatte, brutal hochgerissen. Mein Kumpel hat mir erzählt, daß er von seinem Versteck aus deutlich sehen konnte, daß die Schultern des armen Kerls gezuckt haben vor lauter Schluchzen. Der Zivilist hat den verletzten

Debray heftig geschüttelt und dabei geschrien: ›Die Liste, wo ist die Liste? Red endlich, du alter Trottel!‹ Aber aus dem zerschossenen Mund ist kein Laut gekommen. Da hat ihn der Mistkerl wieder zu Boden gestoßen und hat ihn zusammengetreten. Das Schrecklichste dabei muß gewesen sein, daß Monsieur Debray keinen Finger gerührt hat, um sich zu schützen, so als warte er auf den Todesstoß. Als mein Kumpel wieder hingeschaut hat, waren die Deutschen dabei, die beiden Leichen auf einen der zwei Laster zu hieven.«

Die Debrays waren in einem der Militärlaster, denen ich vorhin begegnet bin und auf denen die Soldaten gelacht haben, dachte Léa entsetzt.

»Dann wurden auf deutsch einige Befehle erteilt, und kurz darauf schlugen Flammen aus den Fenstern des Hauses. Mein Kumpel machte sich den Qualm, der in seine Richtung trieb und ihn verbarg, zunutze und verkrümelte sich, um mich zu informieren. Dann haben wir beide allen unseren Kameraden Bescheid gesagt.«

Es klopfte an der Tür, und ein Gendarm erschien. Léa war wie gelähmt.

»Sie brauchen keine Angst zu haben, Mademoiselle, er gehört zu uns.«

»Albert, dies ist die Nichte des Dominikaners. Sie wollte zu den Debrays. Erinnerst du dich? Er hat von ihr gesprochen.«

»Da sind Sie aber noch mal mit einem blauen Auge davongekommen. Es sind Wachposten am Haus, die jeden festnehmen, der ihnen verdächtig erscheint. Sie haben sogar Manuel, den Laufburschen von Rosier, in Gewahrsam genommen. Glücklicherweise hat sich der Bürgermeister, der die Brandstelle besichtigen wollte, für ihn verbürgt, und da er völlig ahnungslos ist, hat er es sogar in gutem Glauben tun können.«

»Steht denn fest, daß Monsieur Debray tot ist?«

»Meinen Kollegen zufolge ja. Jedenfalls hat er so viel Blut verloren, daß er ohne Transfusion verblutet sein dürfte. Unsere Freunde werden vorsichtshalber ein paar Tage lang nicht zu Hause schlafen. Vater Terrible, kann ich Sie allein sprechen?«

Die beiden Männer gingen hinaus.

»Sie hatten Glück, daß Terrible Sie erkannt hat«, sagte Simone.

»Wer ist Terrible?« erkundigte sich Léa.

»Er ist von Beruf Tischler und ein großartiger Kerl. Er hat auch die Sendeanlage zu den Debrays geschafft.«

»Sind Sie auch im Widerstand?«

Simone brach in Lachen aus.

»Das ist ein großes Wort. Wir sind ein paar Frauen aus dem Ort und aus der Umgebung, die Nachrichten überbringen, manchmal auch Waffen; die Flieger verstecken und jüdische Kinder. Und wir kochen Suppe für die, die spätnachts von den Fallschirmabwürfen zurückkommen.«

»Haben Sie denn keine Angst?«

»Nein, daran denke ich nicht, und bei Männern wie Albert Rigoulet und Terrible fühlt man sich sicher.«

»Selbst nach dem, was gerade passiert ist?«

»Das ist Schicksal. Alle, die Sendeanlagen zu Hause haben, wissen, was sie riskieren, und die Debrays wußten es besser als alle anderen. Was mich wundert, ist, daß gläubige Menschen wie sie Selbstmord begehen konnten.«

»Sie hatten keine andere Wahl«, erklärte Jacques Terrible, der wieder hereingekommen war. »Monsieur Debray hätte auch unter der Folter geschwiegen, da bin ich mir sicher, aber er hätte es nicht ertragen, seine Frau leiden zu sehen. Wenn es einen lieben Gott gibt, wird er ihnen gewiß vergeben. Sag mal, Simone, du könntest uns ruhig was zu trinken bringen.«

»Du hast recht, über dem Unglück habe ich ganz vergessen, was sich gehört.« Sie holte eine angebrochene Flasche Wein und vier Gläser aus einem Schrank.

»Drei reichen, Rigoulet mußte wieder zur Gendarmerie.«

Simone goß den Wein ein, sie stießen an und tranken schweigend. Terrible setzte sein Glas ab und schnalzte mit der Zunge.

»Ist der von Ihrer Lage am Pied-de-Bouc?«

»Ja, das ist ein sehr anständiger Tropfen.«

»Mademoiselle, da Sie nun wissen, wer wir sind, könnten Sie mir auch sagen, was Sie bei den Debrays wollten und ob die beiden von Ihrem Besuch wußten.«

»Nein, sie wußten nichts davon. Ich wollte fragen, ob sie Nachricht hätten von einem Freund und ob sie mit ihm in Verbindung treten könnten.«

»Wer ist der Freund?«

Léa zögerte. Welchen Namen sollte sie angeben?

»Laurent d'Argilat.«

»Den kenne ich.«

»Wissen Sie, wo er ist?«

»Ja.«

»Dann bringen Sie mich zu ihm.«

»Das geht nicht so einfach; aber ich kann ihm eine Nachricht übermitteln.«

»Sagen Sie ihm, daß es seiner Frau bessergeht, daß sie aber noch immer sehr schwach ist; daß das Haus unter Beobachtung steht und daß er von sich hören lassen soll.«

»Die Nachricht wird ihm weitergegeben. Sie sagen, daß Ihr Haus beobachtet wird. Sind Sie sicher, daß Ihnen niemand gefolgt ist?«

»Vollkommen sicher. Aber ich muß mich jetzt auf den Rückweg machen, ich darf nicht allzu spät kommen.«

»Könnten Sie auch eine Nachricht überbringen?«

»Welche?«

»In Saint-Pierre d'Aurillac gibt es in der Nähe der Kirche ein Café mit einem schönen Weinspalier. Dort fragen Sie nach Lafourcade, und man wird Ihnen sagen, wo er zu finden ist. Wenn Sie ihn gefunden haben, sagen Sie ihm: ›Dem Hund von Hostens geht es gut‹.«

»›Dem Hund von Hostens geht es gut‹?«

»Er weiß, was das bedeutet. Und er soll nicht vergessen, die Leute in Barie zu informieren.«

»›Dem Hund von Hostens geht es gut.‹ Ich habe verstanden.«

»Danke, Mademoiselle. Sie erweisen uns einen großen Dienst. Haben Sie vielleicht einen Decknamen, falls ich Ihnen etwas mitzuteilen habe?«

»Exupérance.«

»Wie die Heilige in Verdelais. Diesen Namen habe ich erstmals aus dem Munde Ihres Onkels gehört.«

»Onkel Adrien? Wie geht es ihm?«

»Sehr gut. Er macht den jungen Kerlen Mut und begleitet häufig Menschen, die versuchen nach Spanien zu gelangen.«

»Wissen Sie, ob mein Cousin Lucien bei ihm ist?«

»Lulu? Der Bombenleger? Ja, sicher.«

»Sagen Sie bitte meinem Onkel, daß ich ihn sprechen muß. Es ist sehr wichtig.«

»Ich werde es ihm sagen. Gehen Sie jetzt. Simone begleitet Sie bis zum Ortsausgang. Seien Sie vorsichtig. Wenn etwas schiefgeht, schicken Sie mir eine Karte in die Tischlerei mit der Mitteilung, daß ›die Türen schlecht schließen‹; dann unternehmen wir was. Adieu.«

Als Léa in Saint-Macaire die Küche des Metzgers Robert durch den Hintereingang betrat, schlug es ein Uhr vom Kirchturm. Der Metzger, seine Frau Mireille, sein Geselle und Laure saßen um den Tisch vor einer Lammschulter, die einem das Wasser im Mund zusammenlaufen ließ.

»Na, ich sehe, ihr lebt nicht schlecht ohne mich.«

»Wir haben auf dich gewartet«, sagte Laure und wies auf Teller und Besteck an einem freien Platz.

»Haben die Jungs draußen bemerkt, daß ich weg war?«

»Nein; ich bin mit Mireille Brot holen gegangen, und als wir an ihnen vorbeigekommen sind, habe ich mich sehr laut bei ihr bedankt, daß sie uns zum Mittagessen eingeladen hat. Sie sind uns in einigem Abstand gefolgt. Seither liegen sie abwechselnd auf der Lauer. Hast du deine Freunde angetroffen?«

Die Tränen, die sie bisher zurückgehalten hatte, liefen über Léas Wangen. Mireille trat zu ihr und drückte sie an ihre Brust. Diese mütterliche Geste ließ Léas Tränen nur noch heftiger fließen. Unbeholfen und bewegt umkreiste der Metzger die beiden Frauen.

»Guter Gott! Was ist denn geschehen? Was hat man Ihnen angetan, Kindchen?«

»Nichts. Aber heute früh ... Sie wollten meine Freunde verhaften ... Sie sind tot!«

»Tot!«

»Alle beide?«

Etwas gefaßter, doch noch immer weinend erzählte Léa, was vorgefallen war. Ein langes bedrücktes Schweigen folgte ihrem Bericht. Robert schneuzte sich geräuschvoll. Sein normalerweise gerötetes Gesicht war grau geworden. Mit seiner riesigen Faust schlug er auf den Tisch und ließ Gläser und Teller klirren.

»Eines Tages werden diese Sauhunde für all das bezahlen. Mademoiselle Léa, lassen Sie sich nicht in diese Dinge mit hineinziehen. Bei Ihren Freunden Debray war das etwas anderes, ihr Sohn ist umgebracht worden, sie hatten nichts mehr zu verlieren. Aber Sie, Mademoiselle Laure und Madame Camille, Sie sind jung. Lassen Sie die alten Trottel wie mich, die 1940 nicht fähig waren, die Deutschen aufzuhalten, jetzt versuchen, etwas zu tun.«

»Wir haben aber auch ein Wort mitzureden, Chef! Denken Sie mal an Jeannot, der ist in den Untergrund gegangen!«

»Stimmt, aber ihr seid keine Männer.«

»Immer die alte Leier«, rief Mireille aus, »dabei gehen wir genauso viele Risiken ein, auch wenn wir keine Gewehre tragen. Du machst mich richtig wütend, du!«

»Nun reg dich nicht auf, so habe ich das doch nicht gemeint.«

»Aber indirekt hast du doch gesagt, daß eine Frau weniger wert ist als ein Mann; gerade gut genug, den Gören den Hintern abzuwischen, im Laden zu bedienen, zu kochen, den Boden zu schrubben und ab und zu das Schmusekätzchen zu spielen. Was dich und deine Kumpel aber nicht davon abhält, nach den Frauen zu rufen, wenn es darum geht, Waffen zu verstecken oder auch englische Fallschirmspringer.«

Dieser eheliche Disput brachte Léa die Bestätigung, daß auch Robert für den Widerstand arbeitete. Das war ihr ein solcher Trost, daß sie endlich Hunger verspürte.

»Ihr seid alle beide großartig, aber der Braten wird kalt, und das wäre doch schade.«

»Ein wahres Wort«, sagte der Metzger. »Wenn wir an Hunger sterben, werden diese beiden armen Menschen auch nicht wieder lebendig. Doch ich schwöre, sie sollen gerächt werden.«

Drei Tage später erhielt Léa einen Brief von François Tavernier. Der Umschlag war offensichtlich von der Zensurbehörde geöffnet und dann wieder zugeklebt worden. Sie zog sich mit dem Brief ins Arbeitszimmer zurück und verschlang dort jedes Wort, das ihr François in seiner breiten, schrägen Handschrift schrieb:

Allerschönste Léa,
Du kannst mir nicht vorwerfen, nicht an Dich zu denken, da ich mich nun sogar dazu durchgerungen habe, ein paar meiner kostbaren Minuten zu opfern, um Dir zu schreiben. Ich muß Dir zu Deinem ausgeprägten Geschäftstalent gratulieren. Ich hatte gestern abend in Paris das Vergnügen, an der Tafel von Otto Abetz eine Flasche Montillac zu verkosten. Ein kleines Wunder an Einfachheit und Natürlichkeit, von ausgeprägtem Charakter und einer winzigen, unvermuteten Spur Süße. Dieser Wein ähnelt Dir wie ein Bruder, und ich spreche Dir meinen Dank dafür aus, daß Du ihn in den Handel gebracht hast. Wenn Du so weitermachst, wirst Du eine von Arbeit und Verantwortung überlastete Geschäftsfrau werden, ad vitam aeternam an Deine Weinstöcke gefesselt. Und dieses Bild von Dir mißfällt mir keineswegs.
Wenn ich es einmal leid bin, Dich in der Ferne zu genießen, werde ich die erste Gelegenheit ergreifen, Dich an Ort und Stelle zu verkosten. Du bist gewarnt, also sieh Dich vor. Tausend Zärtlichkeiten.
François
PS.: Ich habe das mit den Debrays gehört.

Dieser kurze Brief hielt Léa wie angenagelt auf ihrem Platz fest. Wie war der Wein von Montillac nach Paris gelangt? Wieso wurde er an der Tafel von Otto Abetz serviert? Sie dachte sofort an Mathias und an die alten Fayards. Wie konnten sie es wagen? Sie fühlte sich gedemütigt, als Kollaborateurin behandelt.

Bei der Vorstellung, Fayard zur Rede stellen zu müssen, geriet sie in Panik und gestattete sich einen Aufschub von der Dauer eines Briefes. Sie schrieb unverzüglich an François und bat ihn um weitere Einzelheiten und Ratschläge. Am Ende war der Brief fünf Seiten lang, auf denen sie über das Wohlergehen jedes einzelnen auf Montillac berichtete und sich beklagte, daß er sich so kurz gefaßt habe.

Wie versprochen, brachte der Notar am folgenden Donnerstag einen größeren Geldbetrag, mit dem Léa Fayard bezahlte, ohne ihn jedoch auf sein Geschäftsgebaren anzusprechen. Er steckte sein Geld wortlos ein.

Sie saß am Schreibtisch ihres Vaters und dachte an die mit zartgrünen Reben bepflanzten Hänge, die Wiese, auf der sie mit lautem Geschrei hinter Mathias hergejagt war, wo sie zur Zeit der Heumahd Verstecken gespielt hatten hinter den duftenden Haufen, bevor sie dann auf den hohen Wagen geklettert waren und sich auf dem hochaufgetürmten knisternden Heu ausstreckten, die Hände unter dem Nacken verschränkt, die Augen weit zum blauen Himmel geöffnet, über den schlanke Schwalben flitzten, und sich im Rhythmus der beiden Ochsen Larouet und Caoubet wiegen ließen. Nie würde sie sich an diese friedlichen Szenen ihrer Kindheit erinnern können, an denen immer auch Mathias beteiligt gewesen war, ohne eine Trauer und einen Schmerz zu empfinden, gegen die sie machtlos war.

Sie hatte sich vorgenommen, sich die Bücher des Gutes genau anzusehen, um sich ein Bild über die finanzielle

Lage zu machen und herauszufinden, wie Fayard Wein zu seinem eigenen Profit verkaufen konnte. François hatte nicht auf ihren Brief geantwortet. Die Zahlen tanzten vor ihren Augen. Wie konnte sie Fayard auf die Schliche kommen, der zweifellos bereits seit Jahren seine eigenen Geschäfte machte? Wie den Betrug in der Buchführung aufdecken? Sie erschöpfte sich in sinnloser Rechnerei, und keiner im Hause konnte ihr helfen, denn sie hatte beschlossen, François' Enthüllung für sich zu behalten.

Immer wenn sie allein war, wurde sie von dem Gedanken gequält, daß Mathias sie in der Hand hatte. Je länger er sich ruhig verhielt, desto mehr machte er ihr angst.

Es war sehr dunkel in dieser Aprilnacht. Es hatte den ganzen Tag geregnet, und ein kalter Nordwind schüttelte die Zweige der Platanen in der großen Allee. Léa und Laure saßen in der Küche vor einem Reisigfeuer, hatten ein Tischchen zwischen sich gestellt und spielten Karten. Ruth stopfte, Camille strickte, und Bernadette Bouchardeau war schon hinaufgegangen, um sich schlafen zu legen. Der Raum wurde allein vom Feuerschein erhellt, so daß die vier Frauen wirkten wie auf einem Gemälde von Georges de la Tour. Das Brausen des Sturms, das Prasseln des Feuers, das Klappern der Stricknadeln, das fröhliche Lachen verstärkten den Eindruck von Frieden und häuslichem Wohlbehagen. Der Krieg schien weit fort zu sein.

Ein Luftzug ließ Camille erschauern. Sie legte ihr Strickzeug beiseite und zog ihr Dreieckstuch fester um sich. Ihre Augen gingen zur Tür. Sie stand einen Spalt offen, wohl der Wind. Trotz ihrer Schwäche erhob sich Camille, um sie zu schließen. Sie hatte bereits die Hand nach der Klinke ausgestreckt, als die Tür heftig aufflog und gegen ihre Hand prallte. Die drei Frauen am Kamin saßen, ohne sich zu rühren.

Ein Mann in durchnäßter Kleidung, der einen zweiten stützte, war hereingekommen und hatte die Tür mit dem Fuß wieder zugestoßen.

»Schnell, helft mir! Camille, geh und setz dich, du bist im Wege. Ruth und Laure, helft uns!«

Mit ihrer Hilfe streckte der Mann seinen Kameraden auf dem Tisch aus. Dann, sich offensichtlich im Haus auskennend, machte er das Licht an.

»Lucien!« riefen Laure und Léa gleichzeitig aus.

»Er hat viel Blut verloren. Ruth, holen Sie den Erste-Hilfe-Kasten.«

»Ja, Pater.«

»Onkel Adrien!«

»Keine Zeit für Gefühlsausbrüche, meine Lieben. Léa, du mußt nach Verdelais fahren und Doktor Blanchard holen.«

»Können wir ihn nicht anrufen?«

»Nein, ich mißtraue dem Telefon.«

»Gut, dann fahre ich.«

»Nimm den Weg über Bellevue. Ich möchte nicht, daß die Fayards etwas merken. Ich habe Licht bei ihnen gesehen.«

Eine Stunde später kam Léa mit dem Arzt zurück, der wegen des Wetters mit dem lieben Gott haderte.

»Den lieben Gott kannst du dir ein andermal vornehmen, Félix, jetzt kümmere dich um den Kleinen hier.«

Doktor Blanchard entledigte sich seines alten Regenmantels und trat zu Lucien, dessen Hände mit blutgetränkten Binden umwickelt waren. Mit präzisen Bewegungen nahm er den Notverband ab.

»Um Gottes willen! Wodurch ist das passiert?«

»Eine Bombe.«

»Was hatte er mit einer Bombe zu schaffen?«

»Er hat sie gebastelt.«

Diese Antwort, die ihm zweifellos einleuchtete, setzte den Fragen des Arztes ein Ende. Er begann eine gründliche Untersuchung der Verletzungen.

»Er muß ins Krankenhaus gebracht werden.«

»Das ist nicht möglich. Die benachrichtigen die Polizei, und die Polizei die Gestapo.«

»Seine rechte Hand ist hin, sie muß amputiert werden.«

Adrien Delmas' Gesicht wurde blaß unter dem Dreck und Staub, die es bedeckten. »Bist du sicher?«

»Schau doch, sie ist nur noch Brei.«

»Der arme Kleine! Ich hole seine Mutter.«

»Nein, Ruth! Auf gar keinen Fall! Meine Schwester wird schreien, weinen und dadurch die Nachbarn aufmerksam machen. Félix, wir werden dir helfen. Sag uns, was zu tun ist.«

»Aber es kommt gar nicht in Frage, daß ich diesem Jungen die Hand amputiere. Das letzte Mal, daß ich eine Amputation durchgeführt habe, war 1917 in einem Feldlazarett. Ich bin Landarzt, kein Chirurg.«

»Ich weiß, aber wir haben keine andere Wahl. Wenn ihn die Gestapo schnappt, werden sie ihn so lange foltern, bis er seine Kameraden verrät, und dann töten sie ihn.«

Blanchard sah die Menschen an, die sich um ihn versammelt hatten; alles Freunde seit eh und je. Dann blickte er auf den bewußtlosen jungen Mann, den er aufwachsen sehen hatte und der jetzt sein Blut verlor.

»Gut, ich tu's. Bete zu deinem verdammten lieben Gott, daß meine alten Hände nicht zittern. Setzt Wasser zum Kochen auf. Ein Glück, daß ich meine große Tasche mitgenommen habe. Hoffentlich ist mein Operationsbesteck nicht gerostet. Ruth, Adrien und Léa, ihr müßt mir assistieren. Camille, Sie legen sich hin, Sie können sich ja kaum auf den Beinen halten. Laure, kümmere dich um sie.«

Léa hätte viel gegeben, nicht mithelfen zu müssen. Dennoch drückte sie, ohne zu zittern, den Wattebausch mit Chloroform auf die Nase ihres Cousins. Niemals würde sie das Geräusch der Säge vergessen, die durch den Knochen schnitt.

Lucien stöhnte während der Operation einige Male. Als Doktor Blanchard den letzten Verband anlegte, hatte der zwanzigjährige junge Mann seine rechte Hand verloren und zwei Finger seiner linken.

Als er am nächsten Tag gegen Mittag erwachte und die besorgten Gesichter seiner Mutter, seines Onkels und des Doktors Blanchard über sich gebeugt sah, lächelte er sie an und sagte: »Ich hatte vergessen, was das ist: ein gutes Bett.«

Bernadette Bouchardeau wandte den Kopf ab, um ihre Tränen zu verbergen. Am Morgen hatte sie alle durch die Gefaßtheit, mit der sie die Amputation ihres Sohnes aufgenommen hatte, in Erstaunen versetzt. Sie hatten Klagen erwartet, Ohnmachtsanfälle, aber sie hatte nur Tränen vergossen und gesagt: »Gott sei Dank, er lebt!«

Lucien machte eine Bewegung auf seine Mutter zu. »Mama!«

»Beweg dich nicht, mein Junge. Du hast viel Blut verloren und brauchst absolute Ruhe, sagt Doktor Blanchard.«

»Meine Hand – sie ist doch wohl nicht allzu schlimm, Herr Doktor?«

Alle senkten die Köpfe. Seine Mutter konnte ein Stöhnen nicht unterdrücken.

»Warum sagt ihr alle nichts?«

Wie schwer war doch diese verbundene Hand, die er zu heben versuchte, und welch seltsame Form ihr dieser dicke Verband verlieh ...

Léa, die hinter der Tür stand, empfand Luciens Aufschrei wie einen Schlag. Dieser Schrei hatte ihr die ganze Nacht gegen die Schläfen gehämmert: NEIN! NEIN! NEIN!

17.

Von der tiefsten Verzweiflung gepackt, die einen Priester befallen kann, lief Adrien Delmas im ehemaligen Kinderzimmer hin und her: Er glaubte nicht mehr. Bereits seit Beginn des Krieges kämpfte er gegen seine Zweifel an. Bevor er in den Untergrund ging, hatte er mit seinem Beichtvater darüber gesprochen, der ihm geraten hatte, diese Prüfung anzunehmen, die ihm von Gott auferlegt werde, um seinen Glauben auf die Probe zu stellen. Aus Liebe zu Gott und dem Wunsch heraus, ihm zu dienen, war der Dominikaner bereit gewesen, alle erdenklichen Leiden zu erdulden. Heute war er seiner unfruchtbaren Gebete müde, deren Worte ihm sinnentleert vorkamen. Das Ganze erschien ihm von beschämender Naivität, und die Männer, die sich ihr Leben lang im Dienste einer Illusion verzehrt hatten, kamen ihm vor wie Dummköpfe oder boshafte, geistig verlogene Menschen. In seiner Ratlosigkeit verleugnete er selbst seine Vorbilder, jene Größen katholischer Spiritualität, an denen sich sein Geist geschult hatte. Fort mit Pascal, dem Abbé de Rancé, mit Augustinus, Therese von Avila, Chateaubriand, Bossuet und anderen Dienern der Kirche. Sie alle hatten sich getäuscht. Sie alle hatten ihn getäuscht. Was vermochten ihre eitlen Worte gegen die Verzweiflung eines verstümmelten Jungen? Wie konnte er dem stummen

Vorwurf einer Mutter begegnen? Wo waren die milden Trostworte geblieben, die er den Verwundeten und Sterbenden im Spanischen Bürgerkrieg noch so reichlich gespendet hatte? Er fühlte sich wie der unfruchtbare Feigenbaum aus dem Evangelium: vertrocknet, ohne Früchte. Wozu war er da, wenn sein Dasein keinerlei Tröstung zu bringen vermochte? Durch seine Schuld war Lucien für immer verkrüppelt, denn er hatte den Anstoß dazu gegeben, daß der Junge in den Widerstand eingetreten war. Wenn er sich damit begnügt hätte, in seinem Kloster in der Rue de Saint-Genès zu bleiben, wie es ihm sein Superior befohlen hatte, statt den Untergrund-Priester zu spielen, wäre sein Neffe nie auf die Idee gekommen, sich ihm anzuschließen. Zugleich wußte er, daß diese Vermutung vielleicht gar nicht zutraf, daß sein Einsatz keinen Einfluß auf Lucien gehabt hatte. Sie hatten lange darüber gesprochen während der endlosen Winterabende, die sie gemeinsam auf einem Bauernhof verbracht hatten, der den Jungen in der Widerstandsbewegung als Versteck diente. Zuerst waren es kaum zehn, doch nach und nach gesellten sich auch die, die nicht zum Arbeitsdienst gehen wollten, zu ihnen. Inzwischen waren es etwa dreißig junge Leute, für die er verantwortlich war. Er war nicht nur das militärische Oberhaupt der kleinen Gruppe, sondern auch ihr moralischer Halt. Nie, nicht einen Augenblick, bemerkten die jungen Widerstandskämpfer seine seelischen Qualen. Übrigens wußten nur wenige, daß er Priester war. Alle bewunderten seine Umsicht, sein Talent, eine Untergrundorganisation zu führen und ihnen ein relativ komfortables Leben zu ermöglichen. Dank seiner umfassenden Kenntnis der Region, des Terrains und der Bewohner, wußte er stets, an welche Türen man klopfen konnte, um Hilfe, Geld oder Lebensmittel zu bekommen. Einer seiner Studienfreunde, Freimaurer und angesehener Bürger von La Réole, hatte zusammen mit anderen Freimaurern eine Organisation aufgebaut, die in ständiger Verbindung mit Freimaurerkreisen in England stand und veranlaßte, daß ihnen Lebensmittel, Kleidung und Waffen per Fallschirm abgeworfen wurden. Die täglichen Arbeiten, die Schutzmaßnahmen, die Aktionen gegen Stadtkassen und Rathäuser, die Sabotageakte auf Starkstromleitungen, die Verteilung von Flugblättern und verbotenen Zeitungen, die Beschaffung falscher Papiere, das Einschleusen jüdischer Familien nach Spanien – all dies füllte Adriens Tage und Abende aus. Doch in der Nacht, der nicht enden wollenden Nacht, las er bis zur Erschöpfung in den Evangelien, versuchte er, den Dialog mit jenem Gott, der ihn verlassen hatte, wiederaufzunehmen. In den frühen Morgenstunden fiel er in einen kurzen Schlaf, in dem er von teuflischen Gestalten verfolgt wurde, die der Phantasie eines Mönchs aus dem Mittelalter entsprungen sein konnten, oder in dem er raffinierte Torturen ausstehen mußte, die Octave Mirbeaus *Jardin de supplices* würdig waren, ein Buch, das ihn in seinen frommen Jugendjahren verstört hatte. Er erwachte aus diesem kurzen Schlummer erschöpft und von Traurigkeit erfüllt. Diese Lebensweise hatte seinem Gesicht tiefe Falten eingekerbt, hatte sein Haar weiß werden und seinen Körper abmagern lassen. Doktor Blanchard hatte sich angesichts dieser Veränderungen sehr besorgt gezeigt, doch Adrien hatte ihn lachend abgewehrt.

Was sollte er jetzt mit Lucien tun? Er konnte ihn unmöglich längere Zeit auf Montillac lassen, das war zu gefährlich. Ihn ins Lager zurückbringen? Nicht vor drei, vier Monaten. Ihn nach Spanien schicken? Möglich, aber schwierig. In letzter Zeit waren viele Grenzgänger verhaftet worden. Er mußte sich mit Pater Bertrand in

Toulouse beraten, der mit Schweizer Mönchen in Verbindung stand. Es klopfte an der Tür.

»Ich bin's, Onkel Adrien.«

»Komm herein. Entschuldige, daß ich in dein Reich eingedrungen bin. Kommst du noch immer hier herauf?«

Léa lächelte.

»Immer seltener. Ich bin sehr erwachsen geworden, weißt du.«

»Ich weiß.«

»Und du, Onkel Adrien, hast du dich hier verkrochen, weil du unglücklich bist?«

Sie ließ seine verneinende Geste nicht gelten und fuhr fort:

»Versuch nicht, es abzuleugnen; ich sehe es doch. Ich kenne dich. Ich habe dich von kleinauf stets genau betrachtet. Du hast nicht mehr dieses Leuchten in den Augen, das uns alle so zu dir hinzog, das uns alle wünschen ließ, dir zu gleichen.«

»Du bist hart.«

»Mag sein, aber du würdest es mir verübeln, wenn ich anders reden würde. Was Lucien geschehen ist, ist schrecklich, aber es ist nicht deine Schuld. Lucien hatte seine Wahl getroffen; Laurent, Camille und ich, wir haben ebenfalls unsere Wahl getroffen.«

»Du wirst mir doch nicht einreden wollen, daß ich nichts damit zu tun hatte? Immerhin war ich es, der dich nach Paris geschickt hat.«

»Na und? Es ist mir nichts passiert.«

»Man darf das Schicksal nicht herausfordern. Ich habe zu viele Jungen und Mädchen deines Alters sterben sehen, in Spanien und jetzt hier. Laß die Finger davon.«

»Nein, dafür ist es zu spät. Weißt du, welchen Decknamen ich mir ausgesucht habe?«

»Exupérance?«

»Ja, nach der kleinen Heiligen, die du so geliebt hast, erinnerst du dich? Durch dich habe auch ich begonnen, sie zu verehren. Und mit einem solchen Schutz kann mir nichts passieren.«

Adrien konnte ein Lächeln nicht zurückhalten. Er würde nicht viel wert sein, dieser Schutz einer Heiligen, deren Existenz selbst von der Kirche in Frage gestellt wurde.

»Hast du vor, länger in Montillac zu bleiben?«

»Nein, das wäre zu riskant für euch. Luciens Anwesenheit gefährdet euch bereits. Sobald es ihm ein wenig bessergeht, muß er fort.«

»Aber wo soll er denn hin? Was soll er machen? Er ist doch jetzt behindert.«

Der Dominikaner hob den Kopf. »Darüber habe ich gerade nachgedacht, als du hereingekommen bist.«

»Tante Bernadette sagt, wo immer er hingehe, da wolle sie auch sein.«

»Das hätte gerade noch gefehlt! Meine liebe Schwester im Untergrund!«

»Wie findest du Camille?«

»Gar nicht so schlecht. Sie ist eine tapfere Frau. Ich bin der gleichen Meinung wie Félix: Sie wird es schaffen.«

»Wenn Laurent sie besuchen könnte, würde sie bestimmt gleich ganz gesund.«

Adrien betrachtete sie mit amüsiertem Erstaunen.

»Nanu? Bist du etwa nicht mehr in ihn verliebt?«

Léas Gesicht wurde flammend rot.

»Das hat damit nichts zu tun.«

»Du darfst nicht mehr an ihn denken. Er ist verheiratet, Familienvater, und er liebt seine Frau.«

Es entging ihm nicht, daß Léa verärgert war.

»Noch immer die gleiche Reaktion auf Moralpredigten, wie ich sehe. Keine Bange, damit werde ich dir gar nicht erst kommen; ich möchte dich nur vor einer möglichen Enttäuschung bewahren. Jemand, der sich sehr für dich zu interessieren scheint, hat vor einiger Zeit mit mir über dich gesprochen.«

»Wer?«

»Kannst du dir das nicht denken?«

Sie hatte keine Lust auf Ratespiele.

»Nein.«

»François Tavernier.«

Wieso hatte sie nicht an ihn gedacht. Wieder stieg ihr die Röte ins Gesicht.

»Sag schnell, Onkel Adrien, wann hast du mit ihm gesprochen?«

»Vor vierzehn Tagen; telefonisch, von Bordeaux aus.«

»Wo war er?«

»In Paris.«

»Warum hat er dich angerufen? Was hat er dir über mich gesagt? Er hat meinen Brief nicht beantwortet.«

»Nicht so hastig. Ich dachte, du magst ihn nicht.«

»Bitte!«

»Er hat mich gefragt, wie es dir geht, wie es der Familie geht . . .«

»Das ist alles?«

»Nein. Er will versuchen, dich nach Ostern zu besuchen.«

»Nach Ostern! Das ist noch lange hin!«

»Welche Ungeduld! Wir haben den 10. April, und Ostern ist am 25.«

Léa fühlte sich so ratlos, so durcheinander, daß sie es unterließ, ihrem Onkel von Mathias zu berichten.

Das Geräusch von Autoreifen auf dem Kies der Auffahrt, das Zuschlagen von Wagentüren, der Klang von Männerstimmen ließen beide erstarren.

»Schnell, sieh nach. Wenn es die Gestapo ist, sind wir verloren.«

Léa eilte in den Korridor und schaute aus dem Fenster, das auf die Zufahrtsallee ging. Nein, das konnte doch nicht wahr sein! Was wollte der denn hier? Sie öffnete das Fenster und rief gewollt fröhlich:

»Ich komme!«

Sie rannte ins Kinderzimmer zurück. »Die Gestapo ist es nicht, aber was Besseres möglicherweise auch nicht.«

»Ich gehe zu Lucien«, erklärte Adrien und richtete sich hoch auf.

Bevor sie hinunterging, schaute Léa schnell bei Camille herein und berichtete ihr, wer gekommen war.

Unten hatte Ruth die Besucher in den Salon gebeten.

»Léa! Ich freue mich, Sie in dieser Umgebung wiederzusehen!«

»Raphael! So eine angenehme Überraschung!«

»Ich wußte doch, daß Sie sich freuen würden, einen alten Freund wiederzusehen, meine Liebe!«

Sie kochte innerlich vor Wut, doch sie zwang sich zum Lächeln. Er durfte um keinen Preis merken, daß sie Angst hatte. Einer der drei jungen Leute, die mit ihm gekommen waren, betrachtete das von Jacques-Emile Blanche gemalte Porträt ihrer Mutter. Als er sich umwandte, preßte Léa die Fingernägel in die Handflächen. Sie bemühte sich, ihr Erschrecken zu meistern.

Der junge Mann, der ihr jetzt sein Gesicht zugewandt hatte, war der, der ihr bereits in Cadillac und in Saint-Macaire aufgefallen war. Mit gespielter Unbefangenheit trat sie zu ihm.

»Guten Tag, Monsieur. Sind Sie aus der Gegend hier? Mir ist, als sei ich Ihnen schon begegnet.«

Der junge Mann war sichtbar verlegen.

»Das ist gut möglich, Mademoiselle, meine Großeltern leben in Langon.«

»Dann muß ich Sie dort gesehen haben. Auf dem Rathaus vielleicht oder an einem Markttag. Wie heißen Sie?«

»Maurice Fiaux.«

Léa wandte sich von ihm ab und ging zu Raphael hinüber, nahm seinen Arm und dirigierte ihn in Richtung der Gärten.

»Kommen Sie, ich zeige Ihnen Montillac, und Sie erzählen mir dabei, welcher gute Wind Sie hierherführt.«

»Wie Sie wissen, hatte ich einige Probleme mit gewissen Personen, die Sie kennen. Ich mußte mich entschließen, Paris zu verlassen, die Luft dort bekam mir immer weniger. Da habe ich mich der angenehmen Zeit erinnert, die ich 1940 in Bordeaux verbracht habe, meiner guten Beziehungen zur lokalen Presse, an die Nähe Spaniens. Kurz, ich habe mir gesagt, warum nicht Bordeaux? Ich muß gestehen, daß ich bis gestern nicht an Sie gedacht habe. Da saß ich mit ein paar reizenden Jungen im *Régent* zusammen und trank noch ein Glas vor dem Essen, als sich ein Kamerad von ihnen zu uns gesellte. Im Verlauf der Unterhaltung fiel auch der Name Ihres Gutes. Ich habe gefragt, ob es sich dabei um den Besitz der Familie Delmas handele, und das wurde mir bestätigt. So habe ich erfahren, daß es sich bei dem jungen Mann um einen Kinderfreund von Ihnen handelt und daß Sie auf Montillac sind. Ich habe den Wunsch geäußert, Sie zu besuchen, und Ihr Freund hat sich erboten, mich herzufahren. Und so bin ich hier.«

»Sie sind mit Mathias gekommen?«

»Ja. Er ist seine Eltern begrüßen gegangen. Es ist Ihnen doch nicht unangenehm, daß ich sein Angebot angenommen habe?«

»Überhaupt nicht; im Gegenteil: Ich werde mich bei ihm bedanken, daß er mir dieses Vergnügen bereitet hat.«

»Welch ein schöner Besitz, meine Liebe! Wenn ich hier wohnte, würde ich ihn nie wieder verlassen wollen. Welche Ruhe, welche Harmonie zwischen dem Himmel und der Erde! Ich spüre, daß ich hier Meisterwerke schreiben könnte.«

Auf die Terrassenbrüstung gestützt, betrachtete Raphael Malh die weite Landschaft, die von den gleichmäßigen, schwärzlichen Reihen der Weinstöcke geprägt wurde.

»Man könnte meinen, die Weinfelder seien mit Bleistift und Lineal vorgezeichnet worden, so sauber ausgerichtet sind sie.«

»Sie sind zu früh gekommen. In zwei, drei Wochen werden die Rebstöcke wie versilbert sein, danach werden sie zartgrün, und dann blühen sie. Ach, da kommt Laure. Raphael, ich möchte Ihnen meine kleine Schwester Laure vorstellen.«

»Guten Tag, Mademoiselle. Jetzt kenne ich alle drei Grazien von Montillac.«

Laure lachte laut auf, was Léa ärgerte.

»Camille spricht mit Mathias. Ich habe Fayard gebeten, den Weinkeller zu öffnen, damit unsere Gäste unseren Wein kosten können.«

»Gute Idee! Kommen Sie, probieren Sie den berühmten Château-Montillac«, rief sie fröhlich und versuchte so, die Angst zu verbergen, die sie befallen hatte, als Mathias' Name fiel. Er hatte es also gewagt, zurückzukommen!

Die drei jungen Leute folgten ihnen schweigend. Im Weinkeller trafen sie Camille, Mathias und seinen Vater an. Léa begrüßte Mathias, als wäre nichts zwischen ihnen vorgefallen, und tat, als bemerke sie das plötzliche Zucken seiner Wangenmuskeln nicht.

»Du hättest uns ruhig schon früher einmal besuchen können.«

»Léa hat recht«, sagte Camille. »Ich wollte Ihnen danken, daß Sie sich um meine Freilassung bemüht haben.«

»Nicht der Rede wert, ich habe kaum etwas dafür getan.«

»Sagen Sie das nicht! Ohne Sie wäre ich vielleicht noch im Lager.«

»Seit Sie entlassen wurden, ist es dort besser geworden. Inzwischen gibt es sogar Duschen«, berichtete einer von Mathias' Freunden.

»Sehr interessant«, sagte Léa scharf. »Wann kommen der Frisiersalon und das Kino?«

Der junge Mann wurde rot, seine Kameraden grinsten. Raphael lenkte ab:

»Kommt, Kinder, dann wollen wir mal den Wein probieren.«

Fayard stellte Gläser auf ein mit weißem Papier bedecktes Brett und schenkte feierlich den Wein ein.

»Er ist erst zwei Jahre auf der Flasche, aber er wird Ihnen schmecken.«

»Er wird sogar in Paris sehr geschätzt«, warf Léa hin.

Fayard zuckte nicht mit der Wimper.

Als allen eingeschenkt war, führte jeder sein Glas schweigend an die Lippen.

Sie waren bei der dritten Probe, als Léa zu Mathias trat und sagte:

»Komm, laß uns rausgehen, ich möchte mit dir reden.«

Nach der Kühle des Kellers, seinem Weingeruch, der in dem gestampften Lehmboden und in den Wänden hing, machten Léa die frische Luft und der Fliederduft

Lust zu laufen. Sie rannte los, dicht gefolgt von Mathias. Doch bald schon hielt sie an, wandte sich ihm zu und fragte keuchend:

»Ich dachte, du wärst wieder in Deutschland?«

»Ich habe es mir anders überlegt. Ich habe hier Besseres zu tun.«

»Warum hast du mir Malh und deine Freunde angeschleppt? Ich will dich nicht mehr sehen.«

»Ich dachte, du würdest dich freuen. Er schien sehr gut mit dir bekannt zu sein.«

Léa zuckte die Achseln.

»Und die anderen? Sind die auch gut mit mir bekannt?«

»Denen gehört das Auto, und sie haben angeboten, uns hierherzufahren.«

»Ich finde sie nicht sehr sympathisch.«

»Dein Pech. Mir gefallen sie. Und du solltest zumindest lieber so tun, als ob.«

»Was hast du mit ihnen zu schaffen?«

»Wir arbeiten zusammen.«

Was wollte er damit sagen? Wenn das, was sie befürchtete, zutraf, dann konnte es sich nicht um gewöhnliche Arbeit handeln. Doch sie durfte jetzt nicht in Panik geraten, sie mußte sich unbekümmert, gelassen geben. Das Leben von Lucien und von Adrien hing davon ab. Wer weiß, vielleicht hatte sich Raphael mit der Gestapo von Paris darauf geeinigt, daß er versuchen würde, Sarah ausfindig zu machen? Léa hakte sich bei Mathias unter und fragte im natürlichsten Tonfall und mit komplizenhaftem Lächeln:

»Erzähl mal! Was machst du?«

Er versteifte sich gegen diesen Körper, der ihn erbeben ließ, wenn er bloß daran dachte, und wandte verlegen den Kopf ab vor den klaren Augen, die zu ihm aufsahen.

»Geschäfte.«

»Ich hoffe in deinem Interesse, daß es nicht die gleichen sind wie die von Raphael. Es wäre mir unangenehm, wenn du wegen Schwarzhandels gesucht würdest«, sagte sie noch immer lächelnd.

»Mach dir wegen mir keine Gedanken. Zwischen mir und dieser Tunte gibt es keine Gemeinsamkeiten. Ich arbeite als Vermittler zwischen den Winzern des Bordelais und den Weinhändlern in München, Berlin und Hamburg. Du weißt, wie sehr die Deutschen unsere Weine mögen. Übrigens haben die meisten in der Gironde stationierten hohen deutschen Offiziere schon vor dem Krieg mit den großen Weingutsbesitzern Geschäfte gemacht. Ich hingegen stelle die Verbindung her zwischen den kleinen Winzern und den deutschen Händlern.«

»Und das läuft?«

»Sehr gut sogar. Geschäft ist Geschäft. Die Leute möchten auch weiterhin einen guten Wein trinken, Krieg oder nicht.«

»Mathias, ich verbiete dir, auch nur eine einzige Flasche Wein von Montillac zu verkaufen. Keine einzige!«

Léa hatte sich nicht zurückhalten können, die Worte waren aus ihr herausgeplatzt. Wieder standen sie sich feindselig gegenüber. Beide waren bleich und belauerten sich gegenseitig wie Katzen, ehe sie zum Sprung ansetzen.

Herrgott, war diese Göre schön in ihrem Zorn, der ihre Nasenflügel weitete und ihre Brust hob und senkte! Er war hin- und hergerissen in seinem Verlangen, sie zu prügeln oder sie an sich zu reißen.

»Wenn wir erst einmal verheiratet sind, verkaufe ich den Wein an wen ich will.«

Raphael, der aus dem Weinkeller gekommen war, gestikulierte zu ihnen hinüber. Er fuchtelte herum und schrie:

»Léa, dieser Wein ist wundervoll. Ich muß aufhören damit, ich bin schon ganz beschwipst.«

Der gute Raphael! Léa hätte ihn umarmen mögen. Er kam zu ihnen.

»Das glaube ich Ihnen nicht. Sie können noch einiges vertragen, bis Ihnen der Wein zu Kopf steigt.«

»Glauben Sie das nicht, liebe Freundin. Man wird ja auch älter. Vor dem Krieg zum Beispiel konnte ich essen, soviel ich wollte, ohne daß es sich auf der Waage bemerkbar machte. Heute hingegen genügt schon ein etwas gehaltvolles Gericht, ein etwas zu großzügig begossenes Essen und ich habe gleich einige Kilo zuviel. Schauen Sie sich meine Taille an: Ich weiß zwar, daß man diese Wülste auch ›Haltegriffe der Liebe‹ nennt, aber trotzdem! Es schmerzt, wenn die schlanke Linie der Jugend dahin ist.«

Léa konnte ihr Lachen nicht zurückhalten, als er sein Jackett weit öffnete, um die Problemzonen vorzuzeigen.

»Lachen Sie nur, Sie werden schon sehen. Heute können Sie noch stolz sein auf Ihre festen Brüste, Ihren flachen Bauch und Ihren hübschen Hintern! Aber in ein paar Jahren, nach drei, vier Kindern, sprechen wir uns wieder.«

»Sie erwarten doch wohl nicht von mir, daß ich Sie bedaure, weil Sie ein paar Kilo zuviel haben, während die meisten Franzosen den Gürtel enger schnallen müssen! Machen Sie es wie sie: Essen Sie Kohlrüben.«

»Igitt! Sie wollen mich wohl umbringen!«

Ein komischer Kauz! Léa vergaß fast, wer dieser Raphael Malh war.

»Sie würden auch vor einem Erschießungskommando noch scherzen und mich zum Lachen bringen.«

Raphaels Augen nahmen einen weichen, ein wenig traurigen Ausdruck an.

»Sie könnten mir kein hübscheres Kompliment machen: lachen oder jemanden zum Lachen bringen im Angesicht des Todes. Ich verspreche Ihnen, mich daran zu erinnern, meine kleine Freundin.«

Dann setzte er wieder eine fröhliche Miene auf, nahm sie beiseite und fragte:

»Haben Sie etwas von unserem Freund Tavernier gehört? Das ist ein Mann, der mich sehr beschäftigt. Manche halten ihn für einen großen Freund der Deutschen, andere für einen Mann der Exilregierung in London. Wofür halten Sie ihn?«

»Nun seien Sie mal vernünftig. Ich habe François Tavernier das letzte Mal in Paris gesehen, seither ist er mir entschwunden. Ich lebe hier völlig abgeschieden und habe viel zuviel zu tun, um mich für einen Abenteurer zu interessieren. Aber was fällt Ihnen denn ein! Lassen Sie mich los!«

»Halten Sie mich nicht für einen Idioten, meine Liebe. Sie würden sich täuschen. Glauben Sie, ich hätte nicht bemerkt, daß er in Sie verliebt ist und daß Ihre Beziehungen keineswegs platonisch geblieben sind?«

»Ich verstehe nicht, was Sie damit sagen wollen.«

»Denken Sie, ich hätte den bösen Streich, den er mir gespielt hat, vergessen?«

»Der Ihnen vielleicht das Leben gerettet hat.«

»Das ist möglich, aber ich mag es nicht, wenn man mich so behandelt.«

»Kommen Sie schon, Raphael, seien Sie nicht so empfindlich!«

Ohne darauf zu achten, hatten sie das Haus hinter sich gelassen und schritten jetzt den Weg entlang, der durch die Rebstöcke nach Bellevue führte. Die anderen folgten ihnen nicht. Malh blieb stehen und blickte sich um. Er sah plötzlich alt und müde aus.

»Es muß angenehm sein, hier zu leben. Dieser Ort dürfte der Inspiration sehr förderlich sein. Nie werde ich einen ähnlichen Besitz haben, nie das Glück erfahren, in Frieden mit mir selbst und der mich umgebenden Natur schreiben zu können. Warum werde ich von bösen Kräften gelenkt, die mich von meinem innersten Selbst, von meinem Schöpferdrang entfernen? Dieses Bedürfnis ist alles, selbst wenn es zu nichts führt. Alles ist schaffensbereit und bleibt dennoch steril. Aber das macht nichts. Allein das Bemühen ist Beglückung. Leider mangelt es mir am notwendigen Enthusiasmus, um ein großer Schriftsteller zu sein. Schriftsteller sind fast immer Enthusiasten, die sich in den Dienst der Gleichgültigen stellen. Man spricht, wie man will; man schreibt, wie man ist.«

Welche Verzweiflung in diesem scheinbar oberflächlichen, verlogenen, skrupellosen Mann! Wie stets, wenn sie bemerkt hatte, wie sehr er darunter litt, nicht der große Schriftsteller zu sein, von dem er geträumt hatte, verspürte Léa eine Zärtlichkeit für ihn, die sie nicht unterdrücken konnte.

»Schauen Sie sich diese Felder, diese Wälder an! Der Mensch und alle seine Werke könnten mit einem Schlag verschwinden, und die Erde würde weiterbestehen, als wäre nichts geschehen. Eingedenk dieser Unendlichkeit erscheint mir der Mensch so unbestreitbar unnütz. Unnütz und mittelmäßig. Eines Tages werde ich einen *Lobgesang auf die Mittelmäßigkeit* schreiben. Hatte ich Ihnen das schon gesagt? Ich verbringe meine Zeit damit, Bücher zu beschreiben, die ich nie verwirklichen werde. Gutes Thema, nicht wahr? Oder ich stelle eine Anthologie über die von Menschen verübten Greueltaten zusammen. Ein unerschöpfliches Gebiet. Doch zum Ruhm des Menschen sei auch gesagt, daß er es verstanden hat, dem Schrecken Schönheit abzugewinnen. Einer der Hauptgründe, die mich daran gehindert haben, an einen lieben Gott zu glauben, einen, der alles bis ins Detail über uns weiß, der über uns wacht, bin ich selbst. Ich sage mir, wenn Gott tatsächlich so wäre, würde er nicht zugelassen haben, daß ich bin; schon gar nicht, daß ich bin, wie ich bin. Manchmal ist mein ganzer Körper so von Tränen angeschwollen, daß meine Augen nicht ausreichen, sie zu vergießen und ich nicht weiß, wie ich mich ihrer entledigen kann.«

Er weinte, während er das sagte: ein unerträglicher Anblick.

»Sie verachten mich, nicht wahr? Damit haben Sie völlig recht. Aber Sie können mich gar nicht so sehr verabscheuen wie ich mich selbst. Doch Ihre Verachtung ist mir lieber als Ihr Mitleid. Ich hasse diese schreckliche Weichheit des Mitleids. Aber gehen wir zurück. Unsere Freunde werden sich fragen, was wir wohl aushecken mögen.«

»Warum sind Sie gekommen, Raphael?«

Bevor er antwortete, zog er sein Einstecktuch heraus und trocknete sich die Augen.

»Ich habe es Ihnen doch gesagt: Ich wollte Sie gern wiedersehen.«

»Es gibt noch einen anderen Grund.«

»Vielleicht, wer weiß? Was ist eigentlich aus unserer Freundin Sarah geworden?«

Léa wurde ganz steif.

»Nein, fassen Sie das nicht falsch auf. Ich bin nicht hier, um Erkundigungen über sie einzuziehen. Ich frage Sie nur einfach, ob Sie wissen, wie es ihr geht, denn ich habe sie sehr gern.«

»Ich weiß es nicht.«

»Hoffen wir, daß es ihr gutgeht. Glauben Sie, daß Sie Ihrem Freund Mathias Fayard vertrauen können?«

Da haben wir's, dachte Lea. »Ich vertraue ihm nicht mehr als Ihnen.«

»Das ist gut«, sagte er, ohne mit der Wimper zu zucken. »Seine Freunde sind überzeugt, daß Sie für den Widerstand arbeiten. Ich habe ihnen das Gegenteil versichert, aber ich glaube nicht, daß sie mir das abgenommen haben.«

»Warum sagen Sie mir das?«

»Weil ich Sie gern habe und weil es mich sehr schmerzen würde, wenn Ihnen etwas zustieße.«

Das klang so schlicht und aufrichtig, daß Léa den Arm unter den seinen schob.

»Raphael, es ist momentan alles so schwierig. Ich fühle mich sehr allein hier zwischen der kranken Camille, meiner jammernden Tante, meiner gelangweilten Schwester und den Fayards, die nur darauf lauern, daß sie mir Montillac wegnehmen können. Die einzig Verläßliche ist Ruth.«

»Sie haben doch noch Ihre Verwandten in Bordeaux.«

»Mit ihnen möchte ich so wenig wie möglich zu tun haben.«

»Und Ihr Onkel, der Ordensbruder?«

Léa ließ seinen Arm los. »Es ist Ihnen doch gewiß nicht verborgen geblieben, daß er untergetaucht ist und von der Gestapo gesucht wird.«

»Das stimmt, ich hatte es vergessen. Verzeihen Sie mir. Ich dachte, ich hätte ihn kurz nach meiner Ankunft in Bordeaux gesehen. Er hatte sich allerdings sehr verändert und trug auch keine Kutte.«

»Kannten Sie ihn schon, als Sie das erste Mal mit mir über ihn gesprochen haben?«

»Ich hatte seine Fastenpredigten in Notre-Dame gehört. Seine Art, über Gnade zu sprechen und über die Madonnenverehrung, hat mir sehr gefallen. Ich wollte ihn damals gern kennenlernen, aber es hat sich keine Gelegenheit ergeben. Ich habe das sehr bedauert.«

»Er kennt Sie also nicht?«

»Nein.«

»Das ist schade. Sie hätten ihn interessiert.«

»Wer weiß, vielleicht begegnen wir uns eines Tages. Das Leben geht seltsame Wege.«

»Ich habe meinen Onkel sehr gern; er fehlt mir überall. Seit der Beerdigung meines Vaters habe ich ihn nicht wiedergesehen.«

»Man hat mir in Bordeaux von dieser Beerdigung berichtet. Merkwürdig, daß die Gestapo Pater Adrien und den Ehemann Ihrer Freundin damals nicht verhaftet hat.«

»Da hat man auf meinen Onkel Luc Rücksicht genommen.«

»Richtig. Die durch die politische Einstellung von Rechtsanwalt Delmas, die Verheiratung seiner Tochter mit einem hohen deutschen Offizier, die bevorstehende Eheschließung Ihrer Schwester mit dem Kommandanten Kramer geschaffenen Verbindungen zu den Besatzern mußten dabei in Betracht gezogen werden.«

»Ich schäme mich dafür.«

»So etwas dürfen Sie in Anwesenheit indiskreter Ohren nicht von sich geben.«

»Was Sie wohl schleunigst tun werden, nehme ich an.«

»Meine liebe Freundin, in bezug auf mich irren Sie sich ständig. Sie wissen doch, daß ich immer im eigenen Interesse handele. Welchen Vorteil würde es mir bringen, Ihre Sympathien zu verraten? Jeder weiß, wo diese liegen. Wenn Sie wenigstens Engländer verstecken würden oder Widerständler, aber das ist ja nicht der Fall, oder?«

Léa mußte lachen. »Sie wissen nur zu gut, daß Sie der letzte wären, dem ich das anvertrauen würde.«

»Und das ist gut so.«

Untergehakt und lachend betraten sie den Hof, wo sich bereits Camille, Laure, Mathias und die drei jungen Männer befanden.

»Ah, da sind Sie ja«, rief einer von ihnen. »Wir haben uns gefragt, wo Sie abgeblieben sind. Wir müssen uns verabschieden, wir werden noch erwartet.«

»Ach, richtig! Wo habe ich bloß meinen Kopf, das hatte ich völlig vergessen. Léa: Danke für die freundliche Aufnahme. Wenn Sie nach Bordeaux kommen, müssen Sie mich besuchen. Ich bin im *Majestic* abgestiegen. Es ist ein sehr angenehmes Hotel mit schönen alten Möbeln.«

»Bleiben Sie lange in Bordeaux?«

»Das hängt davon ab, ob ich ein paar Artikel in *La petite Gironde* oder in *La France* unterbringen kann. Wenn nicht . . .«

»Wenn nicht?«

»Raphael Malh antwortete nicht. Er küßte Camille die Hand und Laure auf beide Wangen. Die jungen Leute grüßten höflich. Die drei Frauen umarmten Mathias.

In der Nacht verließ Adrien Delmas Montillac, nachdem er Léa darüber eingeweiht hatte, daß in einer der Kapellen des Kalvarienberges von Verdelais Waffen versteckt waren – in der der siebten Station, unter der geborstenen Bodenplatte rechts vom Eingang.

»Hol sie nur im allergrößten Notfall. Es sind zehn Gewehre und zwanzig Pistolen dabei, mit denen du sicher umgehen kannst.«

»Das hoffe ich.«

»Gut. Es sind auch Handgranaten dabei und ein Maschinengewehr. Die rühr bitte nicht an.«

»Wann kommst du wieder?«

»Sobald ich von Félix höre, daß Lucien transportfähig ist. Sei du inzwischen doppelt vorsichtig. Dieser Besuch heute war höchst verdächtig, um so mehr, als sich der Feind hier am Ort befindet.«

»Der Feind?«

»Ja, der alte Fayard. Er kennt jeden Winkel des Besitzes und bewegt sich überall so unauffällig, als sei er ein Teil der Landschaft. Die drei jungen Männer, die bei Mathias waren, sind uns gut bekannt. Einer von ihnen ist von uns sogar zum Tode verurteilt worden und wird vermutlich bald hingerichtet werden.«

»Was legt man ihm zur Last?«

»Denunziationen, Diebstähle, Vergewaltigungen, Folterungen und mehrere Morde. Ich weiß, daß er eigenhändig einen Juden erschlagen hat, um ihn zu berauben. Er kannte sein Opfer von Kindheit an.«

»Du sprichst von dem jungen Mann, als würdest du ihn kennen.«

»Seine Mutter war Hausmädchen bei einem meiner Freunde, einem Arzt aus Le Bouscat. Da der Kleine keinen Vater hatte, hat sich mein Freund sehr um ihn gekümmert, aber es hat ihm nur Ärger eingetragen. Nach dem Einmarsch der Deutschen hat ihnen der Junge sofort seine Dienste angeboten – gegen ein saftiges Entgelt. Zuerst war er nur Leibwächter, aber allmählich ist er bei seinen Arbeitgebern im Ansehen gestiegen. Heute wird er von Poinsot, Dohse und Luther eingesetzt. Ganz besonders bewährt hat er sich in der Nacht vom 19. auf den 20. Oktober, während jener Operation, die ›die Region von der Anwesenheit ausländischer Juden reinigen‹ sollte. Mit Unterstützung der Polizei hat er die Verhaftung von dreiundsiebzig Juden – Männer, Frauen und Kinder – vorgenommen, von denen die meisten deportiert worden sind. Dabei hat er auch gleich das alte Ehepaar ausgeplündert, bei dem seine Mutter Hausangestellte gewesen war. Er hat ganze Arbeit geleistet und wurde sogar von Kommandant Luther persönlich belobigt, und zwar in dem schönen Haus in der Avenue du Médoc, die jetzt Avenue du Maréchal Pétain heißt, genau gegenüber dem Gebäude, in dem auch Camille diverse Verhörmethoden kennengelernt hat. Nach der Auszeichnung durch den Kommandanten hat der Bengel seine Mutter besucht und hatte die Frechheit, sich dort über die Angst dieser ›Jidden‹, die er aus den Betten gezerrt hatte, lustig zu machen. Mein Freund war fuchsteufelswild und hätte ihn am liebsten abgeknallt wie eine tollwütigen Hund, aber er hat sich damit begnügt, ihn mit einem Tritt in den Hintern rauszuschmeißen. Draußen hat der Kerl geschworen, daß er ihn umbringen werde. Ich habe meinem Freund geraten, Bordeaux zu verlassen, doch er hat sich geweigert. Er sagt, sein Platz sei hier. Bei ihm habe ich übrigens den Chef der F. T. P.-Widerstandsgruppe kennengelernt, dessen Wohnung sich zufälligerweise nur sechshundert Meter entfernt vom Sitz der Gestapo befindet. Le Bouscat ist eine Art Drehscheibe, sowohl für die Unterdrückung als auch für den Widerstand.«

»Welcher der drei Jungen ist es?«

»Maurice Fiaux.«

»Das ist doch nicht möglich! Der sieht doch gar nicht aus wie ein Rohling.«

»Das ist es ja, was ihn besonders gefährlich macht: Er wirkt wie ein anständiger, gutaussehender junger Mann.«

»Und Mathias ist über all das informiert?«

»Nein. Er ist noch ein neuer Rekrut, da sind sie mißtrauisch. Sie werden ihm erst vertrauen, wenn sie ihn auf die Probe gestellt haben.«

»Was bedeutet das?«

»Er muß erst jemanden denunziert, gefoltert oder getötet haben. Er ist bereits auf dem besten Wege; noch ein paar Wochen, dann ist er ein perfekter Schweinehund. Undwiderruflich.«

»Du hast dich sehr verändert, Onkel Adrien. Früher hättest du mir gesagt, man müsse für ihn beten, denn selbst in der schlechtesten Kreatur schlummere noch ein Quentchen Unschuld. Und jetzt hörst du dich an, als glaubtest du an gar nichts mehr, nicht mal an Gott.«

Jedes Wort von Léa war wie ein Messerstich in die kummervolle Seele des Dominikaners. Er wandte sich von seiner Nichte ab, überprüfte die Funktionstüchtigkeit seiner Waffe, drückte sich die Baskenmütze bis auf die Augenbrauen, nahm den kleinen Pappkoffer mit Wäsche, Büchern und ein wenig Proviant auf und ging zur Tür.

Da tat Léa etwas, das für einen Menschen, der den Glauben verloren hat, völlig überraschend sein mußte: Sie fiel ihrem Onkel zu Füßen und bat: »Segne mich!«

Adrien zögerte nur eine Sekunde, dann erfüllte er ihre Bitte. Als seine Finger über dem Kopf seines Lieblings das Kreuzzeichen machten, breitete sich tiefer Friede in ihm aus. Er hob Léa auf und umarmte sie.

»Danke«, flüsterte er und verschwand in der Nacht.

18.

»Ich habe Maurice Fiaux zum Mittagessen eingeladen.«

Vor lauter Bestürzung ließ Léa den mit Milch gefüllten Topf, den sie in der Hand hielt, fallen.

»Oh, bist du ungeschickt!« rief Laure aus. »Die ganze schöne Milch ist hin.«

Zwei Ohrfeigen klatschten ihr an den Kopf. Tränen erschienen in den blauen Augen der jüngsten der Delmas-Töchter, die mehr verblüfft als wütend zu ihrer Schwester sagte:

»Was ist denn in dich gefahren? Bist du verrückt geworden? Du hast mir sehr weh getan.«

»Und ich werde dir noch viel mehr weh tun, wenn du diese Einladung nicht rückgängig machst.«

»Ich kann einladen, wen ich will!«

»Nein!«

»Und weshalb nicht? Meines Wissens gehört dir Montillac keineswegs allein.«

»Weißt du, wer Maurice Fiaux ist?«

»Ich weiß sehr wohl, daß wir glaubten, er würde uns überwachen wegen der Widerstandsgeschichten. Aber das stimmt gar nicht.«

»Was meinst du damit?«

Laure senkte den Kopf und trocknete schniefend ihre Augen. Ihre Wangen zeigten Léas Fingerabdrücke.

»Er ist hinter mir her.«

»Dir?«

»Ja, mir. Du bist nicht die einzige, die den Jungen gefällt. Ich bin nicht mehr das kleine Mädchen von vor dem Krieg. Ich bin erwachsen.«

»Nun mal ganz ruhig. Daß du den Jungen gefällst, bezweifle ich nicht. Aber du hast doch hoffentlich nicht geglaubt, was der dir erzählt hat. Hast du ihn wiedergesehen.«

»Ja, heute morgen in Langon. Er ist nett, witzig, gut erzogen. Er macht Ferien bei seinen Großeltern; nach Ostern fährt er nach Bordeaux zurück. Er muß arbeiten, um seine Mutter zu unterstützen.«

Léa rollte die Augen zum Himmel.

»Ich bin zu Tränen gerührt. Und was arbeitet dieser Musterknabe?«

»Ich weiß nicht genau, ich habe es nicht richtig verstanden. Er betreibt irgendwelche Geschäfte.«

»Geschäfte! Das kann alles mögliche sein. Ich will dir mal sagen, was für ein Geschäft dein Herzbube betreibt: Er arbeitet für die Gestapo.«

»Das glaube ich nicht!«

»Ich wollte es auch nicht glauben. Onkel Adrien hat es mir gesagt. Er hat mehrere Menschen gefoltert und getötet. Mit deiner Einladung zum Essen bist du ihm in die Falle gegangen und bringst uns alle in große Gefahr. Hast du denn nicht an Lucien gedacht? An das, was passieren würde, wenn er entdeckt wird?«

Die Blässe, die Laures Gesicht überzogen hatte, ließ die Fingerabdrücke auf ihren Wangen noch deutlicher hervortreten. Sie stand mit hängenden Armen gegen den Herd gelehnt, zu verstört, um wahrzunehmen, daß ihr die Tränen auf ihre weiße Bluse tropften. Léa verspürte Mitleid mit ihr und legte ihr den Arm um die Schultern.

Diese Geste verwandelte Laures Weinen in das heftige Schluchzen eines Kindes.

»Ich wußte doch nichts!«

»Laure! Léa! Was ist denn los? Was ist denn passiert?« fragte Camille, die hereingekommen war.

»Dieses dumme Gänschen hat Maurice Fiaux für morgen zum Essen eingeladen.«

»O mein Gott!«

Einige Sekunden lang waren nur Laures Schluchzer und das Ticken der Pendeluhr zu vernehmen. Camille faßte sich als erste.

»Das Jammern nützt nichts. Wir müssen einen Ausweg finden.«

»Ich habe ihr gesagt, sie soll die Einladung rückgängig machen.«

»Auf gar keinen Fall! Er würde vermuten, daß wir ihm mißtrauen. Nein, es muß bei der Einladung bleiben. Wir müssen ihn überzeugen, daß er sich ein falsches Bild von uns gemacht hat.«

»Du vergißt Lucien!«

»Nein, gerade an ihn habe ich gedacht. Er muß hier weg.«

»Aber er ist noch längst nicht wieder gesund.«

»Ich weiß.«

»Und?«

»Komm mit, ich habe eine Idee. Laure, du mußt morgen so tun, als ob nichts wäre, als hieltest du ihn immer noch für einen annehmbaren jungen Mann«, sagte Camille und zog Léa mit sich.

»Ja«, schluchzte die arme Laure.

Die beiden Frauen verließen das Haus auf der Nordseite.

»Gehen wir ein paar Schritte durch die Rebstöcke. Da sind wir sicher, daß uns keiner belauscht.«

Schweigend schritten sie voran, Camille stützte sich auf Léas Arm. Die Aprilsonne hüllte die Landschaft in ihr gleißendes Licht, das die Weinstöcke, das Haus von Sidonie und die knospenden Bäume des Kalvarienberges besonders klar hervorhob, so daß man meinte, man könne all dies mit ausgestreckter Hand berühren.

»Warum überträgt sich dieser ländliche Friede nicht auf die Menschen?« sann Camille laut und verlangsamte den Schritt.

»Was hast du für eine Idee?«

»Wir verstecken Lucien auf Sidonies Speicher.«

»Auf Sidonies Speicher?«

»Ja. Wir können ihr vertrauen, sie verabscheut die Deutschen.«

»Das ist viel zu nahe an Montillac.«

»Genau. Sie werden nie auf den Gedanken kommen, daß man jemanden in seiner unmittelbaren Nähe verstecken könnte.«

Léa dachte nach.

»Vielleicht hast du recht. Wenn es sich nicht um Sidonie handelte, würde ich sagen, daß Deutschenhaß kein ausreichender Grund ist, um jemandem zu vertrauen. Aber Sidonie . . .«

»Gehen wir doch gleich zu ihr. Sie ist zu Hause, es kommt Rauch aus ihrem Schornstein.«

Von Sidonies Haus aus überblickte man die ganze Umgebung, und an manchen Tagen, behauptete die alte Frau, konnte man bis zum Meer sehen.

Wie immer hieß sie den Besuch freudig willkommen und holte den einzigartigen selbstgemachten Johannisbeerlikör herbei, den man nicht ablehnen durfte.

»Da schau, Madame Camille! Es ist eine Freude, Sie wieder auf den Beinen zu sehen. Aber du, meine Léa, du siehst ganz verzagt aus. Warst du etwa so krank, daß Doktor Blanchard kommen mußte? Ich habe ihn zweimal gesehen?«

Von ihrer Türschwelle aus entging ihr nichts von allem, was auf dem Gut vorging, wo sie so viele Jahre lang gearbeitet hatte.

»Nein, Sidonie, er ist wegen Lucien gekommen.«

»Der arme Kleine! Ich dachte, er wäre im Untergrund?«

»Er ist sehr schwer verletzt worden, aber es geht ihm schon besser. Doch er kann nicht auf Montillac bleiben, das wäre zu gefährlich für ihn. Er ist aber noch zu schwach, um gleich wieder in den Untergrund zu gehen. Wir wollten dich fragen, ob du bereit wärst, ihn ein paar Tage auf deinem Speicher zu verstecken.«

»Da brauchst du doch nicht erst zu fragen!«

»Aber es könnte ernste Folgen für dich haben, falls die Deutschen davon erfahren.«

»Das spielt keine Rolle. Wann bringt ihr ihn mir?«

»Heute nacht.«

»Sehr gut. Wer erfährt, wo er sich aufhält?«

»Wenn wir es vermeiden können, es seiner Mutter zu sagen, nur wir drei.«

»Kann er laufen?«

»Ich nehme es an, aber wir müssen an den Zypressen entlanggehen, wo der Weg ziemlich schlecht ist.«

»Ich komme euch entgegen und warte auf euch an der dritten Rebstockreihe vom Gemüsegarten aus.«

Léa trank ihren Johannisbeerlikör aus und umarmte sie.

»Danke, Sidonie.«

»Keine Ursache, Schätzchen. Ich werde doch nicht zulassen, daß diese dreckigen *Boches* ein Mitglied von Monsieur Pierres Familie schnappen.«

Auf dem Rückweg wechselten Léa und Camille nur wenige Worte. Als sie das Haus fast erreicht hatten, sagte Camille:

»Kein Wort zu Laure über unseren Besuch bei Sidonie.«

»Wie kannst du nur glauben, daß Laure verraten würde, wo Lucien versteckt ist!«

»Einem verliebten jungen Mädchen kann man nicht trauen.«

Léa starrte sie verständnislos an.

»Du meinst doch nicht etwa ...«

»Alles ist möglich. Laure langweilt sich. Ihre Freunde sind in Bordeaux, wir leben hier sehr zurückgezogen. Es wäre ganz normal, wenn sie für die Aufmerksamkeiten dieses Jungen empfänglich wäre.«

»Aber er nutzt sie doch nur aus!«

»Wahrscheinlich. Das müssen wir ihr klarmachen. Ich werde mit ihr reden.«

Die Nacht war sehr schwarz, ein lauer Wind wehte von den Landes her. Drei dunkle Gestalten bewegten sich die Zypressenallee entlang.

»Kannst du noch? Hast du sehr starke Schmerzen, mein Liebling?« flüsterte eine angsterfüllte Stimme.

»Nein, Mama, es geht.«

»Psst! Seid still, ich glaube, es kommt jemand.«

Alle verharrten unbeweglich.

Das knirschende und knackende Geräusch von Schritten, die über Steine und trockene Zweige gingen, kam von dem Pfad her, der unterhalb der Zypressenallee an den Weinstöcken entlangführte.

»Duckt euch! Schnell!«

Die langsamen und gleichmäßigen Schritte entfernten sich.

»Lucien, Léa: Wer war das?«

»Fayard. Er macht manchmal die Runde, um sich zu vergewissern, daß alles in Ordnung ist. Aber ich habe ein ungutes Gefühl.«

»Wieso hat er seinen Hund nicht mit?« fragte Lucien leise.

»Ja, tatsächlich. Das ist merkwürdig. Vielleicht fürchtet er, der Hund könnte zuviel Radau machen, wenn er Wild aufstöbert.«

»Nicht so laut! Er wird uns noch hören.«

Sie blieben einige Augenblicke lauschend stehen und schlüpften dann zwischen die Rebstöcke.

»Ah, da seid ihr ja! Ich habe mir schon Sorgen gemacht. Madame Bernadette, Sie hätten nicht mitkommen dürfen!«

»Sie haben nichts zu befürchten, ich kann schweigen.«

»Versteht sich, Madame Bernadette, versteht sich.«

»Beeilen wir uns, ich bin erschöpft«, sagte Lucien und ging, von seiner Mutter und seiner Cousine gestützt, weiter.

Eine kurze Zeitlang marschierten sie in Schweigen.

»Sidonie, ich bin Ihnen sehr dankbar für Ihre Bereitschaft, meinen Sohn bei sich zu verstecken.«

»Das ist doch selbstverständlich, Madame Bernadette. Ich habe Doktor Blanchard Bescheid gesagt, daß Lucien jetzt in Bellevue ist. Er kommt morgen vorbei, um mir was gegen mein Rheuma zu verschreiben.«

»O mein Gott!« schrie Bernadette Bouchardeau auf, denn Lucien wäre beinahe gefallen. »Hast du dir weh getan, mein Liebling?«

»Nein, Mama. Nur meine Hände schmerzen ein bißchen, weiter nichts.«

»Wir sind bald da.«

In dem einzigen Raum des bescheidenen Häuschens hatte Sidonie einen Imbiß vorbereitet, den sie im Schein des Herdfeuers und einer Kerze einnahmen. Etwas gestärkt vom Wein, erhob sich Lucien.

»Mama, du mußt jetzt gehen. Versprich mir, nur dann hierherzukommen, wenn du von Sidonie oder Doktor Blanchard eine Nachricht erhältst.«

»Aber mein Liebling . . .«

»Mama, wenn sie mich schnappen, foltern sie mich, bis ich meine Kameraden verrate. Ich habe schon so sehr gelitten und leide noch immer, daß ich weitere Qualen nicht ertragen könnte. Verstehst du mich?«

Bernadette Bouchardeau hielt den Kopf gesenkt und weinte.

»Ich werde mich so verhalten, wie du es willst.«

»Danke. Ich wußte, daß ich mich auf dich verlassen kann«, sagte er und legte seine Arme, die in dicken weißen Verbänden endeten, um sie.

»Machen Sie sich keine Sorgen, Madame Bernadette, ich kümmere mich um ihn, als wäre er mein eigener Junge.«

»Soll ich dir auf den Speicher helfen?« fragte Léa.

»Nein, danke. Auf Wiedersehen, Léa, paß gut auf dich auf.«

»Auf Wiedersehen, Lucien«, antwortete sie und umarmte ihn.

Draußen fiel jetzt ein feiner Regen. Es war sehr dunkel, und die beiden Frauen verstauchten sich fast die Knöchel in den Wagenspuren. Bis Montillac wechselten sie kein einziges Wort, und schweigend umarmten sie sich auch am Fuß der Treppe, die zu den Schlafzimmern führte. Wie unter einer schweren Last gebeugt, ging Bernadette Bouchardeau die Stufen hinauf.

Léa schloß die Haustür ab und schob den starken Riegel vor. Sie überzeugte sich, daß die Fenster im Salon richtig geschlossen waren. Während sie diese täglichen Verrichtungen im Dunkeln ausführte, lächelte sie: Jeden Abend vollführe ich das gleiche Ritual wie mein Vater: nachsehen, ob alle Fenster und Türen gut verschlossen sind. Das Arbeitszimmer konnte sie auslassen, dort hatte sie sich aufgehalten, bevor sie nach Bellevue aufgebrochen waren. Ach, Mist! Sie hatte vergessen, die Tischlampe auszuschalten.

»Oh!«

Gemütlich plaudernd saßen Camille und François Tavernier am Kamin, dessen Glut am Erlöschen war. Wie versteinert blieb Léa im Türrahmen stehen.

Mit einem Satz war François bei ihr, preßte sie so fest an sich, daß es ihr weh tat. Er war gekommen, er war da, sie hatte keine Angst mehr, er würde sie beschützen.

»Also, ich lasse euch allein. François, Sie sehen ja, daß Léa glücklich ist, Sie wiederzusehen«, lächelte Camille und erhob sich.

Während er Léa noch immer an sich gedrückt hielt, ergriff François Camilles Hand und küßte sie.

»Vielen Dank, Madame d'Argilat, daß Sie mir trotz Ihrer Müdigkeit Gesellschaft geleistet haben.«

»Ruth hat Ihnen das Vogelzimmer hergerichtet; Léa zeigt es Ihnen. Gute Nacht.«

Sie verschlangen sich mit den Augen, konnten es nicht fassen, daß man ein solches Glücksgefühl empfinden konnte, sich nur anzuschauen. Mit seiner großen Hand zeichnete François die Konturen von Léas Gesicht nach, streifte ihren Hals, ihre Lippen. Sie ließ ihn gewähren und genoß das Lustgefühl, das unter dieser leichten Berührung in ihr erwachte. Dann senkte sich sein Mund auf ihren. Der tiefe Kuß ließ sie erschauern. Langsam streiften seine erfahrenen Hände ihre Kleider ab. Sie streichelte seinen Nacken und stützte sich auf seine Schulter, während er ihr die Strümpfe herunterrollte und sie ihr von den Füßen zog. Dann war sie nackt, herrlich nackt. Ihr vom letzten Glutschimmer beleuchteter Körper strahlte bei aller Schlankheit eine ursprüngliche Kraft aus und wirkte zerbrechlich und unzerstörbar zugleich. Zu ihren Füßen hockend, das Gesicht erhoben, betrachtete er sie hingerissen. Léa zog ihn hoch und begann ihn zu entkleiden. Doch ihre ungeduldigen Finger waren zu ungeschickt. Lächelnd schob er sie beiseite, war in wenigen Augenblicken ebenfalls nackt und präsentierte völlig ungeniert sein aufgerichtetes Glied. Dann hob er sie auf und trug sie zu dem alten Sofa, auf dem sie als kleines Mädchen so oft von ihrem Vater getröstet worden war, wenn sie Kummer hatte. Der Geruch und die Glätte des Leders versetzten sie in ihre Kinderzeit zurück. Das Bild ihres Vaters drängte sich unter ihre geschlossenen Lider. Gewaltsam riß sie die Augen auf. François stand über sie gebeugt und flüsterte ihren Namen.

»Komm!« sagte sie.

Sie liebten sich lange; wieder und wieder erwachte in ihnen das Verlangen. Im Morgengrauen fielen sie erschöpft und wundgeliebt in einen kurzen Schlaf.

Das erste Tageslicht weckte sie auf. Taumelnd und kichernd zogen sie sich an.

Léa schob François in das für Freunde reservierte Vogelzimmer und schloß die Tür hinter ihnen. Sie rissen sich die Kleider herunter, fielen ins Bett und krochen unter die dicke Daunendecke aus altgoldfarbenem Satin. Eng aneinandergeschmiegt, schliefen sie sofort wieder ein.

»Léa, Léa, wach auf! Nanu! Wo ist sie denn?«

Laure klopfte an eine andere Tür. »Guten Morgen, Camille, entschuldige bitte, aber hast du Léa gesehen? Es ist fast Mittag, Maurice wird bald hiersein.«

»Guten Morgen, Laure. Nein, ich habe sie noch nicht gesehen. Sie ist sicher im Park oder im Gemüsegarten.«

»Nein, da war ich schon. Sie kann aber nicht weit sein, ihr Fahrrad ist da. Vielleicht ist sie mit ihrem Freund zusammen, der gestern abend gekommen ist. Findest du es nicht etwas merkwürdig, daß Leute unangemeldet mitten in der Nacht hereinschneien?«

»Monsieur Tavernier war schon immer ein Original.«

»Oh, entschuldige mich, ich habe meine Eiercreme im Backofen vergessen.«

Als sie fort war, klopfte Camille an die Tür des Vogelzimmers. »Monsieur Tavernier, Sie müssen aufstehen, es ist Mittag.«

»Danke, Madame d'Argilat, ich komme gleich. Wach auf, Liebes.«

Léa blinzelte mit einem Auge und streckte sich. »Ich bin noch so müde.«

»Du mußt aber aufstehen, mein Liebes, es ist Mittag.«

»Mittag!« Mit einem Satz war sie aus dem Bett.

»Schnell, schnell, wir müssen uns beeilen, Laures Gast wird gleich hiersein.«

»Er wird wohl ein wenig warten können.«

»O nein, ich möchte ihn lieber nicht warten lassen. Und du, du kannst hier nicht bleiben.«

»Wieso denn nicht? Schämst du dich meiner?« fragte er und gab ihr einen Schubs, so daß sie aufs Bett plumpste.

»Sei nicht albern; es ist sehr ernst. Wo ist mein Rock? Ich kann den zweiten Strumpf nicht finden und meine Schuhe ... So hilf mir doch!«

»Schau mal, was ich gefunden habe.«

Sie riß ihm den Unterrock aus den Händen.

»Mach dich schnell fertig. Ich gehe mich umziehen und komme dann wieder hierher.«

Er versuchte sie festzuhalten, doch sie war schneller und entkam ihm.

Als Léa das Zimmer wieder betrat, trug sie ein kurzes blaues Wollkleid, das ihrer Mutter gehört hatte und von Ruth für sie geändert worden war. Ihr aufgestecktes Haar gab den Nacken frei. François, frisch rasiert, knotete gerade seine Krawatte.

»Wie schön du bist!« Er zog sein Jackett an.

»Wie elegant du bist! Man könnte fast meinen, du würdest dich in London einkleiden.«

»So weit würde ich die Provokation nun doch nicht treiben. Es gibt in Paris noch immer hervorragende Schneider, man muß sie nur bezahlen können. Aber erzähl mir lieber etwas über euren Gast, der dich so aufzuregen scheint.«

Léa sagte ihm kurz, was sie von ihrem Onkel erfahren und was sie über die Gruppe um Maurice Fiaux sonst noch gehört hatte. Sie erzählte ihm auch von Mathias und dem Besuch Raphael Malhs.

»Ist der denn immer noch am Leben?« unterbrach sie François.

»Er könnte gar nicht lebendiger sein. Aber Maurice Fiaux, Laures Gast, ist der Schlimmste von allen. Deshalb halte ich es ja auch für besser, daß er nicht mit dir zusammentrifft, verstehst du?«

Von der Treppe her kamen Rufe und das Poltern eiliger Schritte. Léa öffnete die Tür einen Spalt:

»Ich komme!«

»Laß noch ein Gedeck auflegen.«

»Aber ...«, wollte Léa protestieren.

»Bitte tu, was ich dir sage«, bat François.

»Laure!«

»Ja?«

»Hast du daran gedacht, ein Gedeck für Monsieur Tavernier aufzulegen?«

»Ja, sicher.«

Léa schloß die Tür. »Also, du bist wahnsinnig. Wenn er nun dahinterkommt?«

»Wohinter?«

»Daß du im Widerstand bist.«

»Na, wenn schon!«

Léa stampfte mit dem Fuß auf den Boden.

»Du nervst mich, weißt du das? Als was soll ich dich eigentlich vorstellen?«

»Als Pariser Geschäftsmann, der einen Partner in Bordeaux besucht hat und die Gelegenheit nutzt, euch guten Tag zu sagen.«

»Aber wenn er wieder mit Raphael zusammenkommt ...«

»Mach dir wegen Raphael keine Gedanken, der ist vor allem eine Gefahr für sich selbst. Gehen wir, mein Herz, ich möchte unbedingt wissen, wie ein französischer Gestapo-Mann aus Bordeaux aussieht.«

Unten an der Treppe stießen sie auf Laure.

»Er ist eben angekommen! Léa, ich kann einfach nicht glauben, was du mir gesagt hast.«

»Es ist die Wahrheit, Schwesterchen. Vergiß nicht, daß unser aller Leben – auch deines – von deinem Verhalten abhängt.«

»Ja«, seufzte sie. »Wo ist Lucien? Camille sagt, er sei gestern abend fort?«

»Ich weiß nicht, wo er ist. Ein paar Freunde von ihm

sind gekommen und haben ihn abgeholt. Laß uns zu deinem Gast gehen. Ach, ich möchte dir noch einen Freund aus Paris vorstellen: François Tavernier.«

»Guten Tag, Mademoiselle.«

»Guten Tag, Monsieur.«

Zusammen betraten sie den Salon, in dem sich bereits Bernadette Bouchardeau, Camille und Ruth eingefunden hatten, letztere damit beschäftigt, Gläser mit dem süßen Wein von Montillac zu füllen.

»Da seid ihr ja endlich!« rief Bernadette gespielt munter, »wir wollten schon ohne euch anstoßen.«

»François, darf ich dir Monsieur Fiaux, einen Freund von Laure, vorstellen. Maurice – ich darf Sie doch Maurice nennen? –, das ist Monsieur Tavernier, ein guter Freund aus Paris, der uns anläßlich einer Geschäftsreise nach Bordeaux mit seinem Besuch erfreut.«

»Guten Tag, Monsieur. Gehört Ihnen der Geländewagen, den ich draußen gesehen habe?«

»Ja – gewissermaßen. Mein Geschäftsfreund in Bordeaux hat ihn mir geliehen.«

»Sind Sie im Weinhandel, Monsieur?«

»Ich handele mit allem, was sich verkaufen läßt. Das reicht vom Wein über Stoffe und Nahrungsmittel bis hin zu Metallen.«

»Haben Sie keine Schwierigkeiten, an Ware zu kommen?«

»Nein, ich habe Verbindungen zu Regierungskreisen. Wenn ich in Vichy bin, esse ich gelegentlich mit Pierre Laval, und in Paris, nun, mit einigem Entgegenkommen – Sie verstehen, was ich meine? – kann man sehr gute Geschäfte machen.«

Nachdenklich leerte Maurice Fiaux sein Glas.

François bemerkte, daß der Wein von Montillac auf Montillac entschieden besser schmecke als in Paris.

»Zu Tisch!« rief Laure fröhlich, »sonst fällt mein Soufflé zusammen.«

Dieses Mittagessen! Nie hätte Léa, die Genießerin, gedacht, daß ihr eine Mahlzeit so lang erscheinen könnte. Sie hatte die größte Mühe, ihr Hähnchen aufzuessen, und ließ schließlich ein großes Stück auf dem Teller liegen. Dafür hatte sie ziemlich viel getrunken. Maurice Fiaux ebenfalls.

Tavernier hatte ihn geschickt dazu gebracht, von sich zu sprechen, von dem, was er tat. Erst zurückhaltend, doch unter dem Einfluß des Weins hatte sich der junge Mann gehenlassen und von seiner Arbeit in der Präfektur erzählt.

»Ich prüfe, ob die Anschriften von Juden, die verhaftet werden sollen, stimmen und ob alle Familienmitglieder anwesend sind. Es ist ein Vertrauensposten, denn es hat Polizeibeamte gegeben, die damit beauftragt waren und dann welche entwischen lassen haben«, hatte er selbstgefällig berichtet.

Léa hätte fast aufgeschrien, doch sie spürte, wie François' Fuß warnend den ihren berührte. Lächelnd sagte er:

»Ihre Gewissenhaftigkeit gereicht Ihnen zur Ehre. Ah, wenn alle jungen Leute so wären wie Sie, würde Frankreich – mit Deutschlands Hilfe – wieder zu einem großen Land werden.«

»Es sind gar nicht viele nötig. Eine Handvoll entschlossener Männer würde genügen, um das jüdische Gesindel auszutilgen.«

»Wissen Sie, wohin die Juden gebracht werden?« hatte Laure mit leiser Stimme gefragt.

»Nach Drancy, glaube ich, und von dort aus in Arbeitslager in Deutschland. Aber von mir aus könnten sie sie auch in die Hölle schicken, das wäre mir völlig egal.«

»Und die Kinder, müssen die auch arbeiten dort?« hatte Camille geflüstert.

»Nein, Madame, aus humanen Gründen werden sie nicht von ihren Müttern getrennt.«

Als er vom »jüdischen Gesindel« sprach, hatte Léa wieder Sarahs gebrandmarktes Gesicht, ihren gefolterten Körper vor sich gesehen, hatte die rauchige Stimme mit dem leichten Akzent wieder im Ohr: »Die Nazis wollen uns alle umbringen, auch die Frauen und Kinder.«

Wie war sie erleichtert, als sich Maurice Fiaux zum Gehen anschickte.

»Entschuldigen Sie mich bitte, ich werde erwartet. Habe noch was zu erledigen«, hatte er mit einem kurzen Lachen gesagt.

Überschwenglich hatte er sich von allen verabschiedet. Laure hatte ihn bis zu seinem Auto begleitet. Keiner hatte ein Wort gesagt, bis Laure zurückkam und sich weinend in Ruths Arme warf.

»Ich will ihn nie mehr sehen, ich will ihn nie mehr sehen«, schluchzte sie.

Camille, Léa und François waren langsam auf die Terrasse hinausgegangen, wo sie schweigend darauf warteten, daß die feuchte, duftende Aprilluft ihre dunklen Gedanken vertreiben möge.

Am Nachmittag kam Doktor Blanchard vorbei, um über Luciens Befinden zu berichten. Dem Jungen ging es den Umständen entsprechend gut. Der Arzt zog Léa beiseite.

»Raoul und Jean Lefèvre haben mir diesen Brief für dich mitgegeben.«

Ein Freudenstrahl erhellte ihr hübsches Gesicht. »Raoul und Jean? Haben Sie die beiden gesprochen?«

»Ja.«

»Wie geht es ihnen?«

»Sehr gut. Wenn du sie wiedersehen möchtest, komm morgen zu mir in die Sprechstunde.«

Léa öffnete den Brief und las:

Königin unserer Herzen, der Gedanke an Dich hilft uns leben. Zu wissen, daß Du so nah bist, macht uns verrückt, und wir können dem Wunsch, Dein Antlitz zu erschauen, nicht widerstehen. Komm bald, wir erwarten Dich mit Ungeduld und Bangigkeit. Deine ergebenen Sklaven

J. und R.

Sie lächelte.

»Gute Nachrichten?« fragte François Tavernier.

»Erinnerst du dich an den jungen Mann, der in der Kirche Saint-Eustache mit der *Petite Gironde* unter dem Arm auf mich gewartet hat?«

»Jean Lefèvre?«

»Ja. Dieser Brief ist von ihm und seinem Bruder. Ich bin so froh! Ich hatte solche Angst, daß Raoul auf der Flucht verletzt oder getötet worden sein könnte.«

»Bist du sicher, daß es seine Schrift ist?«

»Es ist nicht nur seine Schrift, Doktor Blanchard hat mir auch gesagt, daß sie bei ihm zu Hause sind und ich sie morgen dort sehen kann.«

»Geh nicht hin!«

»Warum nicht?«

»Ich weiß nicht. Irgendwie läuten bei mir die Alarmglocken.«

»Es ist doch normal, daß sie mich sehen möchten. Weil du dauernd mit Leuten wie deinen Pariser Freunden zusammen bist, witterst du überall Verräter und Schweinehunde.«

»Du hast sicher recht. Laß uns einen Spaziergang auf diesen berühmten Kalvarienberg machen, wo du als Kind gespielt hast.«

Léa errötete, als sie an die weniger kindlichen Spiele dachte, die sie in einer der Kapellen mit Mathias gespielt hatte.

François bemerkte es.

»Sag mal, kleines Luder, hast du dort vielleicht noch etwas anderes gespielt als Versteck?«

»Laß uns durch den Tannenwald gehen, dann brauchen wir nicht an Bellevue vorbei.«

Sobald die beiden Liebenden unter den Bäumen vor Blikken geschützt waren, legten sie sich die Arme um die Taille und stiegen langsam den Hang des Kalvarienberges hinunter, wobei sie an jeder Station des Kreuzweges haltmachten und die aus Feldsteinen errichteten Kapellen besichtigten. Léa überging die siebte Kapelle wortlos. Sie kamen zu dem sehr steilen Weg, der am Friedhof entlanglief. Das Tor war offen, sie traten ein. Léa war schon lange nicht mehr an der Grabstätte ihrer Eltern gewesen und hatte sich deswegen Vorwürfe gemacht. Doch das Grab schien unter dieser Vernachlässigung nicht zu leiden. Auf der Platte standen Töpfe mit schönen weißen Lilien, wie ihre Mutter sie geliebt hatte. Das konnte nur Ruth gewesen sein, die einen Kult aus Gedenken und Freundschaft machte.

Unter der Schwere des erlittenen Verlusts beugte sich Léa fast bis zur Erde, doch sie suchte vergeblich nach den Worten eines Gebets.

Ein Schuß fiel.

»Das kommt vom Platz her«, rief Léa während sie sich aufrichtete.

Sie rannte zwischen den Gräbern hindurch und stolperte die abschüssigen und unebenen Friedhofsalleen hinunter. François wurde von ihrem plötzlichen Aufbruch überrascht.

»Léa! Warte auf mich!«

Ohne sich umzusehen, lief sie weiter, aus dem Tor hinaus und die Stufen hinunter, über die man bei der Kirche von Verdelais herauskam. Sie blieb stehen. Alles war ruhig, zu ruhig. Der Platz war verlassen, was für diese Tageszeit ungewöhnlich war.

Im Augenblick, als Tavernier sie eingeholt hatte und ihren Arm packte, ertönte noch ein Schuß.

»Die Gestapo«, zischte er ihr zu und wies mit dem Finger auf zwei schwarze Wagen, die vor dem Kurzwarengeschäft von Mademoiselle Blancou standen.

Das Geräusch von Pferdehufen und Kutschenrädern war jetzt zu hören.

»Das ist die Kutsche von Doktor Blanchard.«

»Bist du sicher?«

»Die Kutsche des Doktors kennt hier jeder.«

»Ach du Schande!«

Gerade als er sich vorbeugte, fiel das Gespann in schnellen Trab.

»Doktor! Doktor!«

Die Kutsche fuhr weiter, wendete am Ende des Platzes und hielt vor dem Haus neben dem Kurzwarengeschäft. In dem Moment öffneten sich die vier Türen von einem der Autos. Drei Männer stürzten heraus, Maschinengewehre im Anschlag. Dann stieg gemächlich ein deutscher Offizier aus und ging auf Doktor Blanchard zu, der ruhig sein Pferd an der Linde festband.

François zwang Léa zu einem vorsichtigen Rückzug. Sie schlichen die Stufen zu dem kleinen Platz mit dem Gefallenendenkmal hinauf und legten sich dort oben flach auf den Boden. Von hier aus konnten sie den Platz überblicken und wurden so zu ohnmächtigen Zeugen der Szene, die sich unter ihnen abspielte, denn das junge Grün der Linden verbarg die Häuserfassaden noch nicht.

Auch die Zeit schien mit den um den Baum geknoteten Zügeln festgemacht worden zu sein. Nachdem der alte Arzt den Knoten überprüft hatte, wandte er sich um. Undeutliches Gebrüll des Offiziers drang zu ihnen hinauf. Doktor Blanchards Gesten schienen zu besagen, daß er nichts wisse. Offenbar entsprach seine Antwort nicht den Erwartungen, denn zwei der Männer stürzten sich auf ihn und schlugen ihn mit den Gewehrkolben.

Léa wollte aufspringen, doch François hielt sie auf dem Boden fest.

Dann ging alles ganz schnell. Aus dem Haus des Arztes waren Schüsse zu hören. Ein junger Mann kam heraus, die Hände vor der Brust verkrampft, machte ein paar Schritte, krümmte sich und fiel neben Pater Adriens Freund, dem Doktor, dessen weißes Haar blutverklebt war, auf die Erde.

»Jean!« stöhnte Léa.

Dann der langgezogene Schrei einer Frau: Die Haushälterin des Arztes sah, daß ihr Dienstherr verletzt war, und eilte zu ihm. Ein Mann, dessen Gesicht ebenfalls Verletzungen aufwies, folgte ihr mit erhobenen Händen.

»Raoul!«

Zwei der bewaffneten Zivilisten versuchten die Haushälterin wegzudrängen. Weinend klammerte sie sich an den Mann, dem sie ihr ganzes Leben lang gedient, den sie geliebt hatte. Ein brutaler Fußtritt, und sie mußte ihn loslassen, doch sie machte einen erneuten Vorstoß. Ein Schuß wurde von hinten auf sie abgefeuert. Der schwere Körper brach zusammen. Der Mann, der geschossen hatte, trug einen Hut.

»Nein!«

Léas Aufschrei erstickte der Sand, doch der des Doktors drang bis zu ihnen hinauf.

»Marie!« Er stürzte vor, um ihr zu helfen. Ein Nakkenhieb machte ihn bewußtlos. Zwei Männer hoben ihn auf und trugen ihn in einen der Wagen. Mit Jean verfuhren sie ebenso; Raoul stießen sie in den zweiten Wagen. Die Türen knallten, und die Autos fuhren in einer Staubwolke ab. Sie schlugen die Richtung von Saint-Maixent ein. Ein Kleinlaster mit deutschen Soldaten tauchte auf und folgte ihnen. Leise senkte sich der Staub auf den Leichnam der Haushälterin. Das Pferd hatte sich nicht bewegt.

Noch immer ausgestreckt auf dem Sand des Platzes mit dem Gefallenendenkmal liegend, hielt François Léa den Kopf, während sie sich übergab. Der Medaillenhändler gegenüber dem Denkmal kam mit schreckgeweiteten Augen zu ihnen gerannt.

»Haben Sie das gesehen? Haben Sie das gesehen?«

Die Dorfbewohner begannen herbeizulaufen.

»Ist das junge Mädchen verletzt?«

»Nein. Können Sie mir etwas Wasser holen?«

»Ja, natürlich.«

Er kam mit einem Eimer, den er sich vom Friedhof ausgeborgt und mit Leitungswasser gefüllt hatte, wieder. Léa saß an einen Baum gelehnt; sie übergab sich nicht mehr. Ihr von Sand und Tränen verschmiertes Gesicht war fast unkenntlich.

»Haben Sie das gesehen? Haben Sie das gesehen?« fragte der Händler wieder, während er den Eimer neben ihnen abstellte. Er verließ sie und rannte zum Haus von Doktor Blanchard.

François tauchte sein Taschentuch in das Wasser und säuberte Léas mitgenommenes Gesicht.

»Ich habe Durst.«

Er formte seine Hände zur Schale, die sie dreimal gierig leerte.

»Warum hast du nichts getan? Wir haben zugelassen, daß vor unseren Augen Menschen verhaftet und getötet wurden.«

»Wir konnten nichts tun. Beruhige dich doch.«

»Ich will mich nicht beruhigen! Im Gegenteil: Ich will schreien, kämpfen!«

»Im Augenblick ist Ruhe bewahren die beste Art zu kämpfen.«

»Wenn wir nur Waffen gehabt hätten!«

»Wir hatten aber keine, und wir waren zwei gegen zehn, vielleicht zwanzig. Mit oder ohne Waffen hatten wir keine Chance, sie zu retten, hätten aber mit Sicherheit ein Blutbad verursacht und wären geschnappt worden.«

Léa, der die Tränen über das Gesicht strömten, schlug ihren Kopf mehrmals heftig gegen den Baumstamm.

»Mag sein, aber wir hätten etwas getan.«

»Laß das! Du tust dir doch weh. Denk lieber daran, daß jetzt alle diejenigen gewarnt werden müssen, die ebenfalls verhaftet werden könnten. Womöglich werden deine Freunde reden. Die wichtigste Regel jeder Untergrundbewegung lautet: abhauen, wenn Mitglieder einer Gruppe festgenommen worden sind.«

Wie von der Tarantel gestochen, sprang sie auf.

»Lucien! Schnell!«

Ohne noch einen Blick hinunter auf den Platz zu werfen, der jetzt von Menschen wimmelte, rannte Léa zurück zum Kalvarienberg bis zur siebten Station und betrat, von François gefolgt, die Kapelle.

»Hilf mir! Heb die gesprungene Platte hoch.«

François gehorchte. Unter dem zerbrochenen Stein befand sich ein Versteck mit Gewehren, Revolvern, Maschinengewehren, einer Maschinenpistole, Handgranaten und Munition, alles in Segeltuch eingeschlagen.

»Welch ein Arsenal!« sagte er mit einem anerkennenden Pfiff und nahm ein Maschinengewehr auf. »Das sind STENS, die sind sehr gut für den Nahkampf, aber in ungeübten Händen auch sehr gefährlich. Was machst du da?«

»Das siehst du doch: Ich nehme die Gewehre heraus.«

»Laß sie liegen! Du willst diese Waffen doch wohl nicht am hellichten Tag nach Montillac bringen.«

»Aber ...«

»Kein Aber. Steck dir eine Handgranate in jede Tasche; ich nehme zwei Revolver mit und zwei Schachteln Munition. Falls nötig, hole ich den Rest heute nacht.«

Nachdem sie die Waffen wieder sorgfältig eingewickelt hatten, verschlossen sie das Versteck mit der Steinplatte. Mit ein paar Zweigen verwischte François ihre Fußspuren. Dann nahm er Léa in die Arme und küßte sie.

»Nicht jetzt! Laß mich los.«

»Sei mal still, ich glaube, ich habe ein Geräusch gehört.«

So, wie sie im Eingang der Kapelle standen, waren sie die perfekte Zielscheibe.

»Gehen wir; ich muß mich getäuscht haben.«

Der Hügel und seine vielen Kapellen schienen verlassen. Doch konnte man dessen sicher sein? In jeder einzelnen von ihnen konnte jemand versteckt sein und sie beobachten.

Sie gingen bis zu den drei riesigen Kreuzen, die das Panorama beherrschten. François betrachtete die beiden Diebe und murmelte wie zu sich selbst: »Ich habe mich oft gefragt, was besser wäre: mit Nägeln ans Kreuz geschlagen zu werden oder festgebunden ...«

Genervt machte sich Léa von ihm los.

»Würde es dir etwas ausmachen, diese Art Überlegungen ein andermal anzustellen?«

Nachdem sie den Wald des Kalvarienberges verlassen und die stillgelegten Minen passiert hatten, breiteten sich die Ländereien von Montillac vor ihnen aus. Wie auf Verabredung blieben sie stehen.

»Es sieht alles ganz normal aus«, sagte Léa. »Was meinst du?«

»Schwer zu sagen. Vielleicht warten sie auf uns im Haus. Ich werde vorausgehen.«

»Nein, das will ich nicht! Komm«, rief sie im Weitergehen, »ich werde in Bellevue vorbeischauen. Falls etwas nicht stimmt, weiß es Sidonie.«

»Sidonie? Ist Lucien nicht bei ihr versteckt?«

»Wer hat dir das gesagt?«

»Madame d'Argilat.«

Sidonies Hündin Belle kam ihnen entgegen und sprang kläffend um sie herum. Als sie das Haus betraten, legte Sidonie ein altes Jagdgewehr auf den Tisch zurück.

»Nach der Art, wie Belle gekläfft hat, dachte ich mir schon, daß du es bist, aber etwas in ihrer Stimme hat mir verraten, daß du nicht allein bist.«

»Das ist ein Freund von mir. Hast du irgend etwas Außergewöhnliches auf Montillac bemerkt?«

»Nein, nur einen Gast zum Mittagessen. War das der Herr hier?«

»Nein, er ist gestern nacht angekommen, als wir bei dir waren.«

»Seltsam, daß ich gar nichts gehört habe. Aber laß dich mal anschauen – hast du geweint?«

»Oh, Sidonie!« rief Léa und drückte sich an die Brust der alten Frau.

»Meine arme Kleine! Was ist denn passiert?«

»Sie haben Marie umgebracht und – und Doktor Blanchard verhaftet!«

»Mein Gott!«

»Und Raoul und Jean.«

»Madame, wir dürfen keine Minute verlieren. Lucien muß verschwinden, er ist hier nicht mehr sicher.«

Sidonie schob Léa sanft von sich weg und ließ sich auf einen Stuhl fallen. Ihr Atem ging schwer. Sie preßte eine Hand auf ihre Brust, mit der anderen deutete sie auf das Büfett. François begriff. Er öffnete die Tür und fand auf einem Bord eine Flasche mit der Aufschrift: Bei Unwohlsein zehn Tropfen.

»Bring mir etwas Wasser.«

Léa nahm einen Tonkrug vom Spülstein und goß Wasser in ein Glas, das sie dann François reichte.

»Trinken Sie«, befahl er und zwang den Rand des Glases zwischen die Lippen der Kranken. Draußen kratzte Belle winselnd an der Tür.

»Sie wird doch nicht sterben?«

»Nein; sieh doch, sie atmet schon leichter. Was ist das für ein Geräusch?«

Über ihren Köpfen öffnete sich eine Falltür zwischen zwei Deckenbalken.

»Lucien!« rief Léa.

»Hol mir die Leiter, die draußen steht.«

»Laß«, sagte François Tavernier, »ich hole sie.«

Er war gleich wieder zurück und lehnte die Leiter gegen die Lukenöffnung. Ohne Hilfe kletterte Lucien herunter.

»Ich habe alles gehört. Sie sind ein Freund von meinem Onkel Adrien, nicht wahr?«

»Ja. Geht es Ihnen besser, Madame? Sie sollten sich hinlegen.«

Sidonie ließ sich zu ihrem Bett führen, das sich im gleichen Raum befand. François half ihr behutsam, sich auszustrecken.

»Danke, Monsieur, vielen Dank. Aber kümmern Sie sich jetzt um den Jungen.

Lucien trat zu ihr und küßte sie auf die Stirn.

»Ich werde dich nicht vergessen, Sidonie. Danke für alles.«

»Laß nur; geh jetzt lieber!«

»Nicht sofort, wir müssen die Dunkelheit abwarten. Léa und ich gehen nach Montillac, holen den Wagen und rufen einen Arzt.«

»Aber nicht wegen mir, das ist nicht nötig. Bitten Sie nur Mademoiselle Ruth, heute abend vorbeizukommen.«

»Wie Sie wollen, Madame.«

»Kommt schnell zurück; mir ist, als säße ich in einer Falle, ohne irgendeine Möglichkeit, mich wehren zu können«, sagte Lucien und streckte seine Arme vor.

Seit zehn Minuten fuhren sie schweigend und starrten angestrengt auf die Straße, die von den mit blauer Verdunkelungsfarbe bestrichenen Scheinwerfern nur schwach erhellt wurde.

»Wo bringt ihr mich hin?«

»Zu Freunden in Saint-Pierre-d'Aurillac«, antwortete Léa.

»Sind sie auch im Widerstand?«

»Ja.«

»Wer ist es?«

»Ein ehemaliger Matrose und sein Bruder. Wo sind wir? Ich sehe nichts. Ich glaube, wir sind in Gaillard . . . Ja, das ist Gaillard. Dann sind wir bald da.«

Sie verließen das Dorf, fuhren einige Minuten die

Landstraße entlang und waren schon in der nächsten Ortschaft.

»Laß uns auf dem kleinen Platz hinter der Kirche halten. Das Café *Lafourcade* ist auf der anderen Straßenseite, gegenüber dem Gefallenendenkmal. Wartet hier, ich bin gleich zurück.«

Kurze Zeit darauf war sie wieder da:

»Beeilt euch, sie haben schon auf uns gewartet.«

Sie überquerten die Straße und stiegen die zwei Stufen zu dem am Anfang einer Gasse gelegenen Café hinauf. Im schwach erhellten Gastraum konnten sie Holztische und Stühle ausmachen. Eine schwarzgekleidete Frau von etwa fünfzig kam ihnen entgegen.

»Kommt herein, Kinder, ihr seid willkommen. Oh, der arme Junge! Was ist ihm denn passiert?«

»Ich habe mit Sprengstoff hantiert, da hat es mir die Hand abgerissen.«

»Wie schrecklich! Komm, setz dich. Jeannot, hol was zu trinken.«

Der herbe Rotwein in den dicken Gläsern schmeckte nach Stein und hinterließ auf der Oberlippe eine deutliche Markierung. Jeannot und Maxime, die beiden Brüder, verschlangen das schöne Mädchen mit den Augen, das an einer Ecke des Tisches saß und ihres Vaters Wein trank.

François Tavernier berichtete, was in Verdelais geschehen war.

»Wir haben davon durch einen Jungen von dort gehört, der den Kurier macht. Sie haben diese Menschen wohl gut gekannt, Mademoiselle?«

Léa senkte den Kopf; sie konnte ihre Tränen nicht zurückhalten. »Ja. Ich habe sie schon seit eh und je gekannt. Doktor Blanchard hat mich auf die Welt gebracht, und Raoul und Jean waren vor dem Krieg meine besten Freunde. Ich verstehe nicht . . .«

»Sie sind verraten worden. Gleich nachdem Doktor Blanchard aufgebrochen war, um Hausbesuche zu machen, ist ein Geländewagen mit einem deutschen Offizier und drei Zivilisten vorgefahren. Ein Laster mit Soldaten hat sich weiter unten versteckt. Sie können sich denken, daß sich alle sofort zu Hause verbarrikadiert haben. Dann ist noch ein Geländewagen gekommen, der von einem jungen Mann gefahren wurde. Der hat an der Tür des Doktors geklingelt. Jemand hat ihm aufgemacht, und was dann passiert ist, weiß man nicht. Die Nachbarn haben zwei Schüsse gehört ...«

»Die haben wir auch gehört.«

»Alles weitere wissen Sie.«

»Wohin sind sie gebracht worden?« fragte Léa.

Maxime wandte sich ab; sein Bruder Jeannot antwortete:

»Nach Bouscat, dem Sitz der Gestapo.«

»Alle drei?«

»Aber sie waren doch verletzt!«

»Das schert diese Mistkerle einen Dreck. Sie lassen die Verletzten in einer Ecke krepieren.«

»Kann man denn gar nichts unternehmen?«

»Im Augenblick nicht.«

»Oh!«

»Verlieren Sie nicht den Mut, Exupérance; eines Tages werden sie für all das bezahlen müssen«, sagte Maxime. »Jetzt werden wir Ihren Verletzten verstecken, ihn pflegen und später nach Nordafrika schaffen.«

»Sie werden große Unkosten haben«, erklärte Françoise. »Nehmen Sie bitte das Geld.«

»Wir tun das nicht für Geld, Monsieur«, antwortete die Mutter.

»Das weiß ich, Madame Lafourcade. Was Sie tun, ist unbezahlbar, aber Arzt und Eisenbahn müssen bezahlt werden. Exupérance, es wäre unvorsichtig, noch länger zu bleiben.«

»Er hat recht, gehen Sie vor der Sperrstunde.«

François verneigte sich vor Madame Lafourcade.

»Gewähren Sie mir die Ehre, Sie zu umarmen, Madame?«

»Die Ehre ist ganz auf meiner Seite«, gab Madame Lafourcade lachend zurück und schmatzte ihn auf beide Wangen.

»Geben Sie gut auf ihn acht«, bat Léa und drückte sie ebenfalls an sich.

»Keine Sorge, er ist in guten Händen.«

Jeannot vergewisserte sich, daß der Weg frei war, und begleitete sie bis zum Wagen.

Léa lag eng an François geschmiegt und konnte nicht einschlafen. Unaufhörlich glitt die blutige Szene vom Nachmittag an ihren Augen vorüber. Sie machte sich Vorwürfe, nicht an die Waffen gedacht zu haben. Jemand hatte die Brüder Lefèvre verraten. Wer konnte gewußt haben, daß sie sich bei Doktor Blanchard versteckt hielten? Sie selbst hatte es erst eine Stunde vor der Tragödie erfahren. Was hatte Maurice Fiaux noch gesagt? »Ich habe noch was zu erledigen.« Trotz des Hutes war sie sich sicher, daß er es war, der Marie erschossen und Jean verwundet hatte. Das war es also, was er noch »zu erledigen« gehabt hatte, wie er mit so selbstzufriedener Miene erklärte. Ein Mörder, hatte Adrien gesagt. Ein Mörder, der ein Auge auf ihre kleine Schwester geworfen hatte! Laure mußte unbedingt von Montillac verschwinden. Léa ahnte, daß ihre Schwester von Maurice Fiaux fasziniert war, obwohl sie wußte, wer er war. Erst ein deutscher Offizier, dann ein Gestapo-Knecht! Ihr Vater drehte sich im Grabe um! Schließlich schlief sie doch ein.

»Léa, Léa! Hab keine Angst, ich bin ja da! War es wieder dein Alptraum?«

»Ja. Ich bin wieder durch das brennende Orléans gejagt worden. Ich habe um Hilfe geschrien, aber niemand ist gekommen. Es wurden immer mehr, die mich umbringen wollten, und dieses Mal war Maurice Fiaux mit dabei. Er war es, nicht wahr?«

»Ja, ich glaube.«

»Wie kann man einen Menschen so kaltblütig umbringen? Findest du das nicht abartig?«

»Abartig? Nein. Ich habe in Spanien und jetzt auch in Frankreich viele Männer kennengelernt, die dazu fähig sind.«

»Und du, wärst du auch dazu fähig?«

»Wenn es sein müßte.«

»Hast du es schon einmal getan?«

Es entging Léa nicht, daß sich das Gesicht ihres Liebsten verdüsterte.

»Ja. Es war unumgänglich.«

»Auch mit solcher Unbewegtheit?«

»Unbewegtheit? Nein. Aber mit Entschlossenheit. Doch selbst du hast damals ...«

»Das kannst du nicht vergleichen! Der Kerl wollte uns töten. Ich hatte keine andere Wahl!«

»Das gebe ich zu. Aber wenn du es noch einmal tun müßtest, würdest du dich nicht anders verhalten, dann allerdings im Wissen, daß das Töten unter bestimmten Umständen und für bestimmte Menschen sehr leicht ist.«

»Das ist ja entsetzlich, was du da sagst. Du stellst mich mit einem Mörder auf eine Stufe!«

»Gib zu, daß du den Mann auch heute noch niederschießen würdest, wenn du die Möglichkeit dazu hättest.«

Léa dachte nach.

»Ja.«

»Damit würdest du einem Drang nach Vergeltung gehorchen, während Fiaux mit der Unschuld der Gleichgültigkeit agiert.«

»Das ist doch absurd!«

»Zugegeben. Aber zu dieser nächtlichen Stunde würde ich vor lauter Müdigkeit alles zugeben.«

»Du bist lustig! Du denkst nur ans Schlafen!«

»Du wirst gleich sehen, ob ich nur ans Schlafen denke!«

Dreimal war Camille aufgestanden, um dem kleinen Charles, der seit zwei Tagen Fieber hatte, zu trinken zu geben. Doktor Blanchard hatte am Abend zuvor eine starke Erkältung festgestellt. Jetzt schlief der Kleine. Sie wurde nicht müde, ihn zu betrachten, er sah so verletzlich aus im Schlaf. Laurent mußte als Kind das gleiche Schmollmündchen, das gleiche Blondhaar, die gleiche Zartgliedrigkeit besessen haben. Wann würde sie ihn wiedersehen? Während ihrer Krankheit hatte sie bei jedem Erwachen gehofft, ihn an ihrem Bett vorzufinden.

Sie ging im Zimmer auf und ab und versuchte dadurch ihre Ängste zu verscheuchen, an etwas anderes zu denken. Morgen mußte sie Bernadette Bouchardeau über die Verlegung ihres Sohnes Lucien informieren. Sie war auf Klagen und Tränen gefaßt und fürchtete sich davor. Wie gern hätte sie dieser ein wenig beschränkten Frau den Kummer erspart. Léa hatte sie gebeten, es Bernadette zu sagen, und sie konnte Léa nichts abschlagen. Ich liebe sie ebensosehr wie Charles, dachte sie manchmal. Als Frau von eher gemäßigtem Temperament war sie von der Heftigkeit ihrer eigenen Zuneigung befremdet. Ich schaue ihr gern beim Leben zu, dachte sie, das ist viel intensiver, als selbst zu leben. Ich ängstige mich so sehr um sie, mehr als um Laurent, vielleicht, weil sie eine Frau ist und ich mir besser vorstellen kann, was für schreckliche Dinge man ihr antun könnte, besonders, seit ich die Gefängnisse der Gestapo und die Zellen des Forts du Hâ kennengelernt habe. Sobald Léa Montillac verläßt, fürchte ich das Schlimmste. Und François Tavernier geht es wie mir, auch er hat Angst, sie zu verlieren!

Das Prasseln von Kieselsteinchen gegen die Läden des Fensters, an das sie ihre Stirn drückte, riß sie aus ihren Gedanken. Sie löschte das Nachtlicht am Bett ihres Sohnes, ging wieder zum Fenster, öffnete es und klappte vorsichtig die Läden auf. Unten im Hof erkannte sie die Gestalt eines Mannes.

»Camille«, flüsterte der Unbekannte.

Diese Stimme! Ein Schwindel ließ sie zurücktaumeln; ihr Herz klopfte. Mit ihren dünnen Händen klammerte sie sich mit aller Kraft ans Fensterbrett.

»Camille«, wiederholte der Unbekannte.

Kein Zweifel – er war es! Das Schwindelgefühl war verflogen, sie eilte zur Tür, rannte die Treppe hinunter, durchquerte das Eßzimmer, entriegelte die Haustür und schob die schweren Flügel zurück. Laurent stürzte in ihre Arme.

Zum ersten Mal seit fast drei Jahren sahen sich Laurent d'Argilat und François Tavernier wieder. Dieses Zusammentreffen brachte Léa mehr aus der Fassung, als sie sich je hätte träumen lassen. Diese beiden Männer nebeneinander zu sehen war wie ein Schock. Laurent mit seinem Bart, seinen zu langen Haaren und seiner schlechtsitzenden Kleidung wirkte wie ein Landstreicher neben dem eleganten François im Maßanzug. Jetzt war es Laurent, der das Aussehen eines Abenteurers hatte. Wirklich der Gipfel, dachte sie.

Sie sprachen mit gedämpfter Stimme in einer Ecke des alten Kinderzimmers, dessen Tür Léa abgeschlossen hatte. Camille und sie hatten beschlossen, Bernadette und Laure nichts von Laurents Anwesenheit zu sagen.

Draußen war es düster und kalt. Richtiges Karfreitagswetter.

»Wo ist Charles?« fragte Léa.

»Er spielt mit Laure«, antwortete Camille. »Du hättest sein Gesicht sehen sollen, als ihn sein Vater hochgehoben hat. Diesmal hat er ihn erkannt.«

Die beiden Männer traten zu ihnen.

»Tavernier und ich haben die Situation hier erörtert. Ich bin mit ihm völlig einer Meinung: Ihr müßt Montillac für einige Zeit verlassen und auch Laure mitnehmen.«

»Und Charles?« schrie Camille auf.

»Charles natürlich auch.«

»Ich stimme mit euch überein, aber wo sollen wir hin?«

»Nach Paris.«

»Nach Paris!« riefen sie im Chor.

»Ja; dort ist die Gefahr für euch immer noch am geringsten, denn da ist zum einen Françoise und zum anderen Tavernier, der eine Art Wachdienst für euch organisieren kann.«

»Und du, Laurent, wohin willst du gehen?« fragte Léa.

»Ich verlasse euch noch heute nacht. Ein Flugzeug holt mich ab und bringt mich erst nach London, dann nach Nordafrika.«

Camille schwankte.

»Es wird dich das Leben kosten«, schluchzte sie.

»Wenn ich hierbleibe, bin ich genauso in Gefahr. Wenn ich gehe, habe ich sogar eine bessere Überlebenschance.«

Léa saß mit zusammengezogenen Brauen da.

»Komm, lächle, meine Süße, sonst muß ich annehmen, daß du noch immer in diesen romantischen Helden verliebt bist«, zischelte ihr François zu.

»Laß mich in Frieden.«

»Mach nicht so eine Trauermiene, das fällt bloß auf.«

»Das ist mir egal!«

»Benimm dich nicht wie ein Kind, dafür ist die Lage viel zu ernst. Willst du auf mich hören? Gut. Dann ruf jetzt die Damen Montpleynet an.«

»Wozu?«

»Um sie zu bitten, euch für einige Zeit bei sich aufzunehmen.«

»Alle drei mitsamt dem Kind?«

»Ja. Wenn die Gestapo nicht vorher kommt und uns alle verhaftet, fahren wir morgen nach Bordeaux und von dort aus mit dem Zug nach Paris.«

»Aber vielleicht will Laure nicht fortgehen?«

»Ihr müßt sie dazu bringen. Sie vor allem muß von Montillac weg. Sie darf Fiaux nicht wiedersehen.«

»Ich verstehe. Ich werde in Paris anrufen.«

»Erzähl deinen Tanten, daß Camille einen Spezialarzt konsultieren müsse und daß du sie wegen ihres prekären Gesundheitszustands begleitest.«

»Und Laure?«

»Sag, daß sie sich hier langweilt. Das ist nicht einmal gelogen.«

»Sehen wir uns in Paris?«

»Sooft wie nur möglich, mein Herz.«

»Gut. Dann gehe ich jetzt telefonieren. Kommst du mit?«

»Nein, ich habe noch etwas mit Laurent zu besprechen, bevor ich nach Bordeaux fahre.«

»Du fährst jetzt nach Bordeaux?«

»Ja. Ich will versuchen, etwas über eure Freunde in Erfahrung zu bringen und Plätze im Zug zu besorgen.«

Den ganzen Tag über mußte sich Léa um Laure kümmern, die zusammengekauert in einem Sessel im Salon saß und nicht aufhörte zu weinen.

»Also, weshalb weinst du denn eigentlich?«

Diese Frage verdoppelte ihren Tränenstrom, blieb aber ohne Antwort.

François Tavernier hatte angerufen und mitgeteilt, daß er erst am nächsten Morgen zurückkommen werde und sie sich reisefertig machen sollten. Ruth, die eingeweiht worden war, hatte den Aufenthalt in Paris gutgeheißen und Laure von seiner Notwendigkeit überzeugt.

»Du brauchst dir keine Sorgen zu machen«, hatte sie Léa versichert. »Ich werde auf alles ein wachsames Auge haben. Sidonie kann herkommen und bleiben, bis es ihr wieder bessergeht. Versprich mir, oft zu schreiben und mich über alles auf dem laufenden zu halten.«

Bernadette Bouchardeau, von tiefem Kummer erfüllt, ihren Sohn ein zweites Mal verloren zu haben, hatte sich jeden Kommentars enthalten.

Um zehn Uhr abends hatte sich Laurent aus Camilles Armen gelöst, seinen schlafenden Sohn auf die Stirn geküßt, den Rucksack geschultert und war in die Nacht hinausgegangen. Léa hatte ihn bis zur Landstraße begleitet und ihn den Weg unterhalb der Terrasse entlanggeführt, um das Haus der Fayards zu vermeiden. Ein Mann war aus dem Graben gesprungen und hatte ihnen mit seiner Taschenlampe direkt ins Gesicht geleuchtet.

»Na, du bist es ja«, sagte er und knipste die Lampe aus. »Wir müssen uns beeilen, das Flugzeug wartet nicht.« Dann zog er zwei Fahrräder aus dem Gebüsch.

Laurent küßte Léa auf die Stirn.

»Paß gut auf dich und die anderen auf«, ermahnte er sie und schob ihre Arme, die ihn festhalten wollten, sanft zurück.

19.

Hundertfünfundneunzig Tote! Die Bombardierung Bordeaux' durch die Alliierten am 17. Mai 1943 hatte hundertfünfundneunzig Tote hinterlassen.

Mit welcher Freude hatte Hérold Paquis von Radio Paris wieder und wieder darauf hingewiesen. Das Bahnhofsviertel war noch einmal getroffen worden, der Zugverkehr war stark beeinträchtigt. Ein Glück, daß wir noch rechtzeitig abgereist sind, dachte Léa egoistisch.

War das ein Durcheinander gewesen, an jenem Ostersamstag. Eine mit Paketen, Körben und Kindern beladene Menschenmenge stürmte die Züge nach Paris. Wie war es François Tavernier gelungen, ein Abteil erster Klasse für sie allein zu ergattern? Es grenzte an ein Wunder, denn selbst in der ersten Klasse waren die Gänge vollgestopft mit Reisenden. Camille hatte wegen des kleinen Charles nicht mit in den Speisewagen gewollt, und als sie ihn betraten, hatte Léa bedauert, daß sie nicht auch in ihrem Abteil geblieben waren, um dort den von Ruth vorbreiteten Proviant zu verzehren, denn die meisten Gäste waren deutsche Offiziere und Soldaten sowie Männer und Frauen, die zu wohlgenährt aussahen. Einige Köpfe hatten sich nach den zwei hübschen Mädchen umgedreht. Für eine der schlechtesten Mahlzeiten des Krieges hatten sie dem Kellner Lebensmittelmarken geben müssen. François hatte gelacht über Léas Enttäuschung. Laure hatte fast alles auf ihrem Teller gelassen – unter den hungrigen Augen eines jungen Soldaten.

Die Freude, Albertine, Lisa, Françoise und ihr Baby wiederzusehen, hatte Laure etwas von ihrer guten Laune wiedergegeben. Léa fand ihre Tanten und Estelle gealtert und erschöpft.

François war seit ihrer Ankunft nur ein einziges Mal zum Essen in die Rue de l'Université gekommen und war hinterher sofort wieder gegangen.

Ruth hatte ihnen Doktor Blanchards Selbstmord brieflich mitgeteilt. Wie das Ehepaar Debray hatte auch er sich getötet, um nicht zum Reden gezwungen zu werden. Jean und Raoul Lefèvre befanden sich im Fort du Hâ. Sie waren gefoltert worden.

François Tavernier hatte ihnen im Auto, das sie nach Bordeaux brachte, berichtet, was er über das Schicksal der drei hatte in Erfahrung bringen können. Sie waren zum Sitz der Gestapo gebracht und brutal verhört worden, auch Jean, dessen Brustverletzung ihm furchtbare Schmerzen verursachte. Da sie nicht reden wollten, wurden sie in einen Keller gestoßen und schwer geprügelt. Schließlich hatten ihre Peiniger von ihnen ablassen müssen, um sie nicht zu töten. Doktor Blanchard wurde erlaubt, Jean ärztlich zu versorgen. Es gelang ihm, die Kugel zu entfernen, die keine lebensgefährlichen Schäden angerichtet zu haben schien. In derselben Nacht hatte der Doktor mit Hilfe einer Zyankalikapsel Selbstmord begangen, doch das hatte Tavernier erst einige Tage später erfahren.

Laure sprach nie wieder von Maurice Fiaux.

In der Buchhandlung Gallimard am Boulevard Raspail waren nur noch einige staubige Ladenhüter zu finden. Léa blätterte in einem Band mit vergilbten Seiten, dessen Autor ihr nichts sagte. Derselbe Verkäufer wie zu Beginn des Krieges trat zu ihr. Er trug Knickerbocker-Hosen und Schuhe mit dicken Kreppsohlen.

»Nehmen Sie das Buch nicht, Mademoiselle, es ist nicht gut.«

»Ich habe nichts mehr zu lesen und weiß nicht, was ich kaufen soll. Wie kommt es, daß Ihre Regale halb leer sind?‹

»Im Moment geht einfach alles weg. Wir haben schon fast unseren gesamten Lagerbestand verkauft und können gar nicht genug Bücher herbeischaffen.«

»Wie kommt das?«

»Die Franzosen haben sich aufs Lesen verlegt. Was sollen sie auch sonst machen? Sie können nicht jeden Tag ins Kino gehen, also lesen sie.«

»Was lesen sie denn?«

»Alles, was sie kriegen können: Homer, Rabelais, Spinoza, die Kirchenväter, einfach alles. Aber ich habe etwas für Sie. Wir reservieren die Neuerscheinungen für besonders gute und langjährige Kunden. Was würden Sie zum neuesten Roman von Marcel Aymé sagen?«

»Diesen Autor mögen Sie offenbar.«

»Sehr. Hier, ich gebe Ihnen gleich ein verpacktes Exemplar, damit es die anderen Kunden nicht zu sehen kriegen.«

»Und wie heißt der Roman?«

»Der Mann, der durch die Wand gehen konnte.«

Sie verließ den Laden, das kostbare Buch fest ans Herz gedrückt. Endlich wieder einmal ein interessanter Abend in Aussicht! Alles, was sich in der kleinen Bibliothek ihrer Tanten befand, hatte sie bereits mehrmals gelesen.

Nie zuvor hatte sich Léa in Paris so gelangweilt zwischen Camille, die sich nur mit ihrem Sohn beschäftigte, ihren Tanten, die nur über Lebensmittelbeschaffung redeten, Laure, die die Tage und manchmal auch die Nächte bei ihrer Schwester Françoise verbrachte und mit ihr durch Bars und Teesalons zog, und Estelle, die immer häufiger über ihre Beine klagte.

Montillac fehlte ihr. Sie fürchtete, daß Fayard während ihrer Abwesenheit in die eigene Tasche wirtschaftete, trotz Ruth und Sidonie. Der Juli rückte näher, und Léa hatte keineswegs die Absicht, den Sommer in der Stadt zu verbringen. Man erstickte ja, besonders im August! Wenn wenigstens François Tavernier etwas getan hätte, um sie zu zerstreuen. Doch Monsieur war verschwunden! Wo war er? Bei seinen Freunden in London oder bei seinen Freunden in Berlin? Wer konnte das sagen?

Die Männer drehten sich um nach dem hübschen Mädchen in dem dunkelblauen, rotgepunkteten Kleid, das viel von ihren Beinen sehen ließ. Die weißen Segeltuchsandalen mit Keilabsätzen waren ein Geschenk von Françoise. Doch ganz in ihre düsteren Gedanken versunken, bemerkte Léa die bewundernden Blicke nicht.

In der Wohnung in der Rue de l'Université legte Léa ihr Buch neben einem Herrenhut auf der Konsole in der Diele ab. Ihre Tanten mußten Besuch haben.

»Da bist du ja endlich! Monsieur Tavernier wartet schon über eine Stunde auf dich.«

Sie unterdrückte den Impuls, zu ihm zu laufen und sich in seine Arme zu werfen.

»Guten Tag. Ich dachte schon, du seist gestorben.«

»Léa!«

»Lassen Sie nur, Mademoiselle. Das soll ein Scherz sein. Diese Art Humor gehört zu ihrem Charme.«

»Monsieur Tavernier, Sie sind diesem Kind gegenüber zu nachsichtig.«

»Ich bin kein Kind mehr, Tante Lisa, und ich pfeife auf die Nachsicht von Monsieur Tavernier.«

»Deutliche Worte. Die Pariser Luft bekommt dir nicht.«

»Nein, ich langweile mich.«

»Das habe ich befürchtet. Deshalb wollte ich dich zu einer Spritztour aufs Land abholen.«

»Jetzt noch? Es ist doch schon fast fünf Uhr!«

»Es ist nicht sehr weit, etwa fünfzehn Minuten von hier.«

»Das nennst du ›Land‹? Fünfzehn Minuten von hier?«

»Laß dich überraschen; es ist ein verwilderter und verwunschener Ort, den nur wenige Leute kennen.«

Sie brauchten weit mehr als fünfzehn Minuten, bis sie dort angekommen waren, wo François hinwollte. Er fluchte, während sie durch die Straßen von Bagneux, Fontenay-aux-Roses, Sceaux und Bourg-la-Reine irrten. Schließlich hielt er vor dem Ortsschild von Châtenay-Malabry an und studierte die Karte.

»Rue Chateaubriand, Rue du Loup-pendu ... Ah! Zur Rue de la Vallée-aux-Loups geht's da lang.«

»Willst du mir nicht endlich sagen, wohin es geht?«

»Zum Bäume kaufen.«

»Bäume kaufen!«

»Ja. Man hat mir einen Ableger von einem Baum versprochen, den Chateaubriand gepflanzt hat.«

»Was willst du denn damit machen?«

»Er ist nicht für mich. Einer meiner deutschen Freunde, ein leidenschaftlicher Liebhaber französischer

Literatur und ein großer Bewunderer Chateaubriands, hat mich gebeten, ihm, falls irgend möglich, diesen Ableger zu beschaffen.«

»Du bist ja verrückt!«

»Ich habe mit Doktor Le Savoureux telefoniert, der auf dem ehemaligen Besitz des großen Schriftstellers lebt. Er hat mir gesagt, daß ich nicht der erste sei, der eine solche Bitte an ihn richte, und daß er gerade eine hübsche kleine Lärche habe.«

»Und du hast nichts Besseres zu tun, als deinen deutschen Freunden Bäume zu beschaffen?« fragte Léa mit der ganzen Verachtung, deren sie fähig war.

»Mein Freund ist nicht irgendein Deutscher, und diese Lärche ist nicht irgendein Baum. Stell dir doch mal vor: der Sproß eines Baumes, den Chateaubriand einst liebevoll gepflanzt hat.«

»Mir ist, als hörte ich Raphael Malh. Der hat auch mit Tränen in der Stimme von Chateaubriand geredet und mir sogar ein Buch von deinem großen Dichter geschenkt . . .«

»*La Vie de Rancé?*«

»Wie hast du das erraten?«

»Das ist nicht schwer, wenn man Raphael Malh ein wenig kennt. Hast du es gelesen?«

»Ich habe es versucht, aber ich fand es schrecklich langweilig. Die Lebensgeschichte eines schmutzigen Mönchs aus dem siebzehnten Jahrhundert.«

»Schweig, Unglückselige! Gleich werden wir uns auf dem Besitz des Autors der *Märtyrer* befinden, dessen Geist seinen Felsen bei Saint-Malo verlassen und sich hierher begeben könnte, um dir die Ohren langzuziehen, weil du gewagt hast, ihn zu schmähen.«

Sie fuhren eine breite, ansteigende Allee entlang, gesäumt von hohen Bäumen, die den Blick zum Himmel versperrten. Durch die offenen Wagenfenster strömte ein warmer feuchter Lufthauch.

»Etwas unheimlich, dieser Ort. Wie heißt er noch?«

»La Vallée-aux-Loups.«*

»Hab' ich's nicht gesagt: Er wirkt wie eine Mördergrube, die aus einem Roman von Ann Radcliffe stammen könnte.«

»Du hast die Romane von Ann Radcliffe gelesen!« rief er mit einer solchen Verblüffung aus, daß Léa wütend wurde.

»Hältst du dich für den einzigen, der lesen kann? Meine Mutter liebte englische Romane aus jener Zeit und hat sie alle gelesen. Ich auch. Du würdest diese Gruselromane wohl zu sentimental, zu feminin finden.«

»Welche Begeisterung! Ich wußte gar nicht, daß du so viel für Verbrechergeschichten übrig hast. Kennst du die deutschen Autoren dieser Epoche? Einige haben sehr interessante Sachen geschrieben; ich kann dir was von ihnen leihen, wenn du möchtest.«

»Nein, danke.«

Sie kamen zu einem mit wildem Wein und Efeu bewachsenen Haus, das von einem großen Gebäude flankiert wurde, das an eine Kaserne oder ein Krankenhaus erinnerte. Eine nicht sehr große Frau erwartete sie auf der Türschwelle.

»Guten Tag. Monsieur Tavernier, wenn ich nicht irre?«

»Ja. Guten Tag, Madame.«

»Ich bin Madame Le Savoureux. Mein Mann bedauert sehr, aber er ist nach Paris gerufen worden und hat mich beauftragt, Sie zu empfangen und ihn zu entschuldigen.«

* Das Tal der Wölfe

»Das ist ja sehr unerfreulich.«

»Es tut ihm wirklich sehr leid, aber es war nicht zu ändern. Bitte treten Sie ein, Mademoiselle . . .?«

»Oh, Verzeihung: Mademoiselle Delmas.«

»Sie sind sehr hübsch, Mademoiselle. Da wird mein Mann seine Abwesenheit noch mehr bedauern.«

Léa lächelte und trat ein.

Dies also war das Haus des großen Schriftstellers! Innen wirkte es ein wenig altersschwach. Sie hatte den Eindruck, als wären die Bilder zu schwer für die Wände, als könnte der Fußboden unter dem Gewicht der Möbel einbrechen.

»Was hattest du denn erwartet?« fragte François, der ihre enttäuschte Miene bemerkt hatte.

»Ich weiß nicht . . . Irgend etwas Imposanteres. Dieser Salon könnte auch auf Montillac sein. Oh, François! Hast du den Rasen gesehen und die Bäume?«

»Herrlich, nicht wahr, Mademoiselle? Mein Mann und ich bemühen uns nach Kräften, diesen Ort so zu erhalten, wie Chateaubriand es gewünscht hätte. Wenn Sie wollen, machen wir nachher einen Gang durch den Park, und ich zeige Ihnen die Bäume, die er selbst gepflanzt hat. Monsieur Tavernier, wollen Sie mir folgen? Entschuldigen Sie uns bitte, Mademoiselle, es dauert nicht lange.«

Auf einem von Papieren bedeckten Tisch bemerkte Léa einen in Leder gebundenen und mit vielen weißen Lesezeichen versehenen Band. Sie nahm ihn auf: *Erinnerungen von jenseits des Grabes.* Sie setzte sich damit auf eine Stufe vor dem Salon mit Blick auf die große grüne Rasenfläche, die von sehr hohen Bäumen gesäumt war, und öffnete das Buch: *La Vallée-aux-Loups bei Aulnay, den 4. Oktober 1811*

Die Erde wird schon bald nach Herbst riechen, dachte Léa, bevor sie ihre Lektüre fortsetzte:

Dieser Ort gefällt mir, er hat mir die väterliche Scholle ersetzt; ich habe ihn mit dem Ertrag meiner Träume und meiner schlaflosen Nächte bezahlt; Atalas großer Wildnis verdanke ich die kleine Wildnis von Aulnay, und um mir dieses Refugium zu schaffen, brauchte ich nicht, wie der amerikanische Kolonist, den Indianer der Floriden zu berauben. Die Bäume sind ein Teil meines Lebens geworden. Ich habe ihnen Elegien, Sonette, Oden gewidmet. Es gibt nicht einen einzigen unter ihnen, den ich nicht mit meinen eigenen Händen gepflegt habe, den ich nicht von dem Wurm an seiner Wurzel, der Raupe auf seinem Blatt befreit habe. Ich kenne sie alle mit Namen, wie meine Kinder, sie sind meine Familie, ich habe keine andere, ich hoffe, in ihrer Mitte zu sterben.

Ich könnte das gleiche von Montillac sagen, sinnierte Léa. Meine wahre Familie ist dieser Grund und Boden mit seinen Bäumen, seinen Weinbergen und seinen Wiesen. Wie Chateaubriand kenne ich die Namen meiner Bäume und kann ihre Krankheiten heilen. Wenn ich wieder dort bin, werde ich zur Erinnerung an diesen Tag eine Zeder pflanzen.

»Léa, wo bist du?«

»Hier.«

»Entschuldige bitte; es hat doch nicht zu lange gedauert? Was liest du da?«

Ohne zu antworten, hielt sie ihm das Buch hin.

»Nach dem, was du mir über *La Vie de Rancé* gesagt hast, hätte ich nie gewagt, dir dieses Buch zu empfehlen.«

»Das ist etwas ganz anderes. Hier erzählt er von seiner Kindheit und spricht von diesem Ort mit soviel Liebe ... Ist er hier gestorben, so wie er es sich gewünscht hatte?«

»Leider nicht. Es war Chateaubriand nicht vergönnt, sich vom schattigen Laubwerk der Bäume, die er gepflanzt hatte, behüten zu lassen. Er mußte La Vallée-aux-Loups verkaufen – ›Unter Bonaparte gekauft und unter den Bourbonen verkauft‹ – wie auch seine Bibliothek, von der er nur einen kleinen Band Homer zurückbehielt. Er hat unter dem Verlust dieses geliebten Besitzes so gelitten, daß er sich geschworen hat, nie wieder auch nur einen einzigen Baum zu besitzen.«

Es war ein herrlicher Abend. Sie gingen durch den Wald zum Haus zurück, das von all dem Grün fast verborgen wurde.

»Dort sollten wir lieber nicht entlanggehen«, sagte Madame Le Savoureux zu Léa, die vorausschritt.

»Warum nicht? Der Weg ist doch nicht schlecht.«

»Nein, das nicht, aber er führt in die Nähe einer Stelle, wo Erschießungen stattgefunden haben.«

»Erschießungen?« wiederholte Léa und blieb stehen.

»Etwas weiter vorn, aber auf der anderen Seite der Mauer, haben die Deutschen im Wald Geiseln erschossen. Ich höre noch immer die Schüsse. Seither gehen mein Mann und ich nie mehr in diesen Teil des Parks.«

In Schweigen erreichten sie das Haus und verabschiedeten sich bald darauf von Madame Le Savoureux, wobei François Tavernier die kostbare Lärche im Arm hielt.

Lange fuhren sie durch stille Vorstadtstraßen. Männer spielten Boule, Frauen saßen mit Strickzeug auf den Schwellen der Haustüren, und Kinder spielten kreischend Fangen. Die Luft roch nach Ruß, nach Suppe und frischgemähtem Gras. Aus den weit geöffneten Türen der Kneipen drangen Stimmen und Gelächter zu ihnen herüber, und einen Augenblick lang begleitete sie ein Chanson von Edith Piaf. Wäsche trocknete in den Gärten, und Hunde schliefen mitten auf der Straße – der Krieg hatte sie die Existenz von Autos vergessen lassen. Sie erhoben sich erst im letzten Moment mit verächtlichem Blick. Es war die Zeit nach dem Abendessen, wo jeder das Nichtstun genießt und in den Himmel träumt. Nach und nach machten die Einfamilienhäuser großen Wohnblöcken Platz, die Cafés vermehrten sich. Aus den offenen Fenstern kam Radiomusik und hallte von den Mauern wider. Junge Leute auf Rädern überquerten vor ihnen die Straße. Die fast ländliche Stille war verschwunden, verdrängt von der Nähe der Stadt. An der Porte d'Orléans wurden sie durch große weiße Schilder mit schwarzen Frakturbuchstaben nachdrücklich an die Anwesenheit der Deutschen erinnert. Sie hatten nicht mehr als zehn Worte gewechselt, seit sie La Vallée-aux-Loups verlassen hatten.

»Wo möchtest du essen?« fragte er leise.

Ihr verzweifelter Blick traf ihn wie eine Ohrfeige. Er hielt am Bordstein an und zog sie an sich.

»Ich weiß, woran du denkst, mein Herz. Manchmal muß man das alles einfach vergessen. Weder deine Angst noch deine Tränen machen die Toten wieder lebendig. Jag die Rachegedanken aus deinem hübschen Köpfchen, die Zeit ist noch nicht reif. Wein nur, mein kleines Mädchen, Tränen sind mir lieber als diese stumme Qual, vor der ich mich so hilflos fühle. Ich weiß nicht, was ich dafür geben würde, dich fröhlich und unbekümmert zu sehen, dich endlich glücklich zu wissen. Du bist so stark, so mutig, Léa, du darfst dich nicht hängenlassen. Wehr dich, du hast das Zeug, um alldem die Stirn zu bieten.«

Léa ließ sich von der Wärme und Überzeugungskraft dieser Stimme beruhigen. Was machte es schon, daß er sich täuschte, daß sie weder stark noch mutig war, sondern eine schwache junge Frau, die sich einem Sturmwind ausgesetzt fühlte, der sie weit von ihren Träumen entfernte und sie mit einer neuen Welt konfrontierte, die sie nicht verstand und in der Instinkte freigesetzt wurden, die so gewaltig waren, daß sie alles, was schwach war, hinwegfegten. Seit dem Mord bei der Bombardierung von Orléans war sich Léa des eigenen mächtigen Lebenswillens bewußt geworden, und sie war sicher, daß sie wieder töten würde, falls es sein müßte. Doch jetzt, da sie weinend in den Armen dieses Mannes lag, wollte sie nichts anderes sein als ein kleines Mädchen, das getröstet werden mußte.

»Geht's besser? Hier, putz dir die Nase.«

Léa schneuzte sich mit der Diskretion eines alten Pfarrers.

»Wie machst du das nur, daß du mit roten Augen und Trauermiene sogar noch schöner aussiehst?«

Sie deutete ein kleines Lächeln an und seufzte tief auf.

»Ich habe Hunger.«

François Tavernier lachte laut auf.

»Solange du noch Hunger hast, brauche ich mir um dich keine Sorgen zu machen. Wir müssen uns beeilen, wenn wir noch vor der Sperrstunde wieder zu Hause sein wollen. Ist es dir recht, wenn wir zu meinen Freunden in die Rue Saint-Jacques fahren?«

»O ja! Ich mag Marthe ebensosehr wie ihre Kochkünste!«

In der Rue Saint-Jacques war es sehr voll, doch im Schlafzimmer, das als provisorisches Speisezimmer für Freunde hergerichtet war, gab es noch Plätze. Marthe und ihre Schwiegertochter stießen bei ihrem Anblick Freudenschreie aus.

»Monsieur François, Mademoiselle Léa! So eine Freude, Sie wiederzusehen!«

»Haben Sie Nachricht von Ihrem Sohn?«

Marthe schaute sich um, so als fürchte sie, es könnte sich jemand hinter ihren blitzenden Kasserollen an der Wand verborgen haben, und flüsterte: »Er ist in der Dordogne im Untergrund. Es scheint ziemlich hart zu sein, aber immer noch besser, als in Deutschland arbeiten zu müssen.«

Trotz der Lebensmittelknappheit war das Essen auch heute wieder ausgezeichnet.

»Ich kriege Geflügelkonserven wie mit dem Tropfenzähler zugeteilt.«

Léa, die ein wenig zuviel getrunken hatte, lachte bei der Vorstellung von Gänse- oder Entenkeulen, die aus einem riesigen Tropfenzähler kamen. Tavernier hätte gern den albernsten Hanswurst gespielt, die dümmsten Wortspiele erfunden, nur um sie häufiger lachen zu hören. Léas Gegenwart ließ ihn wieder zum ausgelassenen Lausejungen werden. Er erzählte ihr die neuesten Witze, die treffendsten Bonmots von Sacha Guitry, dem Meister des französischen Humors, der auch von den Besatzern sehr geschätzt wurde. Und Léa lachte, lachte . . .

»Schön, diese Sorglosigkeit der Jugend«, bemerkte Marthe Andrieu, als sie den Nachtisch brachte.

Eng umschlungen verließen sie als letzte das illegale Restaurant. Die Rue Saint-Jacques lag dunkel und verlassen. Rosenduft wehte vom Jardin du Luxembourg zu ihnen herüber. Léa bog den Kopf zurück und weitete die Nasenflügel, um den flüchtigen Wohlgeruch besser aufnehmen zu können. Es lag soviel Hingabe in ihrer Haltung, daß sich Taverniers Hände in ihren Ausschnitt verirrten und unter ihren Rock. Sie ließ ihn gewähren. Als seine Finger in ihre feuchte Spalte eindrangen, schloß sie die Augen.

Ohne Léa etwas davon zu sagen, hatte François Tavernier Ruth einen großen Geldbetrag übergeben, mit dem sie Fayard und die fünf Landarbeiter, die ständig in den Weinbergen beschäftigt waren, bezahlen sollte. Die redliche Haushälterin hatte die Annahme des Geldes zunächst verweigert, doch François konnte sie überreden, indem er ihr versicherte, dies würde Léa eine Verschnaufpause von ihren dringendsten Sorgen um Montillac gestatten. Er hatte auch Laurent Geld geliehen und ihm gesagt, er könne es ihm nach dem Krieg zurückgeben.

Camille ging jeden Tag mit ihrem kleinen Jungen in den Tuileriegärten oder im Luxembourg spazieren, wobei sie gelegentlich von Françoise und ihrem Baby begleitet wurde. Zwei- oder dreimal war Otto Kramer zu ihnen gestoßen, dann hatte sich Camille stets unter einem Vorwand – eine Besorgung oder eine Verabredung – verabschiedet. Beim Anblick einer deutschen Uniform wurde ihr übel. Bei Kommandant Kramer war es besonders schlimm: Wenn sie Françoise nicht kränken wollte, konnte sie sich nicht weigern, dem Offizier die Hand zu geben. Er verstand sie jedoch und war so taktvoll, auf ein Zusammentreffen mit Françoise zu verzichten, wenn er wußte, daß diese mit Camille zusammen war.

Durch Radio London hatte Camille erfahren, daß Laurent gut in Nordafrika angekommen war.

Léa war seit ihrem Besuch in La-Vallée-aux-Loups fröhlicher und entspannter. Sie verschlang *Erinnerungen von jenseits des Grabes* und schwor nur noch auf Chateaubriand, zum großen Amüsement von François Tavernier, der sich fast täglich in der Rue de l'Université einfand.

Laure war nicht wiederzuerkennen. Sie kleidete sich nach dem letzten Schrei, rauchte ganz offen englische Zigaretten, frequentierte das *Pam-Pam* und das *Colisée* und tanzte auf geheimen Bällen zu den Rhythmen von Alex Combelle und Django Reinhardt, deren schnell zerkratzte Scheiben sich auch auf den Plattentellern der vielbesuchten Tanzkurse und Swing-Bars drehten. Dank Laure hatte sich die Lebensmittelversorgung des Haushalts etwas gebessert. Mal brachte sie Butter an, mal Kaffee, Zucker oder Kartoffeln. Woher hatte sie das Geld dafür, da ein Kilo Butter auf dem Schwarzmarkt 350 Franc kostete und der Kaffee 1000 bis 2000 Franc? Auf die Fragen ihrer Tanten antwortete sie: »Ich mache Geschäfte. Ich bringe zum Beispiel jemand, der Seidenstrümpfe sucht und Butter anbietet, mit einem zusammen, der hundert Kilo Butter kaufen möchte und hundert Paar Seidenstrümpfe zu bieten hat. Dafür bekomme ich eine Provision. Alles ganz einfach.«

Laure hatte sich entschlossen, ihre Ausbildung fortzusetzen, und die Damen Montpleynet gefragt, ob sie bei ihnen bleiben könne. Das wurde ihr selbstverständlich gestattet.

Sie hatte Léa ihren neuen Freunden vorgestellt. Die waren witzig, zynisch, schlecht erzogen und – sehr jung, der älteste war zwei Jahre jünger als Léa. Ihre Eltern waren Ärzte, Lehrer, Rechtsanwälte oder wohlhabende Geschäftsleute. Die kleine Gruppe hatte Léa, deren Schönheit sie beeindruckte, freundlich aufgenommen. In ihrer Gesellschaft fand sie ihre Unbekümmertheit wieder. Vom Krieg durfte nicht geredet werden, das war ein Tabuthema. Hitler, de Gaulle, die Gestapo, der Widerstand – darüber wußten sie nichts, das ging sie nichts an. An diesen Dingen waren ihre Eltern schuld, sollten sie doch sehen, wie sie damit fertig wurden. Die bedauernswerten

Alten blamierten sich doch nur, wenn sie Moralpredigten hielten über die zu langen Jacketts ihrer Kinder, die zu kurzen Hosen, die unordenlichen, langen Haare, die zu abfallenden oder zu breiten Schultern, die gestreiften Socken, die großen, schlechtgeputzten Schuhe und den unvermeidlichen Regenschirm, der nie geöffnet wurde, während sie selbst doch alles für eine Stange Zigaretten oder Seidenstrümpfe getan hätten. Sie hatten den Krieg und ihre Glaubwürdigkeit verloren, sie hatten nichts mehr zu sagen, vor allem nicht über die Größe Frankreichs oder Deutschlands, je nachdem. Die Stimme von Maurice Schuman ließ die jungen Leute ebenso gleichgültig wie die von Philippe Henriot, dem ehemaligen rechtsliberalen Abgeordneten von Libourne und eingefleischten Gegner der kommunistischen Partei, der nach dem Einfall der Deutschen in Rußland zum Wortführer der Verteidiger der christlichen Zivilisation gegen den Bolschewismus geworden war. Auf den Champs-Élysées und in Saint-Germain-des-Prés nahmen die Jugendlichen keine Notiz von den Besatzern, wichen ihnen nie aus, wenn sich ihre Wege kreuzten: Sie existierten nicht. Glücklicherweise hatte ihnen ihr jugendliches Alter bisher die Nachsicht der Soldaten gesichert.

Bei Lisa de Montpleynet hatte der Krieg das Bedürfnis verstärkt, über alles informiert zu sein: über das Zurückweichen der deutschen Truppen in Rußland, die Schließung bestimmter Metrostationen, die Anzahl der Toten nach der letzten Bombardierung durch die Alliierten, die Erhöhung des Butterpreises, das beliebteste Chanson ebenso wie über die Ernennung eines neuen Generalgouverneurs von Französisch-Westafrika durch das französische Komitee des nationalen Widerstands, den Rücktritt Mussolinis, die bevorstehende Landung der Alliierten oder den Bericht eines Polen über das Judenmassaker, der von Jacques Duchesne in der Sendung *Franzosen sprechen zu Franzosen* verlesen wurde, ein Bericht, der sie verfolgte und dessen Greuel sie sich bis zum Ende zu glauben weigerte:

»... Das Lager liegt fünfzehn Kilometer südlich der Stadt Belzec. Es ist von einer Umzäunung eingeschlossen, die mit etwa zehn Meter Abstand an einer Gleisanlage entlangläuft. Ein schmaler, knapp ein Meter breiter Durchlaß führt vom Lagereingang zu den Gleisen. Gegen zehn Uhr morgens hielt ein Güterzug auf den Gleisen entlang des Lagers. Im selben Augenblick schossen die Wachleute, die sich auf der entgegengesetzten Seite des Lagers befanden, in die Luft und befahlen den Juden, in die Waggons zu steigen.

Dies rief unter den Gefangenen eine solche Panik hervor, daß sie weder zögerten noch Widerstand leisteten. Die in den erwähnten schmalen Durchlaß getriebenen Juden stürzten sich schubsend und drängelnd in den ersten Güterwagen, der vor dem Durchlaß hielt. Es war ein gewöhnlicher Waggon, der die Beschriftung trug: 6 Pferde oder 36 Männer. Der Boden war mit einer fünf Zentimeter dicken Schicht ungelöschten Kalks bedeckt, doch in ihrer Hast und Angst bemerkten das die Juden nicht. Etwa hundert Menschen bestiegen den Waggon, der unmöglich mehr fassen konnte. Im Inneren des Wagens standen sie eng zusammengedrängt. Da begannen die Wachleute die Juden bei Armen und Beinen zu packen und sie auf die Köpfe der anderen zu werfen. Diese Arbeit wurde ihnen dadurch erleichtert, daß die verängstigten Gefangenen durch das Ertö-

nen von Schüssen in ihrem Rücken völlig den Kopf verloren. Auf diese Weise warfen die Peiniger noch etwa weitere dreißig Männer und Frauen in den Waggon. Es war ein entsetzliches Schauspiel; mehreren Frauen war das Genick gebrochen. Man kann sich den Horror dieser Szene vorstellen. So wurden hundertdreißig Personen in den ersten Waggon gestoßen oder geworfen. Dann wurden die Türen zugeschoben und verriegelt. Der Zug fuhr ein Stückchen vor.

Der nächste Waggon wurde vor den Durchlaß plaziert, und die gleiche Szene wiederholte sich. Ich habe insgesamt einundfünfzig Waggons gezählt, in die sechstausend Lagerinsassen gepfercht wurden. Sobald das Lager geleert und alle Waggons voll waren, fuhr der Zug los.

Auf einem Feld mitten im offenen Gelände, etwa vierzig Kilometer vom Lager entfernt, hielt der Zug an. Dort blieben die hermetisch verschlossenen Waggons sechs, sieben Tage lang stehen. Als der Totengräbertrupp schließlich die Türen öffnete, waren alle Insassen tot und viele bereits in einem fortgeschrittenen Stadium der Verwesung. Sie sind erstickt. Zu den Eigenschaften von ungelöschtem Kalk gehört es, bei Kontakt mit Wasser Chlordämpfe zu entwickeln. Die in den Waggons zusammengepferchten Menschen mußten sich natürlich erleichtern. Das hatte eine sofortige chemische Reaktion zur Folge. Die Juden wurden also durch Chlordämpfe erstickt, während der ungelöschte Kalk ihre Füße bis auf die Knochen zerfraß.«

»Das ist ja ensetzlich!« rief Lisa aus und hielt sich die Ohren zu.

»Wie kann der liebe Gott so etwas zulassen?« fragte die gute Estelle mit einer Bestürzung, die unter anderen Umständen komisch gewesen wäre.

»Wie konnte ein polnischer Widerstandskämpfer die Uniform dieser Schinder anziehen und als unbeteiligter Zuschauer bei diesen Tötungen anwesend sein?« murmelte Albertine vor sich hin.

»Weil er der zivilisierten Welt einen unwiderlegbaren Augenzeugenbericht liefern wollte, hat er gesagt«, flüsterte Laure.

»Ich verstehe nicht recht, wieso sie ungelöschten Kalk verwendet haben«, grübelte Léa laut. »Nach sechs oder sieben Tagen wären die Menschen sowieso erstickt.«

Der Sprecher von Radio London fuhr fort:

». . . Einige mögen sich einbilden, daß Frankreich eine bevorzugte Behandlung genießt, andere mögen denken, daß es so etwas bei uns, auf unserem Boden, nie gegeben hat: die Organisation solcher Massaker.

Doch es genügt, sich der Behandlung der in Drancy, in Compiègne und sogar im Vel'd' Hiver zusammengepferchten Juden zu erinnern. Es genügt, sich die herzzerreißenden Szenen vor Augen zu rufen, die sich abgespielt haben – vor allem in Lyon –, als die jüdischen Frauen gewaltsam von ihren Kindern getrennt und in Bahnwaggons gesperrt wurden, ohne sich von ihren Familien verabschieden zu können. Es genügt, an das Stillschweigen zu denken, das der Verhaftung einer so großen Anzahl Juden folgte, um zu begreifen, daß kein Land verschont wird.

Was ist aus all diesen Männern, Frauen, Greisen und Kindern geworden? Auch sie wurden ›nach

Osten‹ verfrachtet, wie der von den Deutschen verwendete Euphemismus lautet. Jeder französische Beamte, der mit jüdischen Angelegenheiten betraut ist, muß sich darüber im klaren sein, daß er sich durch die Ausführung der erlassenen Anordnungen zum Komplizen eines Verbrechens macht, zum Helfer der deutschen Schinder von Lwow oder Warschau.«

Das nachfolgende Schweigen zeugte von ihrer Scham und ihrer Verwirrung.

»Antideutsche Propaganda, könnte man meinen«, sagte Léa, als sie die Sprache wiedergefunden hatte. »Kein Volk ist fähig, solche Schandtaten zu begehen.«

»Du brauchst doch nur an Doktor Blanchard, an Jean und Raoul zu denken«, gab Laure zurück.

»Das kannst du nicht vergleichen. Auf der einen Seite verhaften sie Leute, die gegen sie kämpfen, auf der anderen Seite Männer, Frauen und Kinder, die in ihren Augen kein Recht haben zu leben. Das ist es, was ich nicht verstehe. Wieso haben sie keine Existenzberechtigung?«

»Weil sie Juden sind, offensichtlich.«

»Und das scheint dir ein ausreichender Grund zu sein, um in ein Konzentrationslager geschickt und umgebracht zu werden?«

»Nein, natürlich nicht!«

»Wer wollte sie daran hindern, morgen alle Rothaarigen umzubringen, weil sie rothaarig sind, alle Buckligen, weil sie bucklig sind, und alle Alten, weil sie alt sind?«

»Meine armen Kinder, wir sind in Gottes Hand«, stammelte Lisa mit zitternder Stimme.

»Eines jüdischen Gottes, der gegenwärtig nicht viel zu sagen haben dürfte«, höhnte Léa, zur großen Entrüstung ihrer Tanten.

Lisa und Estelle gaben es zwar nicht zu, doch insgeheim schenkten sie den von Radio Paris verbreiteten Nachrichten mehr Glauben als denen von Radio London, die wegen der Störungen so schlecht zu verstehen waren.

Trotz des Verkaufsverbots für Radiogeräte hatten die Damen de Montpleynet Estelle zu ihrem fünfundzwanzigjährigen Dienstjubiläum einen Apparat geschenkt. Seither würde sie um nichts auf der Welt die Chronik von Jean-Hérold Paquis in ihrer Küche verpassen, die täglich vor den Nachrichten um zwanzig Uhr ausgestrahlt wurde.

Obwohl ihre Dienstherrinnen ihr wieder und wieder erklärt hatten, daß Paquis im Sold der Deutschen stehe, daß seine Verteufelung der Kommunisten, Juden und Gaullisten verabscheuungswürdig und seine Verlogenheit allumfassend sei, war sie immer »ganz aufgewühlt«, wenn er mit einer sich überschlagenden Stimme seine Sendung beendete: »Wie einst Karthago, so wird auch England zerstört werden!« Jeder wußte, daß seine Reden stark von der Besatzungsmacht beeinflußt wurden, doch viele Zuhörer waren verunsichert, wenn er gegen die »bolschewistische Bedrohung« wetterte oder die Verheerungen der alliierten Bombardierungen geschickt für seine Zwecke ausnutzte.

Wenn Estelle eine Schwäche für Paquis hatte, so schwärmte Lisa für Philippe Henriot, der so »reizend plaudern« konnte und so »kultiviert« war. Ah, diese »erstaunliche Stimme: tief, voll, gepflegt, die er gekonnt einsetzt, die anschwillt und verhöhnt in Anwandlungen kleinbürgerlicher Wichtigtuerei, ein echtes literarisches Talent, das in Paris noch gefehlt hat, und ein Wortschatz, der den Lateiner verrät.« Dieser ehemalige Abgeordnete von Libourne hatte ein Gespür für Schmähungen und

Wortbilder, die die Phantasie sowohl der Landbevölkerung als auch der Pariser aller Schichten anregten. Mit welchem Zynismus, mit welcher Geschicklichkeit er das Messer in der Wunde der Besiegten umdrehte! Beweis dafür ist eine Rede, die er, von vielen als Seelsorger betrachtet, am 4. Juli 1943 gehalten hat:

»Unsere Landsleute, die dem Gaullismus und seinen Ablegern anhängen, bieten mir immer wieder Anlaß für Staunen und Bewunderung. Jeder weiß, daß sie die alleinigen Verfechter eines unerschütterlichen Patriotismus sind. Sie haben ein Monopol auf die Würde Frankreichs.[...]
Deutschland hält Frankreich nach einem überwältigenden Sieg besetzt. Vergessen wir nicht, daß jene Herren behaupten, daß sie nie besiegt wurden, daß der Marschall den Waffenstillstand nicht hätte unterschreiben dürfen. Diese lächerlichen Äußerungen wollen wir im Munde jener Leute lassen, die 1940 zwischen Garonne und Pyrenäen nur kopflos bangten, daß Deutschland ihnen den Waffenstillstand verweigern könnte, den sie heute zurückweisen. Keine Truppen, keine Waffen, keine Flugzeuge mehr; Deutsche in Angoulême, Deutsche in Valence; die Straßen voll flüchtenden Militärs und Zivilisten; allgemeine Verwirrung... Das wäre für gewisse Stimmen der Zeitpunkt gewesen, sich zu erheben. Unsere verspäteten Maulhelden haben kein Recht, heute große Töne von sich zu geben, noch dazu von solch erstaunlicher Unlogik.
Denn wieso finden diese Leute, denen die Besetzung ihres Landes durch einen Gegner, der sie geschlagen hat, unerträglich ist, die Invasion Frankreichs durch Völker ermutigend, die ihnen Hilfe versprochen

hatten, sich jedoch darauf beschränkten, sie auszunutzen? Wieso ist es in ihren Augen so empörend, daß sich Deutschland, ihr Feind, von unseren Ressourcen nimmt, was es braucht, während sie sich die Hände reiben, wenn sich England und Amerika, ihre Freunde, unseres Nachschubs aus Nordafrika bedienen?[...]

... Also, mir ist das unbegreiflich. Ich leide unter dem Geschick meines Landes. Ich leide darunter, wie jeder Besiegte unter seiner Niederlage leidet. Aber zumindest ist eine solche Prüfung, so schmerzlich sie auch sein mag, normal. Aber Sie, die Sie von angeblichen Freunden Dinge akzeptieren, die der Sieger uns nie aufgezwungen hat, ist Ihnen nicht ein wenig unwohl zumute?[...]

... Denn es ist ein Amerikaner, der bei Differenzen zwischen französischen Generälen den Schiedsrichter spielt; es ist der König von England, der eine neue Kronkolonie in Besitz nimmt. Churchill und Roosevelt weigern sich, die französische Oberherrschaft über ein französisches Territorium anzuerkennen. An diesem 4. Juli, dem Tag, an dem Amerika seine Unabhängigkeit feiert und der auch an den Beistand erinnert, den Frankreich Amerika bei der Vertreibung Englands geleistet hat, haben sich die beiden einstigen Rivalen darauf geeinigt, uns zu Abhängigen zu reduzieren. Die Franzosen dort drüben sind ihrer Freiheit so sehr beraubt, daß sich keine einzige Stimme unter ihnen erhoben hat, um gegen die Vernichtung ihrer Pariser Landsleute aus der Luft zu protestieren.[...]

... Wir hingegen werden von jenen Herren für nichtswürdig erklärt, weil wir in unserem Bestreben, unserem Land wieder einen angemessenen

Platz in der Welt zu verschaffen, nicht mit dem Verleugnen der Niederlage beginnen wollen. Sie jedoch, meine Herren, erleiden von seiten Ihrer Freunde ein Schicksal, das hundertmal demütigender ist als das, welches uns der Sieger auferlegt hat. Wir werden wie Besiegte behandelt, Sie jedoch wie Lakaien. Es ist wahr, daß die Deutschen uns geschlagen haben; wahr ist aber auch, daß Sie von den Angelsachsen reingelegt worden sind. Damit haben diese die Oberhand über Sie gewonnen. Denn geschlagen werden heißt, daß man der Schwächere war; reingelegt werden bedeutet, daß man der Dümmere war. Mit einem Schwachen kann man Mitgefühl haben, mit einem Dummkopf nicht.
Buckeln Sie also weiter vor Ihren Besatzern, küssen Sie die Hand derer, die Sie in den Hintergrund verbannen und Sie vertreiben. Bedanken Sie sich für jeden Fußtritt aus London oder Washington, der jenen General ins Nichts zurückbefördert, aus dem er sich nie hätte erheben dürfen. Doch bitten Sie Ihre Meister, die wichtigen Hauptrollen noch nicht neu zu besetzen. Denn wir haben noch längst nicht alles gesehen. De Gaulle und Giraud werden den Wein Algeriens am Büfett König Georgs VI trinken und mit Stalin Glückwunschtelegramme wechseln.
Die militärische Niederlage war eine Prüfung, die jedoch, wie selbst der Sieger bekennt, keineswegs unehrenhaft war. Dort drüben aber wird die Ehre von Männern verscherbelt, die sich als ihre Hüter ausgeben.«

Philippe Henriots wöchentliche Radioansprachen versetzten Lisa stets in helle Erregung, und ihre Schwester mußte ihre ganze Überzeugungskraft aufbieten, um ihr deutlich zu machen, daß, wenn er mit scheinbarem Freimut von der »zeitweiligen Besatzungsmacht« sprach, das mit ebendieser Besatzungsmacht abgesprochen war, und daß man nicht gleich zum Komplizen von »Terroristen« oder Gaullisten wurde, wenn man nicht glauben wollte, was Nazi-indoktrinierte Franzosen, die unter Beobachtung standen, über andere Franzosen sagten, die die Niederlage ihres Landes nicht akzeptiert hatten. Nach stundenlangen Diskussionen gab Lisa klein bei – bis zur nächsten Rede von Philippe Henriot. Glücklicherweise war der Einfluß von Albertine de Montpleynet stärker als jene Stimme, die über Radio Paris Unterwerfung predigte. »Radio Paris täuscht, Radio Paris täuscht, Radio Paris ist deutsch«, wurde überall leise geträllert.

Wie die meisten Franzosen, unterlag auch Lisa der Macht des noch neuen und geheimnisvollen Radios. Diese Stimmen, die, man wußte nicht recht, wie, aus dem Apparat kamen und bald kulinarische Ratschläge, Empfehlungen aller Art oder Nachrichten aus der ganzen Welt verkündeten, bald schimpften, drohten, prophezeiten oder schmeichelten, waren so eingängig, daß sie die Köpfe der Menschen mühelos mit Haß oder mit Hoffnung zu füllen vermochten. Die Zuhörer in ihren Sesseln lauschten diesen Stimmen mit der gleichen Hingabe, wie Johanna von Orléans den ihren gelauscht hatte.

Auch Léa, Laure und Camille entgingen dieser Verführung durch den Äther nicht. Trotz aller Vorhaltungen von Lisa und Estelle, die Denunziationen übelwollender Nachbarn befürchteten, hörten Léa und Camille fast täglich Radio London, und Laure die neuesten Modeschlager. Doch keine nahm das, was sie auf dem einen oder anderen Sender hörte, für bare Münze, und darin ähnelten sie vielen ihrer Altersgenossen.

20.

Die echte Sympathie, die François Tavernier und Camille d'Argilat verband, hatte sich in eine Komplizenschaft verwandelt, die Léa nur unwillig akzeptierte. Nicht daß sie auf Camille eifersüchtig war – sie fand sie zu wenig attraktiv für eine Rivalin –, doch sie ertrug es nicht, ausgeschlossen zu sein von gewissen Gesprächen, die abgebrochen wurden, sobald sie sich näherte. Was hatte diese Geheimniskrämerei zu bedeuten? Léa glaubte die Antwort gefunden zu haben, als sie eines Tages den kleinen Charles nach einem Spaziergang aus seiner Karre hob und bemerkte, daß er ein Stück Papier in seinem Fäustchen zusammenknüllte. Behutsam nahm sie es ihm aus der Hand und glättete es: Es war ein Stück der *Libération*, der verbotenen gaullistischen Zeitung. Wie kam der Papierfetzen in die Hand des Kleinen? Das Kind, das hinunter wollte, zappelte in ihren Armen. Als sie ihn absetzte, war Léa, als käme aus seinem Höschen ein seltsames Knistern. Schnell knöpfte sie den Spielanzug auf . . .

Eiligst raffte sie die Zeitungen zusammen, ergriff Charles beim Arm und zog ihn in ihr Zimmer. Atemlos, als wäre sie gerannt, ließ sich Léa auf ihr Bett fallen. Der Kleine kletterte zu ihr hinauf und streichelte ihr Haar.

»Deine Mutter ist wahnsinnig, vollkommen wahnsinnig! Wenn dir nun Françoise diesen Zeitungsfetzen abgenommen hätte, stell dir das nur mal vor! Wegen so einem Streich könnten wir allesamt deportiert werden, du auch«, murmelte sie, während sie ihn in die Arme nahm und küßte.

»Ah! Charles ist bei dir! Habe ich euch beide endlich beim Flirten erwischt, das ist ja reizend!« rief Camille beim Eintreten.

»Von wegen Flirt! Mach die Tür zu. Ich darf gar nicht daran denken, daß du es riskiert hast, ihn da mit hineinzuziehen!«

»Ich verstehe überhaupt nichts; wovon redest du denn?«

»Du verstehst nichts? Findest du es etwa normal, einem Kleinkind solche Windeln anzulegen?« rief Léa und schwenkte den kleinen Packen Zeitungen.

»Wie hast du sie gefunden? Jedenfalls ein gutes Versteck, nicht wahr?«

Welche Unerschrockenheit! Nie hätte Léa Camille einer solchen Kaltblütigkeit für fähig gehalten.

»Ein gutes Versteck! Du hättest seinen Tod verursachen können!«

Charles' Mutter wurde bleich.

»Aber er hatte doch gar nichts damit zu tun.«

»Natürlich nicht. Na und?«

Im nachhinein packte Camille die Angst. Sie ließ sich gleichfalls auf dem Bett nieder und drückte ihren Sohn an sich.

»Du hättest mich zumindest einweihen können. Aber Madame möchte den Solopart der Heldin übernehmen. Hast du mal daran gedacht, welche Sorgen sich Laurent machen würde, wenn er wüßte, daß du verbotene Zeitungen verteilst?«

»Er weiß es.«

»Wieso weiß er es?«

»Weil ich durch ihn mit der Organisation in Kontakt gekommen bin.«

Ungläubig starrte Léa sie an.

»Das nehme ich dir nicht ab.«

»Es stimmt aber. Er brauchte jemanden, auf den er sich verlassen konnte, und da hat er natürlich an mich gedacht.«

»Das ist doch Blödsinn; schließlich hast du ein Kind. An mich hätte er sich wenden sollen.«

»Er dachte wohl, daß du anderweitig schon genug zu tun hättest.«

»Seit ich hier bin, habe ich überhaupt keinen Kontakt mehr mit den Leuten von dort unten und bin darüber sehr froh. Ich habe keine Lust, verhaftet zu werden wie Raoul und Jean oder zu sterben wie Doktor Blanchard oder durch ein Erschießungskommando hingerichtet zu werden. Ich bitte dich inständig: Bring keine verbotenen Zeitungen mehr hierher. Es kommen zu viele Leute in diese Wohnung.«

»Das war heute nur eine Ausnahme. Normalerweise gebe ich sie sofort weiter.«

»Und warum heute nicht?«

»Mein Abnehmer war nicht am Treffpunkt. Ich habe nicht gewagt, sie in einen Papierkorb zu werfen.«

»Und François?«

»Wieso François?«

Camille war eine schlechte Lügnerin. Ihre Antwort klang falsch, doch Léa tat, als gebe sie sich damit zufrieden. Sie war mit Tavernier zum Essen verbredet und nahm sich vor, dabei diese Sache zu klären. Das Wichtigste war jetzt, welches Kleid sie heute abend anziehen sollte.

Léa war von einer wahren Vergnügungssucht ergriffen,

wollte sich amüsieren, wollte nicht mehr an tote oder verschwundene Freunde denken, nicht an die, die kämpften, und nicht an die, die kollaborierten. Dieser Entschluß war nicht auf ein bestimmtes Ereignis zurückzuführen, sondern einfach auf Überdruß, großen Lebenshunger und ein Gefühl der Sinnlosigkeit. Hatte sie sich an ihren Schwestern, die nur für den Augenblick lebten, ein Beispiel genommen? Für Françoise war das die Liebe zu ihrem Verlobten und zu ihrem Kind, für Laure amerikanische Musik, Schwarzmarktgeschäfte und Flirts.

François war ein wenig verwundert über diese Veränderung, die ihn insgeheim jedoch erleichterte. Seit er Léa kannte, fürchtete er um sie. Als er entdeckt hatte, daß sie in die Widerstandsbewegung ihrer Heimatgegend verwickelt war, daß Montillac und seine Bewohner überwacht wurden, war ihm angst und bange geworden, besonders, nachdem er von Mathias' Gesinnung, dem Besuch Raphael Malhs und der Verhaftung ihrer Freunde erfahren hatte. Deshalb hatte er auch ihre Abreise nach Paris beschleunigt. Dummerweise hatte er gleich wieder für einen ganzen Monat weggemußt. Jetzt, da er endlich wieder für einige Tage in Paris war, konnte er sich ihr widmen. Es machte Tavernier ein riesiges Vergnügen, sie aufleben zu sehen. Seit sie sich kennengelernt hatten, hatte sich ihre Persönlichkeit gefestigt und ihre Schönheit bestätigt. »Die Art Frau, vor der man auf der Stelle die Flucht ergreifen sollte, wenn man sich vor Scherereien fürchtet.« Offensichtlich fürchtete er sich nicht davor, sondern forderte sie sogar noch heraus: Heute zum Beispiel, wo er sich hatte breitschlagen lassen, sie zu einem Essen bei *Maxim's* auszuführen, nachdem er es erst unter einem lahmen Vorwand abgelehnt hatte:

»Das Essen dort ist nicht besonders gut, und das Restaurant ist voller Deutscher.«

»Das ist mir egal«, hatte sie geantwortet. »Ich möchte in ein Lokal gehen, wo sich die Leute zu amüsieren scheinen.«

Nichts hatte sie davon abbringen können. Und jetzt machte sie sich für dieses Abendessen fertig, ohne weiter über Camilles verbotene Zeitungen nachzudenken. Dank Laure hatte sie ein wundervolles Seidengeorgettekleid in einem schönen Dunkelrot kaufen können, dessen Etikette herausgeschnitten war. Nach eingehender Begutachtung hatten Françoise und ihre Tanten erklärt, es müsse sich um die Kreation eines großen Couturiers handeln: Chanel oder Fath, was jedoch in Anbetracht des relativ günstigen Preises unmöglich schien. Ein langer schwarzer Schal und fast neue Abendsandaletten vervollständigten den eleganten Anzug.

»Du siehst großartig aus!« rief Camille, die ihr beim Anziehen half. »Die Männer werden nur für dich Augen haben.«

Léa nahm eine der verbotenen Zeitungen auf.

»Was willst du damit?« fragte Camille.

»Mir einen Jux machen. Ich werde die *Libération* zwischen *Le Matin*, *Paris-Soir*, *L'Oeuvre*, *La Gerbe*, *Le Pilori* und *Les Nouveaux Temps* schmuggeln. Ich möchte mal sehen, was für Gesichter die Herren dort machen werden, wenn sie darauf stoßen.«

Camille lächelte. »Du bist verrückt!«

»Keineswegs. Sie sollen sich selbst dort bedroht fühlen, wo sie sich am sichersten glauben. Und zu diesen Orten gehört auch *Maxim's*.«

»Ich begreife dich nicht. Ich dachte, du wolltest nichts mehr mit diesen Dingen zu tun haben.«

»Na und? Ich kann doch meine Meinung ändern.«

Léa hatte gerade die Zeitung in ihrem kleinen Handtäschchen aus schwarzem Leder verstaut, als François Tavernier eintrat. Er war sehr elegant, wirkte aber besorgt.

»Willst du wirklich unbedingt bei *Maxim's* essen?«

»Unbedingt.«

»Also dann«, seufzte er, »gehen wir.«

»Man könnte meinen, wir gingen in den sicheren Tod.«

Er sah sie etwas seltsam und irgendwie belustigt an.

»Der ist dort ebensogut zu finden wie anderswo. Doch es gibt schlimmere Orte fürs Sterben.«

»Du bist nicht gerade witzig.«

»Ich wollte auch nicht witzig sein. Das ist ein sehr hübsches Kleid. Blutflecken würden darauf gar nicht auffallen.«

»Hören Sie auf, François, Sie werden ihr noch den Spaß verderben.«

»Laß nur, Camille, dazu bräuchte es mehr als den schwarzen Humor von unserem Freund hier.«

»Recht so! Mach dir nichts draus. Ich bin sicher, daß wir einen wundervollen Abend verleben werden. Gute Nacht, Camille. Geben Sie Charles ein Küßchen von mir.«

»Schönen Abend; und amüsiert euch gut.«

Draußen wartete ein Wagen mit Chauffeur auf sie.

Im Vorraum zur Bar des berühmten Restaurants hingen Zeitungen und Wochenblätter an langen Bambusstangen von einem dunklen Holzbrett. Einige Herren, die es sich mit einem Drink bequem gemacht hatten, blätterten in der Tagespresse. Léa zog die verbotene Zeitung hervor, glättete sie sorgfältig und schob sie unauffällig in die neuste Nummer von *Je suis partout*, zwischen Artikel von Robert Brasillach, François Vinneuil (Lucien Rebatet), Alain Laubreaux, Claude Jantet und Georges Blond. Nach einem befriedigten Blick in die Runde hielt sie Ausschau nach François Tavernier, der an ihrem Tisch auf sie wartete. Ein deutscher Offizier machte ihr galant Platz, während Albert ihr beflissen vorausschritt.

»Ist Ihnen der Tisch recht, Monsieur Tavernier?«

»Ja sehr, Albert.«

Léa setzte sich. Sie wirkte entspannt, gutgelaunt und hatte ein leichtes Lächeln auf den Lippen.

»Du siehst aus wie ein Kätzchen, das heimlich Sahne geschleckt hat, oder wie ein freches Gör, das etwas angestellt hat.«

»Ich?« fragte sie mit einem so unschuldigen Blick, daß ihn ein ungutes Gefühl beschlich. »Ich bin einfach entzückt, hier zu sein. Und du doch auch, nicht wahr? Es müssen doch jede Menge Freunde von dir hier sein.«

Der Oberkellner brachte den Champagner, den François bestellt hatte.

»Trinken wir auf deine Schönheit.«

»Lieber Freund, gestatten Sie bitte, daß auch ich den gleichen Toast auf Mademoiselle ausbringe.«

Léa erkannte den Mann sofort wieder, den sie durch François in einem anderen Restaurant kennengelernt hatte. Heute trug er statt einer abgewetzten Tweedjacke einen Smoking, der hier und da mit Asche von seiner dicken Zigarre gesprenkelt war. Unmöglich, ihm zu entkommen. Mit eisigem Lächeln hob François sein Glas.

»Monsieur Tavernier, meine Frau ist überzeugt, daß Sie sie nicht mögen.«

»Wie kann Madame Szkolnikoff nur so etwas von mir denken?«

»Sie sind noch immer nicht zu uns zum Essen gekommen.«

»Ich habe auf eine offizielle Einladung gewartet.«

Szkolnikoff brach in lautes Lachen aus.

»Heutzutage macht man doch keine Umstände mehr. Ich erwarte Sie morgen abend um sieben Uhr, selbstverständlich mit Mademoiselle . . . Sie ist bezaubernd!«

»Ich fürchte, ich werde mich kaum freimachen können.«

Das Lächeln von »Monsieur Michel« verschwand augenblicklich.

»Ich bin sicher, daß es Ihnen gelingen wird, sich freizumachen. Ich rechne fest mit Ihnen. Also pünktlich um sieben Uhr, Rue de Presbourg 19.«

Dann fand er sein Lächeln und fügte hinzu: »Hélène wird sich sehr freuen. Bis morgen!«

François Tavernier ballte die Fäuste unter dem Tisch.

»Die Frau deines Freundes ist doch ganz charmant. Schau mal, sie macht dir Zeichen.«

Hélène Szkolnikoff, mit Schmuck beladen, wedelte mit einer schwerberingten Hand in ihre Richtung.

»Hör auf, dieses Schwein ist nicht mein Freund«, sagte er leise und winkte zurück.

»Er vielleicht nicht, aber seine Frau . . .!«

»Willst du wieder damit anfangen?«

»Wer ist das bei ihnen am Tisch?«

»Hauptmann Engelke mit seiner Geliebten.«

»Eine Freundin der schönen Hélène? Nun komm schon, entspann dich, du wirst mir noch den Abend verderben, wenn du so ein Gesicht machst. Es ist nicht meine Schuld, wenn wir hier Leute treffen, die du lieber nicht sehen möchtest.«

So wie er aussah, fürchtete Léa, er könnte vergessen, wo sie sich befanden, und ihr ein Paar Ohrfeigen verabreichen. Vorsichtshalber lehnte sie sich zurück und bat in ihrem schmeichelndsten Ton:

»Laß uns nicht streiten; mir geht's so gut. Komm, trinken wir!«

Er nahm sein Glas mit Champagner und leerte es. Ein Kellner beeilte sich nachzuschenken. Viele Männer und Frauen schauten in ihre Richtung, waren von Léas Jugend und Schönheit ebenso beeindruckt wie von ihrer Ungezwungenheit und Eleganz. Kein Schmuck, nur der Schimmer ihrer entblößten Schultern. Besonders eingehend wurde Léa von einer schönen jungen Frau in einem hinreißenden weißen Abendkleid betrachtet, die eine verschwörerische und zugleich belustigte Miene zeigte. Ihr Gesicht kam Léa wirgendwie bekannt vor.

»Wer ist das?«

»Corinne Luchaire.«

»Sie ist hübsch und sympathisch. Wer sind die anderen bei ihr?«

»Ihr Vater Jean Luchaire und Journalisten.«

»Kennst du diese Corinne Luchaire?«

»Nein.«

»Schade, sie gefällt mir gut.«

Achselzuckend wandte sich Léa ab.

»Haben Sie gewählt, Mademoiselle?« fragte der Oberkellner.

»Ich möchte etwas sehr Teures.«

Dieser kindliche Wunsch rief ein Lächeln auf Taverniers hart gewordenem Gesicht hervor.

»Nimm Kaviar. Ich weiß nicht, wie sie es hier anstellen, aber sie haben immer welchen.«

»Sehr gut. Dann nehme ich also Kaviar.«

»Wir haben momentan nur Ossietra oder Sevruga.«

»Welcher ist teurer?«

Der Oberkellner machte eine kleine Bewegung, die erkennen ließ, daß ihn die Frage schockierte. Mit leichtem Vorwurf in der Stimme antwortete er:

»Der Ossietra, Monsieur.«

»Dann nimm den Ossietra. Ich nehme ihn auch.«

»Sehr wohl, Monsieur, und danach?«

»Ich hätte gern Fisch«, sagte Léa.

»Wir haben Seezunge, Goldbrasse und poschierten Lachs auf Sauerampfer. Der Lachs ist sehr gut, sehr delikat. Ich würde ihn Mademoiselle empfehlen.«

»Bringen Sie mir die Seezunge.«

»Sehr wohl, Mademoiselle. Und für Monsieur?«

»Ich würde gern Ihren Lachs probieren.«

»Sie werden es nicht bereuen, Monsieur.«

»Sagen Sie dem Weinkellner, daß wir bei dem Champagner bleiben möchten. Bist du einverstanden?«

»Ja, sehr!«

Vom Entrée her drangen gedämpft erregte Stimmen zu ihnen herüber; dann erschien ein alter Herr mit einem Kinnbart, der ihm Ähnlichkeit mit Alphonse de Chateaubriand verlieh. Er ließ sich, eine Zeitungsseite schwingend, am Tisch von Jean Luchaire nieder. Der Journalist mußte ihn nach dem Grund seiner Erregung gefragt haben. Er antwortete zornig und so laut, daß sie einige Satzfetzen aufschnappen konnten:

». . . Schlupfwinkel für Terroristen . . . Sie sind überall . . . Kommunisten und Gaullisten . . . Alle gleich . . . Rotes Pack . . . Alle an die Wand stellen . . . Kein Erbarmen . . . Dieser Fetzen Papier . . . Anständige Zeitungen . . . Eine Schande . . .«

Man versuchte ihn zu beruhigen. Der alte Herr erhob sich und hielt das Blatt einem dicken, sehr würdevollen Mann hin:

»Hier, sehen Sie selbst, wenn Sie mir nicht glauben.«

Der dicke Mann wandte die Zeitungsseite einige Male hin und her, ohne zu begreifen.

»Was Sie da in Händen halten, ist eine gaullistische

Zeitung, die von verbrecherischer Hand zwischen die ehrbaren Publikationen geschmuggelt wurde.«

»Jacques!« kreischte die Begleiterin des dicken Mannes hysterisch, »wirf das weg!«

Völlig verdattert ließ dieser die Zeitung fallen, die sich anmutig drehte und sich dann Hauptmann Engelke zu Füßen legte. Alle Gespräche verstummten, nur das Orchester spielte unerschütterlich einen langsamen Walzer. Léa hatte Mühe, sich das Lachen zu verbeißen. Verachtungsvoll betrachtete sie diese Leute, die sich einen Augenblick vor dem Skandal mit einem Lächeln auf den Lippen noch ganz ungezwungen gegeben hatten, die vertraulich mit den deutschen Offizieren geplaudert hatten und die jetzt ihre wahren Gesichter zeigten, auf denen Feigheit und Schwäche miteinander wetteiferten. Es war widerlich. Betont langsam hob Engelke die Zeitung auf, die ängstliche Erwartung der versammelten Menschen auskostend.

»Libération«, verkündete er laut. Er las ein paar Zeilen, scheinbar ohne die Spannung, die über dem Raum lag, zu bemerken.

»Sehr interessant. Kennen Sie das?« fragte er und reichte Michel Szkolnikoff das Blatt.

Von ihrem Platz aus konnte Léa erkennen, daß die Hand des Geschäftsmannes zitterte. Die Musik verstummte.

»Würden Sie mir noch etwas zu trinken einschenken?« bat sie mit fröhlicher Stimme, die in die Stille hineinplatzte.

Wie von einer Nadel gestochen, drehten sich alle nach ihr um. Corinne Luchaire betrachtete sie amüsiert, brach in Lachen aus und hob ihr Glas in ihre Richtung. Triumphierend erhob Léa das ihre und neigte dankend den Kopf.

Die Keckheit der beiden jungen Frauen entspannte die Atmosphäre. Auch an anderen Tischen wurde wieder gelacht. Engelke, ein guter Verlierer, lachte zur großen Erleichterung von Szkolnikoff ebenfalls.

»Zwei bezaubernde junge Damen, ganz pariserischer Charme«, erklärte der SS-Hauptmann und knüllte die Zeitung zu einer Kugel zusammen.

François Tavernier hatte Mühe, seine Erheiterung zu verbergen. »Hast du etwa dem armen alten Herrn diesen bösen Streich gespielt?«

»Ich weiß nicht, wovon du redest.«

»Du bist ein kleines Monster, aber du gefällst mir, so wie du bist. Was du da gemacht hast, war wahnsinnig riskant. Man wird schon für Harmloseres verhaftet. Ah, da kommt dein Kaviar.«

Von zwei Kellnern assistiert, servierte der Oberkellner selbst ehrfürchtig die kostbaren Körnchen auf einer mit Eis gefüllten Silberschale. Léa ließ sie sich mit so auffälligen Bekundungen des Genusses schmecken, daß ein anderer als Tavernier peinlich berührt gewesen wäre. Ihn hingegen amüsierte und erregte diese Sinnenfreude der jungen Frau.

»Kleines Luder!« sagte er zärtlich und nahm sich ebenfalls einen großen Löffel voll Kaviar.

Léa wußte, wie dieses liebevolle Schimpfwort gemeint war. Sie liebte das Kribbeln, das seine Gesten in ihr hervorriefen, seine Ironie, die ihn nur selten verließ. Bei ihm fühlte sie sich ruhig und erregt zugleich, vor allem jedoch frei. Das war nur ein Gefühl, nicht mehr, aber ein sehr starkes. In seiner Gegenwart spürte sie die ihrem Geschlecht auferlegten Zwänge nicht mehr, sondern vielmehr eine Aufwertung ihrer Weiblichkeit als solche, nicht als Objekt der Unterwerfung. Sie konnte François alles anvertrauen, und er wußte besser als sie selbst, was gut und richtig für sie war. Dieser unergründliche Mann besaß einen sehr eigenwilligen, aber strengen Ehrenkodex. Léa wußte um seine große Toleranz für die Überzeugungen anderer, selbst wenn er diese nicht teilte und gelegentlich bekämpfte. Er kennt keinen Haß, dachte sie. Das erinnerte sie an belauschte Gespräche zwischen ihrem Vater und Onkel Adrien, in denen der Dominikaner vom Spanischen Bürgerkrieg berichtet hatte: »Ich habe so schreckliche Verheerungen gesehen, die der Haß im einen wie im anderen Lager angerichtet hatte, daß auch ich ihm fast anheimgefallen wäre und alle Menschen gehaßt hätte. Doch dann habe ich in ihren Verbrechen das Zeichen des Bösen gesehen, und ich habe sie bedauert, denn sie waren Henker und Opfer zugleich.«

Damals war die kleine Léa sehr beeindruckt gewesen von diesem »Zeichen des Bösen«, eine unauslöschliche Prägung, die die Menschen unheilbar schlecht machte. François besaß die gleiche illusionslose Duldsamkeit wie der Dominikaner. Eine Duldsamkeit, die sie nicht teilte, ja, sie hatte bestimmten Personen gegenüber sogar das Bedürfnis, sie mit allen Raffinessen der Grausamkeit zu vernichten. Doch hier, im schmeichelnden Licht der rosa Lampenschirme, wohlig satt nach reichhaltigem Essen und Champagnergenuß, wollte sie ganz für diesen Augenblick leben und hatte nur den einen Wunsch, daß der Mann ihr gegenüber sie in die Arme nehmen möge.

»Komm, tanz mit mir!«

»Wie könnte ich einem so dringenden Bedürfnis nicht Folge leisten«, sagte er und erhob sich.

Als sie am Tisch von Hauptmann Engelke vorbeikamen, nickte Tavernier Hélène Szkolnikoff zu, und sie erwiderte seinen Gruß. Dann überließ sich Léa ganz den Armen ihres Liebsten, und so manchen, der ihnen zuschaute, überlief ein wollüstiger Schauer.

Draußen herrschte völlige Stille. Friedlich beleuchtete der Mond den Obelisken auf der Place de la Concorde. Trotz der Sperrstunde wollte Léa unbedingt zu Fuß nach Hause gehen. Von den Tuilerien und den Champs-Élysées wehten ihnen nächtliche Düfte von Gras und Blumen zu. Ein Nachtvogel schrie, ein anderer antwortete ihm. Langsam überquerten sie den riesigen Platz, auf dem ihre gleichmäßigen Schritte hallten. Auf der Brücke, die zur Chambre des Députés führt, wo jetzt die deutsche Propaganda hauste, hielten sie an und schauten dem Dahinfließen der Seine zu. Wie ein breites Band aus Moiré lag sie fast bewegungslos zwischen ihren steinernen Ufern. Der Geruch des Wassers stieg bis zu ihnen hinauf.

Gegen die Brüstung gelehnt, die Lippen aufeinandergepreßt, die Körper wie berauscht, vertrauten sie auf den trügerischen Schutz der Nacht und ließen sich von den Fluten ihrer Lust fortragen.

Lange verharrten sie so über dem vielbesungenen Fluß. Die Götter waren mit ihnen: Keine Patrouille, kein Feindfahrzeug störte ihre Glückseligkeit.

Am nächsten Morgen erzählte Léa Camille, wie sie die verbotene Zeitung unter die für die Gäste des *Maxim's* bestimmten Blätter geschmuggelt hatte. Camille hatte so sehr über die Beschreibung der verblüfften Gesichter der Anwesenden lachen müssen, daß sie Léa nicht schimpfen mochte.

»Deine Tante Bernadette hat gestern angerufen und berichtet, daß Lucien gut angekommen ist und daß es ihm den Umständen entsprechend gutgeht. Pierrot ist von Gendarmen zu seinem Vater zurückgebracht worden. Der will ihn offenbar in ein sehr strenges, von Jesuiten geführtes Internat schicken.«

»Ich weiß; mein Cousin Philippe hatte es mir schon gesagt. Der arme Pierrot! Hat Tante Bernadette auch Raoul und Jean erwähnt?«

»Ja. Ihre Muter hat keinerlei Nachricht von den beiden. Sie hat sich in Bordeaux eine kleine Wohnung genommen und geht jeden Tag zum Fort du Hâ. Aber sie verweigern ihr stets die Besuchserlaubnis. Es ist nicht einmal sicher, daß sie überhaupt auf dem Fort sind. Sie setzt große Hoffnungen auf ihre Eingabe beim Präfekten. Er hat versprochen, sich nach dem Verbleib ihrer Söhne zu erkundigen und bei den Besatzungsbehörden zu intervenieren.«

»Sie hätte lieber gleich zu den deutschen Verantwortlichen gehen sollen, statt zu einem Mann, der seine Befehle von Vichy bekommt.«

»Ja, vielleicht . . . Es ist alles so kompliziert. Der Präfekt glaubt sicher, er verhalte sich loyal.«

»Loyal? Wem gegenüber?«

»Ich weiß nicht . . . Er ist doch Beamter.«

»Beamter! Einer, der sorgfältig Buch führt über die Anzahl der deportierten Juden samt der Kinder.«

»Ich weiß. Als ich im Lager Mérignac war, haben die Frauen dort über nichts anderes geredet. Wo mögen die jetzt wohl sein?«

Sie verfielen in deprimiertes Schweigen.

»Und ich sage dir, ich will nicht dorthin!«

»Also noch einmal, Léa: Ich kann unmöglich absagen, und ich bitte dich um den Gefallen, mich zu begleiten!«

»Wenn ich diese Visagen von Halunken, Dieben, Mördern noch einmal sehen muß, wird mir schlecht. Das halte ich nicht aus.«

»Na gut. Wenn du es nicht für mich tun willst, dann tu es für dich.«

»Was willst du damit sagen?«

»Daß diese Herren über die Aktivitäten deines Onkels und einiger deiner Freunde unterrichtet sind. Die Gestapo würde dich nur zu gern verhören.«

»Du hattest mir doch gesagt ...«

»Das war vor ein paar Monaten. Aber die Situation ändert sich mit jedem Tag, und es sollte mich nicht wundern, wenn ich mir allmählich um mich selbst Sorgen machen müßte.«

»Wieso?«

»Weil sie den Verdacht haben, daß ich mich ihnen gegenüber nicht ganz korrekt verhalte.«

»François! Du versuchst doch nicht etwa mir beizubringen, daß du verhaftet werden wirst?«

»Würde dir das Kummer machen, mein Schatz?«

»Hör auf mit deinen Scherzen! Du weißt nur zu gut ...«

»Was weiß ich nur zu gut?«

»Nichts! Du nervst. Ich komme mit.«

Er zog sie an sich. Sie fühlte seinen harten Körper, die gespannten Muskeln unter ihren Fingern. Er tat ihr fast weh, so fest hielt er sie an sich gepreßt.

»Danke. Dein Anblick, mein Herz, wird sie hoffentlich überzeugen, daß du dich nicht in die Höhle des Löwen begeben würdest, wenn du auch nur das Geringste mit dem Widerstand zu tun hättest.«

»Und wenn sie sich nicht täuschen lassen?«

»Dann wäre es angebracht, ein Stoßgebet zu sprechen und sehr schnell zu verschwinden.«

»Wie soll ich mich kleiden?«

»Sehr einfach. Ich möchte nicht, daß du aussiehst, wie diese Luxusweibchen. Zieh das schlichte lange Kleid an, das du neulich ändern wolltest. Ist es inzwischen fertig?«

»Ja, dank Camille, die mir mit dem Saum geholfen

hat. Ich bin nicht sehr geschickt im Nähen. Also, dann ziehe ich mich jetzt um, es dauert nicht lange.«

»Hier, steck dir diese weiße Lilie an.«

»Die ist ja herrlich! Danke!«

»Bezaubernd sehen Sie aus! Ganz bezaubernd, nicht wahr, Hélène?«

»Mademoiselle ist entzückend in ihrem schlichten Abendkleid. Warum tragen Sie keinen Schmuck, meine Liebe?«

»Weil ich keinen besitze, Madame.«

»Nanu! Ein hübsches Mädchen wie Sie! Was ist denn mit Ihnen los, Monsieur Tavernier? Es ist doch sonst nicht Ihre Art, Frauen gegenüber knausrig zu sein. Sie sollten sich schämen.«

»Sie haben recht. Aber ich brauche Ihren Rat, Sie haben einen so ausgezeichneten Geschmack.«

»Das ist wahr. Morgen kommt ein Juwelier aus der Rue de la Paix zu mir ins Haus, der mir ein paar Schmuckstücke zeigen möchte. Kommen Sie doch dazu, Sie sind herzlich willkommen...«, säuselte sie mit schmeichelnder Stimme. »Aber was haben Sie denn auf einmal?«

»Nichts, nur ein leichter Schmerz im Arm. Nichts Ernstes, ein Andenken an eine alte Verletzung.«

Die Ankunft weiterer Gäste zwang die Hausherrin, sie zu verlassen.

»Oh, Fritz! Ich freue mich immer so, dich in meinem Hause zu sehen!«

»Ich komme immer wieder mit Vergnügen zu dir, liebe Hélène. Ich habe mir erlaubt, General Oberg mitzubringen, der sich noch lebhaft an das fabelhafte Abendessen erinnert, das ihr zu Ehren meines Freundes, des Reichsführers der SS Heinrich Himmler, gegeben habt.«

Oberg verbeugte sich und schlug die Hacken zusammen.

»Guten Abend, Madame.«

»Herzlich willkommen, Herr General.«

Léa betrachtete ihre Umgebung, ohne auch nur zu versuchen, ihr Erstaunen zu verbergen.

»Warum hast du mich vorhin gekniffen?«

»Das ist einfach unglaublich! Ich glaube, ich träume! Was hast du gesagt? Übrigens brauchtest du nicht gerade unter meiner Nase mit dieser Frau zu flirten.«

François Tavernier lachte laut auf und nahm zwei Champagnerschalen vom Tablett, das ihm ein Diener präsentierte.

»Ich trinke auf dein Wohl. Du bist einfach unwiderstehlich!«

Einen Augenblick lang drehte Léa das Glas nachdenklich zwischen den Fingern, dann leerte sie es mit einem Zug.

»Komm, gib mir noch eins.«

Er reichte es ihr.

»Wirklich eine große Gesellschaft. Fehlt nur noch Raphael Malh. Schau mal, wer da ist.«

Im Salon, der luxuriös ausgestattet war mit kostbaren Möbeln, mit Gemälden alter Meister, antiken Orientteppichen und schweren Seidengardinen, hatte sich eine erstaunliche Gesellschaft versammelt. Hübsche, stark geschminkte Frauen, die zu auffallend gekleidet und mit teurem Schmuck beladen waren; deutsche Offiziere, sehr steif und gemessen in ihren schwarzen oder grünen Uniformen; zwei, drei hübsche junge Männer, die nach der neuesten Mode ausstaffiert waren und wie Gigolos wirkten; Geschäftsmänner mir rosigen Mienen und verdächtig aussehende Typen, deren Smokingjacke links eine Ausbuchtung aufwies. Unter ihnen Michel Szkolnikoff, der lebhaft plaudernd von einem zum anderen ging. Sein Smoking war so zerknittert, als wäre er seit dem gestrigen Abend nicht aus ihm herausgekommen. Er unterhielt sich gerade mit einem kleinen Mann mit dunklem, pomadisiertem Haar. Beide rauchten dicke Zigarren. Der kleine Mann wandte sich um und erfaßte Léa, die instinktiv zurückwich, mit seinem graugrünen Blick.

»Wer ist das denn?« fragte Tavernier.

»Masuy«, hauchte sie.

François' Fingerknöchel wurden weiß, doch seine Stimme klang unbewegt. »Ah, das ist also Masuy! Ich kenne ihn noch nicht. So ungefähr hatte ich ihn mir vorgestellt.«

»Ich habe Angst! Er kommt auf uns zu!«

»Nur keine Bange.«

»Meine liebe Mademoiselle Delmas! Welche Überraschung und welches Vergnügen, Sie hier anzutreffen. Ich dachte, Sie hätten Paris verlassen. Haben Sie Ihren Freund Malh wiedergesehen? Wußten Sie, daß er mir einen üblen Streich gespielt hat?«

»Nein. Ich bin damals gleich abgereist, ich habe ihn seither nicht wiedergesehen.«

»Mir wurde berichtet, daß er sich in der Umgebung von Bordeaux aufhalte. Sie stammen doch aus dieser Gegend, wenn ich mich nicht irre?«

»Ja.«

»Sollten Sie ihn sehen, richten Sie ihm bitte aus, daß ich an ihn denke. Und falls ich Ihnen, Mademoiselle, behilflich sein kann, können Sie sich jederzeit an mich wenden, Sie wissen ja, wo Sie mich finden. Wenn Sie allerdings etwas verkaufen möchten, dürfte das schwierig sein. Wie Sie sicher wissen, wurden alle Einkaufsbüros geschlossen . . . fast alle.«

»Es ist serviert.«

Die Ankündigung des Essensbeginns ersparte es Léa, die beiden Männer einander vorstellen zu müssen.

Die Tafel funkelte von Kristall und Silber. Eine raffiniert zubereitete Speise folgte der anderen, die besten Weine flossen in Strömen. Die meisten Gäste aßen nicht, sie fraßen. Beim Dessert ging es besonders üppig zu: Überquellende Obstkörbe, Silberplatten, auf denen sich eine Vielfalt an Törtchen und Gebäck türmte, Eisbomben, Sorbets und Cremes wurden unter Applaus aufgetragen. Léa, die den Ehrenplatz neben Peggy, Szkolnikoffs verhätschelter Pudelhündin, innehatte, die eine Serviette um den Hals trug und von allem, was die Kellner zeremoniös servierten, kostete, vergaß ihre Ängste vor lauter Wut. Dieses Tier aß jeden Tag am Tisch seines Herrchens mit Leuten zusammen, die sich um seine Gunst bemühten, um ihrem reichen Gastgeber zu gefallen.

Hatte Léa diese Nachbarschaft anfangs mißfallen, so beglückwünschte sie sich bald dazu, denn wenigstens brauchte sie mit dem Hund keine Konversation zu machen. Soviel Glück hatte sie mit ihrem anderen Tischnachbarn nicht, einem Gecken, der nur über den Schnitt seiner Anzüge redete, über Bars, die gerade in Mode waren, und über die Schwierigkeit, an englische Zigaretten zu kommen.

François Tavernier, der zur Linken der Hausherrin plaziert war, ließ Léa nicht aus den Augen und war so einsilbig, daß es Hélène Szkolnikoff schließlich auffiel.

»Sie sind heute aber sehr zerstreut, mein Lieber. Hat Ihnen die Kleine den Kopf verdreht? Sie ist nicht schlecht, aber sie hat überhaupt keine Klasse.«

Diese Bemerkung brachte ein flüchtiges Lächeln auf die Lippen ihres Gesprächspartners.

»Sie ist noch so jung.«

»Na, sooo jung auch wieder nicht«, meinte Hélène verstimmt und wandte sich General Oberg, ihrem Nachbarn zur Rechten, zu.

Es wurde nur von Geschäften gesprochen, wobei es um große Mengen der unterschiedlichsten Waren und Produkte ging: Kupfer, Blei, Weizen, Cognac, Seidenstoffe, Gold, Gemälde, seltene Bücher. Ein Industrieller aus Roubaix bot eine Lieferung von fünfzigtausend Metern Kammgarn in »Vorkriegsqualität« an, ein Belgier kilometerweise Segeltuch, eine Elsässerin Parfüms, ein Trikotagenfabrikant aus Troyes seine gesamte Produktion an Seidenstrümpfen, ein Mann von den Antillen zwei Waggons Schweizer Käse. Michel Szkolnikoff zählte die Hotels an der Côte d'Azur auf, die in seinen Besitz übergegangen waren: in Nizza das *Savoy*, das *Ruhl* und das *Plaza*, in Cannes das *Martinez*, das *Bristol* und das *Majestic*. Die Mietshäuser, Villen, Firmen und Fabriken, die er aufgekauft hatte, zählte er gar nicht mehr. Er prahlte mit seinem Château d'Aine in Azé im Département Saône-et-Loire, dessen prächtige Neueinrichtung gerade fertig geworden war. Selbstverständlich waren seine Freunde dort jederzeit willkommen.

Trotz ihrer Feinschmeckerzunge hatte Léa kaum etwas zu sich genommen. Sie erwartete das Ende dieses Mahls mit steigender Ungeduld, was ihrem geckenhaften Nachbarn nicht verborgen blieb.

»Ich glaube, Sie langweilen sich hier. Wenn Sie Lust haben, nehme ich Sie nachher mit in ein Nachtlokal, wie Sie noch keines gesehen haben. Einverstanden?«

»Nein, danke. Mir reicht's für heute abend.«

»Ach, ich verstehe! Sie fürchten, daß dort die gleichen Leute sind wie hier. Keine Gefahr, wir sind dort unter uns. Es kommt keiner rein, der über dreiundzwanzig ist. Sie spielen die neuesten amerikanischen Platten.«

»Ich dachte, das wäre verboten.«

»Ist es auch, aber irgendwie mogelt man sich durch. Ich beschaffe die Platten und die Zigaretten. Bei Szkolnikoffs kann ich immer sicher sein, jemanden zu treffen, der die Waren hat, die ich suche. Und Sie, was tun Sie? Wessen Liebchen sind Sie denn?«

»Meines«, sagte eine Stimme in seinem Rücken.

Der junge Mann fuhr zusammen und sprang auf. »Entschuldigen Sie, Monsieur, das konnte ich ja nicht wissen.«

»Macht nichts. Kommst du, mein Häschen?«

Rot vor Wut, sprang auch Léa auf.

»Was fällt dir ein, mich so zu nennen!«

»Warum hast du diesen Idioten nicht geohrfeigt, als er dich als ›Liebchen‹ bezeichnet hat?«

»Ich war so überrascht, daß ich nicht daran gedacht habe.«

»Es ist meine Schuld. Ich hätte dich nicht in ein Haus bringen dürfen, das von solchen Leuten frequentiert wird. Verzeih mir, es wird nicht wieder vorkommen.«

»Ich dachte, meine Begleitung sei dir unentbehrlich?«

»Nicht bis zu dem Punkt, dir eine solche Gesellschaft zuzumuten. Ich vergesse manchmal, wer diese Menschen wirklich sind, weil ich in ihnen ein Phänomen sehe, das der Krieg hervorgebracht hat.«

»War es dir nützlich, daß ich mitgekommen bin?«

»Ja. Es beruhigt Szkolnikoff, wenn er mich mit einem hübschen Mädchen sieht. Das entspricht mehr der Vorstellung, die er von mir hat. Im Geschäftsleben läßt eine Frau einen Mann gesetzter wirken – so einfach ist das.«

»Können wir bald gehen?«

»Ja, nach dem Kaffee, der im Salon serviert wird. Ich werde sagen, du müßtest vor Mitternacht zu Hause sein.«

»Und das sollen sie dir glauben?«

»Ich habe ihnen erzählt, daß du ein junges Mädchen aus guter Familie seist, das bei seinen Tanten wohnt, zwei höchst respektablen alten Damen. Solch ein niveauvoller Umgang erhöht den Eigenwert dieser Leute hier.«

Bald darauf verabschiedeten sie sich von ihren Gastgebern.

»Vergessen Sie nicht: morgen vormittag um elf«, sagte Hélène, als sie François die Hand zum Kuß reichte.«

»Dann also bis morgen, liebste Freundin, und Dank für diesen wundervollen Abend.«

»Du triffst dich also morgen mit ihr?« fragte Léa beim Einsteigen in den Wagen.

»Ja, zum Schmuck kaufen.«

»Ich möchte aber gar keinen.«

»Mit der Zeit würde es ihnen verdächtig vorkommen, wenn eine Frau, in die ich verliebt bin, keinen Schmuck besitzt.«

»Das ist mir völlig egal. Möchtest du mich etwa wie diese alten Weiber herumstolzieren sehen, mit Klunkern behängt, einer größer als der andere?«

»Nun übertreib mal nicht. Ein schönes Schmuckstück hat eine hübsche Frau noch nie häßlich gemacht.«

Vor der Chambre des Députés wurden sie von einer Patrouille angehalten. Im selben Augenblick heulten die Sirenen los: Fliegeralarm. Der Offizier warf nur einen kurzen Blick auf ihre Ausweise und riet ihnen, den nächsten Luftschutzkeller aufzusuchen. Der Boulevard Saint-Germain, eben noch verlassen, bevölkerte sich mit Gestalten, die zu den als Bombenschutz dienenden Metrostationen hasteten. Léa wollte lieber nach Hause in die Rue de l'Université. Im Innenhof des Wohngebäudes trafen sie auf die Damen de Montpleynet, Camille mit ihrem kleinen Sohn, Laure und Estelle, alle im Morgenrock. In der Ferne fielen die ersten Bomben.

»Das war Richtung Boulogne«, sagte der Nachbar aus dem dritten Stock.

Sie saßen auf dem Boden des Kellers oder auf Klappstühlen und warteten halb schlafend auf das Ende des Fliegeralarms. Léa hatte sich eng an François gekuschelt und ließ sich im Dunklen von ihm streicheln. Die Entwarnung unterbrach ihr Vergnügen.

Doch nicht für lange. Albertine bot Tavernier gastfreundlich das Wohnzimmersofa an, was er dankbar annahm. Als alle schlafen gegangen waren, schlich er sich zu Léa, die sich mit schmeichelndem Verlangen an ihn drängte. Er reagierte sofort darauf.

Die Sonne stand bereits hoch, als François wieder das Sofa aufsuchte, auf dem er sofort in tiefen Schlaf fiel.

In dieser Nacht kamen nur etwa zwanzig Menschen durch die alliierten Bombenangriffe ums Leben. Am 14. Juli hatte es bei einem Fliegeralarm in den Pariser Vororten hundert Tote gegeben. Jean-Hérold Paquis tobte auf den Ätherwellen.

Léa fühlte sich in der sommerheißen Stadt wie eine Gefangene. François hatte Paris wieder einmal verlassen müssen. Es fiel ihr immer schwerer, seine Abwesenheit zu ertragen.

Zwei- oder dreimal in der Woche gab sie, allein oder mit Camille zusammen, Flugblätter, verbotene Zeitungen oder auch falsche Papiere weiter an Adressen, die ihr von stets wechselnden Boten angegeben wurden. Im Abschütteln etwaiger Beschatter war sie bald unübertroffen, verstand es, im Gedränge eines großen Warenhauses zu verschwinden oder in der Menschenmenge der Metro unterzutauchen, wobei sie immer in den ersten oder letzten Wagen stieg, weil sie so die ganze Zuglänge überblikken, und, falls ihr jemand gefolgt sein sollte, im letzten Augenblick wieder abspringen konnte. Doch am liebsten fuhr sie mit dem Rad, selbst auf die Gefahr hin, dadurch den Pfiffen junger Männer ausgesetzt zu sein.

Eines Tages wurde sie in der Station Opéra von einem Jungen angerempelt, der es gerade noch vor Schließung der Wagentüren in den Zug geschafft hatte. Draußen, auf der anderen Seite der Fensterscheibe, liefen zwei fäusteschüttelnde Männer den Bahnsteig entlang und entschwanden den Blicken der Fahrgäste, als die Metro beschleunigte. Im Wagen taten alle, als ob nichts wäre. Léa sah sich den Jungen an und unterdrückte nur mit Mühe einen Ausruf. Neben ihr zitterte – bleich, atemlos und nach Angstschweiß riechend – Pierrot, ihr Cousin Pierrot. Doch schon verlangsamte der Zug seine Fahrt und fuhr in die Station Chaussée d'Antin ein. Sie mußten raus. Als die Metro hielt, packte sie die Hand ihres Cousins und zog ihn mit sich. Überrascht widersetzte er sich zunächst, bis er sie schließlich erkannte.

»Du bist das!«

»Lauf nicht; hak mich unter, wir gehen in die Galeries Lafayette. Wie lange sind sie schon hinter dir her?«

»Keine Ahnung. Sie haben schon in der Station Châtelet versucht mich zu schnappen.«

»Dann bist du ihnen ja schon zweimal entwischt. Nicht schlecht für jemanden, der sich mit der Metro nicht auskennt. Seit wann bist du in Paris?«

»Seit gestern abend. Ich habe versucht, mich zu den Tanten durchzuschlagen.«

»Ich dachte, du seist in einem Jesuiten-Internat?«

»War ich auch, aber ich bin abgehauen. Ich will nicht, ohne selbst etwas getan zu haben, auf das Ende des Krieges warten.«

»Vorsicht! Sprich nicht so laut. Dein Vater wird toben vor Wut.«

»Der kann mich mal. Er und mein Bruder, die kotzen mich an, so wie die sich dem alten Pétain und den Stiefeln der *Boches* unterworfen haben.«

»Was hast du vor?«

»Weiß nicht. Das Internat ist ja nicht weit von Paris entfernt, und da bist du mir eingefallen. Aus Andeutungen meines Vaters habe ich geschlossen, daß du Verbindungen zum Widerstand hast.«

»Das wäre zuviel gesagt. Dafür müßtest du dich an Onkel Adrien wenden.«

»An den habe ich natürlich gedacht, aber keiner weiß oder will mir sagen, wo er ist.«

»Was mache ich denn nun mit dir? Ah, ich habe eine Idee!«

Sie verließen die Galeries Lafayette und gingen zur Station Havre-Caumartin. Es herrschte eine furchtbare Hitze, und sie atmeten auf, als sie die Metro am Etoile wieder verließen und die Champs-Élysées hinuntergingen.

»Gut, daß du wenigstens anständig angezogen bist.«

»Papa hat darauf bestanden, mich neu einzukleiden.«

»Ein Glück. Da wirst du unter Laures Freunden wenigstens eine gute Figur machen.«

An diesem schönen sommerlichen Spätnachmittag flanierten Pariser und Besatzer an den Caféterrassen vorüber und bemühten sich, einander zu ignorieren. Pierrot und Léa betraten das *Pam Pam*. In der Kellerbar umstanden etwa zwanzig junge Männer und Frauen den Pianospieler und markierten mit Händen oder Füßen den Takt. Sie warteten das Ende des Stückes ab, dann trat Léa zu der kleinen Gruppe.

»Du hier! Das muß begossen werden«, rief ein junger

Mann, der der Kindheit kaum entwachsen schien, und umarmte sie.

»Tag, Robert. Wie geht's? Hast du Laure gesehen?«

»Was willst du denn?« fragte eine Stimme aus dem Halbdunkel einer Polsterbankecke, die von der Gruppe die »Nische der Verliebten« genannt wurde. Aus ihr tauchte nun Laure empor. Ihr Lippenrot war völlig verschmiert.

»Wisch dich ab«, sagte ihre Schwester und reichte ihr ein Taschentuch.

»Danke.«

»Schau mal, wen ich hier habe.«

»Pierrot!«, rief Laure und stürzte auf ihren Cousin zu. Dieser betrachtete sie mit solcher Verblüffung, daß sich die jungen Leute köstlich amüsierten.

»Laure?«

»Ich bin es wirklich.«

»Ich hätte dich nicht wiedererkannt«, sagte Pierrot und küßte sie links und rechts auf die Wangen. Léa zog ihre Schwester mit sich und erklärte ihr die Situation.

»Onkel Luc wird schön wütend sein«, meinte Laure lachend.

»Hast du genau verstanden, was du zu tun hast? Ihr kommt also alle gegen acht Uhr heute abend in die Rue de l'Université und macht dabei den üblichen Radau. Für euch wird sich niemand interessieren, falls das Haus beobachtet wird. Ich gehe jetzt gleich nach Hause, um Tante Albertine Bescheid zu sagen und zu sehen, ob dort alles in Ordnung ist. Wenn etwas nicht stimmt, mache ich das Wohnzimmerfenster weit auf, das bedeutet: sofort umkehren ...«

»... und dann gehen wir zu Roger. Ich hab's kapiert.«

Alles ging gut. Es gelang Camille, Pierrot falsche Papiere

auf den Namen Philippe Dorieux, Schüler, wohnhaft in Libourne, zu beschaffen. Er sollte nach Poitiers fahren, dort würde ihn eine regionale Untergrundorganisation aufnehmen. Das Treffen sollte am Markttag vor dem Haupttor von Notre-Dame-la-Grande stattfinden, und das Erkennungswort lautete: »Kennen Sie die Kirche Sainte-Radegonde?«, worauf Pierrot antworten mußte: »Nein, aber ich kenne Saint-Hilaire.«

Es war das dritte Mal innerhalb einer Woche, daß Paris von Sirenengeheul geweckt wurde und seine Bewohner sich in Kellern und Metroschächten versammelten. Léa, die es leid war, weigerte sich, ihr Zimmer zu verlassen, trotz der wiederholten Warnungen in den Zeitungen und im Radio. Täglich kamen Menschen ums Leben, weil sie es abgelehnt hatten, Schutzräume aufzusuchen.

Es war sehr schwül. Das Gewitter, das den ganzen Tag gedroht hatte, war abgezogen. Léa stützte sich auf die Fensterbank und verfolgte gleichmütig die Scheinwerferstrahlen, die den Himmel nach Flugzeugen absuchten, deren dumpfes Brummen zu hören war. Plötzlich haßte sie die hohen Gebäude, die ihr den Himmel verbargen, nicht, weil sie sie möglicherweise um ein aufregendes Schauspiel brachten, sondern weil sie ihren Lebensraum einengten, wie die Mauern eines Gefängnisses.

»Ich ersticke«, murmelte sie.

Vor sich sah sie das weite Land, das Montillac umgab, das Meer hinter dem Horizont, spürte die Stille der Nacht, den starken Geruch, den wenige dicke Regentropfen der heißen Erde entlockten. Sehnsüchtig schloß Léa die Augen.

Drei Tage später bestieg sie den Zug nach Bordeaux. Camille und ihr Sohn folgten ihr eine Woche danach.

21.

Es war heiß. Jeden Tag, sobald die Sonne zu sinken begann, nahmen Camille und Léa ihre Fahrräder, schützten sich mit großen Strohhüten und fuhren zur Garonne hinunter, um dort, gegenüber von Langon, zu baden. Charles war mit von der Partie und fühlte sich in seinem Korbsitz hinter seiner »Tante Léa« sicher. Camille hatte den Korb mit Vesperbrot, gekühlter Limonade, Handtüchern und Lesestoff in ihrer Obhut.

Die jungen Frauen, beide gute Schwimmerinnen, wetteiferten gern darin, wer es als erste zum anderen Flußufer schaffte. Manchmal setzten sie sich auch schwierigere Aufgaben: nach einem Kieselstein tauchen, möglichst lange unter Wasser bleiben oder um die Brükkenpfeiler schwimmen, wo die Strömung gefährlich war. Léa gewann immer beim Schwimmen, Camille beim Tauchen. Charles paddelte wie ein kleiner Hund. Es war jedesmal ein Riesentheater, ihn von seinen Spielen loszukriegen.

Nach dem Bad streckten sie sich in der Sonne aus und versanken in Wohlbehagen. Nur die Rufe des Kindes vermochten sie aus ihrer Trägheit zu reißen. Alles war friedlich, nur das Geschrei der Möwen, das Zwitschern der Schwalben, das Lachen der Kinder war zu hören und ab und zu das Rattern eines Zuges, der über den nahen

Viadukt fuhr. Ein vertrautes und beruhigendes Geräusch.

In stillschweigendem Einvernehmen hatten Léa und Camille seit ihrer Rückkehr weder von Widerstandsaktivitäten gesprochen, noch von Pierrots Untertauchen, dessen sich die Organisation angenommen hatte. Diese Sonnentage an den Ufern des Flusses waren wie ein Zwischenstadium, das beide gern verlängert hätten. Die Nachrichten von Laurent, der sich endlich Oberst Leclerc hatte anschließen können und jetzt in Sabratha ein hartes Training absolvierte, waren gut. François hatte ihnen mitgeteilt, daß er im September für ein paar Tage kommen werde. Lucien, der in die Schweiz gelangt war, erwähnte, wenn er schrieb, nie seine schreckliche Verstümmelung. Adrien pendelte zwischen Toulouse und Bordeaux und sprang ein, wo es gerade nötig war. Jean und Raoul Lefèvre wurden noch immer im Fort du Hâ festgehalten, doch ihr Wille war ungebrochen. Ihre Mutter durfte sie alle vierzehn Tage besuchen. Mathias hatten sie noch nicht wiedergesehen. Seinen Eltern zufolge war er »ein Herr« geworden. Léa fürchtete sich vor einer Wiederbegegnung mit ihm. Ruth, Sidonie und selbst Bernadette hatten während ihrer Abwesenheit gute Arbeit geleistet und auch Fayard in Schach gehalten, der einen erneuten Vorstoß unternommen hatte: Er war entschlossener denn je, den Besitz aufzukaufen. Ruth hatte ihm gesagt, wenn er noch ein Wort darüber verliere, werde sie ihn vor die Tür setzen. Es war eine gute Weinernte zu erwarten, und der Krieg würde bald zu Ende sein.

Auf die Ellbogen gestützt, folgten Léas Augen mechanisch einem Schwimmer, der am Langon-Ufer in den Fluß gehechtet war. Er kam mit schnellen, wendigen Stößen herübergeschwommen, zog sich an Land und ließ sich nicht weit von ihnen ins Gras der Uferböschung fallen. Einige Sekunden blieb er unbeweglich und atemlos liegen, dann wandte er sich langsam um.

Der Himmel schien sich mit einem Schlag zu verdunkeln, und Léa fror.

»Guten Tag«, sagte Maurice Fiaux.

Camille fuhr zusammen und hob ahnungsvoll den Kopf.

»Guten Tag«, erwiderten beide ausdruckslos.

»Ein herrlicher Sommer, nicht wahr? Kommen Sie oft hierher? Für mich ist es das erste Mal in diesem Jahr. Ich habe soviel Arbeit in Bordeaux, das können Sie sich gar nicht vorstellen. Wann sind Sie zurückgekommen? Ich bin zweimal nach Montillac gefahren: keiner da, alle Vögel ausgeflogen.«

»Wir waren bei meinen Tanten in Paris.«

»Weiß ich«, sagte er grob.

Camille wandte den Kopf ab.

»Laure ist nicht mit Ihnen zurückgekommen?« fragte er freundlicher.

»Sie wollte lieber in Paris bleiben. Dort hat sie mehr Unterhaltung. Laure hat das Landleben nie gemocht und sich auf Montillac immer gelangweilt«, erklärte Léa.

»Das kann ich gut verstehen, aber sie hätte ja auch nach Bordeaux zu ihrem Onkel, dem Rechtsanwalt Delmas, gehen können. Ein hervorragender Mann, der viele Freunde hat, Beziehungen . . .«

»Aber er ist etwas streng und sehr auf Anstand bedacht. Er hätte Laure bestimmt nicht so viele Freiheiten erlaubt, wie sie sie in Paris genießen kann.«

»Ach, wissen Sie, Léa, die Sitten haben sich sehr geändert, selbst in Bordeaux. Das ist jetzt eine Stadt, in der man sich gut amüsieren kann. Sie sollten sich dort mal umsehen, das würde auch die Stimmung Ihres Freundes Raphael Malh heben.«

»Er ist immer noch dort? Wieso ist seine Laune gedrückt?«

»Na, Sie kennen ihn doch. Er hat sich in einen kleinen Strolch aus Mériadec verliebt, der ihn betrügt, schlägt und ihm sein Geld abnimmt. Da hat er ein paar Dummheiten gemacht.«

»Was für welche?«

»Er hat es mit dem Schleichhandel etwas übertrieben und wurde festgenommen. Dank unserer Verbindungen haben wir ihn wieder freibekommen, aber die Polente hat ihn auf dem Kieker. Das wäre alles gar nicht so schlimm, wenn er nicht versucht hätte, uns reinzulegen.«

Léa konnte ein Lächeln nicht unterdrücken. Dieser verflixte Raphael!

»Sie lachen? Dazu besteht wirklich kein Anlaß. Mir selbst wäre es ja egal gewesen, an seiner Stelle hätte ich genauso gehandelt und das Geschäft zu machen versucht, denn es hätte sich gelohnt, aber meine Kameraden waren anderer Meinung. Sie wollten ihn kaltmachen. Ich hatte Mühe, sie zu überzeugen, daß er uns nützlich sein könnte und seine Haut sicher gern durch ein paar Gefälligkeiten retten würde.«

»Das ist ja gemein!« rief Camille aus.

»Was wollen Sie, Madame, das ist der Krieg. Malh weiß, welche Rolle gewisse Personen im Widerstand spielen, wie sie Terroristen und Juden helfen. Er ist uns in der Affäre Terrible sehr nützlich gewesen.«

»In der Affäre Terrible?«

»Haben Sie etwa nichts davon gehört? In der ganzen Umgegend wird darüber geredet. Der Gestapo ist in La Réole ein hübscher Fischzug geglückt. Erst haben sie Oberst Gaucher am Bahnhof verhaftet, der ein Sendegerät in seinem Koffer hatte, und ein paar Tage danach, am 19. August, Adois. Der Name sagt Ihnen nichts?«

»Nein.«

»Das ist der Deckname eines Tischlermeisters aus La Réole.«

Léa grub ihre Fingernägel in die Erde, um nicht zu schreien. Sie zwang sich, weiterzufragen:

»Und was könnte Raphael Malh mit einem Tischler zu tun haben? Er hat sich noch nie für handwerkliche Arbeiten interessiert.«

»Aber für Freimaurer.«

»Das wußte ich nicht.«

»Beckmann, der Stellvertreter von Dr. Hans Luther, dem Chef des K.D.S. von Bordeaux, der mit der Überwachung des Klerus und der Freimaurer beauftragt ist, hatte die Idee, Malh einzusetzen, als er erfuhr, daß dieser in Paris einer Loge angehört hatte. Er wurde zwar schon vor dem Krieg wegen Unterschlagung wieder ausgeschlossen, hat aber den Kontakt zu einigen Logenbrüdern aufrechterhalten. Daher also seine Verbindung zur Loge von La Réole und seine Kenntnisse über die Aktivitäten von Jacques Terrible, dem Tischler.«

»Raphael hat ihn denunziert?«

»Das war nicht nötig, das hatten schon andere vor ihm getan.«

»Sind noch mehr Leute verhaftet worden?«

»Ja, aber ich habe die Namen vergessen. Wenn es Sie interessiert, werde ich mich gern erkundigen.«

»Ich war nur neugierig.«

»Sind sie erschossen worden?« fragte Camille.

»Nein, denn sie können uns viele Auskünfte liefern über die Organisation, die sich um Fallschirmabwürfe, Waffendepots, falsche Papiere, den zentralen Nachrichtendienst und das Verstecken von Juden und Dienstverweigerern kümmert.«

»Wo sind sie?«

»Im Gefängnis Saint-Michel in Toulouse.«

Diese Verhaftungen hatten vor zwei Tagen stattgefunden, und sie erfuhren davon erst jetzt aus dem Munde dieses Halunken. Sie mußten sich beide abwenden, um ihren Abscheu zu verbergen.

Vom Kirchturm von Langon schlug es sieben Uhr.

»Ach, du Schreck! Ich werde mich verspäten. Auf Wiedersehen, ich komme in den nächsten Tagen mal bei Ihnen vorbei.«

Ein paar Tropfen bespritzten sie, als er ins Wasser sprang. Sie rührten sich nicht.

»Mama, Mama, darf ich auch noch mal reinspringen, wie der Mann eben?«

Camille ergriff ihren kleinen Jungen und drückte ihn fest an sich.

Er protestierte:

»Du tust mir weh!«

Sie küßte seine gebräunten Wangen:

»Ja, mein Liebling, du darfst noch einmal ins Wasser.«

Ohne sich abgesprochen zu haben, verließen beide in den Tagen, die der Begegnung mit Maurice Fiaux folgten, Montillac nicht. Für sie war es mit dem Sommer und mit dem Baden in der Garonne vorbei. Sie waren wie betäubt und konnten lange nicht über das Gehörte sprechen. Sie konzentrierten sich auf die Arbeit im Gemüsegarten: Kartoffeln hacken, Bohnen pflücken, gießen, jäten. Abends kamen sie erschöpft und mit zerschundenen Händen heim und waren froh über diese Müdigkeit, die ihre innere Unruhe dämpfte.

Abends nach dem Essen, dann, wenn die Sonne die Landschaft um Bordeaux in Gold und Rosa tauchte, streunte Léa gern durch die Weinberge. Von ganzem

Herzen liebte sie dieses reiche Land, dem die Hand des Menschen eine glückliche Harmonie und Ausgewogenheit verliehen hatte, die sie stets aufs neue faszinierte. Doch seit jener verwünschten Begegnung wirkte der Zauber nicht mehr. Sie lief die Wege entlang und suchte Plätze auf, an denen sie Ruhe zu finden hoffte vor den Panikwellen, die ihre gemarterte Seele überfluteten. Doch alle diese Orte hatten ihre magische Wirkung verloren. Weder der Kalvarienberg von Verdelais noch die halbverfallene Kate von La Gerbette, noch das Croix de Borde, von dessen Hügel aus man die ganze Umgebung überblickte, oder die Kirche Saint-Macaire mit der Schutzpatronin der Seeleute konnten ihr ihren Frieden wiedergeben. Sie erschöpfte sich auf langen Radtouren nach Orten, wo man sie nicht kannte, nach Langoiran, Torgan etwa oder nach Villandraut und Bazas auf der anderen Flußseite. Nichts half. Unablässig drängte sich die Stimme des Gestapoagenten, dessen Gesicht für sie mit dem von Mathias verschmolz, in ihr Gehirn: »Er ist uns in der Affäre Terrible sehr nützlich gewesen ... Adois, der Name sagt Ihnen nichts? ... Das ist der Deckname eines Tischlermeisters aus La Réole ...«

Wenngleich Maurice Fiaux angedeutet hatte, daß Jacques Terrible nicht von Raphael denunziert worden war, konnte Léa nicht umhin zu denken, daß er an dieser Festnahme ebensowenig schuldlos war wie an der Sarah Mulsteins. Es gelang ihr nicht, einer ganz gemeinen Furcht Herr zu werden, die sich ihrer bemächtigt hatte. Sie wurde von Schweißausbrüchen und Übelkeit geplagt, und ihre Knie zitterten häufig. Das nächste Mal würde sie es sein, die er der Gestapo auslieferte. Er wußte genau oder hatte genug erraten, um sie in eine der Kellerhöhlen entlang der Straße ins Médoc oder in eine Zelle des Forts du Hâ zu bringen. Vielleicht sogar vor ein Erschießungskommando. Léa sah die angelegten Gewehre vor sich, hörte sich selbst ihre Henker anflehen . . .

In diesem Zustand fand sie François Tavernier. Selbst die Strapazen der Weinlese hatten nicht vermocht, ihre Ängste zu vertreiben.

Umschlungen betrachteten Léa und François den Sonnenaufgang über der in Rotgold getauchten Landschaft. Seit fünf Tagen erhoben sie sich erschöpft und glücklich und bewunderten mit dem immer gleichen ungläubigen Entzücken diese Glücksverheißung, die mit der Morgendämmerung heraufstieg. Léas schreckliche Angst war verschwunden, vertrieben durch die Gegenwart, die Liebkosungen eines Mannes. In seinen Armen konnte sie sich über Raphael Malh, Maurice Fiaux und die Gestapo lustig machen. Aus dem physischen Vergnügen schöpfte Léa neue Kräfte.

Der Krieg hatte alle Moralbedenken hinweggefegt. Selbst Bernadette Bouchardeau wunderte sich nicht, daß Léa ihr Schlafzimmer mit einem Mann teilte, mit dem sie nicht verheiratet war. Allerdings ließ ihnen Léa auch kaum eine andere Wahl. Sie gab allen deutlich zu verstehen, daß sie auch nicht den kleinsten Vorwurf hinnehmen würde. Das ließen sich alle gesagt sein.

Es war ein so wundervoller Herbstmorgen, daß Tavernier den Augenblick hinauszögerte, Léa seine unmittelbar bevorstehende Abreise zu verkünden. Es beunruhigte ihn, sie schutzlos zurücklassen zu müssen. Er wußte, daß die Gestapo Adrien Delmas auf der Spur war. In Toulouse war der Dominikaner nur um Haaresbreite seinen Verfolgern entkommen. Früher oder später würde Dohse auch Léa verhaften lassen, um sie zu verhören, wie er es mit allen nahen Angehörigen derer tat, die verdächtigt wurden, dem Widerstand anzugehören. Sie hatte es ihrem Glück zu verdanken und einer ganzen Menge raffinierter Schutzmaßnahmen, daß dies nicht schon geschehen war. Die Anwesenheit von Camille d'Argilat auf Montillac, die bereits ihres Mannes wegen inhaftiert gewesen war, und die Verbindung zwischen Doktor Blanchard und den Gutsbewohnern mußten es für den Chef der Gestapo von Bordeaux unumgänglich machen, sie zu vernehmen.

Am Tag zuvor hatte François den beiden jungen Frauen falsche Papiere übergeben, die ihnen, wie er sagte, nützlich sein könnten, und hatte ihnen eingeschärft, mit Françoise in Verbindung zu bleiben, bei der er sich regelmäßig melden würde. Er verlangte, daß sie sich von der Widerstandsorganisation fernhalten sollten, sie stünden wahrscheinlich unter Beobachtung. Allergrößte Vorsicht war geboten, und es könne auch nicht schaden, wenn sie Waffen hätten, vorausgesetzt, sie verfügten über ein sicheres Versteck.

Am Abend erklärte er, daß er abreisen müsse.

Aus Stolz hatte Léa François weder etwas von den wachsenden Schwierigkeiten, in denen sich das Gut befand, gesagt, noch von Mathias' politischer Einstellung und seiner Überzeugung gesprochen, daß sie keine andere Wahl hätte, als ihn zu heiraten. François hatte daher angenommen, daß das Geld des Notars und das, was er Ruth im Frühjahr gegeben hatte, ausreichend gewesen war. Und da er sie nicht verletzen wollte, hatte er das Thema nicht noch einmal angeschnitten.

Warm angezogen und im Schutz eines großen Regenschirms, machten sie einen letzten Spaziergang durch die Weinberge, nachdem sie Sidonie in Bellevue guten Tag gesagt hatten. Zurück nach Montillac hatten sie es dann eilig, um den Windstößen zu entgehen und dem feinen kalten Regen, der alles zu durchdringen schien.

Das Haus schien von schweren, schwarzen Wolken erdrückt zu werden, die so bedrohlich wirkten, daß sich Léas Herz zusammenzog. Die Schlechtwetterperiode hatte dieses Jahr sehr zeitig eingesetzt. Alles deutete auf einen frühen und strengen Winter hin.

Ein kleiner roter Fleck bewegte sich auf dem Grün des Rasens, kam auf sie zu und nahm allmählich die Formen eines Kindes an. Es war Charles, der seiner Mutter entwischt war und ihnen entgegenrannte, so schnell seine kleinen Beinchen es zuließen. Strahlend stürzte er sich in Léas Arme.

»Du hättest mich fast umgeworfen, Lausebengel!« rief sie und drehte sich mit ihm im Regen um und um.

Das Lachen und Kreischen des kleinen Jungen unter diesem düsteren Himmel kam François gänzlich unangemessen vor und schien doch zugleich sagen zu wollen: Seht her, das Leben geht weiter. Ja, das Leben mußte weitergehen. Heute regnete es, aber morgen . . . Wie hübsch die beiden anzusehen waren, auch Léa hatte ihr Kinderlachen wiedergefunden!

Léa war, als hätte der Regen nicht aufgehört, seit François abgereist war. Es war nicht kalt, doch die ganze Landschaft war in einen feuchten, stickigen Nebel getaucht, der die Reben verdarb.

Sie saß am Schreibtisch ihres Vaters und kopierte – als Abwechslung von der verhaßten Buchführung –, den Text eines Liedes von Pierre Dac, das Radio London am 5. Dezember gesendet hatte und das Mireille, die Frau des Metzgers Robert in Saint-Macaire, für Léa mitnotiert hatte. Als sie fertig war, stand sie vom Schreibtisch auf und sang zur Melodie von Lili Marlen:

Immer, wenn ich höre den Klang von diesem Lied,
Beherrscht ein einziger Wunsch mein ganzes Gemüt:
Einfach mal wieder zu ihr geh'n,
Bei der Laterne
Von ihr hör'n,
Was sagt Lili Marlen, was sagt Lili Marlen.

»He, sag mir, meine Schöne, warum du traurig bist,
Warum in deinen Augen der Glanz erloschen ist!«
»Mir ist das Glück nicht länger hold,
Das Unheil hat
Mich eingeholt«,
Das sagt Lili Marlen, das sagt Lili Marlen.

»Aber hast du denn zum Führer kein Vertrauen mehr?
Er war doch für dich größer als selbst Gott der Herr?«
»Ach, der Triumph, den er versprach,
Ich wart' schon drauf
Dreieinhalb Jahr'«,
Das sagt Lili Marlen, das sagt Lili Marlen.

»Bist du nicht mehr glücklich, Großdeutschland zu gehör'n
Und auf seine Zukunft Stein und Bein zu schwör'n?«
»Nein, denn das Reich samt seinen Zierden
Wird bombardiert
Von den Alliierten«,
Das sagt Lili Marlen, das sagt Lili Marlen.

»Weißt du denn nichts vom unbezwinglichen Wall,

Den eure Wehrmacht errichtet überall?«
»Nein, denn in Rußlands Erde ruht
Der Nazis Stolz
In seinem Blut«,
Das sagt Lili Marlen, das sagt Lili Marlen.

»Wird nicht bald der Endsieg krönen eure Fahnen
Mit dem Hakenkreuz schwarzweiß auf roten Bahnen?«
»Nein, denn ich spür's in allen Poren:
Hoffnung ade,
Wir sind verloren.«
Das sagt Lili Marlen, das sagt Lili Marlen.

»Bravo!« rief Camille und applaudierte.

»Ich habe dich gar nicht hereinkommen hören.«

»Du warst ganz mit deinem Lied beschäftigt. Bald kannst du Suzy Solidor auf ihrem eigenen Terrain schlagen.«

»Ich werde es mir überlegen. Gibt es etwas Neues?«

»Nein. Es regnet noch immer. Hast du die Abrechnung von Fayard geprüft?«

»Ich habe nichts Verdächtiges gefunden, aber vielleicht verstehe ich nicht genug von diesen Dingen.«

»Frag doch Monsieur Rabier.«

»Papas Buchhalter? Der ist doch jetzt völlig altersschwach. Denk nur an die vielen Fehler, die er letztes Jahr in der Steuererklärung gemacht hat und wieviel Zeit ich auf dem Finanzamt Langon zugebracht habe, weil sie mir nicht glauben wollten.«

»Könnten wir uns nicht wenigstens zeitweise einen guten Steuerberater in Bordeaux nehmen?«

»Dafür fehlt uns das nötige Geld. Schau dir dies Bündel Rechnungen an. Ich habe keinen einzigen Centime, um sie zu bezahlen. Die Bank hat diese Woche schon zweimal angerufen.«

Verzweifelt ließ sich Léa in den Sessel hinter dem Schreibtisch sinken. Camille trat zu ihr und strich ihr über das Haar.

»Wenn du wüßtest, wie unglücklich ich bin, weil ich so gar nichts für dich tun kann.«

»Ich bitte dich, sei still.«

Einige Minuten verharrten die beiden jungen Frauen in Schweigen.

»Hast du schon mal an Weihnachtsgeschenke gedacht?« fragte Léa und hob den Kopf.

»Ja, doch diese Weihnacht wird die ärmste von allen bisherigen sein. Ruth hat auf dem Speicher ein altes Tretauto gefunden.«

»Das ist meins!« rief Léa in besitzerischem Ton.

Camille konnte ein Lachen nicht zurückhalten.

»Willst du es nicht Charles schenken?«

»Natürlich«, sagte Léa, lachte ebenfalls und wurde ein wenig rot.

»Ruth hat rote Farbe gekauft, um es neu anzumalen.«

Jemand klopfte an die Tür. Es war Robert, der Metzger aus Saint-Macaire. Er war atemlos, sein Gesicht verzerrt.

»Was ist passiert?« schrien Camille und Léa gleichzeitig.

Er brauchte einige Zeit, um Luft zu schöpfen und antworten zu können.

»Ihr Sohn?« fragte Camille.

Er schüttelte den Kopf.

»Also, was dann? So reden Sie doch!«

»Pater Delmas ist verhaftet worden.«

»O mein Gott!« stöhnte Camille und stützte sich gegen den Bücherschrank.

Eine schreckliche Kälte breitete sich in Léa aus.

»Woher wissen Sie das?«

»Heute morgen in aller Herrgottsfrühe ist ein Kamerad von ihm, ein Lehrer aus der Gegend von La Réole, der der Organisation Buckmaster angehört, in die Metzgerei gekommen, um mich zu warnen und mich zu bitten, Sie zu benachrichtigen.«

»Von wem hat er es erfahren?«

»Von dem Gendarmen aus La Réole, den Sie bei dem alten Terrible gesehen haben. Ihm zufolge ahnt die Gestapo nicht, welch wichtigen Fang sie gemacht hat. Ihr Onkel ist rein zufällig bei einer Razzia in Bordeaux verhaftet worden. Man hätte ihn sicher laufenlassen, wenn er nicht Blankopersonalausweise bei sich gehabt hätte. Einer der Gendarmen, die ihn festgenommen haben, hat seinen Kollegen in La Réole informiert. Sie gehören derselben Organisation an.«

»Wenn er von einem Gendarmen erkannt worden ist, werden ihn auch andere identifizieren und auffliegen lassen.«

»Er hat sich zwar äußerlich sehr verändert, aber die Gefahr besteht. Sobald wir wissen, wo er ist, werden wir versuchen, ihm zur Flucht zu verhelfen. Vorläufig können wir nur beten, daß er nicht redet. Heute abend fangen wir an, die Waffen, die in den Tabakdarren von Barie und in Belle-Assise versteckt sind, zu verlagern. Die Brüder Lafourcade helfen uns dabei.«

»Können wir irgend etwas tun?«

»Ja. Wir haben zwei englische Piloten, die in zwei Tagen zurückfliegen müssen, in der Nähe von Viot untergebracht. Dort sind sie nicht mehr sicher. Können Sie sie verstecken?«

»Wären sie hier denn sicherer?« fragte Camille. »Wir haben gute Gründe, Fayard zu mißtrauen.«

»Das Risiko müssen wir eingehen, Madame Camille. Wir bringen sie Ihnen heute abend her nach einem Zwischenstop in Bellevue. Während der Zeit lade ich mich bei meinem alten Freund Fayard auf ein Glas Wein ein. Paßt Ihnen das?«

»Sehr gut, Robert. Wir bringen sie in dem kleinen Zimmer neben dem Büro unter. Da geht nie jemand hinein, es dient als Abstellkammer. Außerdem liegt es im Erdgeschoß, das ist sehr günstig, falls sie das Haus schnell verlassen müssen«, erklärte Léa.

»Vielen Dank. Wenn Sie etwas Verdächtiges bemerken, rufen Sie mich in Saint-Macaire an und sagen mir: ›Ihr Fleisch war heute sehr zäh.‹ Dann weiß ich Bescheid, und wir behalten unsere Engländer da.«

»Wie können wir etwas über Onkel Adrien erfahren?«

Der Metzger hob die Schultern.

»Seit Grand-Clément im August verhaftet und etwas später wieder befreit wurde, sind viele unserer Leute festgenommen worden. Wir haben unsere Informanten verloren, die wir im Lager Mérignac und im Fort du Hâ hatten. Die Neurekrutierten müssen noch sehr vorsichtig sein. Die einzige Verbindung, die wir momentan haben, ist der Gendarm in Bordeaux. Sobald er etwas erfährt, ruft er in La Réole an.«

»Und wenn ich nun nach Bordeaux führe?« fragte Léa.

»Auf gar keinen Fall! Es reicht, daß ein Mitglied Ihrer Familie verhaftet worden ist.«

»Vielleicht könnte sich Rechtsanwalt Delmas einschalten«, meinte Camille.

»Er ist ein Kollaborateur, er würde nichts für seinen Bruder tun. Erinnere dich doch an das, was er mir gesagt hat: Für ihn ist Adrien gestorben.«

22.

»Wie du siehst, sind wir durchaus menschenfreundlich; du darfst es dir aussuchen: entweder die Kriminellen oder die Politischen – zu letzteren zählen Kommunisten, Saboteure und die anderen Terroristen.«

»Ich dachte, die seien bei euch alle zusammen?«

»Zu Anfang schon, aber dann ist uns klargeworden, daß uns die kleinen Zuhälter vom Hafen und die kleinen Schwarzhändler nützlich sein konnten. Aber damit sie nicht von den Roten oder den Gaullisten angesteckt werden, halten wir ein paar von ihnen getrennt – eine Idee von Poinsot – und schleusen sie in die Zellen der Politischen ein, wenn wir uns über bestimmte Dinge informieren wollen. Unglaublich, was nachts so alles in einer Zelle geredet wird, in der sechs, sieben Männer eingesperrt sind. Das kannst du dir nicht vorstellen.«

»Das kann ich mir sehr gut vorstellen. Sehr verlokkend ist das alles gerade nicht. Habt ihr nicht noch etwas anderes zu bieten?«

»Wir haben demnächst einen Sammeltransport Juden nach Deutschland. Wenn du dich anschließen möchtest . . . Du würdest dich ja nicht fremd fühlen unter Juden.«

»Nein, das reizt mich auch nicht. Ich mache mir nicht viel aus Reisen ohne Wiederkehr.«

»Also los, entscheide dich.«

»Kann ich nicht eine Zelle für mich allein haben?«

»Sonst noch was gefällig? Teppichboden, Telefon, eigenes Bad?«

»O ja! Das würde mir gefallen.«

»Hör auf, dich über uns lustig zu machen. Der Chef ist viel zu gut. Wenn's nach mir ginge: zwei Kugeln ins Genick oder in den Arsch – als Schwuler würde dir das womöglich noch Spaß machen.«

»So weit geht meine Vorliebe für große Kaliber nun doch nicht.«

Ein schwerer rechter Haken ließ Raphael Malh gegen die metallenen Aktenschränke des Büros krachen, in dem ihn seine früheren Genossen seit dem Morgen verhörten, und verwandelte seine Lippen endgültig zu Brei. Am brutalsten war Maurice Fiaux, der zuschlug, als habe er eine persönliche Rechnung zu begleichen. Erstaunlicherweise hatte Raphael, der sich für eine Memme hielt, das Geprügel eher amüsiert ertragen, obwohl sich seine kleinen Freunde von der Gestapo keinerlei Zurückhaltung auferlegt hatten. Einzig Mathias Fayard hatte sich an dieser Corrida nicht beteiligt. Seltsam: Seit einiger Zeit fand der schöne, aber finstere und jähzornige Mathias dauernd gute Ausreden, um nicht an Verhaftungen und vor allem nicht an Verhören teilnehmen zu müssen. Raphael Malh erhob sich mühsam. Es war jetzt nicht der richtige Moment, sich über das seelische Befinden von Léas Kinderfreund Gedanken zu machen. Léa . . . Es war ein wenig ihretwegen, daß sie ihm jetzt die Fresse polierten.

»Ich glaube, mir wären die Kriminellen lieber«, sagte er, bevor er ohnmächtig wurde.

Das Rütteln des Autos brachte ihn wieder zu sich. Ein

deutscher Soldat saß am Steuer, neben ihm ein Offizier. In seinem Rücken befanden sich ein weiterer Soldat und Maurice Fiaux. Der Buchhändler gegenüber dem beeindruckenden Tor des Forts du Hâ, bei dem er gestern noch gestöbert hatte, schloß seinen Laden.

Raphael Malh wurde den deutschen Wachen übergeben. Maurice Fiaux fuhr wieder ab, ohne sich umzudrehen. Man brachte Malh in die erste Etage zur Erledigung der Formalitäten. In dem Raum, in den man ihn führte, trennte eine Barriere die Ankömmlinge von den Aufnahmebeamten. Schilder in französischer, spanischer und deutscher Sprache forderten die Neuzugänge auf, sich mit dem Gesicht zur Wand aufzustellen und nicht zu sprechen. Hinter der Barriere befanden sich drei riesige Tische und einige Schränke.

Aus einem Nebenzimmer kam das Klappern von Schreibmaschinen. Das monotone Geräusch berührte Raphael Malh höchst unangenehm, denn er hatte Büroatmosphäre stets verabscheut. Die Bürokratie verfolgt mich, dachte er. Hinter der Barriere bemühten sich Militärangestellte, Frakturbuchstaben zu schreiben. Raphael, der trotz der ausgeschilderten Anordnung den Kopf gewandt hatte, schauderte, denn er erinnerte sich an den Schreibunterricht bei den guten Patres und die Schläge mit dem Lineal, die auf seine Finger hagelten. Nie war es ihm gelungen, seinen Namen und das Thema des Hausaufsatzes in tadelloser Rundschrift zu schreiben, wie es seine Lehrer verlangten.

Ein Angestellter mit schläfriger Miene erhob sich und verlangte seine Papiere. Er schien den Zustand von Raphaels Gesicht nicht zu bemerken.

»Haben Sie Geld bei sich, Monsieur?«

Sein Bewacher, der ihn nicht verlassen hatte, stieß ihn zur Barriere. Raphael nickte.

»Sie müssen es bei mir abliefern. Auch Ihren Schmuck, Ihre Uhr und Ihre Krawatte. Bei Ihrer Entlassung erhalten Sie alles wieder zurück, Monsieur.« Er trug die Personalien des neuen Häftlings sorgfältig auf einem Formular ein, zählte das Geld in der Brieftasche und vermerkte den Betrag.

»Eine goldene Uhr mit goldenem Armband, ein Herrenring mit Brillant ...«

»Notieren Sie, ›mit einem *großen* Brillanten‹.«

»... mit einem großen Brillanten, ein goldenes Gliederarmband, eine Goldkette mit goldener Gedenkmünze ...«

Raphael verspürte einen Stich in der Herzgegend, als er die Münze hinlegte. Sie war ein Taufgeschenk, und seltsamerweise hing er daran. Sie rief ihm bestimmte Szenen seiner behüteten Kindheit ins Gedächtnis zurück, die er zwischen einer heißgeliebten, ein wenig verrückten Großmutter und einem charmanten, etwas mißratenen Onkel verbracht hatte.

»Krawatte!«

Er hatte Mühe, den blutgetränkten Knoten zu lösen. Der Angestellte tat alles in eine große Papiertüte und reichte ihm das unterschriebene Formular.

Die Tür öffnete sich, und drei Männer, die noch übler zugerichtet waren als er, wurden brutal in den Raum gestoßen. Einer von ihnen, dessen Hände verstümmelt und dessen Augen von Schlägen zugeschwollen waren, tastete sich wie ein Blinder vor.

»Wir bringen Ihnen Terroristen. Sie haben das Auto eines Offiziers gesprengt. Einer von den beiden muß wohl Engländer sein. Alles, was er bei dem Verhör sagte, war: ›Piss off, filthy Huns, go and fuck you.‹«

Raphael konnte ein Lächeln nicht unterdrücken.

»Dem Leutnant, der Englisch versteht, hat dies absolut nicht gefallen, und er hat ihn daraufhin selbst verhört.«

»Hat er geantwortet?«

»Nein; wenn er nicht schrie, machte er schlechte Witze.«

Dieser Engländer wurde Malh immer sympathischer. Im Normalzustand mußte er ein hübscher Junge sein, das war trotz seiner verquollenen Augen, seines verunstalteten Gesichts und seiner geplatzten Lippen zu erraten.

»Hat er Papiere?«

»Nein, alles, was er bei sich hatte, ist das.«

Der deutsche Unteroffizier warf eine Fotografie, die eine sehr hübsche junge Frau zeigte, auf den Tisch. Raphael stieß einen tiefen Seufzer aus. Wieder ein Heterosexueller, dachte er und wandte sich ab.

Der Engländer und der eine Verhaftete konnten kaum zwanzig Jahre alt sein. Der andere war sehr viel älter. Graumeliertes Haar und Schnurrbart, momentan blutverschmiert, tiefe Falten auf der Stirn und um die Mundwinkel. Wäre da nicht sein Blick gewesen, man hätte ihn für einen Bauern aus der Lot-et-Garonne-Gegend gehalten. Eines seiner Augen war geschlossen.

Sie müssen den Befehl erhalten haben, uns zu Einäugigen oder Blinden zu machen, dachte Raphael Malh.

»Los, kommen Sie, beeilen Sie sich, das war's hier.«

Der Wachmann, der ihn nicht eine Sekunde verlassen hatte, schob ihn zum Ausgang.

»Ihr Name, Monsieur?« fragte der Angestellte den falschen Bauern.

»Alain Darderne.«

Raphael Malh blieb stehen. Diese Stimme erinnerte ihn an jemand. Der deutsche Soldat legte ihm die Hand auf die Schulter.

»Vorwärts!«

Er wurde in einen benachbarten Raum geführt, der dem anderen glich, und man fragte ihn, ob er Kommunist, Freimaurer, Widerstandskämpfer oder Gaullist sei. Er beantwortete alle Fragen mit nein. War er Jude? Ja, zur Hälfte. Durch seine Mutter? Nein, durch seinen Vater. Offenbar von seinen Auskünften befriedigt, übergab ihm der Angestellte, der dem vorhergehenden so sehr ähnelte, daß es schon nicht mehr komisch war, das vervollständigte Formular und sagte mit einem gräßlichen Akzent:

»Au revoir, Monsieur.«

Raphael Malh wurde von seinem Bewacher eine Wendeltreppe mit ausgetretenen Stufen hinuntergetrieben, durch die Wachstube hindurch und dann einen engen, hohen Gang entlang, an dem zwölf Türen lagen. Dahinter lagen die »Begrüßungszellen«. Der Wachmann öffnete die Tür der Nr. 5 und stieß den Gefangenen brutal in seine Zelle.

Lange blieb Malh mit gesenktem Kopf stehen. Als er ihn hob und sich umschaute, brach er in Lachen aus, das sich jedoch gleich in einen Schmerzensschrei verwandelte: Er hatte sein geschwollenes Kinn und seine geplatzten Lippen vergessen.

Die Enge des nur etwa einen Meter dreißig breiten Raumes ließ ihn sehr hoch erscheinen. Tatsächlich dürfte seine Höhe ungefähr drei Meter betragen haben. Von den zwei hölzernen Etagenbetten, die mit fleckigen Strohsäcken belegt waren, kam ein Geruch nach verfaultem Stroh und Erbrochenem.

Raphael streckte sich auf dem unteren Bett aus, wikkelte sich in eine dünne Decke und dachte im Einschlafen:

»Sie haben es also geschafft, mich zu verhaften.«

Zwei Tage lang bestand Raphaels einzige Nahrung aus dem rostig schmeckenden Wasser seines Kruges. Bei der Diät werde ich meine schlanke Linie bald wiederhaben, dachte er.

Am dritten Tag wurde er um sechs Uhr morgens abgeholt.

»Raus!« Der Posten führte ihn in eine Art Wachhaus, wo er sich vollständig ausziehen mußte. Seine Taschen wurden geleert, dann gab man ihm Kleidung und Schuhe zurück und befahl ihm, sich wieder anzuziehen. Nichts! Nichts besaß er mehr! Weder Papiere noch Geld, noch Notizbuch, noch den kleinsten Bleistiftstummel. Er erhielt eine zerschlissene Decke, eine Schüssel, die sowohl zum Essen als auch zum Waschen herhalten sollte, einen verbeulten Feldbecher und einen Blechlöffel. Außerdem eine Quittung über die konfiszierten Gegenstände und ein Kärtchen, auf dem seine Gefangenennummer, seine Zellennummer und sein Beruf vermerkt waren. Er war jetzt die Nummer 9793.

Gefolgt von seinem Bewacher kam Raphael Malh, seine mageren Besitztümer auf dem Arm, in einen großen, ovalen Raum. Als erstes bemerkte er einen riesigen Ofen, der in der Mitte thronte und dessen Rohr durch das Glasdach nach draußen ging. Der Raum war über drei Stockwerke hinweg rundum von Zellen umgeben, die mit jeweils zwei Metern Abstand nebeneinanderlagen und deren dicke dunkle Türen schwarze Nummern trugen und Brettchen mit verschiedenfarbigen Karten: rot, grün und gelb, auf denen die Nummern der Häftlinge standen. Alle Zellentüren hatten ein vergittertes Guckfensterchen.

»Stehenbleiben!«

Der Wachmann hatte vor Zelle Nr. 85 angehalten. Ein

zweiter öffnete mit einem imposanten Schlüssel die Tür. Drinnen war es ziemlich dunkel. An beiden Seiten der Zelle standen Männer in Habtachtstellung. Es waren sechs, mit Raphael sieben. Sobald die Tür wieder geschlossen war, umringten sie ihn.

»Na, Alter, sie haben dich ja schön zugerichtet, die Schweinehunde.«

»Ich heiße Loic Kéradec, bin Bretone aus Pont-Aven, von Beruf Seemann.«

»Ich bin Spanier. Mein Name ist Fernando Rodriguez.«

»Ich bin Dédé Desmotte aus Bordeaux.«

»Georges Rigal, Student, ebenfalls aus Bordeaux.«

»Ich heiße Marcel Rigaux, bin Werftarbeiter.«

»Doktor Lemaître, Arzt aus Libourne. Lassen Sie sich mal anschauen . . . Das scheint nicht allzu schlimm zu sein.«

Alle mit Ausnahme des Arztes, der etwa vierzig Jahre alt sein mochte, waren jung, sehr jung.

»Raphael Malh, Schriftsteller und Journalist aus Paris.«

»Wir werden verwöhnt, Kumpels, ein Schriftsteller! Der kann uns Geschichten erzählen!« rief Dédé.

»Erfreut, Sie kennenzulernen. Legen Sie Ihre Sachen hier ab«, sagte der Arzt und zeigte ihm eine kleine Nische neben der Tür. Das war die Toilettenecke mit einem gesprungenen Waschbecken, über dem auf einer Ablage Becher, Löffel, Seife, Zahnpasta und eine große Dose Insektenvernichtungsmittel standen.

Raphael stellte seinen Becher und seinen Löffel neben die anderen. Er hatte weder Zahnbürste noch Zahnpasta.

Stumm und beschäftigungslos saßen die Gefangenen auf den beiden Betten. Sie rückten zusammen, um ihm

Platz zu machen. Malh sah sich um. Vom abgetretenen Fußboden bis zur gewölbten Decke war die Zelle etwa zwei Meter fünfzig hoch und maß vier mal zwei Meter. Acht Quadratmeter für sieben Personen. In der Rückwand befand sich eine vergitterte Lüftungsluke mit der gleichen Abdeckung wie die Fenster der »Begrüßungszellen«.

»Es gibt nur zwei Betten?«

»Ja«, antwortete Rigaux. »Abends schieben wir sie zusammen und legen Strohsäcke auf den Boden. Es war für sechs schon sehr eng; jetzt wird es eben noch ein bißchen enger.«

Raphael dankte ihm mit einem Lächeln für seine freundlichen Worte.

»Komm, erzähl, was gibt es denn für Neuigkeiten?« fragte der junge Loic.

»Neuigkeiten?«

»Na, die von draußen, Witzbold«, rief Dédé Desmotte.

»Entschuldigt, ich bin noch nicht daran gewöhnt. Was wollt ihr denn wissen?«

»Na, was vom Krieg. Wie steht's damit?«

»Es sieht nicht gut aus für die Deutschen.«

»Das wissen wir schon«, sagte der Spanier.

»Laß ihn reden.«

»Ciano, der Schwiegersohn von Mussolini, ist hingerichtet worden.«

»Hurra!«

»De Gaulle und Churchill haben sich in Marrakesch getroffen.«

»Hurra!«

»Die Alliierten sind in Anzio gelandet.«

»Hurra!«

»Berlin ist über hundertmal bombardiert worden.«

»Hurra!«

»In Köln sind französische Widerstandskämpfer mit dem Beil hingerichtet worden.«

Bedrücktes Schweigen folgte dieser Information.

»Ist es dir recht, wenn wir das auch den anderen mitteilen?«

Raphael sah sie erstaunt an.

»Du wirst es kaum glauben, aber wir haben unser eigenes Radio. Es heißt ›Radio Gitter‹.«

»Und wie funktioniert es?«

»Das wirst du heute abend erleben, wenn das Licht ausgemacht worden ist. Da postieren wir uns abwechselnd an das offene Fenster und lauschen. Die im Erdgeschoß rufen zu denen im ersten Stock hinauf, die zu denen im zweiten und diese zu denen im dritten. Die Hofmauern bilden einen hervorragenden Resonanzkasten. Nachrichten – nicht alle stimmen – bekommen wir von den Neuzugängen, von den wenigen Besuchern, die zu uns kommen dürfen, und von Kameraden, die zu Verhören rauskommen. Danach gibt es Konzert.«

»Konzert?«

»Ja, und wir haben sogar Profis. Es gibt portugiesische, polnische, spanische, tschechische, englische Sänger und selbst einen Russen.«

»Und die Deutschen lassen euch gewähren?«

»Ach, weißt du, die langweilen sich genauso wie wir, da ist die Musik eine willkommene Zerstreuung. Ich habe mal durch den Türschlitz gesehen, wie der wachhabende Unteroffizier bei einem Fado geweint hat. Wir hören erst auf, wenn der Posten gegen die Tür tritt.«

»Sind das viele nachts?«

»Nein; drei Wachposten, einer pro Stockwerk, die die ganze Nacht die Runde machen, und ein Unteroffizier, der an einem Tisch gegenüber unserer Zelle sitzt.«

»Du hast von Besuchern gesprochen. Ist jeder dazu berechtigt?«

»Im Prinzip ja. Einmal pro Monat zehn Minuten, immer donnerstags. Sind Sie schon abgeurteilt worden?« fragte der Arzt.

»Nein.«

»Dann sind Sie noch nicht berechtigt. Nur Abgeurteilte dürfen Besuch empfangen, Angeklagte nicht.«

»Wie ist es mit Post?«

»Wird natürlich zensiert. Man darf Briefe erhalten, aber selten welche rausschicken. Ich habe zum Beispiel meine Frau noch nicht benachrichtigen können. Sie weiß nicht, ob ich noch am Leben oder schon tot bin.«

»Aufstehen! Aufstehen!«

Der Nachtposten begleitete seinen Befehl mit einem kräftigen Fußtritt gegen den unteren Teil der Tür. Gleichzeitig drehte er während seiner Runde die elektrischen Schalter, die außen an jeder Zelle angebracht waren. Drinnen verstreute die in die Deckenwölbung eingelassene Lampe ein dürftiges Licht. Seufzend begannen die Männer aufzustehen.

Raphael richtete sich zitternd auf; seine wenigen Haare waren zerzaust.

»Was ist denn los?«

»Zeit zum Aufstehen. Beeil dich, das Licht bleibt nicht lange an.«

»Warum nicht?« fragte Raphael und kratzte sich.

»Um uns zu ärgern. Nun mach schon!«

Malh erhob sich brummend und mit schmerzenden Gliedern. Der Strohsack auf dem Boden war nicht sehr dick.

»Mach dich mal dünn, damit wir die Betten wieder an ihre Plätze schieben können.«

Er flüchtete sich zu den anderen in eine Ecke, während Loic und Dédé die Betten zurückschoben, die Strohsäcke darauf warfen und die Decken sorgfältig darüber breiteten. In Türnähe stapelten sie noch Jacken und Decken, die von Angehörigen gebracht worden waren, obenauf und bedeckten alles mit einem alten geblümten Bettüberwurf. Das Blumenmuster wirkte an diesem Ort irgendwie grotesk.

Auf dem Gang waren die Gefangenen zu hören, die den »Kaffee« brachten. Loic, der an diesem Tag Stubendienst hatte, stellte zwei Schüsseln auf die Türschwelle. Als der Unteroffizier die drei Riegel zurückzog und den Schlüssel umdrehte, nahmen alle Habtachtstellung ein. Mit einem schnellen Blick vergewisserte sich der Deutsche, daß alle seine Gefangenen noch da waren. Der Wachposten hielt dabei seine Waffe auf sie gerichtet. Der Unteroffizier trat befriedigt zurück und machte einem riesigen Kessel Platz, der von zwei Häftlingen gezogen wurde. Einer tauchte eine Schöpfkelle in die Flüssigkeit und füllte eine der Schüsseln, sein Kamerad legte ein bereits zerteiltes Weißbrot in die andere. Kaum war die Tür wieder geschlossen, hielten alle Loic ihre Becher hin, der sie füllte. Dann verteilte er das Brot; es gab etwa zweihundert Gramm für jeden. Das war die Tagesration. Raphaels Gefährten schlürften gierig das immerhin heiße Gebräu, nachdem sie etwas von dem Brot hineingebrockt hatten. Geruch und Geschmack waren ekelerregend.

»Anfangs fällt es einem schwer, das Zeug zu schlukken, aber Sie werden sehen, man gewöhnt sich daran«, sagte der Arzt zu Raphael Malh, der trotz des Hungers, der in seinem Magen wütete, nichts herunterbringen konnte.

»Ich werde mich bestimmt daran gewöhnen. Ich muß

ja. Aber heute schaffe ich es noch nicht. Wenn einer von euch noch etwas möchte ...«

»Geben Sie es Loic. Er ist der Jüngste und hat immer Hunger«, empfahl Doktor Lemaître.

»Immer kriegt er die Extrawurst, das ist ungerecht«, rief Dédé.

»Nun mecker nicht, wir können ja teilen«, sagte Loic.

Nie hätte Raphael Malh gedacht, daß das Leben im Gefängnis so hart sein würde. Dabei war er immerhin noch in das geraten, was die Häftlinge »eine gute Zelle« nannten. Aber er konnte das enge Zusammenleben, das Ungeziefer, die Kälte, die Streitereien um alles und nichts, die ekelhafte Kohlrübensuppe nicht mehr ertragen, am wenigsten jedoch, daß er weder lesen noch schreiben durfte. Es machte ihn rasend, und er geriet immer leichter in Zorn. Wenn sich wenigstens mit seinen Gefährten Gespräche hätten führen lassen. Doch drei Tage nach seiner Ankunft waren der Arzt und der Student nach Deutschland verschickt worden, wie es hieß, und durch zwei junge kommunistische Arbeiter ersetzt worden. Seitdem war das Niveau der Unterhaltungen beträchtlich gesunken. Er war bestürzt über die Naivität dieser Leute. Sie hatten allgemein eine völlig unrealistische Vorstellung vom Krieg. Nach vierzehn Tagen verlangte er, mit dem Gefängniskommandanten sprechen zu dürfen, der sich entgegen allen Erwartungen bereit erklärte, ihn anzuhören.

Nachdem man ihn zum Duschen und Rasieren (ein unerhörter Luxus!) gebracht hatte, wurde er zum Kommandanten geführt. Dort waren auch Maurice Fiaux und einer seiner Freunde.

»Ich werde alles tun, was Sie wollen, aber nehmen Sie mich dort raus.«

»Monsieur ist mit dem Service des Hotels nicht zufrieden? Oder mangelt es an Komfort?«

»Nein, ich bin sehr enttäuscht, ich werde mich bei der Direktion beschweren.«

»Du kannst dich sofort beschweren, wir sind hier, um dich anzuhören. Stimmt's, Raymond?«

»Ja, das stimmt.«

»Weißt du, daß dich die kleinen Strichjungen noch immer vermissen? Erst gestern hat mir einer gesagt . . .«

»Hör auf mit dem Quatsch. Läßt du mich da raus oder nicht?«

»Das hängt nicht allein von mir ab. Der Herr Direktor hat auch etwas dazu zu sagen. Ist es nicht so, Herr Direktor?«

»Natürlich. Monsieur Malh hat gewiß so einiges gehört, seit er hier ist.«

»Komm, erzähl mir; das ist bestimmt spannend.«

»Einverstanden, aber versprechen Sie mir, mich erst hier rauszuschaffen, ehe Sie von meinen Informationen Gebrauch machen.«

Maurice Fiaux gab dem Direktor durch eine Kopfbewegung ein Zeichen.

»Darauf haben Sie mein Wort, Monsieur Malh. Und nun wollen wir was hören.«

Während der vierzehn Tage hatte Raphael in seiner Zelle oder während des Hofgangs Informationen über gewisse Häftlinge gesammelt, vor allem über anwesende Widerständler und englische Piloten, die von den deutschen Behörden nicht als solche identifiziert worden waren. Ungerührt gab er nun die Namen an, unter denen sie im Gefängnis geführt wurden.

»Du hast nicht zufällig auch den Onkel deiner schönen Freundin Léa Delmas gesehen?«

»Ich habe ihn nur ein einziges Mal gesehen: vor dem

Krieg in Paris, während einer Predigt in Notre-Dame. Ich saß damals weit von der Kanzel entfernt, und er dürfte sich inzwischen auch verändert haben.«

»Schade. Es gibt eine gute Belohnung für denjenigen, der seine Verhaftung ermöglicht.«

»Ja, sehr schade.«

Der Direktor rieb sich zufrieden die Hände.

»Bravo, Monsieur Malh. Ich bedaure, daß Sie uns verlassen werden. Wir hätten zusammen gute Arbeit leisten können.«

Raphael grüßte und erhob sich. Fiaux begleitete ihn zur Tür und legte die Hand auf die Klinke.

»Wenn ich es recht bedenke, sollte uns unser Freund hier doch nicht gleich verlassen.«

»Wie bitte? Aber du hast es mir doch versprochen.«

Raphael versuchte die Tür gewaltsam zu öffnen. Maurice Fiaux stieß ihn grob in die Mitte des Raumes zurück.

»Ich habe dir gar nichts versprochen. Das Versprechen hat dir der Herr Direktor gegeben.«

»Du warst einverstanden, du hast ihm ein Zeichen gemacht, ich habe es gesehen.«

»Da hast du nicht richtig gesehen.«

Raphael stürzte sich auf Maurice Fiaux, packte ihn beim Hals und versuchte ihn zu erwürgen.

»Du Mistkerl!«

Fiaux' Freund Raymond zog seinen Revolver heraus und betäubte Malh mit einem Kolbenhieb. Sein langer, abgemagerter Körper sank zu Boden, worauf sie ihn mit Fußtritten traktierten.

»Das reicht«, sagte Fiaux außer Atem, »wir dürfen ihn nicht zu schlimm zurichten, der Chef braucht ihn noch.«

Während sie eine Zigarette rauchten und mit dem Direktor plauderten, warteten sie geduldig, daß der Gefangene wieder zu sich kam. Nach etwa zehn Minuten richtete sich Raphael auf und fuhr mit der Hand über seinen Hinterkopf. Etwas Warmes und Feuchtes floß durch seine Finger. Entsetzt betrachtete er seine Hand.

»Raymond hat ein wenig zu heftig zugeschlagen, aber es war die einzige Möglichkeit, dich zum Loslassen zu bewegen. Um ein Haar hättest du mich erwürgt, du Sauhund, ohne meinen Vorschlag auch nur anzuhören.«

»Scher dich zum Teufel!«

»Drück dich gefälligst etwas höflicher aus! Da hast dich hier nicht aufzuspielen. Entweder du tust, was ich von dir verlange, oder du findest dich demnächst im hintersten Polen wieder, wenn ich nicht lieber im Hause verbreiten lasse, daß du die Piloten verpfiffen hast.«

»Das wirst du doch nicht wagen?«

»Soll ich mich genieren bei einem Kerl, der versucht hat, mich zu erwürgen?«

Raphael Malh erhob sich mühsam vom Boden und ließ sich auf einen Stuhl fallen.

»Also, was soll ich tun?«

»Bravo! So gefällst du mir – artig und einsichtig. Gib ihm eine Zigarette, Raymond. Gut. Jetzt hör zu: Dohse glaubt, daß wir zufällig einen Großen des Widerstands, wie den Pater Delmas, erwischt haben könnten. Die Gestapo von Toulouse und von Bordeaux gäben alles, um ihn in die Finger zu kriegen. Hier also mein Vorschlag: Du gehst in deine Zelle zurück . . .«

»Nein, bloß das nicht!«

»Warte. Du gehst zwar in deine Zelle zurück, aber nur für drei, vier Tage. In der Zeit lassen wir während des Hofgangs alle Gefangenen schubweise heraus. Du und die anderen in deiner Zelle, ihr werdet an jedem Hofgang teilnehmen.«

»Die anderen werden sich Gedanken machen.«

»Das ist uns egal. Wichtig ist, daß du dir jeden Gefangenen genau ansiehst. Hier sind Fotos von denen, die uns interessieren.«

Maurice Fiaux legte etwa zwanzig Porträtfotos, mal mehr, mal weniger scharf, mal neueren Datums, mal älter, auf den Schreibtisch des Direktors. Raphael Malh erkannte zwei der Gesichter; eines war das von Loic Kéradec. Er sagte nichts. Das letzte Foto zeigte Adrien Delmas, kahlköpfig und in die lange Kutte der Dominikaner gekleidet. Wie hat er sich verändert, dachte Raphael.

»Schau dir die Fotos gut an. Der Chef ist sich ganz sicher, daß einige von diesen Männern hier sind. Es gibt kein besseres Versteck als ein Gefängnis, nicht wahr?«

Malh antwortete nicht, sondern tat, als sei er ganz von den Fotos in Anspruch genommen.

»Könntest du sie danach erkennen?«

»Wenn sie hier sind, bestimmt.«

»Ich wußte, daß wir uns auf dich verlassen können.«

»Und ich? Kann ich mich auch auf euch verlassen? Wer sagt mir, daß ihr mich hinterher nicht doch hier vermodern laßt?«

»Ich verstehe. Du willst sie uns erst nennen, wenn du draußen bist.«

»So würde ich mir das vorstellen. Wo bringt ihr mich hinterher hin?«

»Erst ins Lager Mérignac, wo du Anrecht auf Besuche, Post, Päckchen und so viele Bücher hättest, wie du willst. Danach kannst du es dir aussuchen: Entweder arbeitest du weiter für uns, oder du wirst als Freiwilliger nach Deutschland geschickt.«

»Muß ich unbedingt erst durch das Lager Mérignac?«

»Ja, das ist plausibler. Ich erklär's dir: Wir haben nicht

genügend Beweise gegen dich, um dich im Fort du Hâ festzuhalten, doch da wir dir nicht trauen, bringen wir dich zur Beobachtung nach Mérignac. Das können deine Zellengenossen und die anderen Gefangenen ohne weiteres verstehen. Wenn sie rauskriegen, daß du ein Spitzel bist, gebe ich keinen Pfifferling für deine Haut. Hast du kapiert?«

Raphael hob die Schultern, ohne zu antworten.

»In vier Tagen kommen wir und holen dich ab. Der Direktor wird deinen Entlassungsschein unterschreiben.«

»Könnte ich nicht auf die Krankenstation gebracht werden?«

»Auf gar keinen Fall. Die blauen Flecke von den Fußtritten sind dein bester Schutz.«

Der Wachposten stieß ihn so brutal vorwärts, daß er vor die Füße seiner Mitgefangenen fiel, die in Habtachtstellung standen. Als sich die Tür wieder geschlossen hatte, beugten sie sich über ihn.

»Diese Rohlinge! Sie haben ihn böse zusammengeschlagen!«

Loic reinigte ihm das Gesicht und die Wunde am Hinterkopf mit einem angefeuchteten Handtuch.

»Er muß auf die Krankenstation. Fernando, ruf den Posten.«

»Das ist zwecklos, sie haben es mir schon verweigert.«

»Diese Schweine!«

»Zu blöd, daß der Arzt nicht mehr da ist.«

»Das nenn' ich ein Loch! Gib mir eins von deinen sauberen Handtüchern.«

Loic fabrizierte eine Art Turban, der die Wunde zusammendrückte, und half Raphael, sich auf einem der Betten auszustrecken.

»Danke«, sagte er, ehe er in einen komaähnlichen Schlaf fiel.

Tritte gegen die Tür, die die mittägliche Suppe ankündigten, rissen ihn aus seiner Lethargie. Heftige Kopfschmerzen hielten ihn auf dem schmutzigen Strohsack nieder.

»Aufstehen!« brüllte der Unteroffizier, »es ist untersagt, sich tagsüber hinzulegen.«

Raphael versuchte zu gehorchen und schaffte es, sich aufzusetzen. Alles drehte sich um ihn.

»Sie sehen doch, daß er krank ist.«

»Der ist nicht krank, der ist faul. Aufstehen!«

Unter Aufbietung von Kräften, die er nicht in sich vermutet hatte, stand er auf.

»Von wegen krank . . .«

Kaum hatte sich die Tür wieder geschlossen, wurde der Verletzte ohnmächtig.

Am nächsten Tag ging es Raphael Malh etwas besser. Er wurde zur Krankenstation gebracht, wo man ihm einen Kopfverband anlegte. Ich muß aussehen wie Apollinaire, dachte er, als er wieder in seiner Zelle war. Am Nachmittag wurden alle Häftlinge seines Stockwerks zum Hofgang hinuntergeführt.

Es war schön, aber kalt. Die Gefangenen tobten herum und kreischten wie Kinder; es war wie auf einem Schulhof. Ein Hofgang wurde nur selten erlaubt. Nach einigem Gebrüll der Posten trat relative Ruhe ein. Zehn Minuten später mußten alle wieder hinein. Raphael hatte niemanden erkannt.

Am Tag darauf ertönte vormittags der Ruf »rauchen, rauchen« im Gang. Das bedeutete, daß alle Häftlinge, die weder ein gelbes noch ein rotes Abzeichen trugen, sich in der Halle versammeln, sich dort in einer Reihe aufstellen und zur »Rauchpause« in den Hof marschieren durften. Dort bildeten sie einen Halbkreis, streckten die Handflächen aus, und ein Unteroffizier warf ihnen eine vom Roten Kreuz gespendete Zigarette hinein. Dann reichte er einem Gefangenen Feuer, der es weitergab. Dies war die Gelegenheit, Botschaften und Neuigkeiten auszutauschen.

Raphael Malh hatte sich gegen die Mauer gelehnt und zog genießerisch an seiner Zigarette. Der beißende Rauch des schwarzen Tabaks stach ihm in die Augen, linderte jedoch eigenartigerweise seine Kopfschmerzen. Während er diese kurze Erholungspause auskostete, spürte er, wie ihm leichter wurde.

Er hatte kaum den Hof betreten, als er ihn auch schon erblickt hatte. Merkwürdig, dachte er, ich hatte angenommen, er würde ein rotes Abzeichen tragen.

Wie er rauchte auch der falsche Bauer seine Zigarette abseits von den anderen. Sein gefurchtes Gesicht hatte wieder sein normales Aussehen und wies keine Spuren von Verletzungen mehr auf. Raphael näherte sich ihm, ihre Blicke trafen sich.

»Schluß! Schluß!« schrie der Unteroffizier.

Nach einem letzten gierigen Zug warfen die Raucher ihre Kippen in ein mit Wasser gefülltes Gefäß und stellten sich brav in Reih und Glied auf. Die Rauchpause hatte sechs Minuten gedauert. Malh trat beiseite und ließ den falschen Bauern vorbei.

»Nach Ihnen, Pater«, flüsterte er. Dieser konnte ein Zusammenzucken nicht unterdrücken.

Nun war also das, was er befürchtet hatte, eingetreten. Er war erkannt worden. Als er Raphael Malh im »Begrüßungsbüro« sah, hatte sich Adrien Delmas auf das Schlimmste gefaßt gemacht. Da jedoch nichts geschah, hatte er sich gesagt, daß ihn der Schriftsteller wohl nicht identifiziert hatte. Das traf offensichtlich nicht zu, und er verstand nun gar nichts mehr. Warum hatte er ihn nicht ebenso denunziert wie andere auch, sowohl in Paris als auch in Bordeaux? Wie die beiden kommunistischen Widerstandskämpfer und die zwei englischen Piloten, die aus ihren Zellen geholt und in die Route du Médoc Nr. 197 geschafft worden waren, wo Dohse und seine Schergen sie verhörten? Warum hatte ihm Malh so deutlich zu verstehen gegeben, daß er erkannt worden war? Aus Sympathie? Um ihn vor einer Gefahr zu warnen? Oder einfach, um ihn dazu zu bringen, sich selbst zu verraten? Die letzte Möglichkeit erschien ihm am plausibelsten. Während der Rauchpause hatte er eine Botschaft erhalten, daß er ins Lager Mérignac verlegt werde und seine Flucht von dort bereits organisiert würde. Pater Delmas verbrachte eine schlaflose Nacht.

Auch Raphael Malh schlief nicht. Außer von seinen Kopfschmerzen wurde er auch von Ungeziefer geplagt und kratzte sich bis aufs Blut. Trotzdem war er guten Mutes: Bald würde er hier herauskommen. Da war zwar zunächst noch das Lager Mérignac, aber das beunruhigte ihn nicht allzusehr, er kannte das Lager und seinen Direktor; dort würde er schon zurechtkommen.

Loic stöhnte im Schlaf. Der Kleine tat Raphael leid, besonders weil er sich ihm gegenüber stets freundlich, ja liebenswürdig gezeigt hatte. Aber er hatte keine andere Wahl. Außerdem war er überzeugt, daß das Foto des jungen Seemanns nicht von ungefähr unter die anderen geraten war.

Zwei Tage später wurde Raphael Malh abgeholt. Am selben Abend wurde Loic Kéradec nach Le Bouscat an der Route du Médoc gebracht. Als man sich über die magere Ausbeute wunderte, erklärte Malh, daß er schon neulich alle die angegeben hätte, die für sie von Interesse gewesen waren. Mit Ausnahme des Bretonen hätte er weiter niemanden wiedererkannt. Von Pater Delmas sagte er kein Wort.

Im Lager Mérignac wurde er von Direktor Rousseau zu Schreibarbeiten eingesetzt, das heißt, er mußte das Register der Zu- und Abgänge führen, da der französische Gendarm, den man mit dieser Arbeit betraut hatte, überlastet war. Als besondere Vergünstigung war ihm erlaubt worden, auch den Abend im Büro zu verbringen.

Die Aufnahmebaracke war eine der wenigen, die halbwegs angemessen geheizt wurden. Nach Beendigung seiner Arbeit verzog sich Raphael Malh in die am weitesten von den lauten und redseligen Gendarmen entfernte Ecke und vertiefte sich in die von Maurice Fiaux beschafften Bücher. Ein glücklicher Zufall hatte den kleinen Mistkerl zu einigen seiner Lieblingsautoren greifen lassen: Die Memoiren von Samuel Pepys hatten immer auf seinem Nachttisch gelegen; welche Freude, sie jetzt wieder bei sich zu haben. Der gute Stendhal war mit *Lucien Leuwen* dabei, Balzac mit *Verlorene Illusionen* und Rousseau mit *Bekenntnisse*, Victor Hugo mit *Arbeiter des Meeres* und *Dreiundneunzig*. Nur Chateaubriand fehlte ihm noch zu seinem Glück. Doch er war ihm in seinem Herzen und seinem Geist ganz gegenwärtig. Raphael wartete noch ungeduldig auf einen Taschenatlas und auf die Bibel, um die er Fiaux gebeten hatte, wie auch auf ein kleines Heft, um darin den Plan für einen Roman zu notieren, der in ihm reifte. Sobald er hier raus war, würde er Porträts nach Art von La Bruyère verfassen. Er wollte sie in Kategorien einteilen: Männer von Welt, Männer der Mode, des Theaters, der Bücher, der

Politik, der Industrie und – warum nicht? – die der Unterwelt, der Polizei, des Vergnügens und der Kirche. Das war eine gute Idee. Wenn er endlich das Heftchen hatte, würde er sie vertiefen. Ein großer Schriftsteller sein und von allen geschätzt und verehrt zu werden . . .! Er sah sich schon im eleganten Frack bei der Entgegennahme des Nobelpreises für Literatur, als Mitglied der Akademie. Er würde Jean Cocteau um einen Entwurf für den Griff und die Scheide seines Degens bitten. Das wäre auch eine gute Gelegenheit, sich mit dem lieben Jeannot auszusöhnen. Schluß mit Nachtlokalen, Alkohol und Strichjungen.

Seine amouröse Laufbahn war einzigartig. Nie hatte ihm jemand widerstanden, nie hatte man ihn zurückgewiesen, aber er war auch nie wahrhaft geliebt worden. Wenn er es darauf angelegt hatte, war ihm die Verführung stets so weit gelungen, daß er sein Opfer hatte ins Bett ziehen können. Er hatte sich Küsse und Körper genommen, hatte manchmal lustvolles Stöhnen hervorgelockt, doch nie hatte sein Ohr das kindische und naive Gestammel blinder Liebe vernommen. Er hatte fasziniert, doch er war nicht geliebt worden. Wenn er ging, war der Zauber gebrochen. Einer, mit dem er in leidenschaftlicher Liebe verbunden gewesen war, hatte ihn nach sechs Monaten zusammen verbrachter Nächte verlassen und ihm zum Schluß nachdenklich gesagt: »Eigentlich bist du unersetzlich.« Das war sein größtes Kompliment gewesen. Dieses Leben ohne Liebe machte ihm das Herz schwer, oder war es vielleicht die schreckliche Verbitterung, die insgeheim an ihm nagte und die seine ganze Leichtlebigkeit nicht hatte zerstreuen können. Doch all das war jetzt vorbei, er würde sich ganz dem Schreiben widmen. Sobald er draußen war, würde er sich ein schönes ruhiges Plätzchen suchen, das die

Schaffenskraft begünstigte. Sogleich dachte er an Montillac. Er sah sich meditierend durch die Weinberge oder über die Terrasse schreiten ... Warum schrieb er nicht an Léa? Die Kleine hatte genug Herz, um ihm ihre Gastfreundschaft nicht zu verweigern. Die konnte er aber auch erwarten. Ein Wort von ihm, und der geliebte Onkel – Dominikaner und Widerstandskämpfer – würde verhaftet. Raphael Malh wußte selbst nicht recht, wieso er diesen Mann, den er eigentlich gar nicht kannte, nicht denunziert hatte. Es war wohl eher wegen der anderen: Die Methoden von Maurice Fiaux und seinen Genossen hatten ihm überhaupt nicht gefallen. Sollten sie doch sehen, wie sie ohne ihn zu Rande kamen. So hatte er noch eine Karte, die er erst im geeigneten Moment ausspielen wollte. Er wußte vieles über die Aktivitäten des Dominikaners, was selbst Kommissar Poinsot und der Gestapo unbekannt war. Er würde abwarten bis zum gegebenen Augenblick. Zunächst wollte er an Léa schreiben, sie um Bücher, etwas zu essen und, wenn möglich, auch ihren Besuch bitten.

Die Ankunft neuer Häftlinge riß ihn aus seinen Träumereien. Er stand auf und holte das Zugangsregister. Der diensthabende Gendarm reichte ihm die Personalausweise der Verhafteten: Pierre Moreau, wohnhaft in Langon; Jacques Lagarde, wohnhaft in Bordeaux; Alain Dardenne, wohnhaft in Dax – Raphael Malh hob den Kopf. Die Blicke der beiden Männer trafen sich. In ihren Gesichtern zuckte kein Muskel.

»Der nächste.« Raphael fuhr mit seiner Arbeit fort.

Einige Tage später erhielt er Besuch von Maurice Fiaux, der ihm die erbetene Bibel und den Atlas übergab.

»Hier, ich habe dir eine Pfeife und Tabak mitgebracht. Zigaretten sind momentan schwer zu kriegen.«

»Danke.«

»Wie läuft's denn?«

»Einigermaßen. Ich habe allmählich genug vom Umgang mit Leuten aus dem Volk: Sie haben die gleichen Fehler wie wir, aber nicht unsere Vorzüge.«

»Du hast wohl vergessen, daß meine Mutter Putzfrau war.«

»Nein, aber du bist ja von ihrem Dienstherrn erzogen worden. Du hast Vorlieben, die über die deiner Schicht hinausgehen, und das ist verdammt gut so. Das französische Volk widert mich an; sein Mangel an Wißbegier, seine Dummheit, sein Anspruchsdenken verbreiten sich hier wie Unkraut auf einem Misthaufen. Man schmückt das Volk mit Tugenden, die uns angeblich fehlen. Das ist absurd: Es besitzt weder diese Tugenden noch unsere Vorzüge. Hingegen besitzt es alle unsere Fehler. Glaub mir, der Unterschied zwischen einem Stallknecht und dem Kalb, das er versorgt, ist sehr gering.«

»Das hast du gut gesagt. Ist dir irgend etwas Interessantes aufgefallen, seit du hier bist?«

»Nichts, was du nicht schon weißt. Es wird viel Schwarzhandel getrieben; Briefe und Pakete, die eigentlich verboten sind, werden mit Wissen der Gendarmen täglich verteilt. Bestimmte Häftlinge verschwinden sogar tagsüber für einige Stunden, um ihre Frauen oder Freundinnen zu besuchen.«

»Ja, das ist alles bekannt. Hast du nichts über Verbindungen zu Untergrundorganisationen oder vielleicht anwesende Widerstandskämpfer erfahren?«

»Das Lager ist groß. Ich habe noch keine Gelegenheit gehabt, mich in allen Baracken umzusehen. Wenn du mir die Arbeit erleichtern willst, mußt du mir mehr Bücher mitbringen. Die könnte ich verleihen und hätte damit einen Grund, in die Zellen hineinzukommen.«

»Keine schlechte Idee. Ich werde das mit Poinsot besprechen. Wenn er einverstanden ist, schicke ich dir jede Woche einen Karton Bücher.«

»Aber nichts Anspruchsvolles. Das Niveau hier ist nicht sehr hoch. Du könntest bei der Gelegenheit auch ein paar Wollsachen und ein anständiges Paar Schuhe mit dazupacken, ich komme um vor Kälte. Wurst, Kekse und Cognac wären ebenfalls sehr willkommen.«

»He, das will aber erst einmal verdient sein! Für jede Information gibt's eine Leckerei oder ein wollenes Hemdchen. Einverstanden?«

»Einverstanden, einverstanden. Was seid ihr doch knausrig!«

»Wir sind nicht knausrig, nur vorsichtig. Halt die Augen und die Ohren offen; in den Kneipen und in den Salons von Bordeaux kursiert das Gerücht, daß ein wichtiger Bursche aus der Widerstandsbewegung verhaftet worden sein soll.«

»Welcher?«

»Wenn ich das wüßte. Es sind überall Spitzel eingeschleust worden, aber kein einziger hat brauchbare Informationen geliefert.«

»Ist es jemand aus der Gegend?«

»Der Chef weiß es nicht, aber er glaubt nicht. Wenn es jemand wäre, der sehr bekannt ist, wie etwa der Pater Delmas, wäre er längst denunziert worden.«

»Zweifellos.«

»Es gäbe noch mehr zu erzählen, aber ich rede und rede, und dabei bleibt die Arbeit liegen. Mach's gut, bis bald. Ach, beinahe hätte ich es vergessen. Ich weiß nicht, was momentan mit mir los ist, ich vergesse alles. Muß Überarbeitung sein ... Erinnerst du dich an den Seemann, der in deiner Zelle war?«

»Loic?«

»Ja. Er hat die Verhöre nicht durchgestanden. Ein Schwächling. Der kleine Idiot ist nach drei Tagen gestorben, ohne geredet zu haben. Wenn du mich fragst: Er hatte wohl auch nicht viel zu erzählen. Du kannst dir nicht vorstellen, was das für einen Aufstand verursacht hat im Fort du Hâ! Die Kerle haben so getobt, daß der Direktor Verstärkung anfordern mußte. Die Wütendsten sind in Einzelhaft gekommen, die Zellen haben kaum ausgereicht. Na, wenn die wüßten, daß du es warst, der ihn verraten hat! Da möchte ich nicht in deiner Haut stecken.«

Raphael Malhs Züge hatten sich nicht verändert, während Maurice Fiaux sprach. Mit einer Anstrengung, die ihm trotz der Kälte den Schweiß auf die Stirn trieb, konnte er sich gerade noch beherrschen, sich nicht auf diesen kleinen Schurken zu stürzen, denn er war überzeugt, daß dieser nur darauf wartete.

»Ich wäre auch nicht gern in *deiner* Haut.«

Malh drehte sich auf dem Absatz um und ging zu seiner Baracke.

Es war unter Strafandrohung verboten, sich tagsüber auf die Betten zu legen. Unter den mißbilligenden Blicken seiner Gefährten, die um den Ofen herumsaßen oder auf einer auf dem Fußboden ausgebreiteten Decke Karten spielten, streckte sich Raphael auf dem Bett aus und schloß die Augen.

Adrien Delmas schloß bedächtig das Buch, in dem er gelesen hatte, nahm seine Brille ab, erhob sich von seinem Stuhl und ging, einem plötzlichen Impuls folgend, zu dem ruhenden Mann.

Mit zuckenden Gliedern, bleichem, rotfleckigem Gesicht umklammerte Raphael schwer atmend die Kanten des Bettes. Der Dominikaner trat zu ihm.

Ein säuerlicher Geruch stieg ihm in die Nase, der gleiche, den er in Spanien an zum Tode Verurteilten vor ihrer Hinrichtung wahrgenommen hatte: der Geruch der Angst. Was hatte man diesem Mann gesagt? Womit hatte man ihm gedroht, daß er sich in einem solchen Zustand befand? In den acht Tagen, die sie die Baracke teilten, hatte ihn Pater Adrien noch nie so gesehen.

»Sind Sie krank? Fehlt Ihnen etwas?«

Raphael bewegte verneinend den Kopf, öffnete die Augen und schloß sie gleich wieder.

Der sollte bloß verduften! Noch ein Wort, und er würde den Wachposten bitten, den Direktor zu holen, und dann würde er ihn denunzieren. Sein Leben oder sein Tod hingen von ihm ab. Dieser Gedanke rief eine leichte Erektion bei ihm hervor. Raphael war aufgefallen, daß immer, wenn er sich einem anderen gegenüber in einer Machtposition befand, sein Penis sich versteifte. Und obwohl er zutiefst verdorben war, hatte er merkwürdigerweise nie versucht, dieses Phänomen auszunutzen, sondern hatte das Steifwerden seines Gliedes stets mit amüsierter Distanziertheit betrachtet.

Höchstens fünf- oder sechsmal hatte er sich die Furcht zunutze gemacht, die er jungen Homosexuellen, die sich als Neulinge erstmals in den einschlägigen Bars am Montmartre herumtrieben, einzuflößen vermochte, um sie für seine speziellen Wünsche gefügig zu machen, die ihm ganz banal erschienen. Im Priesterseminar, in dem er einige Jahre verbracht hatte, hatte er einmal einen jüngeren Seminaristen gezwungen, ihm einen zu blasen als Ausgleich für sein Stillschweigen über dessen verbotene Lektüre. Damals empfand er für die Männer der Kirche eine Mischung aus Anziehung und Abstoßung, so daß er einerseits gern dazugehören wollte, andererseits aber versuchte, sie durch Worte und Taten von ihrer Berufung abzubringen, und dies auf so hinterlistige Weise, daß ihm der Vorsteher erst nach Jahren auf die Schliche kam und ihn vom Seminar verwies. Dieser Geistliche hatte dem Adrien Delmas ähnlich gesehen, der in Notre-Dame gepredigt hatte: die gleiche große, kräftige Statur; ein Blick, der in einen hineinzusehen schien; eine schöne Stimme und große Hände ... Raphael wurde sich wieder der Nähe des Dominikaners bewußt. Herrgott, wenn er sich doch endlich wegscheren wollte!

»Kann ich Ihnen helfen?«

»Lassen Sie mich in Frieden!« schrie er.

Dieser Ausbruch ließ alle Gespräche verstummen. Ohne darauf zu achten, fuhr Adrien mit leiser Stimme fort:

»Ich glaube, ich weiß, was Sie bedrückt. Ich möchte mich dazu nicht äußern. Das einzige, was ich Ihnen sagen will, ist: Was immer Sie auch tun, ich werde Ihnen vergeben und trotz der Glaubenszweifel, die auf mir lasten, für Sie beten.«

Raphael richtete sich auf, packte den falschen Bauern bei seinem Hemdkragen und zischte ihm ins Gesicht:

»Halt's Maul, dreckiger Mönch! Du kannst dir deine Gebete und deine Vergebung in den Arsch stecken!«

»Nehmen Sie sich zusammen; alle sehen zu uns herüber.«

»Sollen sie doch gucken, diese beschissenen Jämmerlinge!«

»Seien Sie still oder Sie werden eine sehr unangenehme Viertelstunde erleben.«

»Die sollen nur kommen! Los, kommt rüber, ihr Hübschen, kommt zu Tuntchen Raphael. Ich ficke euch alle, wie ihr da seid!«

Zwei Männer erhoben sich.

Raphael sah weder den Faustschlag kommen, der ihm

die Nase zertrümmerte, noch den, der ihn bewußtlos machte. Als er wieder zu sich kam, reinigte ihm der Dominikaner das Gesicht.

»Sie noch immer«, sagte er mit schwacher Stimme.

»Bleiben Sie liegen, Sie werden zur Krankenstation gebracht.«

»Ist das wirklich nötig? Verzeihen Sie mir, ich habe mich vorhin unmöglich benommen. Ich hatte eine schlechte Nachricht erhalten.«

In dem Handgemenge war Raphael die Nase gebrochen und eine Schulter ausgerenkt worden. Maurice Fiaux besuchte ihn zusammen mit Mathias Fayard auf der Krankenstation. Sie trugen einen Karton mit Büchern.

»Hier sind deine Bücher.«

»Danke.«

»Rousseau hat mir gesagt, daß sie dir die Fresse poliert haben und daß du dein Testament hättest machen können, wenn da nicht so ein langer Bauernkerl gewesen wäre.«

»Da hat er aber etwas übertrieben.«

»Hast du etwas Neues herausgekriegt?«

»Nicht viel. In die Baracke Nr. 3 haben sie einen Radioapparat eingeschmuggelt und hören jeden Abend Radio London. Die Kommunisten im Lager haben sich organisiert und geben heimlich eine Zeitung heraus.«

»Hast du dir eine besorgen können?«

»Ja. Sie steckt in meiner Jackentasche.«

Fiaux zog das vervielfältigte Blatt aus Malhs Jackett und überflog es.

»Immer der gleiche Stuß! Weiter hast du nichts?«

»Nein. Ich habe noch keinen Widerständler ausfindig machen können, hier sind nur unbedeutende Typen. Ihr solltet lieber im Fort du Hâ suchen.«

»Verschweigst du uns auch wirklich nichts? Der Chef glaubt, daß du uns nicht alles sagst.«

»Welches Interesse könnte ich daran haben, euch etwas zu verschweigen, nachdem ich mich bereit erklärt habe, mit euch zusammenzuarbeiten? Ich kann euch doch keinen Widerstandschef zaubern.«

»Aber die Gerüchte kursieren noch immer. Übrigens kriegst du Gesellschaft: Marcel Rigaux und Fernando Rodriguez. Sagen dir die Namen nichts? Ihr wart im Fort du Hâ alle in einer Zelle.«

Raphael erschauerte. »Steckt mich bloß nicht mit denen zusammen, Jungs!«

Fiaux tat, als hörte er ihn nicht. Die Besucher verabschiedeten sich bald. Mathias hatte kein Wort gesagt. Es war Essenszeit. Draußen war es bereits dunkel.

Malh ging in seine Baracke zurück. Die ersten beiden Männer, die er dort erblickte, waren Rigaux und Rodriguez. Rigaux trat auf ihn zu.

»Grüß dich, Malh, wir hätten nicht gedacht, dich hier wiederzusehen.«

Die Tür wurde aufgestoßen. Der Lagerdirektor und Dohse kamen herein. Hinter ihnen hielten etwa zehn Soldaten ihre Waffen auf die Gefangenen gerichtet.

»Meine Herren, Leutnant Dohse hat Ihnen etwas zu sagen.«

»Danke Herr Direktor. Meine Herren, ich werde mich kurz fassen. Wir wissen, daß sich unter Ihnen ein gefährlicher Terrorist verborgen hält. Es ist Ihre Pflicht, ihn zu demaskieren, verstanden? Anderenfalls wären wir gezwungen, Geiseln zu bestimmen. Ich hoffe, ich habe mich deutlich ausgedrückt. Sie haben drei Tage. Sollte diese Frist ergebnislos verstreichen, werden wir jeden zweiten Tag fünf Geiseln erschießen. Guten Abend und guten Appetit, meine Herren.«

Ein drückendes Schweigen senkte sich auf die Anwesenden, nachdem Rousseau und die Deutschen gegangen waren. Es wurde durch die Ankunft des rollenden Suppenkessels gebrochen. Doch dieses Mal gab es kein Gedränge um die Austeiler, keiner meckerte über die Qualität der Suppe oder machte faule Witze über ihre Bestandteile. Jeder aß stumm in seiner Ecke. Nach Beendigung der Mahlzeit hockten sich Marcel Rigaux und Fernando Rodriguez mit einigen anderen Häftlingen zusammen.

Raphael ließ Adrien nicht aus den Augen. Er wußte, daß im Inneren des Dominikaners ein schrecklicher Kampf stattfand: Sollte er sich ausliefern, um die Hinrichtung unschuldiger Geiseln zu verhindern? Sich ausliefern und riskieren, daß er unter der Folter redete? Malh wußte, daß er an seiner Stelle sich nicht rühren würde. Seine Haut war wichtiger als die seiner armseligen Mithäftlinge. Mochten sie doch krepieren, wozu waren sie schon nutze, das konnte man sich wirklich fragen.

Die Blicke der beiden Männer trafen sich.

»Sag nichts!« befahlen Raphaels Augen.

»Denunzier mich«, baten die von Adrien.

Raphael Malh erhob sich und ging auf ihn zu. Ein Bein, das sich ihm in den Weg stellte, ließ ihn stolpern, ein Tritt gegen das Kinn riß ihn hoch, ein Tritt in den Hintern ließ ihn bäuchlings den Mittelgang entlangrutschen. Er schlug mit dem Kopf gegen die rauhe Bretterwand und zerschrammte sich die Stirn. Rodriguez packte ihn beim Arm. Raphael schrie auf: Der Schmerz in seiner ausgerenkten Schulter war wie ein glühendes Eisen.

»Schnauze, du Homo!«

»Verzärtelt wie ein Weibsbild!«

Ein Schlag in den Magen traf ihn so heftig, daß er sich vor Schmerz zusammenkrümmte.

»Hört auf, Jungs, laßt ihn!«

»Sie halten sich da raus, Alter!«

»Warum schlagt ihr ihn? Ich habe ein Recht, das zu erfahren.«

»Na gut«, sagte Marcel Rigaux, »ich will Ihnen sagen, weshalb wir ihn abstechen werden wie eine Sau. Wir waren im Fort du Hâ mit ihm in einer Zelle. Dort hatten wir einen guten Kameraden, einen Seemann, Bretone. Er hieß Loic. Fragen Sie mal diesen Mistkerl, wie er war, der kleine Loic. Durch ihn erschien uns das Gefängnisleben nicht ganz so hart. Er hatte immer einen Scherz, ein Lied auf den Lippen und so ...«

Rigaux' Augen standen voller Tränen. Seine Faust stieß unaufhaltsam vor und hämmerte auf Malhs gebrochene Nase. Das Blut schoß heraus und bespritzte den Dominikaner.

Rigaux fuhr fort:

»Loic hatte ein gutes Herz, teilte alles, tröstete uns, umsorgte uns. Den da, den Sie in Schutz nehmen wollen, den hat der Kleine gepflegt, hat bei ihm gewacht; und er, er hat ihn verraten, hat ihn an die Gestapo verraten.«

Ein Murren lief durch die Baracke.

»Drei Tage! Drei Tage lang haben sie ihn in Le Bouscat gefoltert!«

Adrien Delmas starrte entsetzt auf Malhs zusammengesunkenen Körper.

»Loic hatte im Gefängnis einiges erfahren. Aber er hat nicht geredet, hat ihnen nichts gesagt, gar nichts. Sie haben ihm glühende Nadeln unter die Fingernägel gestochen, haben ihm mit dem Messer die Schenkelmuskeln bloßgelegt und Salz darauf gestreut, haben ihm die Beine mit Knüppelhieben gebrochen ...«

»Hört auf!« brüllte Raphael.

Rodriguez zog ihn an seinem Pullover hoch, schüttelte

ihn und stieß dabei seinen Kopf gegen eine hölzerne Trennwand.

»Warum? Warum hast du das getan?«

»Wie habt ihr es erfahren?« stammelte Raphael.

»Das werden wir dir sagen, damit du siehst, daß es außer dir auch noch andere Kotzbrocken gibt. Einer deiner Freunde, ein hübscher großer Bursche, der uns auch hierherbrachte, hat uns gesagt, daß du ein Verräter bist, daß du Loic und noch ein paar Jungs denunziert hast und daß du mit deiner Drecksarbeit hier weitermachst.«

»Wieso hat er euch denn das gesagt?«

»Er meinte, du seist ihnen nicht mehr nützlich, du hättest alle denunziert, die du denunzieren kannst.«

Eine große Müdigkeit überkam Raphael Malh und ein Verlangen, allem ein Ende zu machen. Diese armen Idioten! Genau wie er, ließen auch sie sich von Maurice Fiaux manipulieren. Er war sich sicher, daß die Idee von Fiaux stammte: ihn den Gefangenen zum Fraß vorzuwerfen. Dieser verflixte Maurice! Auf seine Art war er ganz schön clever. Aber er selbst war auch nicht schlecht: Es war ihm gelungen, Maurice zu überzeugen, daß es keine Anführer der Widerstandsbewegung im Lager gab. Gute Arbeit! Das machte ihn lächeln.

»Der macht sich auch noch lustig über uns!«

»Scheißkerl!«

»Sauhund!«

Von allen Seiten hagelten die Schläge auf ihn nieder. Bald war sein Gesicht völlig unkenntlich. Adrien Delmas versuchte mehrfach einzugreifen, doch der Haß machte die Menge taub: Einer streckte ihn mit einem Fausthieb nieder. Als er wieder zu sich kam, zog ein Geruch nach verbranntem Fleisch durch die Baracke. Über Gelächter und Geschrei hinweg erhob sich ein langgezogenes Geheul. Der Dominikaner stand auf.

Von vielen Händen niedergehalten, saß Raphael Malh auf dem Ofen und briet. Seine Marter wurde von obszönen Kommentaren begleitet:

»Schaut mal, wie er sich windet! Er mag das!«

»Er genießt es, das Schwein; hört euch bloß das Gestöhne an!«

»Er hätte es sicher noch lieber gehabt, wenn wir ihm ein glühendes Eisen in den Arsch gesteckt hätten.«

»Das perfekte Ende für eine Tunte! Ein Traum!«

»Ja, aber es stinkt scheußlich, das Fleisch von einem Homo.«

»Was da stinkt ist nicht sein Fleisch, das ist seine Scheiße, er hat sich vollgeschissen.«

»Keine Bange, der ist jetzt fertig mit scheißen und bescheißen.«

Das Entsetzen mobilisierte alle Kräfte in Pater Delmas. Er stieß die Folterer beiseite und riß Malh vom Ofen. Ein Stück Haut blieb auf der heißen Platte kleben. Sie rollten zwischen die Füße der Männer, die auseinanderstoben. Einen Augenblick herrschte Schweigen. Raphael, den Adriens Arme umgaben, öffnete ein Auge und das, was sein Mund gewesen war, versuchte ein Lächeln, das zur Grimasse geriet und in diesem zerschlagenen Gesicht erschreckend aussah. Er versuchte zu sprechen. Ein blutiges Rinnsal lief über sein Kinn.

»Sprechen Sie nicht.«

»Zu blöd! Ich hatte eine gute Idee . . . für einen Roman«, gelang es ihm hervorzubringen.

Bewunderung mischte sich in die Bestürzung, mit der Adrien Delmas diesen Menschen betrachtete, der davon geträumt hatte, ein großer Schriftsteller zu werden, und der an der Schwelle eines schrecklichen Todes die Kraft zu scherzen aufbrachte.

»Sagen Sie Léa, daß ich sie . . . sehr gern hatte.«

»Ich werde es ihr sagen.«

»Gehen Sie weg da, damit wir dieses Aas ganz und gar fertigmachen können!«

»Laßt ihn laufen, ich bitte euch! Habt ihr ihm denn nicht schon genug angetan?«

»Nein«, sagte Fernando Rodriguez und entriß Raphael den Armen, die versuchten ihn zu schützen. »Nein«, wiederholte Fernando, »er soll allen Denunzianten und Kollaborateuren hier im Lager und anderswo als abschreckendes Beispiel dienen. Los, Jungs, bringen wir's zu Ende.«

Die Männer, die sich auf ihn stürzen, das Gewimmel von Händen auf seinem Körper, die Gesichter, die auf seines zukommen und die er nur wie durch einen blutigen Nebel wahrnimmt – alles verschwimmt vor seinen Augen. Es erinnert ihn an die Dampfbäder von Amel, ein geheimer Treffpunkt für Homosexuelle, wo man sich sucht, berührt, umarmt. Ein phantastischer Ort, wo Arme und Hände die Feuchtigkeit von Polypen besitzen ... Abstieg ins Inferno unter dieser Traube von Männern, die ein einziger Krampf, ein einziges tiefes Stöhnen verbindet, das durch diese zusammengedrängten, bebenden Leiber hindurch unmittelbar aus den Eingeweiden der Erde aufzusteigen scheint. Jetzt versuchen fremde, geschickte, zerstörende und abscheuliche Hände ihm Schmerzen zuzufügen, ihn zu töten ... Alsbald entschwinden alle Bilder seiner Erinnerung, nur die Farben, grell wie bei elektrischen Entladungen, bleiben: das schöne Grün, das schöne Blau, das Rot, das Schwarz. Silberne Sterne glitzern auf dem Schwarz – dem Schwarz – Schwärze ...

Ganz hinten, am Ende der Baracke, erhob sich eine Hand und machte das Kreuzzeichen.

Bald hatten die Männer genug davon, auf diese schlaffe und formlose Masse einzuschlagen und sich mit Blut bespritzen zu lassen. Der Kadaver war ihnen lästig.

»Sollen wir das, was von dem Schwein übrig ist, auf den Müll werfen?«

»Gute Idee.«

In der Nacht wurde Raphael Malhs Leichnam auf den Müllhaufen geworden und mit Abfällen bedeckt. Früh am nächsten Morgen wurde der Körper von Gefangenen, die zur Müllbeseitigung eingeteilt waren, gefunden und in einen roh gezimmerten Sarg gelegt.

Weder die Wachposten noch die Gendarmen hatten sich gerührt.

23.

Zwei Tage nach der Ermordung Raphael Malhs konnte Adrien Delmas dank seiner ausgezeichneten Kenntnis der Örtlichkeiten und der Gewohnheiten der Wachposten fliehen.

Er schlüpfte unter die Plane des Lastwagens, der die wöchentliche Brotlieferung brachte und dessen Fahrer großzügig dafür bezahlt worden war, an seinem Versteck anzuhalten und eine Panne vorzutäuschen. Nachdem sie das Lagergelände verlassen hatten, fuhr ihn der Mann nach Bègles in der Umgebung von Bordeaux, wo er von Robert und Léa sowie drei jungen, mit Maschinenpistolen bewaffneten Widerstandskämpfern erwartet wurde. Sie quetschten sich alle zusammen in den alten Lieferwagen des Metzgers.

»Pater, heute abend kommt ein Flugzeug und holt Sie ab«, erklärte Robert.

»Ich möchte nicht weg. Ich muß bleiben, denn hier bin ich am nützlichsten.«

»London ist da anderer Meinung. An Ihrer Stelle würde ich gehen. Sie sind momentan in großen Schwierigkeiten, und Ihre Anwesenheit hier in der Gegend gefährdet alle. Sie müssen gehorchen, Pater.«

Adrien schwieg und schloß die Augen. Die anderen respektierten sein Schweigen. Er sah so erschöpft aus. Léa, die vorn im Lieferwagen dicht an ihn gedrängt saß, lehnte ihren Kopf an seine Schulter und war bald eingeschlafen.

Sie erwachte, als sie über den Marktplatz von Bazas fuhren. Sie kamen an der Kathedrale Saint-Jean vorbei und fuhren hinunter bis zum alten Waschhaus, nahmen dann die Richtung nach Casteljalloux und bogen schließen rechts in eine schmale Straße ein. Am Eingang des Weilers Sauviac hielten sie an. Aus einem niedrigen Haus, vor dem Hühner pickten, traten ein alter Mann und seine Frau. Robert sprach kurz mit ihnen, sie nickten, und nachdem sie ihnen ein Zeichen gegeben hatten, einzutreten, gingen sie in ihr Haus zurück.

»Bei den Laforgues sind Sie sicher, Pater. Das Flugzeug, das Sie abholt, kommt heute abend um acht. Der Opa bringt Sie zum Landeplatz in der Nähe von La Beuve«, sagte Albert.

»Den kenne ich.«

»Bis dahin können Sie sich ausruhen. Ich komme am späten Nachmittag und hole Léa ab.«

»Vielen Dank für alles, Robert. Wie geht es Mireille?«

»Gut, Pater. Sie ist eine mutige Frau, wie Sie wissen.«

»Ja, das weiß ich. Haben Sie Nachricht von Ihrem Sohn?«

»Er ist im Cantal bei der Organisation Revanche, in der Nähe von Chaudes-Aigues. Die Jungs haben sich in den Wäldern entlang der Truyère versteckt. Ein günstiges Terrain, schwer anzugreifen; keine Gefahr, daß sich die *Boches* dorthin verlaufen. Na, ich muß los. Machen Sie sich keine Gedanken, Pater, in zwei Monaten sind Sie wieder hier. Adieu.«

»Adieu, Robert. Sie kümmern sich um Léa?«

»Das brauchen Sie mir nicht erst zu sagen. Die Tochter von Madame Isabelle ist mir heilig.«

Onkel und Nichte verbrachten den Tag in Gesprächen am Herdfeuer. Sie teilten das bescheidene Mahl der Laforgues, die sich als schweigsame Gastgeber erwiesen.

Adrien beschrieb in vorsichtigen Worten das schreckliche Ende von Raphael Malh. Als er ihr sagte, daß sein letzter Gedanke ihr gegolten hatte, brach Léa in Tränen aus.

»Ich habe ihn auch sehr gern gehabt«, schluchzte sie.

Der Dominikaner verstand ihren Kummer. Als sie sich ein wenig beruhigt hatte, fragte sie:

»Aber wieso hat er dich nicht verraten?«

»Ich weiß es nicht. Das ist eine Frage, die ich mir seit jener entsetzlichen Nacht unablässig stelle. Warum hat er mich nicht verraten? Du hast ihn doch gut gekannt, hast du denn keine Erklärung?«

»Nein. Es sei denn ... Ja, das würde zu ihm passen: Er wußte, daß du gesucht wurdest, sollte dich vielleicht gar identifizieren unter all den Gefangenen, und aus purem Widerspruchsgeist hat er beschlossen: Nun gerade nicht.«

»Aber man läßt sich doch nicht aus lauter Widerspruchsgeist massakrieren!«

»Raphael schon.«

»Möglich wäre es. Die Gründe eines Menschen, den Tod zu akzeptieren, sind manchmal seltsam. Und wie er mich anblickte, während sie auf ihn einschlugen ...! Als wollte er mir sagen: ›Das haben Sie wohl nicht von mir erwartet, was? Ich habe Sie schön getäuscht.‹«

Es fiel Léa sehr schwer, sich aus den Armen ihres Onkel loszureißen. Ihr war, als würde ihr ein zweites Mal der Vater genommen.

»Ich wünsche dir schöne Weihnachten, mein Liebes. Geh für mich zur Christmesse und grüß Sainte-Exupérance von mir. Umarme alle auf Montillac und sag ihnen, daß ich für sie bete. Gott schütze dich. Paß gut auf dich auf.«

Welch ein trauriges Weihnachtsfest trotz Charles' Freude und Jubel über sein rotes Auto! Und die Silvesternacht war ihnen allen endlos vorgekommen. Bang hatten sich die Frauen gefragt, ob 1944 wohl endlich das Ende des Krieges bringen würde.

Am 2. Januar wurde Léa von der Ankunft François Taverniers überrascht. Sein Wagen war schlammbespritzt bis zum Dach, und nach seinem Gesicht zu urteilen, mußte er die ganze Nacht gefahren sein. Er wünschte allen Hausbewohnern ein gutes neues Jahr, küßte den kleinen Charles und holte für ihn ein Bilderbuch aus seiner Tasche. Charles war selig. Dann zog er Léa ins Arbeitszimmer.

»Ich bin sofort losgefahren, als ich die Nachricht von deinem Onkel erhielt. Warum hast du mir nie etwas von Mathias und seinem Vater gesagt?«

»Ich wollte dich nicht damit belästigen.«

»Du belästigst mich nie, das weißt du. Komm, ich habe nur sehr wenig Zeit, heute abend muß ich wieder weg.«

»So bald! Du bist verrückt!«

»Meine Zeit gehört nicht mir. Ich dürfte gar nicht hiersein.«

Léa verschloß die Tür des Arbeitszimmers und warf sich an François' Brust. Sie liebten sich wortlos, völlig angekleidet. Als Léa stöhnte, war es mehr wie ein Schluchzen. Danach hielten sie sich noch einen langen Augenblick fest umschlungen. François, den die Müdigkeit einholte, rührte sich als erster.

»Mach mir einen Kaffee, bitte.«

Léa verschwand in die Küche, wärmte den Kaffee auf und kochte Eier.

Zwei Stunden lang prüfte François die Kontobücher, die Hypotheken, die Bankauszüge. Anschließend erklärte er Léa, wie alle diese Unterlagen frisiert und gefälscht werden konnten. Er wußte, daß das Gut praktisch in Fayards Händen war, sagte es jedoch nicht.

»Es sieht nicht gerade brillant aus. Zuerst braucht ihr einen tüchtigen Buchhalter, der dies alles in Ordnung bringt. Ich besorge euch einen.«

»Aber ich habe kein Geld!«

»Laß das bitte mal beiseite. Darum kümmere ich mich. Hier ist ein Scheck, der eure Bank für eine Weile besänftigen wird. Du mußt vor allem Mathias eine Zeitlang auf Distanz halten. Seine Arbeit für die Deutschen nimmt ihn zwar ganz in Anspruch, aber er wird auch hier bald zur Tat schreiten wollen. Und jetzt, mein Herz, muß ich mich wieder auf den Weg machen. Nein, bitte keine Tränen. Ich möchte ein Lächeln vor dir als Erinnerung mitnehmen.«

Er erhob sich; sie küßte ihn noch einmal und streichelte dabei sein unrasiertes Gesicht.

Léa und François traten hinaus. Der Geländewagen war vor dem Haus in der Platanenallee geparkt. Die Nacht brach herein und tauchte die Weinstöcke und Pinien in Dunkelheit.

Er würde die ganze Nacht hindurch nach Paris zurückfahren. Die Luft war mild für die Jahreszeit, doch Léa fröstelte. Die Vorstellung, mit Camille allein zu bleiben, ängstigte sie. François war so fröhlich, so rührend gewesen, als er sich mit dem Zahlenkram beschäftigt hatte, daß sie ganz vergessen hatte, wie schwer ihr der Abschied von ihm fallen würde.

Hinter der Glastür zur Eingangshalle drückte sich der kleine Charles die Nase an der Scheibe platt und machte François eifrig Zeichen mit der Hand. François wandte sich noch einmal um und salutierte militärisch. Charles hopste und lachte vor Freude, sein Lachen war jedoch durch die Glastür nicht zu hören.

Léa zog ihr Tuch enger um die Schultern. Es war an der Zeit, die Weinstöcke auszulichten.

François nahm ihre Hand und küßte sie flüchtig, so als käme er gleich wieder zurück. Er lächelte noch immer. Er setzte sich hinter das Lenkrad und schlug die Tür zu. Das Geräusch hallte in der Abendstille wider. Er ließ den Motor an, ohne Léa aus den Augen zu lassen. Im Anfahren rief er ihr aus dem heruntergekurbelten Fenster zu:

»Ich glaube, es wäre vernünftiger, wenn du bei mir leben würdest.«

Der Wagen rollte über den Kies der Allee, blieb kurz an der Einmündung in die Landstraße stehen und verschwand in der Nacht.

Léa hatte sich nicht gerührt.

Die Autorin bedankt sich bei den folgenden Personen für ihre – in den meisten Fällen unfreiwillige – Mitarbeit: Paul Allard, Henri Amouroux, Pierre Becamps, M. R. Bordes, Richard Chapon, Colette, E. H. Cookridge, Jean-Louis Crémieux-Brilhac, Jacques Debû-Bridel, Jacques Delarue, Jacques Delperrié de Bayac, David Diamant, Claude Ducloux, Georgette Elgey, Jacky Fray, Henri Frenay, Jean Galtier-Boissière, Alice Giroud, Richard Grossmann, Jean Guéhenno, Georges Guingouin, Philippe Henriot, Joseph Kessel, Jean Lafourcade, Claude Mauriac, François Mauriac, Henri Michel, Jean Moulin, Robert O. Paxton, Gilles Perrault, Eric Picquet-Wicks, Edouard de Pomiane, le colonel Rémy, Maurice Sachs, Georges Sadoul, Régine Saux, Simone Savariaud, Michel Slitinsky, Lucien Steinberg, Geneviève Thieuleu, Pierre Uteau, Pierre Veilletet, Dominique Venner, Pierre Wiazemsky.